二見文庫

背信

キャサリン・コールター／守口弥生＝訳

Insidious
by
Catherine Coulter

Japanese translation rights arragned with
Trident Media Group, LLC
throuth Japan UNI Agency, Inc., Tokyo

編集者界のアインシュタイン、アントンへ。
感謝をこめて。

——キャサリン

フレッド（スキー）・ルドビコフスキーへ。サビッチがシャーロックに贈る誕生日プレゼント――足首に装着する九ミリのグロック43を提案してくれてありがとう。彼女はとても気に入って、エレベーターで移動中にすばやく銃を抜く練習をしているわ。

FBI広報部のアンジェラ・ベルへ。この本を執筆するにあたって、あなたをさほど質問攻めにはしなかったけれど、たとえそうしたとしても答えてくれることがわかっていたから安心できたわ。毎回答えをくれたことに永遠の感謝を。

マリブの街へ。コロニーの内外で、話を聞かせてくださった住民の方々に感謝します。皆さんはロサンゼルスのクリスマスツリーのてっぺんに飾られた天使です。

そしてやっぱりカレン・エバンスへ。私の窓に差す光、私の車のタンクを満たすハイオクガソリン、パイの中のリンゴ。あなたはプリンセスです。

背信

登場人物紹介

レーシー・シャーロック	FBI特別捜査官
ディロン・サビッチ	特別捜査官。シャーロックの夫
カミラ(カム)・ウィッティア	FBI特別捜査官
ダニエル・モントーヤ	ロサンゼルス郡保安局の刑事
ミッシー・デベロー	女優。本名メアリー・アン・ダフ。 カムの高校時代の同級生
ビーナス・ラスムッセン	ラスムッセン産業の最高経営責任者
ガスリー・ラスムッセン	ビーナスの息子
ヒルディ	ビーナスの娘。画家
アレクサンダー・ラスムッセン	ガスリーの息子。弁護士
ロバート(ロブ)・ラスムッセン	ガスリーの息子
マーシャ・ゲイ	ロブの恋人
グリニス	ヒルディの娘
ヴェロニカ・レイク	ビーナスのコンパニオン
デボラ・コネリー	女優
マーク・リチャーズ	デボラの恋人。脳神経外科医
セオドア・マーカム	映画プロデューサー

1

六月下旬、土曜午後
ネバダ州ラスベガス

ミッシー・デベロー——本名メアリー・アン・ダフは、あの男がラスベガスまでついてきているような気がして、髪をかきあげてショーウインドウをのぞくふりをしながら、すばやく背後の様子をうかがった。やっぱりあいつだ。交通量の多いラスベガス・ストリップで、男が通りを渡り、灰色の古いボルボの陰に身を潜めた。だぶだぶのジーンズにゆったりした紺色のシャツという服装でも、痩せぎすなのがわかる。黒いサングラスをかけ、サンフランシスコ・ジャイアンツの野球帽をかぶっているせいで顔は見えなかった。

卑怯者(ひきょうもの)。ミッシーはマンダレイ・ベイ・ホテルで六カ月間上演される予定の、ビートルズを回顧するショーに出演するためにラスベガスへ来た。これで半年間はストーカーに悩まされることなく平穏な生活を送れると思っていたのに、ラスベガスに着いてわずか四日後にまたしてもあの男が現れるなんて。先日、ロサンゼルス西部のマリブにある自宅までタクシーを呼び、用心に用心を重ねてロサンゼルス国際空港の、予約した航空会社とは別のターミナルでおりた。それなのにあの男はまたもやミッシーを監視し、あとをつけまわしている。彼女はとにかく普通の生活に戻りたかった。そのためにあらゆる手を尽くした。ストーカー行為をやめさせられないかとカラバサスにある郡保安局にも足を運んだ。しかしマリブを管轄する郡保安局では、映画スターへのストーカー行為などよくあることらしい。四カ月前、親切な年配の刑事は、相手が誰かわかっているなら所定の手順に従ってまずは警告すると言った。男がつきまとい行為に飽きたらどうするのか、自分を襲うのではないかとミッシーが尋ねると、感じのいいその刑事はただ首を振っただけで、答えるのを避けた。ミッシーはその日のうちに、ケイバーナイフのベッカーを購入した。ナイフの柄は七センチ、刃渡り八センチ、刃の素材は高炭素鋼で、店員の話によれば、もともとは海兵隊に採用された軍用ナイフだという。握りやすさと重みが気に入ったので、ミッシーはいざというときのために腰に装着していた。

結局、郡保安局はストーカーを逮捕するどころか、所定の手順にさえ従わなかったらしい。

ミッシーはまた髪をかきあげ、リップグロスを塗った唇に触れながらショーウインドウをのぞきこんだ。男の姿は見えないが、まだボルボの陰にいて、こちらの様子をうかがっているのがわかる。胃が焼けるように熱くなり、全速力で逃げだしたい衝動に駆られるのは毎度のことだが、怒りがこみあげてきたのは初めてだった。アドレナリンがほとばしり、熱い血が全身を駆け巡る。激しい怒りとあいまって体が震えだした。ミッシーは熱い怒りに身を任せた。あの男が何者なのか、こちらはまったく知らない。あんなやつに人生を台なしにはさせない。もうたくさんだ。ミッシーは振り向くと、クラクションも、口笛も、押し寄せる観光客の波も気にとめず、ラスベガス・ストリップの渋滞で停(と)まっている車の間を突き進んだ。毎晩、ミッシーの宣伝用の写真をなめまわしているに違いない、卑劣な男のもとへと一心不乱に。

男は身を起こしてミッシーを見つめたが、彼女が立ち去らずにナイフを手に駆け寄ってきたことに気づいてあとずさりした。

うなり声が聞こえた。自分が発している声だった。ミッシーは叫んだ。「このうじ虫！　あんたの扁桃腺(へんとうせん)をえぐり取ってやるわ！」男が駆けだしたので、ミッシーは全速力であとを追った。高校時代は太っていたけれど、二十歳のときに大きな変貌を遂げたのだ。それから六年経(た)った今も、日課の五キロのランニングと、ロサンゼルスの

〈サムズ・マッスル・バー〉で続けているトレーニングのおかげで抜群のスタイルを保っている。あの男を捕まえられる？　そんなのは楽勝だ。男は歩道にいる観光客たちの間をすり抜けたり、押しのけたりしながら進んでいく。ミッシーはあとを追って、徐々に距離を詰めた。〈グランド・カナル・ショップス〉とゴンドラで有名なベネチアン・ホテルを通り過ぎたところで、男は二人の観光客を突き飛ばして罵声を浴びた。観光客でごった返している場所に来ると、ミッシーは車道へ出て走り、さらに男との距離を縮めた。男は角を右に曲がり、ウィン・ホテルのほうへ向かいながら、肩越しに振り返った。その顔に浮かんでいたのは、まぎれもない恐怖だった。あいつが私に怯えている！　何カ月間も怒りを募らせてきただけに、その表情を見てミッシーは興奮を覚えた。そう、今度はあいつが恐怖を感じる番だ。ミッシーは激しい衝動に突き動かされ、ますます足を速めた。

男が早くも疲れを見せ始め、大型ホテルの駐車場に駆けこんだので、ミッシーもすぐあとに続いた。この時間帯は、ほとんど車が停まっていなかった。暗がりに入ったとたんに一瞬男を見失ったが、駐車場の向こう側へ走っていく姿が目に入った。ウィン・ホテルの庭園に通じているらしい。ミッシーはすぐそばまで追いつくと、ためらうことなく助走をつけて男の背中に飛びかかり、両腕を首に巻きつけた。その重みで男は前のめりになり、庭園の芝生と駐車場のコンクリートの地面の境目に倒れこんだ。

「動いたら、耳を切り落としてやる！」ミッシーはナイフの切っ先で男の首をつついて血を一滴滴らせ、単なる脅しではないことを示した。男は石のように動かなくなった。どうやら頭の血の巡りが悪いわけではないらしい。ミッシーは男の野球帽をむしり取り、てっぺんが禿げかけた頭に残っている茶色の髪をつかむと、頭を後ろに引きあげた。サングラスを肘で叩き落とし、整った細長い顔を見おろす。額にはにきびの跡が残っていて、淡い茶色の目は恐怖に満ちていた。ミッシーへの恐怖に。ナイフを首に突きつけられている恐怖に。二人の体重は十キロも違わないだろう。ミッシーは勝利感を覚えた。ついに男を仕留めたのだ。警察の手を借りずに。ミッシーは身を乗りだした。噛みついてやろうかと思ったがやめておき、代わりに耳元でささやいた。

「私を怖がらせたのはあんたね。この変態。何者なの？　どうして私につきまとうのよ？」

「へ、変な言いがかりはやめてくれ。今まで一度も会ったことがないのに。君がいきなり……お、追いかけてきたんじゃないか。ナ、ナイフを持って。だから逃げただけだ」男の声がうわずり、少し口ごもっていたので、ミッシーは大いに満足した。

「この嘘つき！」ミッシーは男の髪をつかんで頭をさらに引きあげ、ナイフの刃をいっそう強く突きつけた。男のうめき声が耳に心地よく響いた。

そのとき、頭上から男性の低く静かな声が聞こえた。気安い調子だった。「頼むから、こんなところでこの男を切り刻まないでもらえるかな、お嬢さん。ミスター・ウィンが機嫌を損ねちまう。俺はここの警備主任のデル・コンロイだ」

ミッシーは動きを止め、首を伸ばして見あげた。カウボーイのような口調に似合わず、その表情は険しかった。デル・コンロイは年配の男性で、鉄灰色の短髪をしており、白いシャツに白いスラックスという格好だった。「お願い、止めないで、ミスター・コンロイ。私はミッシー、ミッシー・デベローよ。この男をめった切りにしてやらないと気がすまないけど、その前に私につきまとう理由を聞きたいの」

「ストーカーか？　君が倒したのか？　でかしたな」コンロイはミッシーの隣にしゃがみこんだ。「はじめまして、ミッシー。それで、こいつの名前は？」

「僕は何もやってない。この女がいきなり襲ってきたんだ！」

若い男には中西部の訛り(なま)があった。コンロイが男の顔をまじまじと見てから立ちあがった。「さあ、立って、ミッシー。差し支えなければ、俺が代わろう」コンロイはミッシーの脇の下に両手を入れて抱きあげ、立ちあがらせた。二人は首をさすっている男を見おろした。自分のナイフで傷つけた血の跡がついているのを見て、ミッシーは笑みを浮かべた。コンロイが落ち着いた声でなだめるように言った。「動かないほうがいい。言うとおりにしないと、彼女に耳を切り落とさせるぞ」コンロイはミッシーに向き直った。ミッシーはまだ荒い息遣いをしていた。走ってきたせいではなく、アドレナリンが体内を駆け巡っているせいだろう。「事情を話してくれ」

男が動いたら背中を踏みつけられるように、ミッシーは片足をあげた。男を蹴飛ばしてやりたいという抑えがたい衝動がこみあげる。

「事情を話してくれ」コンロイがもう一度言った。

「わかったわ。あなたが言ったとおり、運動不足のこの虫けらはストーカーなの。何カ月も私をこそこそつけまわしたあげく、ロサンゼルスまで追ってきたのよ」ミッシーはとうとう自分を抑えられなくなり、男を蹴飛ばした。ブーツではなくスニーカーを履いていたので、それほど強く蹴ることはできなかったが。

男は体を横向きにひねって小さく丸まり、大声でわめきだした。「ほら、見ただろう？　この女を警察に突きだしてやる。僕は何もしてない。ただラスベガス・ストリップを歩いてたら、女がいきなり罵声を浴びせてきて、ナイフを振りまわし始めたんだ！　警察を呼んでくれ」

デル・コンロイは元警察官で、三年前からウィン・ホテルの警備主任を務めている。

男は疑わしいが、このままではおとがめなしになるだろうと察しがついたし、それが気に食わなかった。コンロイは慇懃（いんぎん）無礼に尋ねた。「もう一度ききますよ。あなたの名前は？」

「ブリンカー……いや、これはあだ名で、本名はジョン・ベイリー。仕事もちゃんとしてる。善良なる市民だ」

「なぜブリンカーと呼ばれているんですか？」

「僕は債券トレーダーで、まばたき（ブリンク）する一瞬の間に取引できるからさ」

債券トレーダーのストーカー？　新手の詐欺か何かだろうか？　コンロイは言った。

「財布を見せてもらえますか？　ミスター・ベイリー」

男は上質なワニ革の札入れを取りだし、コンロイに手渡した。カリフォルニア州の運転免許証、クレジットカードが三枚、アメリカ自動車協会（AAA）のカード、サンタモニカのスポーツジム〈フィット・ボッズ〉の会員証、百ドル紙幣が二枚。

「ラスベガスへ来た目的を教えてもらえますか？」

「通りにわんさといるほかの連中と一緒だよ。仕事のストレスがたまったから、解消しに来たんだ……ショーを見たり、スロットマシンで遊んだり。そうしたら、頭のどうかしたその女がナイフを持って追いかけてきたんだ」

「年齢は三十二歳ですね」

「ああ。起こしてくれよ」

コンロイはサンタモニカの住所を頭に入れてから、札入れを返した。「さあ、立って、ミスター・ベイリー。一緒に事務所へ来てください。警察を呼びます」この男に逮捕歴があることを祈るばかりだ。さもなければ、間違いなくまんまと逃げおおせてしまう。

ひそひそ声が聞こえた気がして、ミッシーは顔をあげた。十人あまりがちょっとしたドラマのような状況を見物していた。彼女はナイフをポケットにしまうと、頭を振って美しい髪を揺らしながら踊ってみせ、見物人たちに大きく手を振った。「今夜、マンダレイ・ベイ・ホテルで歌うから見に来て！《ビートルズ回顧録》に出演するの」ミッシーは向き直り、デル・コンロイと握手をした。「この変態の首にナイフを突き刺すのを止めてくれてありがとう。でも本当にそうしてやりたい気分だったの」

「ああ、わかってる。だが、君はそうしなかった。よくやった」

「僕は何もやってない！　刑務所行きになるのはそっちのほうだ！」

「黙っててくれないか、ミスター・ベイリー」デル・コンロイはそう言ってから、再びミッシーのほうを向いた。「ナイフはしまっておいたほうがいい、ミズ・デベロー。

警察官に見られたくないだろう。そもそもそんなものを持って、どうやって空港のセキュリティチェックを突破したんだ？」

「こっちに来てから手に入れたの。ラリー質店で。だけど警察官がどう思おうが知ったことじゃないわ。私は自分の身を守っただけだもの」

「賢明に振る舞ったほうがいい。君に切り刻まれそうになったとミスター・ベイリーがわめいている以上、警察にナイフを押収されるかもしれん」

うーん、どうにも腑に落ちないけれど。ミッシーはストーカーをにらみつけた。

「どっちにしても観念しなさい。あんたの素性がわかって、ようやく私は解放されるのね。もう私にかまわないで。さもないと長い間、刑務所に入るはめになるわよ。私？　これでやっと普通の生活に戻れるというわけね」ミッシーは爽快な気分でお気に入りの《ツイスト・アンド・シャウト》を歌い始めた。

2

土曜夜
ネバダ州ラスベガス

マーティ・サラスは正真正銘の泥棒だったが、いかにも泥棒らしく足音を忍ばせて、淡い青で塗られた小さな家の側面の窓へと移動した。手にはグラスカッターを持っている。ラスベガス・ストリップから十五分ほど離れたところで、静かな中級の住宅地だった。計画を実行するのにもってこいの場所だ。この二日間ずっと、彼はプリンセスを監視していた。ある金持ち男が彼女を口説いていることに気づいたからだ。ちなみに彼女は、《ビートルズ回顧録》の出演者たちからは〝レッグズ〟と呼ばれている。昨夜、金持ち男は〈ラズロズ〉で買ったエメラルドとダイヤモンドの高価なブレスレットをプリンセスに贈った。ベッドに連れこもうという魂胆が見え見えだった。そして今夜、あの男は彼女と一緒にはいない。マンダレイ・ベイ・ホテルでプリンセスが歌ったり踊ったりするのを鑑賞したあと、例によって大金を賭けてポーカーをしているからだ。彼女の名前はモリー・ハービンジャーだが、マーティにとっては、すてきなお宝をくれる〝俺のプリンセス〟だ。マーティは腕時計に目をやり、煙草に火をつけた。もちろん、吸いさしの煙草はポケットにしまうつもりだ。そろそろ、舞台で三時間も動きまわったモリーが、疲れ果ててベッドに倒れこむ頃だ。

マーティは待っている時間を使って、この仕事で稼いだ金をどう使おうかと考えた。シアトル沖にあるサンファン諸島にでも行こうか。こんな地獄みたいに暑苦しい場所と違って、今の季節は理想的な気候だろう。セクシーな女たちがビールを飲みながらうろついていなくたって、ウェットスーツを買って、ピュージェット湾で泳げばいい。ただし、ブレスレットについての情報を送ってくれた、〈ラズロズ〉の警備員のアルフには分け前をやらなければならない。あの金持ち男は一万五千ドル支払ったらしいから、アルフの取り分は千ドルだ。情報をくれる連中は常に満足させておかなければならない。

家の裏手にあるキッチンの照明がつき、マーティは動きを止めた。キッチンの様子をうかがうために、家の周囲をまわった。なんで美容のために早寝しないんだ？　今日の午後、シャルドネの入ったグラスを傾けながら、プリンセスが金持ち男の手を撫でているのを見た。バーの薄暗い明かりの中、ブレスレットがきらめいていた。彼女は言っていた。〝明日は公演が二回あるから、今夜は早めに寝ないと。でも……〟そこで思わせぶりに言葉を切った。〝月曜は休みなの〟その一言で金持ち男は潔く引きさがった。おそらく今夜、あの男は夢精するだろう。あいつがポーカーで大儲けして、きらきら光る宝石を彼女にもっとたくさん贈ってくれるといいが。プリンセスにはそうされるだけの価値がある。

　真夜中を過ぎているのに、彼女はピンクのショートパンツとタンクトップという姿で、キッチンのシンクの前で水を飲んでいる。ベッドに戻ってくれ、プリンセス。こっちはゆっくりしている暇はないんだ。さあ早く、ハニー。一箇所に長居すると、ろくなことにならない。

　そのとき、機嫌を取るような男の声が聞こえた。なんと言ったのかマーティには聞き取れなかったが、プリンセスが声を荒らげた。「ここから出てってって言ったでしょ、トミー！　今回ばかりは我慢の限界だわ。私の貯金を全部、ギャンブルで使い果たすなんて。とっとと出てって、この負け犬。あんたの間抜けな顔なんて、二度と見たくない」

　マリアン・アベニューで出会った車のセールスマンのトミーとは、とっくに別れていると思っていた。なんの役にも立たないろくでなしだ。いや、問題はプリンセスが一人きりでいると思いこんでいたことだ。トミーの車はどこにあった？　気に食わない。まったく気に食わない。もっと用心しないと。

とにかく、そのろくでなしを早く追いだせ、プリンセス。美しい体をベッドに横たえて寝るんだ。そうしたら、俺がぐっすり眠れるものを与えてやろう。

マーティはこっそりと家の正面へ引き返し、真っ赤な花を咲かせているブーゲンビリアの茂みに身を隠した。トミーがすごすごと出てくるのを待っていると、バイクが静かな通りを走ってくる音が聞こえた。誰かの家を探しているのか、バイクはゆっくりと進んでいる。こんな夜更けに？　まったく、みんなどうかしている。ラスベガスといえども、普通の人々は夜には眠る。夜通し起きているのは、飛行機でやってきた浮かれ気分の田舎者だけだ。

家の前でバイクが停まった。アイドリングしたままだ。いったいどうなっているのだろう？　トミーが友人に迎えに来させたのか？　それとも、ほかの誰かがマーティの縄張りを嗅ぎまわっているのだろうか？　いや、泥棒なら、騒々しいバイクを乗りまわしたりせず、マーティのように身を隠して機会をうかがうはずだ。マーティは低い声で悪態をついた。家に侵入してプリンセスにクロロホルムを嗅がせ、彼女がはじかれたように目を覚まして息を吸いこみ、三秒以内に意識を失ったら、ブレスレットを頂戴して誰にも気づかれずに立ち去る。彼の望みはそれだけだ。ところが、今夜はつきがまわってこない。最初は恋人、次にバイク。それにしても、あいつは何者だ？玄関のドアが閉まる音がした。やはりトミーが友人に迎えに来てもらったらしい。万事順調だったわけだ。トミーが後部座席にまたがると、バイクはエンジンを吹かして通りを走り去った。危機的状況も、ヘルメットをかぶった間抜け野郎ももうたくさんだ。

マーティはさらに二十分は待つつもりだった。プリンセスが恋人に腹を立てているなら、心を静めて眠りに落ちるまでにしばらくかかるだろう。マーティはじっと待ちながら耳を澄ました。聞こえてくるのはコオロギの鳴き声と、遠くでコヨーテが吠える声、砂漠の微風の音だけになった。

しばらくすると、マーティはポケットにしまったグラスカッターを取りだし、足音を忍ばせて予備の寝室の窓へ向かった。

そのとき、物音が聞こえた。ドアがそっと開く音。誰かがこっそり忍びこもうとしているような音だ。いや、ありえない。プリンセスの家からそんな音が聞こえるはずがない。彼女は一人だ。それでもまだ心臓が早鐘を打っている。焼きがまわってきたのかもしれない。マーティはグラスカッターを構え、様子をうかがった。

腕時計の横についたボタンを押し、文字盤のバックライトをつけた。午前一時九分だった。もう明かりは見えないし、物音も聞こえない。ようやくすべてが計画どおりになった。隣人たちは寝静まり、ペットたちはうたた寝をし、トミーはバイクに乗っていた仲間と、ビールをがぶ飲みしながらテレビで深夜映画を見ているだろう。

マーティは窓ガラスに小さな円形の切れ目を入れ、音をたてないようにガムテープを貼ってから外すと、その穴に手を突っこんで窓の鍵を開けた。体を持ちあげ、予備の寝室にそっと忍びこむ。そこは寝室というより書斎らしく、小さなデスクとノートパソコンと椅子が見えた。マーティは静かに窓を閉めた。外から聞こえる突然の騒音で、プリンセスを起こしてしまう危険は冒したくない。マーティは暗がりに立ち、耳をそばだてた。ジャケットのポケットから布に包まれた小瓶を取りだし、クロロホルムを布にしみこませた。抜き足差し足でドアに近づいて開けると、真っ暗な廊下に目をやった。物音一つ聞こえない。エアコンの音さえも。よし、プリンセスは眠りについたようだ。あのブレスレットはベッドのそばのナイトテーブルに置いてあるだろうか？　だとしたら好都合なのだが。もっとも、そんなふうに物事が楽に運ぶのは十年に一度あるかないかだと、この稼業を始めたばかりの頃に学んでいた。

マーティは足音を忍ばせ、廊下の突きあたりにある彼女の寝室へ向かった。スニーカーを履いているので、フローリングの床を歩いても足音はしない。寝室のドアは開いていた。ドアの隙間からそっと室内をのぞきこむ。

卒倒しそうになった。喉元まで出かかった悲鳴を必死に抑えこんだが、プリンセスに馬乗りになっていた人物が気配を感じたらしく、マーティのほうを向いた。寝室の窓から差しこむ月明かりが、男の顔を照らしだす。男がつけているゴーグルは血で汚れていて、片手に持っているナイフも血まみれだ。男がすばやくベッドから離れた瞬間、プリンセスが見えた。顔が血だらけで、ありえない角度に曲がった首から血がどくどく流れでていた。銅のようなむっとする血のにおいが充満している。マーティは廊下を走って戻りながら、本棚をなぎ倒した。殺人者の靴がフローリングの廊下を打つ音が聞こえたと同時に、小さな書斎へと駆けこんだ。閉まっている窓に頭から飛びこみ、ガラスを通り抜けるときに手を切ったが、スピードを緩めなかった。外へ転がりでて立ちあがると、怪我をした手を胸に抱え、通りを三つ隔てた場所に停めてある車に向かって疾走した。車で走り去るとき、一度だけ振り返った。人の姿は見えなかった。あの男に顔を見られただろうか？　見つかってしまうだろうか？

心臓が激しく打ち、全速力で走ってきたのと、ひどい恐怖のせいで息が切れた。これほどの恐怖を覚えたのは生まれて初めてだ。怪我をした手が痛みだしたとたん、自分の血のにおいを感じたが、プリンセスの寝室で嗅いだ、鼻を突く強烈なにおいとは比べものにならなかった。

街の向こう側にある救急病院で傷口を縫ってもらい、モルヒネが効き始めてようやく、殺人鬼がした行為に怒りを感じた。あの男はプリンセスに――俺のプリンセスにナイフを突き刺し、喉を切り裂いた。そして今度は、マーティのあとを追ってくるに違いない。

3

月曜朝
ワシントンＤＣ
連邦捜査局（ＦＢＩ）本部ビル、犯罪分析課（ＣＡＵ）

ＦＢＩ特別捜査官のディロン・サビッチは、開け放したドアが軽くノックされる音で顔をあげ、驚いた顔で立っているカム・ウィッティア特別捜査官を見た。彼女の上司である犯罪捜査課のボスのデューク・モーガンから、いったいどんな説明を受けてきたのだろう？　サビッチは手を振ってカムを招き入れた。キーボードを叩いて、ＭＡＸの画面を暗くするまでもないだろう。カムもすでにこの凄惨な殺人現場の写真を見ているに違いない。サビッチは事務的な口調で言った。

「メイン州バーハーバーで起きた、旅行者ばかりを狙った悪質な連続殺人事件の犯行現場の一つだよ。楽しく過ごすつもりだった人たちが、モーテルの部屋でナイフで刺殺された。昨日の時点で被害者が五人だ。今朝早くに警察署長から捜査協力の要請があった。まあ、その件はさておき、入ってくれ、ウィッティア捜査官。ここに座って」

カムは椅子に腰かけて脚を組むと、西部開拓時代の保安官のようにセクシーだと前々から思っていた男性に笑顔を見せた。黄褐色の長いダスターコートと、拍車（スパー）のついた黒のブーツ姿でぶらつく彼を何度も思い浮かべたものだ。そういえば初めて会ったのはクワンティコにあるＦＢＩアカデミーで、コンピュータ・コーディングについての彼の講義を受けたときだった。サビッチがシャーロックと結婚していたと知ったときはがっかりした。シャーロックとは親しい間柄で、キックボクシング仲間でもある。妄想は妄想のままで、永遠に脈なし。ディロン・サビッチを見ていると、彼とは決して交わらない人生なのだとカムはときどき思う。

サビッチが口を開いた。「デュークから聞いたよ。フィラデルフィアの例のスーツを着たペテン師たち……銀行家二人と顧問弁護士三人だったかな？　あいつらを詐欺罪と横領罪で検挙したと。オフショア口座に隠してあった二千万ドルも取り戻したそうじゃないか。でかしたな。褒美として、デュークとパンクロックの曲をデュエットしたらしいな」

「ありがとうございます、サビッチ捜査官。あれはうれしいご褒美でしたよ。デュークはお祝いのときにいつもダンスを披露してくれるんです。唯一の問題は、彼がパンクロックのダンスを知らないことなんですけど、そんなのはいらない心配でした。かなりの見ものでしたよ。ところで、私に特別任務が与えられると聞きました。でも詳しいことは何も教えてもらえなくて」

「サビッチかディロンと呼んでくれ」

カムはさっそく呼び方を変えた。

「じゃあ、ディロンで。私のことはカムと呼んでください。カミラではなく。チャールズ皇太子の長年の恋人だった彼女にちなんで、父が名づけたらしいです。女王よりも根性があるからって」

サビッチが気のない笑みを浮かべたことに気づき、カムは口をつぐんだ。無理もない。こんなにおしゃべりなのは、自分が担当した詐欺事件で、派手に着飾った悪党どもを検挙して有頂天になっているからだ。連邦検事が満面に笑みを浮かべたのを見て自分が認められたと感じ、上司のデュークからさらに重大な任務を与えられるだろうと確信した。しかしまさか、あのディロン・サビッチから指名を受けるなんて。

「カム、わざわざ協力を頼んだのは、君が地道に捜査を進める捜査官だからだ。君のボスから聞いてるよ。ほかの者たちが気づかない関連性を見つけることができるうえ、事情聴取が上手で、人から信用される天賦の才能があると。おまけにシャーロックからも君を推薦された。トレーニングジムで、君に両脚で首を絞められて感心したそうだ。だが正直なところ、この任務における君の最大の利点は、ロサンゼルスに人脈があることだ。ミスター・メートランドも、この特殊な事件には君が最適な人材だと考えている。もう一つつけ加えると、目下のところ、われわれの課は目がまわるほど忙しい。君がこの任務を引き受けてくれるととても助かるよ」

称賛の言葉を浴びせられ、カムは気をよくした。「サビッチ捜……いえ、ディロン、それで私は何をすればいいんですか？」

「ロサンゼルス郊外で犯行に及んでいた連続殺人犯が行動パターンを変えて、州境を飛び越えた。土曜の夜にラスベガスで女優が殺害されたのを受けて、ＦＢＩが捜査に乗りだすことになった。君にはロサンゼルスへ飛んでもらい、各地の郡保安局や保安官事務所、ロサンゼルス市警察と連携して捜査にあたり、犯人を挙げてもらいたい」

カムは椅子から飛びあがってガッツポーズをしたい気持ちを抑えこんだ。

「一連の事件については、母から常に最新情報を知らされています。ラスベガスで起きた事件がニュースになっていると、昨日も電話で話してました。殺された若い女性のモリー・ハービンジャーとは去年、共演したことがあるそうです。才能に恵まれて、歌もダンスもうまくて、どこか愛らしさを残しつつも、とてもきれいな女性だったらしいですね。犯行の手口はほかの四人と同じですか？　自宅のベッドで？　真夜中に？」

サビッチはうなずいた。

「三人目の被害者が出てから、近隣住民はずっと不安な緊張状態にあるようです。何しろマリブのコロニーなので、多くの人が被害者のコンスタンス・モリッシーを知っているんです。彼女はいつも人あたりがよかったそうです。母が言うには、セオドア・マーカムとベッドをともにしていたんじゃないかと。影響力のあるプロデューサーで、自分が所有している家をコンスタンスに貸していたという話です。もっとも、誰も気にしていなかったみたいですけど。四人目の女優が殺害されたのもノース・ハリウッドですよね。父も母も彼女とは共演したことがないし、面識もなかったそうです」

サビッチはまたうなずいた。

「ロサンゼルスの四件の事件は手がかりが見つかっていないが、ラスベガスで起きた事件で、われわれはようやく糸口をつかんだようだ。今回の連続殺人犯の手口を把握しているラスベガス都市圏警察のムーディ署長と話したんだが、いつでも喜んでＦＢ

Iにバトンタッチするそうだ。犯人は土曜の夜の犯行現場で、いくつかパターンにはまらない動きを見せたらしい」

カムが座ったまま身を乗りだしてきたので、彼女がデスクの上に転げ落ちてくるのではないかとサビッチは思った。

「警報装置のワイヤを切断し、裏口のドアから侵入するのがこれまでの手口だった。だが今回はグラスカッターを使って、予備の寝室の窓を丸く切り取って鍵を開けてあった。その晩、被害者宅に窃盗犯が入って、殺人犯と鉢合わせしたのではないかとムーディ署長はにらんでいる。窃盗犯は殺人犯か、あるいは殺害現場を目撃して、慌てて逃げだしたようだ。窓を突き破って逃げたらしく、窓の外にガラスの破片が散乱していた。そいつは傷を負ったようで、被害者宅から続いている血痕を鑑識班が発見した。血痕の形状から見て、すばやく動いていたと推定されるそうだ。おそらく走って逃げたんだろう」

サビッチが続ける。

「信じがたい話だが、その窃盗犯とおぼしき男が日曜の朝に、手の傷を縫ってもらうためにラスベガス・バレーの救急病院を訪れている。名前も住所もでたらめで、治療費は現金で払ったそうだ。病院の監視カメラの映像を入手したが、パーカーのフードをかぶっているせいで顔がよく見えず、身元を割りだせなかった。だが血痕を残してくれたおかげでＤＮＡを抽出できるわけだ。統合ＤＮＡインデックス・システム（CODIS）に登録されていたら、すぐに身元は判明するだろう。署長は身元特定の作業を急がせている」

「地元の救急病院に行くなんて、あまり頭がいいとは言えませんね」カムが言った。「まともに頭が働いていたら、傷口を布でくるんで、百五十キロ以上は車を走らせて別の街へ行ったでしょうから」

「同感だ。似顔絵捜査官が傷口を縫合した医師に話を聞いて、似顔絵を作成中だ。ラスベガス支局のポーカー捜査官から、そろそろ連絡が来る頃だ」

カムは目を輝かせた。「名前がポーカーというんですか？　何かの冗談ですか？」

サビッチはにやりとした。「アーロン・ポーカー特別捜査官は自分が適任だと言って、ラスベガス支局への異動を願いでたんだ。まあ、たしかにぴったりだし、彼なりのちょっとした冗談なんだろう。異動して四年になるが、すばらしい実績をあげている。今朝、アーロンと話したんだが、言うまでもなく、今回の連続殺人事件の捜査に意気ごんでいたよ」

カムは言った。「別の犯罪者が……窃盗犯が連続殺人犯の身元を特定する役に立つかもしれないなんて、皮肉な話ですね」

「もしきちんと証言してくれたら、個人的にはその男に汚れのない経歴を与えて、ビールとピザをおごってやろうと思ってるよ。君はロサンゼルスで、組織同士の対立をいくつも解消しなければならない」

サビッチはMAXの画面を見た。

「最初の犯行は二月二十六日で、被害者は二十四歳の女優、ダビーナ・モーガン、テキサス州ラボック出身。これはロサンゼルス市警察バンナイズ署の管轄だ。第二の犯行は四月二日で、サンディマスで発生した。これは保安官事務所の管轄だ。被害者の名はメロディ・アンダーズ、サンディエゴ出身の二十六歳。君のご両親が暮らしているマリブでコンスタンス・モリッシーが殺害されたのは五月三日。これは保安局の支局の管轄だ。第四の被害者はヘザー・バーンサイド。ジョージア州アトランタ出身の二十八歳。ロサンゼルス市警察ノース・ハリウッド署管内で、六月二日に殺害された。そしてどういうわけか連続殺人犯はそこからラスベガスに移動して、この土曜にモリー・ハービンジャーを殺害した。

カム、さっきも言ったが、君を選んだ理由の一つは、ロサンゼルスに人脈があるからだ。君はマリブで生まれ育った。そして知ってのとおり、コンスタンス・モリッシーの殺害事件もマリブのコロニーで起きた。君の実家からさほど遠くないところでね。ご両親は俳優だそうだが、まだ現役なんだろう?」

「ええ、演じることが生きがいなのかもしれません。今はもう、お決まりの登場人物(ストック・キャラクター)ばかり演じていますが、映画だろうとテレビだろうとなんでもいいそうです。自分たちはマイケル・ケインと同じくらい仕事を楽しんでいるんだと父は言っていました。ただし、もらえるお金はずっと少ないですけど」カムはきれいな白い歯と左頰のえくぼを見せて笑った。「あの沼地に生息しているアリゲーターたちのことならよく知っています。彼らはかなり特殊な人種ですよ。なんていうか、脳の仕組みが私たちとは違うんです」

「並の人間とは違うわけか……たとえば捜査官とは」

カムは噴きだした。「私があの業界にまったく興味を示さなかったので、両親はよく言うんです。異星人が病院の新生児室に私を置いていったに違いないって。私にこの任務を任せてくださってありがとうございます。サビッチ捜査官、いえ、ディロン」

サビッチはにやりとした。「覚えておいてくれ。俺をサビッチ捜査官と呼ぶのは悪人だけだ」

「相手を羽交い締めにして拘束しているときに？」

「場合によってはな。今回のラスベガスの事件を含めると、若い映画女優が五人殺害されている。連続殺人犯の手口は毎回同じ。夜間に警報装置のワイヤを切断して裏口から侵入し、被害者がベッドで眠っている間に喉を切り裂く。争った形跡はなし。そして犯人は現場から立ち去る。汚れを落とし、すみやかに、音もなく。さて、ここからはマスコミにも伏せている情報だ。犯人は毎回、現場からノートパソコンと携帯電話を持ち去っている」

カムは椅子からさらに身を乗りだした。「理由はなんでしょう？　犯人につながる情報が入っていることを恐れたとか？」

「理由はまだわからないが、たしかなのはそれらが犯人にとって重要なものだということだ。この土曜のラスベガスの犯行現場では、窃盗犯に驚かされても平静を失わなかった。それどころか窃盗犯を追いかけたものの結局とらえられなくてもまったく動じることなく、被害者の家に引き返して東芝のノートパソコンと、ナイトテーブルで充電していた携帯電話を持ち去っている。冷静沈着に」

彼が続ける。

「モリー・ハービンジャーには恋人がいた。名前はトミー・クリュッグ、車のセールスマンだ。アーロンの話ではその男はずっと泣いていて、夜の十二時頃まで彼女の家にいたことを認めたそうだ。友人にバイクで迎えに来てもらって帰ったらしい。その友人はミラージュ・ホテルのカジノでブラックジャックのディーラーをしている男で、その彼がトミーのアリバイを証明した。二人はその足でトミーの自宅へ行き、トランプゲームで賭けをしていたそうだ」

サビッチはポーカー捜査官のメールアドレスと携帯電話の番号をカムに伝えた。

「質問があるときや、アーロンが新たな情報を入手したときは、直接連絡を取りあえばいい。それとラスベガスではなく、カラバサスにあるロサンゼルス郡保安局のロストヒルズ支局に出向いて、ダニエル・モントーヤ刑事と協力して捜査にあたってくれ。彼がコンスタンス・モリッシーの事件の手がかりをつかみ、同一犯による連続殺人だと最初に気づいたそうだ。モントーヤはずっとこの事件を追っているから、概要を教えてくれるだろう」

「なぜロサンゼルス市警察と合同で捜査にあたらないんですか？　ラスベガスの事件の一つ前の事件はノース・ハリウッドで起きていて、向こうのほうが人員も豊富なはずです。それなのに、なぜ郡保安局の刑事と組むんですか？」

「その前に、モントーヤについて説明させてくれ。年齢は三十一歳、一年前まで軍の諜報機関にいた。つまり比較的、新顔だ。退職者が出て空いたポストに抜擢されたのは、なかなかの切れ者で場数も踏んでいるからだろう。経歴は申し分ない。そしてさっきも言ったとおり、彼は自分たちが追っているのは連続殺人犯だと最初に突き止め、ロサンゼルスの全法執行機関に注意を呼びかけた。モントーヤがその真相にたどり着いたときには、すでに三人も殺害されていたんだ。最初の二人の被害者はどちらも若い女優で、どちらも喉を切り裂かれ、どちらもノートパソコンと携帯電話を持ち去られていたのにもかかわらずだ。なぜだ？　それがわからない」

カムが待ってましたとばかりに答えた。「ロサンゼルスには、女優志願者は掃いて捨てるほどいます。ハリウッドの食物連鎖において、被害者たちはグッピーです。みんながいい役に恵まれてレッドカーペットを歩きたいと願っていますが、実際に歩ける人はごく一部の人たちだけ。私の両親の話では、そういう女性たちが有名になるまでには長い道のりがあるそうです。だから刑事たちにしてみれば、少なくとも最初は関連のない事件に見えたとしても不思議はありません」

カムに一点だ。「おかげで疑問が一つ解けたよ。次に考えるべきは、連続殺人犯がどんな理由と方法で被害者を選んだのかだ。この任務中は、実家には泊まらないでくれ。事が複雑になりかねないからな。君にはマリブのピンカートン・インに滞在してもらう。知ってのとおり、マリブを管轄しているのはカラバサスにある郡保安局の支局で、そこの保安官は――」

「ドレイファス・マレー。彼のことなら知っています。母は父と出会う前、マレーとつきあっていたらしいんです。大昔の話ですけど」

そのちょっとした言葉で、カムは自分の価値を証明できたことに気づいた。もっとも次の一カ月分の給料を賭けてもいいが、サビッチはすでにドレイファス・マレーのことをよく知っているはずだ。

「そういうことなら、すでに支局の協力を取りつけたも同然だな。マレーが君のお母さんに振られて、失恋の傷心からまだ立ち直っていないなら話は別だが」

「それはありません。彼は別の女性と二十年間も幸せな結婚生活を送っていますから。母はマレーの奥さんとも親しくしていて、家族ぐるみの友人だと言っていました」

「ミスター・メートランドがロサンゼルス市警察のマーティン・クラウダー署長と話したそうだ。二人は旧知の仲で、腹を割って話せる間柄らしい」サビッチは言葉を切り、片方の眉をあげた。

「すみません、彼のことは知りません」

「それはかまわない。クラウダー署長は、捜査の指揮を執るのが自分の部下たちではないと知って少々不満げだったらしいが、最後にはあきらめたそうだ。一連の殺人事件のうちの二件が中心部から離れた郡保安局の支局や保安官事務所の管轄区域で起きていなかったら、今頃はとっくにロサンゼルス市警察が犯人を逮捕していただろうとミスター・メートランドに言い放ったらしいがな。ロサンゼルス市警察の殺人事件特別捜査課のデイビッド・エルマンが、すでに郡保安局の支局と保安官事務所に声をかけている。ミスター・メートランドの要請によって明日、事件を担当している各刑事が集められ、ロサンゼルス市警察本部で捜査会議が開かれるそうだ。そこでモントーヤと顔合わせをしてくれ。君が捜査責任者であることを全員に対してはっきり示すんだ、カム。捜査方針を決めるのは君だということをな。

各事件の捜査資料を君のｉＰａｄにダウンロードできるようにしておくから、ロサンゼルスへ向かう飛行機の中で見直せばいい。検視報告書と犯罪現場報告書、刑事全員の経歴も用意しておく。

明日の捜査会議はまず、流血沙汰にならないようにしなければならないな。各機関の刑事たちが君に逆らうとは思えないが、蓋を開けてみるまではわからない。君はトレーニングジムでも、男のエゴに対処するのがうまいとシャーロックが言っていたよ」

カムは片方の眉をあげた。「私がですか？　私のほうこそ、シャーロックの対応の仕方に舌を巻いているんですよ。何しろ、流血沙汰になったことが一度もないんですから」

サビッチもまったく同感だったので、反論しなかった。

4

カム・ウィッティアがCAUのオフィスをぶらつく様子をサビッチは眺めた。彼女は時間をかけて八人の捜査官に声をかけた。そしてもちろん、この課の秘書のシャーリーにも。カムはにこやかな笑顔で、シャーリー自身と家族とペットたちの健康について尋ねた。賢明なやり方だ。FBIという宇宙を動かしているのが秘書であることは、頭の切れる捜査官なら誰でも知っている。シャーリーは満面に笑みを浮かべ、航空券と旅程表をカムに手渡した。

どうやら自分は、ロサンゼルスの地元警察官たちと協力して捜査にあたるのに最適な人物を選んだらしい。あの縄張り意識が強い連中の中にFBI捜査官が入りこむのは容易ではない。カム・ウィッティア特別捜査官には何か特別なものがある。輝きと活気のようなものが。まるで彼女のまわりでエネルギーが脈打っているかのようだ。縄張りを荒らされるに違いないと猜疑心（さいぎしん）を抱いているロサンゼルスの警察官たちでさえ、磁石のごとくカムに引きつけられるだろう。やはりうってつけの人選だ。アリゲーターがうようよいるロサンゼルスで、むやみに衝突せずに舵取りできる部外者がいるとすれば、ウィッティアをおいてほかにはない。

シャーロックがサビッチのオフィスのドアから顔を出した。「みんな度肝を抜かれるわよ、ディロン。カムは人の気持ちを読めるの。もちろん頭も切れるし……これで万事うまくいくわ。ところで、あなたをランチに連れだそうと思って来たの。中華料理でも——」

サビッチの携帯電話がジェシー・Jの《バン・バン》を奏でだした。

電話に出ると、古い羊皮紙のようにかさついた小声が聞こえた。「ディロン？」

「ビーナス？　あなたですか？　どうしました？」

「ええ、私よ、ビーナスよ。大きな声で話せないの。誰かが聞き耳を立てているかもしれないから。悪いやつが」

「ビーナス、あなたの声は聞こえてますよ。どういうことですか？　何が起きているんです？」

「ディロン、誰かが私を殺そうとしているみたいなの」サビッチは自分の携帯電話を見つめた。誰かがビーナス・ラスムッセンを殺す？　彼女は正気を失いかけているのだろうか？　いや、ビーナスに限ってそれはありえない。八十六歳になった今も頭脳明晰（めいせき）で、ラスムッセン産業を強権的に支配し続けているビーナスに限っては。つい二、三週間前に話したときも元気そうだった。

「話してください、ビーナス」

彼女の声はいくらか力強くなったが、それでもまだくぐもっていた。誰にも聞かれないようにクローゼットに隠れて、受話器にハンカチでも押しあてているのだろうか？「ゆうべ、アレクサンダーの仕事がうまくいったお祝いをしたの。かなり価値のある日本人の水墨画を……フカミ・コレクションから数点、スミソニアン博物館に寄贈してもらえることになってね。もちろん私が根まわしして、ミセス・フカミにうまく口添えしてあげたんだけど、最終的に話をまとめたのはあの子よ。ええ、大半はね。私たちは夕食のあとにシャンパンを飲んだ。そうはいっても、私は二度乾杯しただけ。それから一時間ほどしてベッドに入ったら体が震えだして、胃がけいれんを起こして食べたものを全部吐いてしまったの。ベロニカが……ベロニカのことは知っているわよね。私の世話係の……彼女がかかりつけの医師を呼んでくれて、十五分後に到着した医師は言ったわ。高齢の女性だから、慣れない食べ物に胃が敏感に反応したんでしょうって。最初のときもそう言われたのよ」ビーナスは鼻を鳴らした。「実を言うと、最初のときはこんなにひどくなかったの。でもしばらくして二度目が起きて、これで三度目よ。そのたびに医師から、高齢の女性だからってたわ言を聞かされた。ねえ、ディロン、年のせいじゃないことくらい自分でもわかるわ。何しろ、私は敏感な高齢の女ですからね。今回は本当にひどかった。今までよりずっと深刻で、三時間も具合が悪かったの。アレルギーはないとドクター・プルーイットに伝えたわ。当然、彼も承知しているはずだけれど。だから何かほかの原因だと言ったの。私は八十六年も生きているんだから、自分の体のことぐらいわかる。これは年のせいではない。何かまったく別の原因がある。毒を盛られたに違いないと。賢明にもドクター・プルーイットは笑わなかった。それどころか、病院で検査を受けたらどうかと言われたわ。だけど検査を受ける気はないの。マスコミがそんな噂を聞きつけたら、どうなるかわかるでしょう?」ビーナスが息を深く吸いこむ音が聞こえた。「インターネットで毒物について自分で調べてみたの。ディロン、あれは砒素かもしれない。どこの誰の仕業か知らないけれど、私は毒を盛られて殺されかけたのよ」

　サビッチは頭がうまく働かず、話についていけなかった。ビーナスは人騒がせなタイプではない。全幅の信頼を置けて、父の狩猟用ナイフよりも頭がよく切れる人だ。

「そのことを家の誰かに話しましたか?」

「とんでもない、話すもんですか。いくら年を取っていても、私は能なしじゃないわ」

それでこそビーナスだ。タフで現実的な女性。

「ディロン、恐怖を感じていることは認めるわ。でもどちらかといえば、頭にきているの。私の身近にいる人物が、この家の誰かが私を殺そうとしているだなんて。だってそうでしょう。ガスリーとアレクサンダーに出し惜しみしているわけでもないし。まったく、勘弁してもらいたいわ。アレクサンダーは私の後継者になるのよ。私が現役を退いたあと、ゆくゆくはあの子がラスムッセン産業の経営者になる。そうでなければ、私が死んだあとに。知ってのとおり、アレクサンダーとあの子の父親はこの家で一緒に暮らしているから、生活費はたいしてかからないし、二人ともお金に不自由はしていないわ。それからヒルディは存分に絵を描けて幸せなはずよ。何年も前に多額の財産を分与して、ヒルディと幼いグリニスの面倒は資産管理人に見てもらっているの。あら、グリニスはもうそんなに幼い年ではないわね」

「話の続きはわれわれがそちらに着いてからうかがいます。二十分で行きますよ、ビーナス」

「ありがとう。ベロニカとイザベルには、あなたたちが昼食をとりに来ると伝えておくわ。あなたたちが来る本当の理由を誰にも知られたくないから」ビーナスは言葉を切り、苦しみをこらえている様子ながらもはっきりと言った。「こんなことには耐えられない。もし家族の誰かの仕業だったら？　死んでほしいと思われるほど、私は家族に憎まれているの？」

サビッチは電話を切ると、怪訝(けげん)な表情を浮かべているシャーロックに事情を説明しながら、二人でガレージへと向かった。にわかには受け入れがたい話だったが、誰かがビーナスに毒を盛ったとすれば、想像を絶する裏切りだ。

シャーロックは助手席でシートベルトを締めながら言った。「ディロン、あなたは今、仕事で手いっぱいだけど、おばあ様の親友の頼みでは断れないわね。数カ月前に『ワシントン・ポスト』に掲載されたビーナスに関する記事を覚えている？　彼女は〝地元の至宝〟と呼ばれていたわ」

「言い得て妙だ」サビッチはポルシェを出し、車の流れにスムーズに加わった。「家族に命を狙われていると考えるのはどんな気持ちだろうな。息子のガスリーと孫のアレクサンダーのことは知っている。まあ、どちらも無私無欲とは言えないが、心根の優しい人物だよ。アレクサンダーのほうは根に持つタイプではあるけどな。もし本当に毒が盛られていて、家族の誰かの仕業だと判明したら、ビーナスがどうなってしまうか心配だ」

「ビーナスはタフな人よ。あれほどタフな人には今まで会ったことがないわ。何が起ころうと、うまく対処するはずよ。今までだってずっとそうだったんだもの。だから心配しないで、ディロン。彼女がこの一件を解決できるよう手助けしましょう。私たちがビーナスの身を守り通さないと」

5

月曜
ワシントンDC
ラスムッセン邸

ポルシェは六月のあたたかな日差しの中に出るのを待ちかねていたが、サビッチは市街地では轟音をたてずに愛車を走らせた。やがて北西地区十九番ストリートに入ると、シャーロックが口を開いた。

「砒素については、ビーナスの勘違いかもしれないわね。彼女の症状はそれほど特徴的とは言えないし、医学的な問題をインターネットで調べると、誤った情報に振りまわされやすいから」

「ほとんどの人はそうだろうな。だが、ビーナスがスクラブルで母さんを何度も打ち負かしているって話を覚えてるだろう？　母さんはスクラブルの達人なんだ。ビーナスが誤った情報に振りまわされるとは思えないな。科学捜査研究所のドクター・アーミックに、ビーナスの症状の原因となりうる毒物について検査してもらおう」サビッチはさっそく電話をかけ、段取りをつけた。

五分後、サビッチはラスムッセン邸の前の道路脇にポルシェを停めた。この家は不動産業者から〝大邸宅(グラン・シャトー)〟と呼ばれ、五十年以上にわたってワシントンDCの不動産物件の最高クラスに格付けされている。

シャーロックは以前からここを訪れるのが大好きだった。ビーナスから聞いた話によれば、淡黄色のれんが造りの三階建てのフランス式大邸宅は、著名な建築家アンドレ・ペリエによって一九一一年に建てられたものだという。テラコッタと石灰岩がふんだんに使われた床、弧を描く階段、二段勾配のマンサード屋根、背の高い屋根窓。大きく育ったオークの木々が邸宅を取り囲み、木の葉が両開きの玄関のドアに影を落としている。長い歳月の間に、いくつかの大使館から家を売ってほしいと依頼を受けたそうだが、結局実現しないままに終わったそうだ。

二〇〇六年に、ビーナスはこの邸宅を豪華に改装した。そして現在、長男のガスリーとその息子のアレクサンダー、長年にわたってビーナスの世話係をしているベロニカ・レイクと一緒に暮らしている。バスルームつきの大きな寝室が八つもあるのに、四つしか使っていないらしい。

「この敷地は正確にはどれくらいの広さなの？」

「俺の記憶がたしかなら、約千三百平方メートルだ」サビッチはいつもの癖で助手席側にまわり、シャーロックのためにドアを開けた。

シャーロックは言った。「アレクサンダーが外出していてくれたらいいけど。私たちに疑われていると思いこんだら、かんかんに怒るはずよ」

「今日はアレクサンダーの相手をする必要はない。ビーナスはわれわれ三人だけで会いたいと言ってる。この件については、アレクサンダーとガスリーにはまだ知らせていないらしい」

シャーロックはため息をついた。

「彼が自分の祖母を殺したがっているというの？　いくらアレクサンダーでもそんなことをするかしらね。もっとも、もし本当に砒素だったとして、家族の誰かが犯人なら、私は迷わず彼に賭けるわ。でも家族の誰が犯人だったとしても、ビーナスは心を打ち砕かれるでしょうね。砒素の件についてはビーナスの勘違いであるよう祈るばかりだわ」

「ビーナスの勘違いでないとすれば、家族以外の者がなんらかの理由で、彼女に死んでほしいと思っているのかもしれない」

家政婦のイザベル・グラントが玄関のドアを開け、サビッチとシャーロックを迎え入れた。モーゼの時代からラスムッセン家に仕えていると、彼女はよく笑いながら言う。背が高く痩せていて、白髪まじりの髪をきちんとシニョンにまとめ、形のいい耳にダイヤモンドのピアスをつけている。服装はいつもどおりシンプルな黒のワンピースで、実用本位の靴を履いている。シャーロックはイザベルから以前に聞いた話を思いだした。この邸宅にもとからある十三基の暖炉はまだ使えるが、今ではめったに使われていない。それは一九六〇年代にセントラルヒーティングが導入されたからだと彼女は言っていた。

　イザベルが眼鏡を押しあげた。「サビッチ捜査官、シャーロック捜査官。早くお越しいただけてよかったです。ミズ・ビーナスはかなり取り乱していますが、理由を教えてくださらないんです。ゆうべ、体調がすぐれなかったことはわかっているんですが。お二人がいらしたということは、何かよくない事態が起きたんですね？　いえ、詮索するつもりはありません」イザベルは二人を見た。「お二人とも今日は仕事の顔ですね。毅然とした顔つきをしてらっしゃいます」

　シャーロックは目をしばたたき、イザベルの腕をぽんと叩いた。「それならよかった。ところでイザベル、娘さんとおなかの双子ちゃんは元気？」

イザベルは金色の奥歯が見えるほど大きな笑みを浮かべた。双子の孫が生まれるのが楽しみでしかたがないようだ。「ゆうべ、イベットから電話がかかってきて、赤ちゃん用のバスタブに入れるものなら、その中で眠りたいぐらいへとへとだと言っていました。でも最高に幸せな気分だそうです。さあ、こちらへどうぞ。ミズ・ビーナスはリビングルームでお待ちです。何かよくないことが起きたにせよ、お二人なら解決できるはずです」

二人はイザベルの案内でテラコッタのタイル張りの広い玄関ホールを抜けて右へ曲がり、立派なリビングルームに足を踏み入れた。ビーナスは一人だった。アイスティーらしきものが入ったグラスを手に持っている。世話係のベロニカはどこへ行ったのだろう？　ビーナスは立ちあがらなかった。どうやら泣いていたらしい。サビッチは動揺した。今までに二度だけ、彼女が泣いているのを見たことがある。サビッチの祖母の葬儀のときと、それから彼がまだ少年だった頃にビーナスの夫のエバレット・ラスムッセンの葬儀のときだけだ。

生まれてからずっとビーナスを知っているのは、サビッチの祖母のサラ・エリオットと彼女が幼なじみだったからだ。祖母の墓地で泣き崩れるビーナスにしがみついて涙をこらえたことを、サビッチは今も覚えている。

サビッチとシャーロックは身をかがめ、ビーナスを抱きしめた。シャーロックはビーナスの目をのぞきこみ、体の不調が尾を引いていないかどうか確かめた。幸い、その兆候は見られない。シャーロックはビーナスの隣に座り、サビッチは二人の向かいの椅子に腰をおろした。

「あなたのおばあさんの作品のもとで、また二人に会えてうれしいわ、ディロン。こんな状況でなかったらもっとよかったんだけれど」

サビッチは暖炉の上にかかっている、著名な画家だった祖母が描いた大きな絵を見あげた。「子どもの頃、あのブルターニュの吹きさらしの海岸線を見あげて、実際にあの場所に立ったらどんな感じなんだろうと思いましたよ。脚に感じる海水の冷たさ、シャツをはためかせる風、枝を垂れる木々……」過ぎし日の懐かしい思い出がよみがえり、サビッチは言葉を途切れさせた。

「いくつかの美術館がすばらしい手土産を持ってきて、あの絵を遺贈してほしいと頼まれたけれど、全部断ったわ。サラの絵はいつまでもわが家に置いておくつもりよ。エバレットが亡くなったあと、サラが私にくれた絵ですもの。限りない生命のエネルギーをまた感じられるようにと……」今度はビーナスが言葉を途切れさせたが、やがてまた口を開いた。「サラがいなくて寂しいわ、ディロン、毎日あの絵を見るたびに彼女を思いだすの。卓越した才能や、長い歳月の間に二人で分かちあったものを……笑ったり、喜んだり、悲しんだり。あなたもサラから聞いたことがあるでしょう。古き悪しき時代にパリで過ごした話を」

「ええ、聞いたことがあります。でも、いい部分の話が省略されているといつも思っていましたよ」

ビーナスが緑の目を輝かせた。「もちろんそうでしょうね。若いときは一度だけだから、ばかげたことや悪いことをする。それが一生忘れない楽しい思い出になるのよ」

ビーナスはまだ若いうちに、ピッツバーグにある自社の製鉄所で起きた労災事故で夫を亡くした。その衝撃と悲しみを乗り越えると、夫の穴を埋めるために、彼が築いた王国を引き継いだ。やがて〝ラスムッセン女王〟の称号を獲得し、彼女が指揮官であることを誰一人疑わなくなった。ビーナスは感情を交えずにビジネス上の決断をくだし、力を行使して多くの人を敵にまわした。何十年にもわたって、誰もが認めるワシントンDCの有力者であり続け、八十六歳になった現在は象徴的な存在になっている。

サビッチは本題に入った。「ビーナス、一時間以内に科学捜査研究所の鑑識官がここへ来て、あなたの血液と毛髪のサンプルを採取します。ドクター・アーミックによれば、尿のサンプルも必要だそうです。何者かがあなたを毒殺しようとしているなら、すぐにわかるでしょう。とにかく、あなたの考えが正しいという前提で話を進めたいと思います。初めて具合が悪くなったときの状況を教えてください。どこにいて、誰と一緒だったのか。いつのことなのか」

ビーナスは小さな黒い手帳を取りだし、親指を使って最初のページを開いた。「ガスリーとアレクサンダーと私で、Kストリートにあるアンバサダー・クラブへ行ったの。三週間前の水曜に。お祝いではなく、単なる外食だった。私はシェフの自慢のロブスター・シャッセという料理を注文した。少し辛すぎて好みには合わなかったけれど、シャンパン・カクテルは最高だったわ。私は二杯しか飲まず、二時間ばかり経った頃にノンカフェインのコーヒーを飲んだわ」

サビッチは身を乗りだした。「そのクラブで、短時間でも誰かがあなたの席に来ませんでしたか？」

「一歩外へ出れば、しょっちゅう誰かに話しかけられるわ。たぶん私がもうろくしていないかどうか確かめているんでしょうね」

サビッチは噴きだした。「その可能性はまずないと思いますが。あなたの料理に近づいた人は?」

「フランク・ザップが……あなたも知っているでしょう、ディロン。もう十年以上も私のために働いてくれている会計士の一人よ。彼が挨拶に来たから、私は座るよう勧めて、一緒にカクテルを一杯飲んだ。奥さんの様子を尋ねると、もうすぐ家を出ていくという話で、慰めの言葉くらいしかかけられなかったわ。それからしばらくしてフランクは帰っていった。そういえば、ほかにも二人ほど挨拶に来たわね。市長の執務室で以前会ったことがある市会議員と、スミソニアン博物館の仕事を一緒にしている理事の一人が。でもその二人はちょっと立ち寄っただけだから、私のロブスターにこっそり毒を入れる時間なんてなかったはずよ」

シャーロックが口を挟んだ。「具合が悪くなったのはいつですか? どんな症状が出たんですか?」

「私たちが帰宅したのは十時頃だった。ベロニカに寝支度を手伝ってもらってベッドに入ったものの、いろいろと考えることがあってね。ボストン郊外にある家族経営の会社と合併するために準備を進めているんだけど、向こうはあまり乗り気でなくて。われわれの資金がどうしても必要なのに、合併の重要性をなかなか理解してもらえないのよ。そのことを考えていたら、突然激しい頭痛とめまいに襲われて、胃がけいれんを起こして、吐き気をもよおしたの。つらい状態は三十分ほど続いたかしら。結局ベロニカを呼ばずに制酸剤と鎮痛剤をのんだら、しばらくして症状はすっかりおさまった。翌朝、かかりつけ医のドクター・プルーイットを呼んで診てもらったら、おそらくロブスター・シャッセが原因だろうと言われたわ。八十六歳の胃には重すぎたんだろうって。たしかにそうかもしれないと思った。悔しかったけれど、そのときは納得したの」

「具合が悪くなったことは誰かに話しましたか？」

「ええ、話したわ。ガスリーとアレクサンダーにね。あの子たちも具合が悪くなったんじゃないかと心配だったから。でも、ぴんぴんしていたわ。ベロニカも医師の意見に賛成だった。そういえば彼女はアンバサダー・クラブのシェフに電話をかけて、ロブスターを食べて体調が悪くなった客がほかにもいないかどうか尋ねてくれたわ。だけど、そんな連絡は誰からも入っていなかった」

「二度目のときの状況についても教えてください」

「十日ほど前の金曜の夜だった。そのときもガスリーとアレクサンダーと一緒にいたの。娘のヒルディと孫のグリニスも来られたらよかったんだけど、グリニスの体調がすぐれなくて、ヒルディもつき添うことにしたの。私たちはフォギー・ボトムにあるウォリングフォード・ビストロでディナーをとった。私はコンソメスープと特製サラダを、要はコブサラダにローストした松の実を散らしたものを注文した。ロブスターの一件があったから、胃の負担になりそうなものは食べなかった。

ところが帰宅したとたん、またしても吐き気に襲われて体が震えだしたの。ひどい腹痛と胃のむかつきを感じて、部屋がぐるぐるまわりだした。今度はベロニカが救急車で病院へ行ったほうがいいと言ったの。でも私はドクター・プルーイットに電話をかけた。彼は例によって、高齢の女性だからという考えだったけれど、念のために精密検査を……不快で屈辱的な検査を受けるべきだと言った。私は症状がおさまるかどうか様子を見てから検討すると答えた。ガスリーとアレクサンダーもそばにいて、ベロニカと同じように救急車を呼ぶべきだと言ったけれど、そのうちだんだん具合がよくなってきて。それで二人はドクター・プルーイットの話に納得したみたい」

間を置いて続ける。

「翌日、その一件を聞いたヒルディから電話をもらったわ。でもあの子はそれほど心配していないみたいだった。お母さんは蒸気機関車みたいに頑丈な人だから大丈夫だと言って。グリニスのほうは頭痛が治ったらしく、買い物に出かけていたわ」

ビーナスの孫娘のグリニスが、世界じゅうを飛びまわって豪遊するジェット族であることはサビッチも知っていた。いつもどこか不機嫌そうで、人生の目標もなく、ブランド物の服を買いあさったり、世界各国の〝イケてる〟最新スポットを見てまわったりして時間をつぶしている。二度の離婚歴があり、子どもはいない。本当に具合が悪かったのだろうか？　怪しいものだ。

彼女の母親がヒルディだ。そういえばサビッチの祖母が生前、笑いながらかぶりを振って言ったことがある。

〝ビーナスは自分がヒッピーのようなアーティストを産むなんて想像もしなかったでしょうね。でもあの絞り染めの服からビルケンシュトックのサンダルに至るまで、ヒッピーそのものだわ〟

さらに祖母からこんな話も聞かされた。ビーナスはヒルディが結婚した男に、ラスムッセン一族の前から黙って姿を消すことを条件に金を渡し、厄介払いしたのだという。ヒルディを妊娠させたあげくに財産目当てで結婚したその男を、ビーナスはろくでなしと呼んでいたそうだ。そのことをヒルディはどう感じているのだろう？　ビーナスはひと息ついた。「ねえ、ディロン、知っている？　ヒルディは先月で五十歳になったのよ。私の子が五十歳になるなんて！　考えたら、ガスリーはもう五十八歳ね。想像できる？　でも私たちの世代は、男性が年を取るなんて考えられなかった。みんな年を取る前に心臓発作で倒れてしまって」黙りこんで、足元に敷いてある毛足の長いペルシア絨毯を見つめた。

やがて彼女は顔をあげた。

「ウォリングフォード・ビストロには政治家が大勢来ていたから、ほとんどの時間を打ち合わせや挨拶に費やした。そういうわけで、最近はめったにレストランには行かないようにしているの。ひどく疲れるから。でもあの日は、ガスリーに熱心に勧められて行ったの。シェフ特製のアーティチョークのリゾットが絶品だからと言われて。いいえ、今思いだしてみても、最初のときにアンバサダー・クラブにいた人には会わなかったわ」

ビーナスは視線をあげ、眉間にしわを寄せてサビッチの顔を見た。

「そのあとが今回よ。ゆうべは本当に恐ろしかった。今までよりさらに具合が悪くなったから。私はこの家にいて、ガスリーとアレクサンダーも一緒だった。ヒルディとグリニスが訪ねてきて、ミスター・ポールがコーヒーとアップルパイをみんなに出してくれた。そうしたら、あれよあれよという間に……十分後ぐらいだったかしら。立っていることさえおぼつかなくなって、また部屋がぐるぐるまわりだしたの。そのあとで、尿が黒っぽいことに気づいた。ほとんど真っ黒と言ってもいいほどだったわ。

それでインターネットで毒物について調べてみたら、症状が砒素中毒に合致した。それで悟ったの。誰かが、おそらく家族の誰かが、血を分けた私の家族の誰かが、口では愛していると言いながら私を殺そうとしていると」

6

シャーロックは声をかけた。「ビーナス、一歩ずつ進めていきましょう」

イザベルがドアのところに顔を出した。「サビッチ捜査官、ＦＢＩのビル・カールソンがお見えになりました」

「よかった。思ったよりも早く着いたな。ビーナス、科学捜査研究所のドクター・アーミックの要請に応じて、あなたの血液と数本の毛髪、それと尿サンプルを採取させてもらいますよ。二、三時間で、われわれが対処すべきものがなんなのか判明するかもしれません」

「注射は大嫌いよ」ビーナスが言った。「昔からずっとなの。でも救急車に乗るよりはましね」

「そのとおりです」サビッチはそう言って、ビーナスの手をぽんと叩いた。彼が上品な顔を見つめると、ビーナスは自制心を取り戻した様子だった。サビッチを見つめ返すビーナスの目は鋭く、決意と知性をたたえている。彼女は息子と孫息子を注視していなければならないのだ。ガスリーとアレクサンダーが三回ともビーナスと一緒にいた以上、彼らが殺そうとした可能性を疑わないわけにはいかない。サビッチは立ちあがった。「入ってくれ、ビル。用意はできてる」

血液の採取はあっという間に終わった。ビルは針の扱いが上手で、ビーナスが息をのむ間もないうちに一度目で血管に針を刺した。「きれいな血管ですね」針を刺した箇所に脱脂綿を押しあてた。「次は毛髪を数本採取します。脱脂綿を押さえていてください。すぐに終わりますから」本当に一瞬で終わった。「今度は尿を採ってきてください」ビルは小さなプラスティック容器を手渡した。容器にはフェルトペンで彼女の名前が書いてあった。

ビーナスは容器を手に取り、サビッチとシャーロックにうなずいてからリビングルームを出ていった。数分後、小さな紙袋を手に戻ってきて、ビルに手渡した。

「ありがとうございます。サビッチ捜査官、大至急検査にまわして、結果がわかり次第ご連絡します」

イザベルがビルと会話する声が玄関ホールから聞こえ、玄関のドアを開け閉めする音がした。

シャーロックは口を開いた。「ビーナス、差し支えなければ、このあと別の捜査班があなたが昨日の夜に食べたものの材料を取りに来ます。キッチンと食品庫も調べるので、疑わしいものがあれば見つかるでしょう」

ビーナスは声をたてて笑った。「ミスター・ポールの顔が目に浮かぶようだわ」

サビッチはこの家のシェフの顔を思い浮かべた。美意識の高いミスター・ポールは口をすぼめ、黒い目をぎらつかせることだろう。「しかたありませんね。それから状況が把握できるまで、今後あなたの食事はすべて家の外から調達してください。イザベルに注文してもらえばいいでしょう。外から届けられたもの以外はいっさい口にしないでください、いいですね？　この家の人たちにはかかわってもらいたくないし、その中にベロニカも含めなければなりません。彼女がこの場にいないのは、この件についてまだ話していないからですね？」

ビーナスはみじめさと怒りの入りまじった顔で二人を見た。「ええ、あなたたちにしか話していないわ。用事を言いつけて外出させたの」

サビッチは感情を交えずに言った。「こうなったらイザベルに協力してもらいましょう。イザベル一人だけです。すでにお気づきでしょうが、われわれがあなたの命を守るのに手を貸すのであれば、いつまでも家族に隠し続けておくのは不可能です。

検査で何か毒物が発見されたら、あなたの健康状態を詳しく調べなければならないし、家族全員から話を聞く必要があります」

「家族はきっと協力してくれるでしょう。少なくともそう願っているわ」

ビーナスはイザベルを呼ぶと、サビッチとシャーロックに話した内容を洗いざらい打ち明けた。イザベルは最初のうちは言葉を失っていたが、ラスムッセン家でそんな事態が起きているかもしれないと知って激怒した。「イザベル、言っておくけれど、まだはっきりしたわけではないのよ」ビーナスは言った。「だから慎重かつ冷静に対処してちょうだい」

イザベルは目に涙を浮かべてうなずいた。

「大丈夫よ」ビーナスはイザベルを抱きしめた。「私たちは長年にわたって、力を合わせてさまざまなことに対処してきたでしょう。今回もなんとかなるわ。心配しなくていいの」

イザベルは体を引き、ビーナスの顔を見た。「いいえ、心配しますとも！　正しくないことが起きているんですから。なんて邪悪な行いでしょう。でも、ご家族の誰かの仕業だなんてありえません。まさかそんな」

サビッチは言った。「ああ、本当に邪悪だ、イザベル。われわれが来たのは、これが事実かどうかを突き止めて、みんなで対処するためだ。君にも知っておいてもらって、ビーナスの食事の手配を頼みたい。まずは昼食から始めよう」

ビーナスはイザベルの肩を軽く叩いた。「私は〈レトワール〉のおいしいチキンコンソメとクレームブリュレ、それとシーザーサラダを食べたい気分だわ。ディロンとシャーロックも一緒に食べていってくれるでしょう?」

「ありがとうございます」シャーロックは答えた。「ランチが届くのを待つ間、もう少し話す時間がありますね」

「イザベル、料理を注文したら、お客様の昼食を二人分用意するようミスター・ポールに伝えて。一人はベジタリアンよ。それと昨日の夕食の残り物があったら、プラスティック容器に入れてもらって。検査してもらうから」

イザベルはうなずき、サビッチとシャーロックに向かって言った。「〈レトワール〉のミスター・ミネンドはミズ・ビーナスのことが大好きなんです。すぐに電話で注文します。おそらく彼自身が調理してくれるでしょう」二人からビーナスに視線を戻した。「奥様の召しあがるものは誰にも触れさせません」そう言い残し、リビングルームをあとにした。

サビッチは言った。「ビーナス、三度目の状況について話を聞いている途中でしたね。ゆうべ、また具合が悪くなったところまで聞きました。続きを思い返してみましょうか」

ビーナスは首を振った。「助けは求めなかったわ。症状がおさまるのを待って、そろそろ自分でなんとかしなければと思って、中毒症状についてインターネットで調べてみたら、簡単に見つかった。砒素が引き起こす可能性がある症状はすべて、私の症状にあてはまっていたから」言葉を切り、二人を見た。「ディロン、シャーロック、感謝の気持ちを伝えさせて。私の言うことを迷わず信じてくれてありがとう」

サビッチはあっさり言った。「あなたは私が知る中でもっとも地に足の着いた人ですからね、ビーナス。そのうえ誰よりも頭が切れる。それで三度目はかなりひどい症状が出たんでしたね」

「ええ。だけど歯を食いしばって耐えたわ。救急病院に行くべきだったんでしょうけど、マスコミに嗅ぎつけられたら、会社にとっても家族にとってもよくないと思って」

シャーロックは尋ねた。「ビーナス、あなたは有力者で、長年にわたって多くの人の人生に影響を及ぼしてきましたよね。私が思うに、敵を作らざるをえない場合もあったんじゃないでしょうか。誰か思いあたる人はいませんか？　個人的な理由であなたを恨んでいる人や、あなたの死によって大きな得をする人に心あたりは？」

　ビーナスは血管の浮きでた青白い両手で黒いシルクのパンツを撫で、舌で唇を湿らせた。「個人的な恨みに関してはそうでないことを願うばかりよ。経済的に得をする人についてはリストを用意できるわ。もっともビジネスの世界で取引先やパートナーになろうと思ったら、死んでいるよりも生きている人間のほうが価値があるはずだけれど。ああ、そういえば、エリス・ボーンの件があったわ。上級会計士だったんだけど、三カ月前に解雇しなければならなくなったの。会社のお金を使いこんでいた証拠を最高執行責任者に見せられたから。警察に通報せずに解雇した理由は、彼の妻と三人の子どもを知っていて、彼らのことが大好きだったからよ。でも人生にはいつもそういう人が現れるものでしょう。それにエリスが私に復讐しようとするなんて辻褄が合わないわ。会計士がどうやって私の食べ物に近づけるというの？」唾をのみこみ、視線をそらした。「さっきも言ったとおり、三度とも一緒にいたのはガスリーとアレクサンダーだけなのよ」目に涙があふれそうになった。「想像するだけでも恐ろしいわ、ディロン。血を分けた家族がそんなことをするなんて。ゆうべは本当につらい目に遭った。だけど、まだ信じたくないの」

「心あたりのある人のリストを作ってください。あとで目を通します。今度はアレクサンダーの話をしましょう。最近、彼の生活で何か変わったことはありませんでしたか？　気分の変化とか、どんなことでもいいんです」

「知ってのとおり、アレクサンダーはウザいやつになることがある……あら、二人とも、そんなに驚かなくてもいいでしょう。年を取った女だって、今風の言葉でわかりきったことを言い表す方法くらい知っているわ。あの子の特権意識と皇太子気取りの振る舞いに恥をかかされたのは一度や二度じゃない。そういえば、美術館の慈善イベントで前回会ったときも、あなたたちに無礼な態度を取っていたわね。犯罪者の相手をして人生を過ごすのは身分の低い者のすることだと暗にほのめかした。もちろん私の前ではっきりそう言ったわけではないけど、本当に申し訳なかったわ。あの子は私の孫よ。でも――」

シャーロックは身を乗りだし、ビーナスの腕に手を置いた。「アレクサンダーについては、必ず〝でも〟がついてまわるんですよね。彼と何かあったんですか？」

ビーナスがシャーロックにほほえんだ。「ディロンはあなたに初めて会った瞬間、大あたりを引きあてたと思ったそうよ。いいえ、特に何かあったわけではないわ。アレクサンダーはあいかわらず高慢で利己的だし。生き馬の目を抜く競争の激しい大手法律事務所で働けば、身のほどを少しはわきまえるんじゃないかと期待していたんだけれど。昔から頭はとてもいい子なのよ。でも、まだまだリーダーシップについて学ぶべきことが多いわ。人に自分のもとで懸命に働いてもらうためにはどういう接し方をすべきなのかを学ばないと。それを教えるのに手間取っているところなの」ビーナスは肩をすくめた。「いずれにしても、あの子はわかっているんだと思うわ。明言はしないけれど、私が引退するか死ぬかした暁には、自分が後継者に選ばれるであろうということが。私の子どもたちのガスリーとヒルディではなく自分が。何しろヒルディは絵を描くことが人生のすべてでしょう。ガスリーには以前は期待していたけれど、妻を亡くしてからあらゆることに対する興味を失ってしまった。自分の人生にさえね。グリニスは考えようによっては一番聡明だと思うわ。だけど、あの子には好奇心も野心もない。いつか変わってくれることを祈っているの。子どもの頃に、自由奔放な母親のヒルディが安定した家庭環境を与えてやらなかったせいかしらね。知ってのとおり、父親を知らずに育ったわけだから。

そういうわけで、アレクサンダーが私の後継者になるわ。二年前、スミソニアン博物館の顧問弁護士の地位を用意してやったら、ラスムッセン家がそういう形でかかわることに先方が大喜びして、アレクサンダーのために高層ビルに入っている小さなオフィスを提供してくれたの。ニューヨークの法律事務所にいたときのようにお金を稼ぐことだけに専念するのではなく、今は新たに入手したコレクションの来歴を調べる仕事に携わっているわ。もちろん私の口利きで地位を得たのは気に食わないみたいだけれど、地域社会をよりよくする活動に従事するのは大切なことよ。地域社会に富を還元しないとね。われわれの一族はそうすることを決して欠かしてはならないの。しばらくしたら落ち着いてくれるかと思っていたんだけど、残念ながらアレクサンダーはその仕事が気に入らないみたい」

アレクサンダー――サビッチはアレックスと呼んだことは一度もない――の望みはワシントンDCとおさらばし、ニューヨークあたりに本社を移転して、そこでラスムッセン産業を経営することだろうとサビッチは推測した。アレクサンダーが地域社会への富の還元に興味があるとは思えない。そういえば、彼はニューヨークにある一流の法律事務所の〈ラスストーン、グレース&ウォード〉を二年前にひっそりと退職している。どうしてだ？　アレクサンダーには務まらなかったのか？　それとも不正を働いたとか？　「ビーナス、アレクサンダーはなぜ〈ラスストーン、グレース&ウォード〉を辞めたんですか？」

ビーナスは口をつぐんだ。やはり何かあったのだ。彼女が話したくないたぐいのことが。サビッチはその点についてはそれ以上追及しなかった。本人に直接尋ねればいい話だ。

「彼の私生活については？　恋人は？」

「三年前にベリンダと離婚したあとは、なかなかうまくいかないみたい。ときどき活動的な女性たちをさまざまな社交行事にエスコートしているのは知っているわ。だけど特別な人がいるかどうかについてはアレクサンダーは何も言わないし、私も話してもらえるとは思っていない。あの子は秘密主義者だから」

サビッチは言った。「わかりました。では、ガスリーの話に移りましょう」

「息子を心から愛しているの。あの子が今回の件に関与しているとはとても思えない。万一こんなことを思いついたとしても、すぐにへまをするはずだわ。あの子は悠々自適で予測可能な人生を気に入っているの。昔から怠け癖があったし、妻の死を別にすれば、実際に不幸とは無縁な生活を送ってきた。ただ残念なのは、あの子が優秀な頭脳を持っていることね。私と夫が甘やかしすぎたせいでしょうね。そんなつもりはなかったけれど、当時はベトナム戦争の初期で大勢の若者が命を落としていた。私たちは息子を溺愛して、あの子にできる限りのことをしてやりたいと思った。イザベルの言ったとおり、これは邪悪な行いよ。ガスリーは邪悪な人間ではないわ」ビーナスは首を振り、二人をまっすぐに見据えた。「ガスリーが曲がりなりにも成し遂げたことといえば、あの子と結婚した女性が次男のロブを産んでくれたことね。ロブは快活で、人生を精いっぱい楽しもうとする子よ」

ロブの名前を聞いて驚き、サビッチは首をかしげた。ロバート・ラスムッセンはいわば一族の面汚しだ。ティーンエイジャーの頃は素行が悪く、他人の車を無断で乗りまわしたり、マリファナを吸ったり、酒場で喧嘩をしたりして、何度か逮捕されたこともあった。ロブが刑務所に入らずにすんだのは、ビーナスが裏から手をまわしたおかげだ。「ロブ？　彼から連絡があったんですか？」

ビーナスは返事をしなかった。

サビッチは言った。「何年ぶりですか？　十年とか？」

「そのことは関係ないわ。あの子はこの件とは無関係よ」ビーナスはサビッチの手を借りずに、ゆっくりと立ちあがった。イザベルが近づいてくる足音が聞こえた。

「ミスター・ポールがディロンとシャーロックの昼食をご用意しました。ミズ・ビーナスの食事も〈レトワール〉から届いたところです。いつでもダイニングルームへどうぞ」

「すぐ行くよ」サビッチはリビングルームを出て、ニューヨークのアパートメント二軒分はありそうなほど広い最新式のキッチンへ向かった。ミスター・ポールと直接話すためだ。キッチンに足を踏み入れると、スペイン風リゾットの香りに迎えられた。ミスター・ポールは下唇を突きだし、両の手のひらを上に向けて何度か肩をすくめた。典型的なフランス風の肩のすくめ方だ。ミスター・ポールは黒い眉をあげ、目をぐりとまわし、サビッチの謝罪を受け入れた。ミスター・ポールの見解によると、鉄鋼業界で働く不満分子、おそらくドイツ人がキッチンに忍びこんで卑劣な行いをしたに違いないという。〈レトワール〉からおいしそうなランチが届けられると、彼は鼻先であしらった。〈レトワール〉のシェフは想像力のかけらもない凡人だと信じているようだ。

ミスター・ポールがサビッチとシャーロックに出したのは、スペイン風リゾットと焼きたてのロールパン、火を通した洋ナシのサラダだった。サビッチはリゾットを一口食べ、自分が作ったものよりおいしいと認めつつ、再びロブのことを考えた。ビーナスはうっかり彼の名を口にしたようだった。なぜだ？　ロブが戻ってきたのか？　ビーナスに連絡してきて、金の無心でもしたのだろうか？　ビーナスはまだロブをかばっているのか？　今では熟練の犯罪者となったロブ・ラスムッセンが、この事件の犯人なのだろうか？　考えれば考えるほどビーナスの言い分は正しいという確信が強まった。やはり毒物に違いない。

シャーロックはロールパンをかじり、目を閉じて味わった。やがて仕事の顔に戻り、サビッチの心を読んだかのように話を切りだした。

「ディロンから以前、聞いたことがあるんです。ロブはかなり奔放な人なのに、昔からうまが合った、正直で決して言い訳をしない人だと。二人は一度だけ、喧嘩をしたそうですね。喧嘩の原因は覚えていないらしいですけど、ディロンのほうがロブより四歳上で訓練も受けていたから、あっという間にロブを地面に倒して押さえこんだとか。ねえ、ディロン、そのとき彼はなんと言ったんだった？」

「忘れもしないよ。あいつは鼻血を出していた。俺が腕を引っ張って立たせると、ロブはシャツの袖を引きちぎって顔にあてた。それからげらげら笑いだして、どんなに自分が鼻血を出していようと、そっちが意気地なしであることに変わりはない。だからビールを一杯おごってやると言ったんだ」

ビーナスは笑みを浮かべたが、何も言わなかった。いったい彼女に何があったのだろう。話すきっかけを与えたつもりだったが、うまくいかなかったらしい。

サビッチは直感に従うことにした。「ビーナス、私が昔からロブを気に入っていたのは知っていますよね。でも私にはどうすれば彼を助けられるのかわからなかった。

自ら災いを招くような真似をするのは賢い選択ではないと理解させることができなかった。ところがある日、ロブは何も言わずにいなくなり、軍に入った。それから十年間、彼の名前を耳にしたことさえなかった。今日までは。ロブの名を口にしたとき、あなたはとてもうれしそうでした。彼に会ったんですね?」

「今は話したくないわ、ディロン。ロブを巻きこみたくないのよ……このごたごたに。あの子の名前を口にするつもりはなかったのに、つい口が滑ってしまった。年のせいね」

三十分後、デザートのオレンジシャーベットを食べ終えて帰り支度をすると、サビッチはビーナスをそっと抱き寄せた。「あなたは毒物だと確信しているんですね。恐怖と怒りを覚え、裏切られたと感じていることでしょう。でも、まだはっきりしたわけではありません。決して早まった真似をしないでくださいね。今日の午後、科学捜査研究所の回答を聞いてから連絡します。心あたりのある人のリストをお願いしますよ、ビーナス。今すぐ取りかかってください。それと、この家の中で出されたものは決して飲んだり食べたりしないように。もし毒を盛られたのだとすれば、ほかの誰でもない、あなたの命が狙われているんですからね」

ビーナスが体を離した。「本当に厄介なことになったわね。ディロン、シャーロック、来てくれてありがとう」ビーナスはわざわざ玄関まで見送りに来た。「早急にリストを作るわ。そうはいってもこれからオフィスへ行って、取締役会に出席しなければならないの。何があろうと人生は続けなければならないというわけ」

シャーロックは言った。「くれぐれも気をつけて。用心に用心を重ねるようにと運転手のマクファーソンにも伝えてください。建物を出たり入ったりするときは、彼にエスコートしてもらうんですよ。安心してください。私たちが必ず真相を突き止めますから」

「ええ、もちろん信じている。あなたたちに話したらすっきりしたわ。マクファーソンは喜んで護衛を務めてくれるでしょう。いつも暇だと不平をもらしているもの。これで彼も忙しくなるわ」

7

サビッチがポルシェの強力なエンジンをかけたとき、シャーロックは彼の手に自分の手を重ねた。「来てよかったわね、ディロン。それでどうやってロブを調べるつもり？　ロブとビーナスの間に何かが起こっているみたいだけど、どういうわけかビーナスはまだ彼をかばっているようね」

「勘違いかもしれないが、まずはロブを見つけだして、事情をきいてみるつもりだ」

道路脇から車を出したとき、携帯電話がキャリー・アンダーウッドの《トゥー・ブラック・キャディラック》を奏でだした。電話はオリー捜査官からで、メイン州バーハーバーで起きた殺人事件の犯行現場の追加の写真をすぐに見てほしいという用件だった。サビッチはポルシェを停め、オリーと話しながら写真に目を通した。通話を終えて携帯電話をポケットに戻したとき、後方から立て続けに三発の銃声が聞こえた。ラスムッセン邸から。

サビッチは急いで車をバックさせ、邸宅の前で急停止した。サビッチとシャーロックはすぐさま車をおりるとグロックを抜き、家の向こう側にあるガレージへ向かった。四発目の銃声が聞こえた。

最初に目に飛びこんできたのは、ベントレーに乗っているマクファーソンだった。次の瞬間、彼はガレージの脇に立っている男のほうに向かって、ベントレーを急加速してバックさせた。男は銃を構えてマクファーソンに狙いを定めていたが、ベントレーの進路から飛びのき、マクファーソンに向けてさらに二発発砲した。マクファーソンがとっさに運転席で身をかがめる。男が放った弾はベントレーのリアウインドウに命中し、運転席の窓が粉々に割れた。ビーナスはどこだ？　撃たれたのか？

「FBIだ！　銃をおろせ、早くしろ！」

銃撃犯はぎくりとしてこちらに向き直ると、二発乱射し、装飾が施された門を飛び越えた。門は邸宅の裏庭に通じていて、通用門を抜けると路地に出る。

「シャーロック、やつが側道にたどり着くのを阻止してくれ。俺はあとを追う」サビッチはベントレーの脇で一瞬、足を止めた。「マクファーソン、大丈夫か？　ビーナスは無事か？」

「はい、二人とも無事です。ミセス・ラスムッセンは後部座席の床に伏せていらっしゃいます」

ビーナスが顔をあげて叫んだ。「ディロン、あの男を捕まえて！」

「彼女から離れないで。警察に通報してくれ」サビッチは庭の門を飛び越えると、滝のように垂れさがるジャスミンとトレリスに絡みつくバラに囲まれた曲がりくねった小道を走った。イタリア様式の美しい噴水と石のベンチをいくつか通り過ぎ、通用門の近くで足を止め、耳を澄ました。男がなおも路地を走っている足音が聞こえる。シャーロックは側道にまわれただろうか？　サビッチは叫んだ。「武器を捨てろ！ＦＢＩだ！」

銃撃犯は銃を持ったまま振り返り、やみくもに二発発砲してから身をかがめて走りだした。サビッチはグロックを構えて撃ち返した。生ごみの容器が吹っ飛ぶ音に続いて、悪態をつく声が聞こえた。サビッチが姿勢を低くして開いている門を通り抜けたとき、二発の銃弾が背後の壁に命中した。頭上わずか五十センチのところに。

サビッチは生ごみの容器に向けて再び撃った。大きな金属音が響いたあと、静かになった。門の周囲に目をやったが、誰も見あたらない。銃撃犯も、シャーロックも。

これ以上発砲するわけにはいかない。彼女に弾があたる危険は冒せない。

サビッチが路地へ出たところで、シャーロックが大声で言った。「そこまでよ、観念しなさい！　もう一度撃とうとしたら、両耳を吹っ飛ばすわよ」

　サビッチのいるところから銃撃犯の姿が見えた。生ごみの容器の陰にしゃがみこみ、シャーロックを振り返っている。サビッチは前進し、男にグロックの銃口を向けた。

「聞こえただろう。武器を捨てろ！」サビッチの声を聞き、銃撃犯が彼のほうに注意を戻した。ところが男は生ごみの容器の陰から転がりでると、銃を構えて駆けだし、シャーロックに向けて二発撃った。サビッチは心臓が激しく打つのを感じながら、そちらに駆け寄った。さらにもう一発、発砲音が聞こえ、サビッチは心臓が一瞬止まった。路地をまわって側道に出ると、シャーロックが銃撃犯の隣に立っていた。男は地面にひざまずき、身もだえしながら右手首を押さえてうめき声をあげている。

　シャーロックは男を見おろしていた。男の銃は四五口径のチーフ・スペシャルらしく、そばの地面に落ちている。シャーロックは銃を遠くへ蹴飛ばすと、顔をあげてサビッチを見てにやりとした。サビッチはグロックを腰のホルスターに戻した。シャーロックは男の背中の真ん中に片膝をついて手錠を取りだし、男の左手首をひねりあげて手錠をかけた。そして一瞬ためらった。銃弾を受けて負傷しているので、反対の手首には手錠をかけにくいと思ったらしい。「しかたがないわね。そのまま伏せて――」

その瞬間、銃撃犯がシャーロックの両膝をつかんで彼女を投げ飛ばすと、横に転がりながらジャケットの内ポケットから左手でナイフを取りだした。男は痛みと怒りであえぎながら、シャーロックにナイフを突きつけた。シャーロックははじかれたように立ちあがり、グロックの銃口を男に向けた。男が悪態をつき、側道を駆けだす。「やめときなさい、ばか！」シャーロックが男の背中に向かって怒鳴った。「また撃たれたいの？」

シャーロックが男を追おうとしたので、サビッチは彼女のそばを走り過ぎた。すぐさま男に追いつき、立ち止まって左脚を後ろに引き、男の左腕を思いきり蹴りつけた。肘の上あたりの骨が折れる音がして、ナイフが宙を舞う。男は叫び声をあげて崩れ落ち、地面に膝をついて両腕をだらりと垂らした。右手首から血が流れでていて、左手にかけられた手錠がぶらぶら揺れている。

サビッチとシャーロックは、絶体絶命の窮地に追いこまれてうめいている男を見おろした。「本当にしぶといやつだ」サビッチは言った。「大丈夫か、シャーロック？」

「ええ。でも、この男は大丈夫じゃなさそう」

サビッチは銃撃犯のそばに膝をつくと、ハンカチを取りだして出血している右手首に巻きつけた。「きつく押さえて止血しておけ」出血はもうさほどひどくないが、傷口に意識を集中させておけば、おとなしくしているだろう。サビッチは男の両脚とべルトに手を走らせた。ほかに武器は持っていないようだ。

男は痛みとショックでぼんやりした目でサビッチを見あげてから、シャーロックに視線を移した。男の灰色の目に激しい怒りが浮かんだことに気づき、サビッチはもう一度蹴りを食らわせてやりたくなった。

「しばらくは使いものにならないだろうが、両腕を失うことはないだろう。もっとも、そうなってもしかたがないような愚かな真似をしでかしたがな」

シャーロックは言った。「オリーに熱烈なキスをしないと。彼が例の犯行現場の写真の件で電話をかけてこなかったら、私たちはここにはいなかったんだもの」地面に両膝をついた。「もうじき応援が到着するわ。名乗る気はある？」

男は苦痛のうめきをあげながら低い声で言った。「このくそ女が」

「あら、ユニークな名前ね」

男は苦しげな息を吐きながらもう一度〝くそ女〟と言ったが、あとはぷいと横を向いたきり何も言わなくなった。痛みが限度を超えたのだろう。しばらくすると、男はかすれた声で言った。「まさかおまえらがＦＢＩだとはな。ＦＢＩがあんな豪華なポルシェに乗るか？　あの口やかましいばあさんとぺちゃくちゃしゃべったあと、エンジンをかけて走り去ったじゃねえか」

サイレンが聞こえてきた。

サビッチは男の上にかがみこんだ。「そのあと、ビーナス・ラスムッセンが家から出てきて車に乗りこむのを見てチャンスだと思ったわけか。運転手が彼女をかばうとは予想してなかったんだろう？　もう少しで轢（ひ）かれるところだったな。誰に雇われてビーナスの命を狙った？」

男は目の焦点が定まらず、白目をむいている。「おまえらが出ていくのを見てたんだよ。帰っていったじゃねえか」

コロンビア特別区首都警察の警察官四人が銃を構え、狭い側道をこちらに向かって走ってくるのが見えた。サビッチとシャーロックはグロックを地面に置き、身分証明書を頭上に掲げた。二人は同時に叫んだ。「ＦＢＩだ！」「ＦＢＩよ！」

8

月曜夕方
ワシントンＤＣ
ジョージ・ワシントン大学病院

二時間に及ぶ手術の末、ビンセント・ウィリグの粉々に砕けた手首の骨は修復され、骨折した左腕にはロッドが埋めこまれた。整形外科医は怪我は回復するだろうと告げ、患者がしたことを知ると、ＦＢＩ捜査官がすぐに面会してもかまわないと言った。整形外科医は敬礼をしてサビッチたちの幸運を祈った。

ウィリグは身分を証明できるものを所持していなかったが、身元を特定するのは難しくなかった。ものの数分で彼の指紋が画面上に現れた。ビンセント・カール・ウィリグ、マサチューセッツ州ブラマートン生まれ、三十四歳。ニューヨークで武装強盗と殺人未遂の罪で起訴され、二十一歳の誕生日に十三年の刑期を言い渡されてアッティカ刑務所送りになったのを含めて、前科記録は実に見事なものだった。なかなかタフな男らしく、刑務所では面倒に巻きこまれることなく、ほんの数週間前に出所していた。

ＦＢＩが捜査を担当すると宣言したわけでもないのに、コロンビア特別区首都警察のベン・レイバン刑事は先に立ってシャーロックとサビッチを案内した。二人はベンと並んで立ち、病室の窓越しにウィリグを見た。ウィリグは両腕を包帯でぐるぐる巻きにされ、積み重ねた枕にもたれかかっていた。胸には点滴がつながれている。サビッチたちが病室に入る前に、ベンは言った。「この様子だとさしあたっては逃亡を図る心配はないだろうな。でもウィリグを雇った人物が始末しようとするかもしれないから、入院中は警護をつけることにする。モルヒネの効果で口が軽くなっているといいんだが」

シャーロックは言った。「ウィリグは私を投げ飛ばしてナイフを突きつけてきたの。恥ずべき失態だったけど、おかげでどれだけ女性に反感を持っているのかわかったわ。自分を銃で撃ったくそ女がそばにいると知ったら、すぐにかっとなるでしょうね。あまり期待できそうにないけれど、私もウィリグの口が軽くなっていることを願うわ、ベン。モルヒネの効果で、いつの間にか黒人霊歌の《クンバヤ》を歌ってしまうぐらい穏やかになってくれればいいけど」

三人は病室のベッドを囲み、ウィリグを見おろした。彼は目を閉じ、石のようにじっとしている。顔が少し日焼けしているのは妙だとシャーロックは思ったが、十年以上も刑務所に入っていて青白い顔で出所し、その足でビーチか日焼けサロンへ行ったのだろうと判断した。

ウィリグが目を開け、シャーロックを見あげた。灰色の目は煙を散らしたように白みがかっている。ところが次の瞬間、くすんだうつろな目に変わり、目の奥に闇らしきものを感じた。今までもこういった目をした人間をシャーロックはたくさん見てきた。ウィリグは極悪人だ。

サビッチがベッドに身を乗りだし、静かな声で言った。「主治医によると、腕は回復するそうだ。手首のほうもな。もっとも、きちんと理学療法を受ければという話らしいが。そうでないと、歯抜けの犬みたいに役立たずになるらしいぞ」

ウィリグがかすれた低い声で苦しげに言った。「おい、俺が包帯でぐるぐる巻きにされてるからって、安心してんじゃねえぞ。今に見てろよ。腕が使えるようになったら、おまえをぶっ殺しに行くからな。さんざん苦しめて殺してやる」シャーロックに視線を移した。「そっちのくそ女はたっぷり楽しんでから殺してやる」

シャーロックは言った。「はいはい、わかったから。ねえ、かっこいいタトゥーを入れているじゃない。左の手首を見られる？　撃たれてないほうの手首よ。男の首に蛇が巻きついてるのね。へえ、立派だこと。でも、ウィリグ、刑務所の中で理学療法を受けられるかどうかは怪しいものよ。左手は器用に使えるの？」

ウィリグはなんの反応も示さず、悪意に満ちた目でただシャーロックを見あげた。

「待てよ、おまえの顔には見覚えがある。たしかイギリス人の大物テロリストを仕留めたFBI捜査官だろう。英雄にでもなったつもりか？」

シャーロックは身を乗りだした。「あなたより彼のほうがよっぽど手ごわかったわよ、ウィリグ。どっちが愚か者かといったらあなたのほうね。誰だか知らないけどあなたを雇ってビーナス・ラスムッセンを殺そうとした人物は、あなたが無能なことを知らなかったみたいじゃない。それともあなたは安く雇えるの？」

ウィリグがはじかれたように起きあがりかけたが、またベッドにもたれかかった。荒い呼吸をして、うめき声をもらすまいと必死になっている。

「俺は愚か者じゃねえ。おまえがあそこにいるべきじゃなかったんだ。おまえとそこの間抜けがあそこにいたから失敗したんだろうが」

シャーロックはまた身を乗りだした。「私が思うに、それは関係ないんじゃないかしら。あなたはビーナス・ラスムッセンの運転手にもう少しで轢かれるところだった。

さっきも言ったように無能だからよ」

ウィリグはじっとしていたが、彼の目はシャーロックと身動きが取れない自身への怒りに燃えていた。「もしアッティカにおまえがいたら――」

「私の言ったとおりよ。だってそうでしょう。家の前で車に乗りこんだミセス・ラスムッセンを殺そうとした。ところがすぐ近くにFBI捜査官がいて、車に乗っていた機転のきく運転手が命がけで彼女を守った。状況を考えれば、愚かなのは誰かわかるでしょう？　さあ、もう一人の愚か者について答えなさい。あなたを雇ったのは誰？」

ウィリグは悪態をつこうとしたが、その言葉は苦悶（くもん）のうめきにのみこまれた。

サビッチはシャーロックの腕に手を置き、彼女を引き戻した。「ウィリグ、ミセス・ラスムッセンを殺すためにおまえを雇ったやつの名前を教えたら、モルヒネを増やしてやる。ついでに終身刑にならないように取り計らってやろう。検事と話をつけて、司法取引させてやる。ただし、名前を教えた場合に限ってだ。それがいやなら、刑務所で一生を終えるんだな」

ウィリグはあざ笑った。いや、あざ笑おうとしたが、サビッチから顔をそむけた。

シャーロックは肘でサビッチを押しのけ、再び身を乗りだした。「あなたは三十四歳で、おそらくタフなんでしょう。というより、少なくともタフなふりをする方法は知っている。アッティカみたいな場所でも七十代まで生きられるわね。長くあそこに入ってたんだから、威勢のいい若い男たちにはたくさん会ったでしょう。いつまでそういう連中を遠ざけておけるかしらね？　きっと年配の受刑者のように、そういう男たちのお抱えの奴隷として生き延びるのね。それとも運がよければ、シャワールームで石鹸を拾おうと腰をかがめたときに慰み者にされるかも」

激しい痛みに襲われているはずなのに、ウィリグは何も反応しなかった。譲歩する気配をいっさい見せないのは、情けも見返りも求める気はないということだ。シャーロックは不覚にも感心した。どうやらアッティカで学んだこともあったらしい。刑務所で生き残るためには口を閉ざしておく以外に方法はない。

サビッチは言った。「ウィリグ、ラスムッセン家のどっちがおまえを雇ったのか答えろ。取引できるぞ」

ウィリグがかすれ声で言った。「弁護士を呼んでくれ」

ベンが口を挟む。「ウィリグ、おまえを雇ったやつのために、本当に終身刑になってもいいのか？　そうなったら二度と出てこられないぞ。われわれは四五口径のチーフ・スペシャルを押収した。アッティカを出て三日もしないうちに、おまえがボルティモアのミスター・ジェームズ・ウィンダムの自宅から盗んだものだ。あの家から二ブロック離れた茂みの陰に停めてあったバイクと、後部座席にくくりつけてあった鍵つきの箱と予備の銃弾も押収済みだ。弾道が示す証拠があるし、複数の目撃者もいる。おまえは逮捕されて、残りの一生を獄中で過ごすはめになる。誰に雇われたのか教えれば、サビッチ捜査官が言ったように取引できるぞ」

「どんな取引だ？」

よし、交渉開始だ。サビッチは言った。「さっきも言ったとおり、検事と話をつけて司法取引すれば、おそらく刑期は十年に減刑してもらえるだろう」

「終身刑に比べればずっとましね」シャーロックは言い添えた。

「無罪放免にしてくれ」

「いくらなんでも無理よ。わかるでしょう」シャーロックは言った。「ほら、やっぱりまともにものを考えられないじゃない。のらりくらりと答えるのもいいかげんにして。わかってるでしょう。刑務所で一生過ごすか、私たちと取引するか。最後のチャンスよ」

「無罪放免にしてくれ」ウィリグはなおも食いさがった。

サビッチは言った。「自分の身を守るんだ、ウィリグ。ラスムッセン家のやつからいくらもらった？」

ウィリグの灰色の目の表情はまったく変わらなかった。「弁護士を呼んでくれ」

ラスムッセン家の誰かに雇われたのだろうとかまをかけてみたが、うまくいかなかった。あまり期待はしていなかったものの、サビッチは最後に試みた。「遅かれ早かれ、われわれはそいつを逮捕する。おまえは報酬をもらってるはずだ。いくつかの銀行口座に分けて置いてあるのか？　それともアパートメントのマットレスの下に隠してるのか？」

ウィリグは激しい痛みに苦しんでいたのに、再び口を開いたときには硬く冷ややかな声になっていた。「俺はバイクなんか持ってない。モルヒネと弁護士を要求する」

「裁判官は警察官を殺そうとした悪党を嫌うわ」シャーロックも硬い声で返した。「それにわかってるの？　弁護士費用さえ払えなくなるのよ。ようやく手に入れた報酬は証拠保管ロッカー行きになるんだから」

ベンが言った。「いいだろう。国選弁護人を呼んでやろうか？」

「金ならある。俺の弁護士を呼んでくれ」

「ラスムッセン家から払われたお金のこと？」シャーロックは言った。「アレクサンダー・ラスムッセンがあなたの弁護士なの？」

「いや、そいつはお高くとまった気取り屋なんだろ？　俺の弁護士はビッグ・モート・ケンドリックだ」

ベン・レイバンはケンドリックをよく知っていた。二十年以上にわたって、ウィリグのような犯罪者の弁護を専門としている弁護士だ。「わかった。腕が使えないなら、自分で電話をかけられないだろう。ケンドリックを電話で呼びだしてほしいか？」

「ああ、今すぐ」

ベンはウィリグが見ている前で、自分の携帯電話でケンドリックに連絡を取った。通話を終えると、ウィリグに向かって言った。「聞こえただろう、今は話す時間がないが、一時間もすれば来るそうだ」声をあげて笑った。「おまえが憐(あわ)れなほど必死になって三人も殺そうとしていたと聞いたら、ケンドリックはなんて言うだろうな」

9

ウィリグがモルヒネの追加を求める怒鳴り声を聞きながら、サビッチたちはエレベーターへ向かった。ベンが尋ねた。「アレクサンダー・ラスムッセンが実の祖母を殺そうとしたと本気で考えてるのか？　それとも、ウィリグに口を割らせるためにかまをかけたのか？」

「かまをかけたんだが、うまくいかなかった。だが、その可能性もあるだろう」

ベンが探るような目でサビッチを見た。「ウィリグが話にのってこなかったのは残念だ。それにしても厄介な事件を抱えてしまったな。何しろ、ラスムッセン家はワシントンDCでは名高い家柄だ。いわば王族が襲われたようなものだ。別に驚かないだろうが、妻がメッセージを送ってきて、ほかの記者がすぐに見つけられないネタがあったら使わせてほしいと頼まれたよ。キャリーは経験豊富な記者だから普段はもっと分別があるんだが、それだけ興奮してるということだ。『ワシントン・ポスト』の編集長には言うなと念を押しておいたよ。彼は仕事の鬼だから、ネタを手に入れるためならなんでもしろと命じるだろうからね」

サビッチは言った。「キャリーを責められないよ、ベン。すでにマスコミがうようよしていると思っておいたほうがいい。ラスムッセン邸で真っ昼間に発砲事件が起きたんだ。今頃はもうニュースになっていて、世間の知るところとなっているだろう。ビーナスにはマスコミを完全にシャットアウトして、もし追及されてもノーコメントで押し通すよう家族に指示を出してもらった。そうだ、われわれが誰かに知らせるべき情報をキャリーが流してくれる気になったら、電話をくれ」

ベンが言った。「了解。キャリーを買収する方法を知っててよかったよ」彼はにやりとした。「シャワーのときに髪を洗ってやるんだ。彼女はそうされるのが大好きでね。いつもそれでうまくいく」

十分後、サビッチとシャーロックは病院のロビーをあとにして、混雑した駐車場に出た。

サビッチは身をかがめ、すばやくキスをした。「ベンはキャリーの地肌も洗ってやってるのかな。君はそうされるのが大好きだろう」

「ええ、そうよ」

「ベンはほかにもいろいろとサービスしているに違いない」サビッチはシャーロックの顔を両手で包み、黒い眉をあげた。「シャワーといえば、さっきは石鹸の話でウィリグに脅しをかけていたな」

シャーロックは大きな笑みを浮かべた。「視覚的に訴えるいい方法だったでしょう？　残念ながら探りだせなかったけど」

「ウィリグ自身がほかの服役囚に同じことをしていたとしても驚きはしないな」二人がポルシェに乗りこもうとしたとき、サビッチの携帯電話からレーナード・スキナードの《フリー・バード》が流れだした。科学捜査研究所のドクター・アーミックからだ。サビッチは彼の話に耳を傾け、礼を言ってから電話を切った。「ビーナスの血液サンプルから砒素が検出されたそうだ。いつから体内に蓄積されているのかを調べる毛髪検査の結果はまだ出ていないが、初めて体調に異変を感じた三週間前に毒物の混入が始まったと考えるのが妥当だろう。やはりビーナスの主張は正しかったんだ」

シャーロックはため息をついた。「最初から信じていたんでしょう。私もよ」

サビッチは言った。「鑑識班が何人か、まだラスムッセン邸に残っているらしい。ビーナスの体を診察したいと申しでたところ、かかりつけ医のドクター・プルーイットに診てもらいたいと彼女は言い張ったらしい。救急隊員たちを帰したあと、ドクター・プルーイットによって体調に異常がないことが確認されたそうだ。ビーナスは自宅にいる」

「さっぱりわからないわ、ディロン」ポルシェが黄色信号を走り抜けると、シャーロックは言った。「殺し屋が……ウィリグについてはほかに言いようがないけど、白昼堂々と殺すためにビーナスの自宅にやってきたというの？　理解に苦しむわ。少量の砒素を混入して年配の女性をひそかに殺して逃げおおせようとしていた人物が、人目につく場所で殺そうなんて企てるものかしら？　わざわざビーナスの自宅で、ニュースに取りあげられるように？　捜査官たちに警戒態勢を取らせて？　やけを起こしたということ？」

サビッチはうなずいた。「ウィリグは下調べをするつもりであそこにいたが、絶好の機会をとらえて実行に移したのかもしれない」

「でも大失敗に終わった」シャーロックは言った。「それともビーナスが死んでくれないと、闇に葬ったはずの何かが明るみに出てしまうと恐れている人物がいるのかしら。わからないことがもう一つあるわ。仮にアレクサンダーが犯人だとしましょう。まあ、ガスリーという線もあるかもしれないけど。何しろ、彼らは三回ともビーナスと一緒に食事をしていたわけだから。それであの二人が、場合によってはラスムッセン家のほかの人たちが、ウィリグのような男を見つけられると思う？」

「アレクサンダーなら、俗世間から離れて暮らしていた殺し屋くらい見つけられるだろうな」

「そうね、アレクサンダーを何年も前から知っているけど、私も同意見よ。ついでに言っておくと、彼はずる賢くて、思いどおりに人を操るのが得意で、無礼で――」

「たしかにそのとおりだ。それにおそらくアレクサンダーには広い人脈があるに違いない。ワシントンＤＣに限らず、ニューヨークにも。ラスムッセン家のほかの者たちがウィリグのような男を見つけられるかという点については、君のほうがよく知ってるはずだ。世の中のたいていのものは金で買えるということを」

シャーロックは言った。「ビーナスに仕えている人が犯人の可能性もあるかもしれない。たとえばベロニカとか。今日、私たちがビーナスを訪ねたときにベロニカを同席させなかったのは理解できるけど、ビーナスとベロニカは親しい間柄よね。彼女はほとんどの時間をビーナスと過ごしているんでしょう？」

「ああ。もう十五年になるかな。ビーナスが容疑者としてベロニカの名前を挙げるのを忘れるほど、二人は気心の知れた仲だ。ビーナスが家族と側近に残そうとしている遺言と信託財産を確認してみる必要があるな。各人の経済状態も調べてみよう。過去五年間ではなく、今すぐ金を必要としているのは誰なのか。

そしてもちろん、ずっと消息不明だった孫息子のロブもいる。ビーナスは疑っていないようだが、ラスムッセン家のほかの者たちはロブに疑いの矛先を向けるだろう。ビーナスがかばいたくなるのも無理はないよ」

「会計士のフランク・ザップについては？　最初のときにアンバサダー・クラブで同席したんだったわね」

「ルースに調べてもらったんだが、何も出てこなかった。二度目と三度目に毒物が混入された日に、たしかなアリバイがあったそうだ」

「私が思うに、何もかもきちんと整いすぎてるのよ。すべての状況証拠がガスリーとアレクサンダーを示している」シャーロックはため息をついた。「まるで誰かが答えを差しだしているみたいに。ディロン、黒幕が誰であるにせよ、ビーナスが毒物を混入されたと気づいて警察に、少なくとも私たちに知らせることを犯人は見抜いていたんだわ。だからウィリグと待ち構えていたのよ。すぐさま行動を起こすために」

サビッチの携帯電話が再び《フリー・バード》を奏でだした。アレクサンダー・ラスムッセンからだった。噂をすれば影だ。アレクサンダーはビーナスと一緒にラスムッセン邸にいて、なぜ昼日中にこんな銃撃事件が起きたのか、ＦＢＩはどうやって祖母を守るつもりなのかと、責任者を気取った強い調子で尋ねてきた。サビッチは怒りをこらえた。今のところはアレクサンダーを刺激してもしかたがない。アレクサンダーのほかに、父のガスリー、おばのヒルディとその娘のグリニスも女家長を囲んで集まっているという。ビーナスのことだから、みんなに大騒ぎされて少しいらだっているに違いない。たとえそうだとしても、家族が一堂に会するのはいいことだ。ビーナスのためにも、捜査のためにも。彼らはまだ互いを非難する状況にはなっていないのだろうか。サビッチは今夜、ラスムッセン邸で彼らと会う約束をした。ＦＢＩには祖母の警護を任せられないから民間のボディガードを雇うつもりだとアレクサンダーに告げられても、サビッチは何も言わなかった。

サビッチは電話を切った。「アレクサンダーのやつときたら、すっかり領主気取りだ。今夜、みんなに対面することになった。その前にウィリグのアパートメントに立ち寄って調べてみよう。すばらしい住環境とは言えないだろうな。倉庫地区の近くだから」ポルシェは通りを曲がり、ウエスト・エルムステッド・ストリートに入った。連邦政府の補助金があるとしても、この界隈(かいわい)はもう何十年も受けていないらしい。街自体が少しずつ崩壊に向かっているようで、安普請の建物のまわりには雑草がはびこり、庭には車が何台も放置されている。サビッチはとうの昔に板を打ちつけて空き家になってしかるべき建物の前でポルシェを停めた。「ウィリグの住まいは三階だ」

三人のティーンエイジャーがポルシェを見て、口をぽかんと開けた。五、六人の年配の男女が玄関脇のポーチに座っていたが、サビッチたちには目もくれなかった。

サビッチは階段の前で足を止め、大声で告げた。「俺の車に触れたら、禁錮五年を食らうぞ。われわれはFBI捜査官だ」ジャケットの前をちらりと開き、ベルトに装着しているグロックを見せた。「俺の愛車だ」

サビッチとシャーロックはしみだらけの軋む階段をのぼった。幸い、足を置く場所がわかる程度の明かりがついていた。三階に着くと、暗い廊下を曲がり、開け放したままの戸口でマリファナを吸っている老人の前を通り過ぎた。老人は無言のまま、二人にぼんやりした目を向けた。せめて妄想の中だけでも、老人がどこか別のもっとすてきな場所にいることをシャーロックは願った。ウィリグのアパートメントのドアには鍵がかかっていたが、シャーロックはピッキングセットを持参していた。一分足らずで、二人はウィリグのねぐらに足を踏み入れた。

部屋は一つだけで、一枚だけある汚れた窓は画鋲でとめた新聞紙で覆われている。部屋の奥には古いバスルームがあった。室内にあるのは小型の冷蔵庫、床に置かれた電気こんろと、その脇に積みあげられた空のピザの箱、シングルサイズのマットレスだけだった。二人はマットレスの中に二千ドルが押しこまれているのを発見した。捜索すべき場所はそこしかなかった。部屋を出ると、老人はまだ戸口に座っていた。壁にもたれかかり、鼻歌を歌いながら口から紙切れを引き抜いた。

シャーロックは老人のそばにしゃがみ、にこやかに笑いかけた。「あの部屋に住んでる男を見かけたことはありますか？　もしくは誰かがその男を捜しに来ませんでしたか？」

老人はうつろな目でシャーロックを見つめた。あいかわらず小声で鼻歌を歌い続けている。シャーロックは立ちあがり、サビッチに続いて建物から出た。

ありがたいことにポルシェは無事だった。ティーンエイジャーたちの姿は見あたらず、それ以外の人たちはみんな、さっきと同じ場所に座っていた。不気味なほど静かだった。

「二千ドル……手付金だとしても、殺人の報酬にしてはそれほど高くないわね」サビッチの運転でフーバー・ビルディングへ戻りながら、シャーロックは言った。「残りはどこかに隠してあるのかも。埋めたとか。そうでなければ、ウィリグは本物の愚か者よ」

サビッチはラジオのチャンネルを次々と切り替え、ラスムッセン産業の代表取締役会長兼最高経営責任者（ＣＥＯ）であるビーナス・ラスムッセンの殺人未遂事件がどう報じられているか、各放送局のニュースに耳を傾けた。八十六歳という年齢が一番大きなニュースになっているようだ。いつ天寿をまっとうしてもおかしくない高齢の女性を何者かが殺害しようとした事実が衝撃的なのだろう。ラスムッセン家は誰もコメントを出していなかったので、サビッチはほっとした。コロンビア特別区首都警察の声明もまだ出されていなかった。いずれＦＢＩの任務がマスコミにもれて、タブロイド紙の記者が押し寄せ、〝犯人は身内か？　ライバル企業か？〟というセンセーショナルな見出しが紙面に躍るだろう。

　そんな状況になっても、まだ犯行に及ぶだろうか？　サビッチは父の言葉を思いだした。〝邪悪な者は必ず方法を見つける〟

10

月曜夜
ワシントンDC
ラスムッセン邸

その日の午後八時半、サビッチとシャーロックはラスムッセン邸の前で警護にあたっていたコロンビア特別区首都警察の巡査に身分証明書を提示した。私道はまだ封鎖されていて、鮮やかな黄色の立ち入り禁止テープが張られていた。その奥には黒のベントレーが堂々と停まっていた。粉々に割れたガラスが地面に散乱し、月明かりを受けて、ダイヤモンドのかけらのようにきらきら輝いている。最後まで居残っていたニュース班は、幸いなことに今夜は引きあげたらしかった。

イザベルに案内されてリビングルームに入ると、まるで絵画のようにラスムッセン一族の全員がビーナスのまわりに集まっていた。グリニスだけはソファの向かいにあるルイ十六世様式の優美な椅子におとなしく座り、自分が履いているブランド物の靴に見とれていた。ただ一人、ヒルディだけが落ち着きがなく、豊かな胸に埋もれさせそうなほどきつく母を抱きしめ、怒りと安堵の気持ちをささやいていた。

ベロニカは一族から少し離れて座っていた。ガスリーはソファのビーナスとは反対側の端に腰かけ、膝の間に両手を垂らし、酒が飲みたくてたまらないといった顔をしている。アレクサンダーはソファの後ろに立ち、ビーナスの肩にそっと手を置いていた。サビッチは父と息子の顔を交互に見た。どちらか一方が、あるいは両方がビーナスに砒素を盛ったのか？　もしそうだとしたら、なぜ自分たちしかいないときに犯行に及んだんだ？　なんのためにそんな愚かな真似をする？

アレクサンダーが顔をあげ、身をこわばらせた。ハンサムな顔をしかめて背筋を伸ばし、冷笑を浮かべた。「ようやくお出ましか。今回の一件をどうするつもりか聞かせてもらえるんだろうな？」

サビッチはほほえんだ。「こんばんは、皆さん。ビーナス、今夜は気分はどうですか？」

サビッチとシャーロックの姿を見たとたん、ビーナスが安心した表情になってヒルディから身を離した。「私は生き延びるわ、ディロン。ベントレーはしばらく修理に出さなければならないけれど」

少し青白い顔をしているが、ビーナスはどっしり構えていた。事態の重大さが心にのしかかっているはずなのに、それを隠して前を向いている。ゆったりとした黒いシルクのしゃれたブラウスに黒のパンツを身につけ、つま先の開いた金色のサンダルから、フレンチネイルのペディキュアを施した足がのぞいている。たいしたものだ。命を狙われたというのに、美しく装っている。やはり敬服すべき女性だ。

ビーナスはもっとそばへ来るようサビッチたちを手招きした。「来てくれてよかった。マクファーソンに事情を聞きたいなら、キッチンで夕食をとっているわ。ミスター・ポールがマクファーソンの好物のポーターハウス・ステーキを焼いてくれたらしいの。この老体を守ってくれたお礼のしるしに。でもマクファーソンが気の毒だわ。鑑識班の人たちが毒物の捜索をするためにキッチンに入った件で、ミスター・ポールからたっぷり不満を聞かされているはずですもの。〝毒物だと！〟と言ってミスター・ポールはかんかんに怒ったらしいの。だけど鑑識班が帰って、ミスター・ポールがほっとしたのは間違いないわ。毒物なんて見つかるわけがないと、彼は断言していたけれど。

ご覧のとおり、みんながお待ちかねよ。今回の事件の首謀者が誰なのか、あなたたちの考えを聞きたくてたまらないの。さあ、座って。みんな、気を引きしめて協力してちょうだい」ビーナスは明るく力強い口調で話しているが、目に緊張が潜んでいることにサビッチは気づいた。つきあいが長いので、彼女の神経が弓の弦のように張りつめているのが感じ取れる。恐ろしい銃撃事件が起き、ここにいる誰が関与しているのかもわからない。それでも女家長らしく、いや、企業のＣＥＯらしく振る舞い、普段と同様に指揮を執り、主導権を握っている。自分の命が危険にさらされているというのに。家族はビーナスの気丈さを疎ましく思っているのだろうか？　それとも感服しているのだろうか？　その両方なのか？

　サビッチとシャーロックはラスムッセン家の人たちと一人ずつ挨拶を交わし、最後にアレクサンダーのほうを向いた。彼はいつものように冷ややかな笑みを浮かべた。そのあと二人がベロニカに挨拶すると、彼女は不安げな笑みを見せた。サビッチとシャーロックはビーナスの向かいにある二人掛けのソファに腰をおろし、イザベルが運んできたコーヒーを受け取った。

　ビーナスが咳払(せきばら)いをして注目を集め、落ち着いた口調で言った。「ＦＢＩの科学捜査研究所が私の考えを裏づけてくれたことは、すでに家族に説明してあるわ。この三週間にわたって、誰かが私に砒素を盛っていたこと。毒の決定的な効果が現れないと思ったのか、今日の午後、犯人が直接攻撃に出たこと。私が無事だったのは、マクファーソンの英雄的な行動のおかげだということ。彼はあと少しでベントレーで犯人を轢くところだったこと」鋭い目で一人一人の顔を順に見た。「ディロンとシャーロックがまだ近くにとどまっていて、男を捕まえてくれて本当によかったわ」

アレクサンダーが口を開いた。「祖母から聞いたよ。男はビンセント・ウィリグという名前で、命に別状はないそうだな」

「ああ」サビッチは答えた。

「ということは、その男は何者かに雇われて祖母を殺そうとしたと自白したわけか？」

ビーナスが言った。「それはまだらしいの、アレクサンダー。でも雇った人物には何人か心あたりがあるわ」サビッチに向かってほほえみ、顎をあげた。

ベロニカが身を乗りだす。「ええ、お二人には本当に感謝します。そんな恐ろしい男を捕まえてくださって。きっとこれで悪夢は終わりますね」

ヒルディが口を挟んだ。「どうして終わると思うの、ベロニカ？　そのウィリグという男がお母さんを毒殺しようとしたとは限らないでしょう」

グリニスが顔をあげた。「母さんと私がここに引っ越してくればいいじゃない」

「ええ、そうね」ヒルディは言い、またビーナスを抱きしめた。

ビーナスはやっとのことで体を引き離し、ヒルディの顔を撫でた。「本当に優しい子ね。あなたもよ、グリニス。でもその必要はないわ。ベロニカが守ってくれるから。何せ、十五年間も私も守ってくれているのよ」

ベロニカがサビッチに向かって言った。「たしかに今回はビーナスの役に立てませんでした。でも、ディロン、今後は絶対にビーナスから目を離さないと誓います」

アレクサンダーがイタリア製の灰色のカシミアブレザーから糸くずを払い落とした。

「だが犯人はまだ口を割ってないんだろう」

ビーナスのアレクサンダーの扱いは慣れたものだった。「ええ、そのとおりよ。さあ、ディロン、男の名前がビンセント・ウィリグだということはわかったわ。もう少し詳しく教えて」

サビッチは磁器のコーヒーカップを置いた。「年齢は三十四歳。犯罪常習者で、最近まで武装強盗罪と殺人未遂罪でアッティカ刑務所で服役していました。私はウィリグと面会し、誰に雇われたのか自供すれば司法取引に応じると申しでました。やつはじきに口を割るでしょう」話しながら、油断している顔がないかどうか全員の表情をうかがった。ヒルディの表情は安堵以外の何物でもなかった。アレクサンダーは不信感を浮かべている。ガスリーはといえば、なんだか憐れに見えた。母親が心配なのか？　それともまだ酒を飲みたくてたまらないのか？　グリニスとベロニカは本気で案じているふうに見えた。彼らの表情からは何もうかがい知ることはできなかった。とはいえ、そんなに簡単に事が運ぶとは、はなから期待していない。そもそも、誰一人として事件に関与していない可能性もある。もしかしたら犯人は仕事の関係者で、犯罪をもみ消そうとしているか、大きな利益を得ようとしているのかもしれない。今日の午後、ビーナスが暫定リストを送ってくれたので、デーン捜査官とルース捜査官の二人で、リストに載っている人物に金銭的な動機があるか否か調べてもらっているところだ。

シャーロックは言い添えた。「終身刑になって刑務所に逆戻りすることをウィリグが望むとは思えません。誰に雇われたのかを明かさないとどうなるか、本人はよくわかっているはずです」

アレクサンダーが言った。「誰に雇われたのか、ウィリグ自身がわかってない可能性もあるだろう。さもなければ、でまかせを口にすることもできる。真面目な話、有罪判決を受けた重罪犯の証言は、法廷ではあまり価値がない」

〝ご忠告をありがとう、ラスムッセン先生〟サビッチはアレクサンダーに冷ややかな視線を送った。「そんなことがあると思うのか？　ウィリグが手付金として受け取った二千ドルは、メールかメモ書きで指示を出してきた人物からもらったと？　だから誰に雇われたのかは見当もつかないと？」

サビッチに異論を唱えられ、アレクサンダーの喉元が脈打つのをシャーロックは見て取った。自分の祖母を殺そうとしたのはあなたなの？　「彼はプロの犯罪者よ、アレックス。慎重にならないわけがないわ。自分が誰に雇われたのかははっきりわかっているはずよ。明日の朝にはそれが判明する可能性が高いでしょうね」指の関節を鳴らしてほほえんだ。

アレクサンダーは怯えているのだろうか？　それともシャーロックが厚かましく、アレクサンダーではなくアレックスと呼んだことに腹を立てているのだろうか？

ビーナスが驚くべき発言をした。「ねえ、ディロン、私を撃ち殺そうとした男にぜひとも会いたいわ。自分が誰を相手にしているのか、彼も知っておいたほうがいいでしょう。それに私なら、ＦＢＩにはできない最高の取引条件を提示できる。明日、あなたたちと一緒に面会させて」

「お母さん、だめよ！　そんな恐ろしい犯罪者と会うですって？　いやだわ、まさかそんなことを言いだすなんて」

ベロニカが口を開く。「そうですよ、ビーナス。それはだめです」

ビーナスはヒルディの手をぽんぽんと叩き、ベロニカにほほえみかけた。「今日はいろいろなことがあったわ。初めての経験ばかりだった。たとえばベントレーの前後の座席の間の狭いスペースに体をおさめようだなんて、今まで考えたこともなかったわ。マクファーソンが伏せろと叫んだから、とにかく言われたとおりにしたの。それに比べればウィリグと面会するくらい、どうということはないわ」有無を言わせぬ口調だった。彼女が同じ口調で敵対する者たちを黙らせる様子がサビッチの目に浮かんだ。ラスムッセン一族がそう言ったら、それで決まりなのだ。

「いいでしょう」サビッチはラスムッセン家の面々を順に見つめた。「ガスリー、ヒルディ、グリニス、ベロニカ、明日の午前中、ルーシー・カーライル捜査官とデイビス・サリバン捜査官が個別に話をうかがいます。いつでも応じられるように準備しておいてください」

「僕もか?」アレクサンダーはソファの後ろから離れて暖炉の前に立つと、兵士のように背筋を伸ばして腕組みした。

「フーバー・ビルディングに来てもらう必要があるときは電話をかける」サビッチは言った。「明日の午前中はスケジュールを空けておくように」

「まるでFBIからの電話を待つ以外に、僕には何もすることがないみたいな言い草だな」

シャーロックは得意のにこやかな笑みを浮かべた。「あなたにとっても、これが大事なことであってほしいわ、アレックス。何しろ、おばあ様の命が狙われているんだから。信じてほしいんだけど、取調室はかなり快適なのよ」

「私が知りたいのは……」グリニスがサイドボードに近づき、自分でグラスに水を注いだ。「この中で、おばあ様に殺意を抱くとしたら誰かということよ」

11

ガスリーはグラスにジンを注ぎ、いっきにあおった。それでようやく心を落ち着けたようだ。「サビッチは息子のアレクサンダーか私に疑いの目を向けているんだよ、グリニス。もっとも、それなりの理由がある。母さんの具合が悪くなったとき、三回ともアレクサンダーと私が直前まで一緒にいたわけだからね」ガスリーはサビッチに向き直った。「君はほかの人に疑惑の目を向けるつもりはないんだろう？　初めからわれわれのどちらかを逮捕するつもりなんだ。さもなければ両方を」

アレクサンダーがいらだたしさもあらわに嚙みついた。「そんなのはばかげてるよ、父さん。僕たちにはおばあ様に危害を加える理由なんかないじゃないか。当然ほかにも答えがいくつかあって、その中に真相が含まれてるはずだ。おばあ様やわれわれの家族を襲うことによって利益を得られると考えそうなやつや大企業を数えあげればきりがないし、数百万ドルの契約や合併や株価がかかっている可能性もある」サビッチに鋭い視線を投げた。「だが、それらすべてを調べるのは至難の業だ。そこの二人が正しいところに目を向けるためには、知性と時間と労力が必要になる。そして言うまでもなく、それこそが今日の法執行機関が抱えている大きな問題だ」

ヒルディが両手をもみあわせた。「外部の人に違いないわ。お母さんに会社を乗っ取られたり解雇されたりして恨んでいる人の仕業よ。うちの家族に限って、そんなことをするはずがないわ、絶対に。ねえ、ディロン、ガスリーも私も昔からずっと母のことが大好きなの。もちろん、アレクサンダーとグリニスも祖母を愛しているわ。だからこんな邪悪な策略を企てるはずがない。私たちが犯人だなんてありえないわよ」

一瞬のぴりぴりした沈黙のあと、グリニスが笑いだした。「もしそんなことができたらすごいと思わない？　この中の誰かがこっそりおばあ様のコーヒーに砒素を入れるなんて。カーテンの後ろに隠れてるのを誰にも気づかれずにね」

「最初の二回は、シャンパンに砒素を入れられたみたいなの」ビーナスは落ち着き払った口調で言い、孫娘を見た。「レストランで」

「犯人にとって、もっといい方法は」グリニスは言った。「ウエイターに変装することだったわけね」

電話が鳴った。

電話機のすぐそばに座っていたベロニカが立ちあがって受話器を取り、相手の話を聞いたあと、ぴしゃりと言った。「ノーコメントです」乱暴に電話を切った。「また記者です。少なくとも家の前に陣取っていたワゴンはすべていなくなったんですが。近所迷惑ですからね。誰かが警察に通報したらしく、パトカーが来て追い払ったんです」ベロニカはさらに言った。「でもマスコミを帰さないほうがよかったかもしれません。誰もいなくなったら、警備が手薄になってしまうんじゃないかしら」

アレクサンダーが言った。「家の前で警官が警備にあたっているということは、パトカーは一晩じゅう停まっているだろう。朝になったら、われわれが雇った民間のボディガードもやってくる。おばあ様の身はちゃんと守れる。二十四時間態勢で警護がつくことになっているからね」

胸を張って暖炉にもたれかかっているアレクサンダーに向かって、ビーナスは感謝をこめてうなずいた。ビーナスがヒルディに目をやると、ヒッピーのようなアーティストの娘は例によって、絞り染めのロングスカートにゆったりとした農民風(ペザント)ブラウスを着て、何重にも連なったおかしな真珠のネックレスをつけていた。幅の狭い足にはビルケンシュトックのサンダルを履いている。足の形が自分にそっくりだとビーナスは気づいた。背中まで垂らした長い黒髪には白い筋が入っている。いかにも素人くさい仕上がりなのは、自分でハイライトを入れたからだろう。ずいぶん前に、ろくでなしの夫のエリオット・デフォーが自ら進んでヒルディの人生から去って以来、ヒルディをこの世界につなぎ止めているのは芸術活動と娘だけになった。たしかにエリオット・デフォーが出ていくように仕向けたのはビーナス自身だが、その後の数十年にわたって娘が独身のままでいるとは思いもしなかった。ヒルディは独りなのだと思うと、ビーナスは悲しくなることがあった。ホームレスじみた身なりの母親の隣にいるグリニスは、全身をブランド物の服で固め、さながら美人コンテストの優勝者だ。孫娘も離婚し、これといった目標もなくぶらぶら過ごしている。

ビーナスはそれぞれにほほえみかけ、思いやりのこもった声で言った。「あなたたちはみんな個性的だけれど、だからこそおもしろいの。私はいつでもあなたたちを愛しているし、幸せになってもらいたいと思って、よけいな干渉をしないように努めてきたつもりよ。でも自問せずにはいられない……死んでほしいと思うほど私を憎んでいる人がこの中にいるの？　私が自然に死ぬまで待てないの？」彼女は唾をのみこんだ。そして驚いたことに、うつむいて両手に顔をうずめて泣きだした。

ヒルディ以外の全員が凍りついたようにその場から動かなかった。「お母さん！」ヒルディはビーナスを抱き寄せると、背中を軽く叩いて髪を撫で、鳩（はと）が鳴くような声で耳元にささやきかけた。

ビーナスが気弱になっているのを見て各人がどんな反応を示すだろうと、シャーロックはそれぞれの顔を観察した。ガスリーは狼狽(ろうばい)した表情を浮かべ、アレクサンダーはかすかに軽蔑の色をにじませ、グリニスは気まずさの見本のような顔になった。ベロニカは立ちあがったものの、ヒルディがビーナスを抱きしめるのを見て、怒りと心配の入りまじった表情で再び椅子に身を沈めた。

ヒルディが大騒ぎするのをサビッチとシャーロックは見守った。しばらくするとイザベルが淹(い)れたての紅茶が入ったカップを、何も言わずにビーナスの手に押しつけた。ビーナスは一芝居打ったのだろうか？

ビーナスはカップを受け取り、ゆっくりと顔をあげた。その顔に涙が光っていることにシャーロックは気づいた。さめざめと泣いていた年配の女性は、再び重役会議室の女王に戻った。「取り乱して悪かったわね。さあ、聞いて。私たちは事実を直視しなければならない。私を殺そうとした犯人はこの家の住人か使用人である可能性が高いわ。私に毒を盛れるくらい身近にいて、頭の切れる人物。それが誰であれ、この部屋にいる人であろうとなかろうと、この家族を壊すなんて私が絶対に許さないことを思い知らなければならない。自分が老いぼれであることは承知しているわ。だけどお迎えが来るまでは、私は天国に行くつもりはない」一人一人の顔を順に見つめた。「あなたたちは一生どころか、二度目の人生でも困らないほどのお金を持っているはずよ。でももし厄介な事態に陥っていて、それを脱する唯一の方法が私の遺産を手にすることだと思っているなら、今すぐ私に相談に来てちょうだい。一緒に解決しましょう。これまでのことは水に流して、問題解決に全力を尽くすと約束するわ。お願いだからサビッチ捜査官が家を訪ねる前に、私のところへ来て」レーザービームのような鋭い視線をアレクサンダーに向けた。「自分のほうがディロンとシャーロックより頭がいいと思っているなら、大間違いですからね」

サビッチはビーナスのほうを向いた。「ロブの消息がわかったことは、もう家族に話したんですか?」

ガスリーが息をのむ音が聞こえた。ガスリーは愕然（がくぜん）として母を見つめた。「なんだって? 母さん、ロブを見つけだしたんですか? あの子は無事なんですか? 今どこにいるんです?」

ビーナスはサビッチを見つめてから、ゆっくりとうなずいた。「ええ、無事ですとも。ガスリー、あの子を気にかけていたのなら、自分で簡単に息子を見つけられたはずよ。ロブはこの三年間、メリーランド州のピーターバラで暮らしているわ。建築会社を経営していて……これはつけ加えたほうがいいでしょうけど、今年は黒字を出している。それから恋人もいるらしいわ。マーシャ・ゲイという名前で、信じられないような話だけれど彫刻家で、しかも大きな成功をおさめているんですって。マーシャはあなたのおばあ様の作品を崇拝しているらしいわ、ディロン。それを聞いただけで彼女のことを好きになりそうよ。

ロブをどうやって捜しだしたかというと、グーグルで検索しただけよ。だけど私から連絡する前に、ロブのほうからメールをくれたの。すばらしい偶然の一致でしょう。あの子と待ちあわせて一緒にランチをとったわ。お互いの家の中間にあたるチェビー・チェイスの〈プリマベーラ〉で」

「いつからそんなことを?」アレクサンダーが緊張した声で尋ねた。

「三カ月くらい前からかしら。アレクサンダー、あなたの弟はもう三十一歳なのよ。一人前になって、安定した生活を送っているわ。私たちみんなに会いたくてたまらないと言っていた。ぜひとも再会したいそうよ」

アレクサンダーの顔と声から表情が消えた。「ロブがおばあ様を毒殺しようとしたのかもしれないとは思わないんですか? 僕たちと違って、あいつは実際、いかがわしい犯罪者たちとかかわっていたんですよ」

ビーナスが形のいい眉をあげた。

「そうだとしたら、あなたの弟はマジシャンに違いないわ。だってそうでしょう？　二つの異なるレストランにこっそり忍びこんで、三度目に至ってはこの家に侵入して、どうにかして私が口にしたものに砒素を混入させなければならないんだから。

ええ、あなたたちの顔を見ればわかるわ。なぜ私がロブと連絡を取ろうとしたか不思議でしかたがないのね。理由は簡単よ。あの子は私の孫息子で、私はどんどん年を取っている。あの子がどんな人間になったか確かめてみたくなったのよ。そんなときにあの子からメールをもらって、運命が手を貸してくれたんだと思ったわ」

アレクサンダーが肩をすくめる。「運命がろくでなしの弟を気にかけてくれるとはね。昔のロブなら、おばあ様に取り入るチャンスに飛びつくに決まっているでしょう？　あいつがいつも問題ばかり起こしていたことは、ここにいる誰もが知っている。ああいうやつは変わらないんだ。あいつがしでかしたことを忘れたんですか？　本来なら、刑務所に入っていたはずの人間ですよ。甘い顔をすればつけあがるだけです。僕としては、再会するのは気が進みませんね。父さんもそうだろう？」

ガスリーは自分が履いているイタリア製のローファーに視線を落とした。

「あいつは犯罪者で負け犬だ」アレクサンダーはサビッチに視線を投げた。「あいつを第一容疑者に挙げるべきだろう」

ビーナスの声が鎮静効果のあるマッサージオイルのごとく響いた。「あなたは反対するだろうと思っていたわ、アレクサンダー。でもさっきも言ったように、ロブは目覚ましい変貌を遂げたのよ。きっと驚くわ」

「その恋人の話なら聞いたことがあるわ」ヒルディが口を開いた。「マーシャ・ゲイ。金属を使って、とてもモダンな彫刻作品を生みだしているって。おもな作品は人物彫刻で、若き成功者と言われてるわ」

ビーナスが言う。「まだ彼女に会ったことはないけれど、どうやら真剣な交際みたいよ。あなたとベリンダが離婚して以来、私には義理の孫娘がいなかったでしょう、アレクサンダー」ヒルディに笑みを向けた。「家族の中にアーティストがもう一人いるのもいいかもしれない」

ヒルディも笑みを返した。「私は昔からロブが大好きだったわ。活発で、前途有望な子だった。あんなことがあったのは残念だったけど」

グリニスが言った。「再会するのが待ち遠しいわ。実は昔、ロブにキスをされたことがあるの。たしか、私が十七歳のときだった。だけど私は気が進まなかったから、いとこ同士がキスをするのは法に触れるとかなんとか言い訳して、やめてと言わなきゃならなかったの。今ならそんな愚かな真似はしないけど。ねえ、考えてもみて。ロブは刑務所に入ったわけでも、死んだわけでもなかったのよ。喜ばしい話じゃない」

「自分の口からそう言ってあげて、グリニス」ビーナスが言った。「決めたわ、ロブと恋人を明日の夕食に招きましょう。あなたたち全員に同席してもらうわ。あの子の帰宅を歓迎するから、そのつもりでいるように」

ビーナスは有無を言わせぬ口調で言った。これでラスムッセン家の人々が勢揃(せいぞろ)いすることになるとサビッチは思った。ロブを歓迎するかといえば……果たしてどうだろう?

12

火曜朝
カリフォルニア州カラバサス
ロサンゼルス郡保安局ロストヒルズ支局

ドレイファス・マレー保安官は、FBI犯罪捜査課のボスのリチャード・デューク・モーガン特別捜査官から、連続殺人事件の捜査に協力するためにワシントンDCから部下を差し向けると連絡を受けていた。協力するというのは冗談だ。むしろFBIが捜査を引き継ぐと言ったほうがいい。名前は聞かされていなかったが、その女性が部屋に入ってきた瞬間、マレーは彼女に違いないと思った。五メートル離れたところからでも見分けがついたのは、女性が美人で、細身の長身で、世界は自分のものだと言わんばかりに大股で歩き、二十歳の頃のマレーよりも速く走れそうだったからだ。白いシャツの裾を紺のパンツにたくしこみ、赤いブレザーの下にグロックを隠している。履き慣らした黒のブーツはピカピカに磨きあげられていた。

ドレイファス・マレーははっとした。

「カミー、君なのか？」

女性が顔を輝かせた。「ドレイファス！　会えてうれしいです」

マレーは彼女を抱きしめ、体を離してからかぶりを振った。「君がＦＢＩに入ったことはもちろん知っていたが、たいしたもんじゃないか。私の仕事に首を突っこもうとしているお偉いさん（ビッグフット）っていうのは君だったのか。久しぶりだな。最後に会ったのは三年前だったかな？」

カムはほほえんだ。「いやだ、ビッグフットじゃありません。私の足はプリンセスサイズですよ。まあ、二十六センチだからそれほど小さくはないけど、あなたのもとでは、たとえつま先でも勝手にもぞもぞ動かすつもりはありませんから。ええ、ほぼ三年ぶりです。母の誕生日に風船の束とカップケーキを持ってきてくれたんでしたね。母といえば、ここに来ることを伝えたら、あなたを驚かせるべきだと笑いながら言われたんです。だから事前に電話で知らせなかったんですよ」

「リサベスは本当に冗談が好きで、遊び心があって、大いに人生を楽しんでいるな。私とは結婚しなかったが」マレーがため息をついた。「すべてがおさまるところにおさまったわけだ。最終的に君のお父さんは悪くない男だと認めないわけにはいかなかった。一度も道を踏み外さなかったのは、俳優にしては珍しいことだろう？　私の妻でさえ、君のお母さんに好感を持っているよ。もっとも、年に一度夕食に招く程度のつきあいだが」

「ええ、父と母はハリウッドでは希少な存在らしいです。私が生きている以上に長く幸せな結婚生活を送っていることが。ハリウッドの大物たちとは一定の距離を置いているのも何か関係があるんでしょうね。スザンヌは元気ですか？　息子さんたちは？」カムは尋ねた。

マレーは首を振った。「誰一人、郡保安局で働こうとしなかったなんて信じられるか？　四人がエンジニアになって、うち二人は〈マレー・エンジニアリング〉という会社を共同で立ちあげて、今は南カリフォルニアに住んでるよ。私たちには十人も孫がいるんだぞ」通信指令係のほうを見た。「なあ、アル、コーヒーを二杯頼む。FBIの女性は……まだ子どもみたいな飲み方をしているのか？　ミルクで割って」

カムは噴きだした。「今はコーヒーは結構です。ありがとうございます」

マレーのオフィスに案内されると、カムは椅子に腰をおろした。

「さてと、今回の事件には関与しないほうがいいとお母さんに言っておいてくれ。コロニーにあるご両親の家はコンスタンス・モリッシーの家の近くで……八軒先だったな？　ご両親を遠ざけておくべきだ。わかったな？　彼らが巻きこまれる危険は冒したくない。君もわかってるはずだ。リサベスは首を突っこもうとするに決まってる」

「私は実家に滞在しないんです、ドレイファス。コンスタンス・モリッシーの事件については両親も何か思うところがあるでしょう。だけどまさかそれぞれの家のドアをノックして、話をきいてまわるとは思えません」カムは言葉を切った。「でも、そうですね。念には念を入れて、この事件にはかかわるなと釘を刺しておきます」

「それならいい。君の言うことを聞いてくれそうかな？」

「いいえ、そうでもありません」

「きくんじゃなかったな。よし、カミー、君さえよければ、捜査を担当しているダニエル・モントーヤ刑事のところへ案内しよう。コンスタンス・モリッシーが殺害されたとき、彼はここに来てわずか一週間だった。五月三日だ。われわれが抱える事件が連続殺人ではないかと最初に気づいたのはモントーヤだ」息子を誇りに思う父親のような口調だったので、カムはモントーヤについて知っておくべき事柄は全部調べ、捜査記録にも隅々まで目を通してあることをあえて言わなかった。モントーヤは必要なことはすべてしていた。それどころか別々の管轄区域で起きた二件の殺人事件についても情報を集め、同一犯による連続殺人事件だと特定していた。

「さっそく会わせてもらえるならありがたいです。今日はするべきことがたくさんあるので。まずコンスタンス・モリッシーが殺害された家を見ておきたいし、もしかしたら両親のところにも立ち寄るかもしれません。そのあとモントーヤ刑事と一緒にロサンゼルス市警察本部の新庁舎に向かいます。連続殺人事件が起きた各管轄区域の捜査員たちを集めて捜査会議を開く予定なんです。全員に共通の理解を持たせ、一丸となって捜査にあたるように」

「連続殺人犯が異なる管轄区域で犯行に及んだのは、事態を複雑にして捜査の進展を遅らせるためだったとも考えられる。ロサンゼルス市警察の管轄区域じゃなく、保安官事務所の管轄区域で起きているものもあるからな」

「その可能性もありますね。でも、まだわかりません」

「君なら真相を明らかにできるだろう。どうやら大型犬が勢揃いするようだな。本格的な乱闘騒ぎになりそうだ」マレーはカムの美しい顔を見つめた。ショートのブロンドは母親譲りのウエーブがかかっていた。「無事を祈るよ」

カムはにっこりとした。「まあ、見ていてください、ドレイファス。できるだけ愛想よく、縄張り意識の強い連中を囲いの中に追いこんでみせますから。血の気が多すぎる場合は、焼き印を使うつもりです。モントーヤ刑事が軍の諜報機関にいたことは知っています。彼の捜査記録に目を通しましたが、コンピュータに精通していて、頭も切れるみたいですね。ＦＢＩが乗りこんできて自分が担当する事件をぐちゃぐちゃにかきまわされたら、おもしろくないんじゃないかしら。仲よくするようにあなたからモントーヤ刑事に言ってくれたんでしょうね」

「モントーヤは愚か者じゃない。協力はするはずだ」マレーはカミーの顔に母親のリサベスの——あと少しで結婚するはずだった女性の若い頃の面影を見ることができた。そっくりなえくぼも、見ているこちらまでつられてほほえんでしまう笑顔も、本当に母親とよく似ている。そういえば、七歳の頃のカミーもとてもかわいらしかった。「でもな、カミー、モントーヤが君の笑顔を見たら、たとえ文句があったとしても忘れてしまうんじゃないかな」

にっこりしている女性捜査官ができることには限度があるとカムは理解していた。犯人に見くびられる。ついでに言えば、男性の捜査官やほかの法執行機関の人たちにも。だが、とりあえずは試してみるしかない。「ドレイファス、できればカムと呼んでもらえませんか？　カミーではなく。顔じゅうが誕生日ケーキのクリームまみれだった七歳の頃から自分が変わっていないみたいな気がするので」

「カムか。そいつはいい」マレーは仕切りのない大部屋へカムを案内した。大部屋といってもそれほど広いわけではなく、十二台ほど並んでいるデスクのうち半分が埋まっていて、低い声で会話が交わされていた。男性も女性もいて、それぞれが携帯電話で話したり、パソコンに向かって何かを打ちこんだりしていた。一人はファイルをぱらぱらめくりながら、加害者ないし被害者から事情をきいている。今まで訪れたほかの警察署や保安官事務所と同様に、苦味の強いコーヒーの香りが漂っている。

カムはわが家に帰ったような気分になった。テーブルに落ちているドーナツのくず、半分食べかけのベアクロー（熊の手の形をしたアーモンド入りのパイ）、その脇のポットの中のコーヒーは、おそらく胃の粘膜をむしばむほど濃いに違いない。

「あそこにいるのがモントーヤだ。マッキントッシュのノートパソコンの前に座って、携帯電話を肩に挟んで、ベーグルを手に持ってる」

カムはモントーヤ刑事に目をやった。

彼女がマレーに視線を戻すと、彼は言った。「自己紹介は君に任せよう。逐一報告は入れてくれ、カム」マレーはカムを残して立ち去った。

カムはモントーヤの傷だらけの古びたデスクに近づくと、彼が落ち着いた声でゆっくりと携帯電話で話している間、静かに立っていた。どうやら目撃者か被害者と話しているらしい。カムのことが目に入っているとしても、はっきりと意識はしていないようだ。モントーヤがベーグルを一口かじると、上唇にクリームチーズがついた。彼は相手の話を聞きながら、二本の指でノートパソコンのキーボードを叩いていたが、やがて顔をあげてカムを見ると、椅子を顎で示した。

カムは椅子に座り、あたりを見まわした。室内にいるほかの刑事たちがこちらを見ていることは充分承知していた。カムが何者なのかも知っているはずだ。警察署や郡保安局においては隠し事など存在しない。モントーヤは礼を言って電話を切った。ベーグルの最後の一口を食べ、紙ナプキンで両手を拭くと、なおもキーボードを叩き続けた。唇にはまだクリームチーズがついている。

カムは声をかけた。「同時に複数のことができるなんてすばらしいわね。お母さんへのメールはもう少しで終わりそう？」

モントーヤは視線をあげなかった。「今朝は忙しくてね。母さんに伝えたいことが山ほどあるんだ」

「まだ朝の八時半よ、モントーヤ刑事。ラテン系の顔には見えないけど、スペイン人の名前はどこから？」

「それをいうなら、いかにもアメリカ人らしいファーストネームのほうをきいてもらえるかな。ダニエルという名前のほうを」

「いいえ、ダニエルという名前は聖書に出てくるのよ。ラテンアメリカが発見されるずっと前に。ライオンの洞窟に投げこまれて、無傷で帰ってきたことを自慢したのよ。あなたはライオンを見たこともないんでしょうね」

「いや、あるよ。六歳のときに、サンディエゴ動物園でね」

「もう終わった？」

「あと一文だけ。母さんが作るダブルクラストのチキンポットパイが恋しいと伝えておかないと。よし、終わった」モントーヤはノートパソコンを閉じてゆっくり立ちあがると、同じく立ちあがったカムをじろじろ見た。「君がＦＢＩ捜査官？」疑わしそうな声で言ったあと、小声だが充分聞き取れる声で言った。「こいつはうれしいね」

カムはブーツを履いていたので、身長が百七十八センチある。しかし近づいてみると、モントーヤの鼻のあたりまでしかなかった。「ええ、私がＦＢＩ捜査官よ。ずいぶん背が高いのね」

「君だってそんなに小さくないだろう」モントーヤは片手を差しだした。「ダニエル・モントーヤだ。すでに知ってると思うが」

「カム・ウィッティア特別捜査官よ」

二人は握手をした。彼は一瞬文句を言いたそうな表情を浮かべたが、やむをえないとあきらめたらしく態度を変えた。「わかったよ、保安官から聞いている。君がこの事件の捜査を引き継ぐと」

「そのとおりよ。でも、とりあえずあなたに会って、考えを聞こうと思って来たの」

「それでお払い箱ってわけか。僕が能なしで使えないから?」

「それは今回の連続殺人事件について、あなたがどんなふうに考えているかによるわね。あなたが使えない人間かどうかは、それを聞いてから判断するわ」

13

ダニエルは彼女を見た。ウエーブのかかったショートのブロンド、青みがかった灰色の目。いや、はしばみ色もまじっている。何か言いたげな顎のラインはダニエルの妹よりも頑固そうだ。でも驚くほど美人じゃないか？　ダニエルは思わず笑った。もちろん予想していたのは、ダークスーツに細いネクタイを締め、ウィングチップの靴を履き、石のように冷ややかな顔をしたユーモアのかけらもない男だ。「お役に立てるように努力いたします、ウィッティア捜査官」

「あら、よくできた夫になれそうね。でも平らなおなかも必要よ。朝食をおごるわ。だけど、もうベーグルを食べたのよね。唇にクリームチーズがついてる」ダニエルは朝食の残りを拭き取った。「ようやく人前に出せるようになったわ。まともな大人らしく見える。話を始めてもいい？」

「モリッシーの殺害現場に向かいながら話そう。ほかの犯行現場は？」

「まずはコンスタンス・モリッシーから始めましょう」

ダニエルはうなずいた。「モリッシーの殺害現場でいくらか時間を使うとして、ロサンゼルスの渋滞に巻きこまれても、予定どおりにロサンゼルス市警察本部に着けるな。だが、そろそろ出発しないと。現場に向かう車の中で僕の考えを話して、合格かどうか聞かせてもらうということでどうかな？　ああ、ついでに言っておくと、僕の父はいまだに平らな腹をしてるよ」

同僚たちが二人の一挙一動を見守っているのを意識しながら、ダニエルはカムを連れて大部屋を出てドレイファス・マレー保安官のオフィスの前を過ぎ、朝の陽光の中へ出た。建物の脇にクラウン・ビクトリアがずらりと並んでいた。

ダニエルはほかの車と同じくらい古びたパトカーを指さした。「前回殺害現場に行ったのは、一週間以上前だ。証拠は押収済みだが、見ておいたほうがいいだろう」

「鑑識の捜査では何も出なかったの？」

「ああ、何も。知ってのとおりだ。犯人は用意周到だ。採取した指紋は、家政婦のものも含めてすべて身元を確認できた。家政婦の証言によれば、モリッシーは優しくて、きれい好きで、感じのいい女性だったらしい」

「つまり、家政婦が来る前に掃除をしておくほどきれい好きだったということ？」

「そうだといいんだが。被害者のもの以外に検出された指紋のうち、ほとんどが家の所有者のセオドア・マーカムのものだった。ハリウッドの大物プロデューサーだ」

「あなたの捜査記録には、マーカムという男は単なる家の所有者ではないと書いてあった。彼とコンスタンス・モリッシーは愛人関係にあったかもしれないわけね」

「そう考えると辻褄が合う」

「あなたがマーカムを事情聴取したのよね。捜査記録には目を通したけど、彼に対するあなたの印象を聞かせて。記録に書かれていないことを知りたいの」

「事情聴取は一度だけ。同席した弁護士は、僕に合う棺(ひつぎ)の寸法を測っているような顔つきで座ってたよ。マーカムは悲しみで取り乱していると弁護士は主張したが、僕に言わせれば、マーカムは小学校時代の校長みたいな顔をしていた。石像みたいに無表情だったよ。しばらくして発言の機会を与えられると、モリッシーに家を貸したのは彼女にすばらしい才能があったからだと言った。モリッシーを育てるつもりだったから、金の心配を取り除いてやれば、彼女はキャリアを築くことに専念できると考えたと。モリッシーと体の関係はなかったとマーカムは言っていたけれど、そんな話は嘘に決まってる。話によれば、彼は二番目の妻と幸せな結婚生活を送っていて、妻との間に二人の息子をもうけ、二人ともカリフォルニア大学ロサンゼルス校(UCLA)でコンピュータの勉強をしているらしい。マーカムのアリバイを証明できる人は、いやというほどたくさんいた。モリッシーが殺されたとき、彼の自宅でパーティが開かれていて、妻と五十名の客が出席していた。事情聴取が終わる頃には、マーカムは不機嫌になっていた。一介の刑事風情に対応しなければならないわずらわしさに腹を立てていた。捜査記録にも書いたとおり、みんな酒がまわっていて、中にはプールに飛びこんではしゃぐ客もいたらしいから、マーカムがパーティをこっそり抜けだした可能性もある。もっともパーティの出席者全員が、彼はずっとそこにいたと信じているわけだが」

「捜査記録によれば、マーカムは横柄で冷酷な鼻持ちならないやつみたいね。まあ、正確にそう書いてあったわけじゃないけれど、はっきりと伝わってきたわ。彼女を殺したのはマーカムだと思う？」

「その可能性はある。たとえば二人は愛人関係だったけれど、モリッシーが別れを切りだした。マーカムのような地位にある男は拒絶されたことがないから、怒りに駆られて彼女を殺害したとかね。でもそうなるとマーカムが連続殺人犯ということになるが、どうもそうは思えない」ダニエルは肩をすくめた。「それと、例によってモリッシーのノートパソコンと携帯電話が持ち去られていた。理由はまだわからない。だが、そのせいでモリッシーの個人情報を追うのが難しくなっていることはたしかだ」

　カムはうなずいた。車が角を曲がってブリーカー・ロードに入ると、カムは窓を開けて、太平洋から吹いてくるそよ風を吸いこんだ。「ここからでも潮の香りがするのね。ずっと恋しかったの。ところでロサンゼルス市警察本部で開かれる捜査会議の件だけど、市警察との会議は今まで一度も開かれていないのに、エルマン管理官があなたとサンディマス保安官事務所の刑事たちに連絡してきたそうね」

「ああ、電話が来て、捜査記録を見せろとまで言われたよ」

　ダニエルは感情のこもらない声で答えるのが精いっぱいの様子だ。ロサンゼルス市警察の人たちが保安官事務所の刑事たちにどんな感情を抱いているのかは、だいたい想像がつく。カムは言った。「エルマン管理官と話したんだけど、捜査員全員を集めた捜査会議を開くのはまことに結構という考えだったわ。正確な言葉ではないけど」

　カムはにやりとした。「だから、これは決して一緒に演奏しないオーケストラみたいなものだと思ってほしいと言っておいたの。いわば、私は客演指揮者だって」

「楽しみだ。流血沙汰にならないことを願うよ。万一の場合に備えて、武器は持ってるかい？」

　カムは噴きだした。「おかしいわね。サビッチ捜査官にも同じことを言われたわ」

「サビッチ？　聞いたことがあるな。たしかジョン・F・ケネディ国際空港で起きた事件で有名になったあのシャーロック捜査官の夫じゃなかったかな?」

カムはうなずいた。「そのとおり。それとグロックに弾が入っているから心配無用よ」

「備えあれば憂いなしってわけか。あの連中の中にFBI捜査官が入ったら、何が起きるかわかったもんじゃないぞ。とはいえ、海軍と陸軍の任務計画の会議より悪くなることはないだろう?」ダニエルはカムをちらりと見やった。その目は、カムの能力に全幅の信頼を置いているわけではないと伝えていた。

カムはただほほえんだ。「たぶんね。でも試してみる価値はあるわ。たとえ何が起ころうと。さあ、コンスタンス・モリッシーのことを彼女はすでに知りつくしているのだろうと思っていた。左膝の裏側に母斑があったことまで。「変わり果てた姿で発見されたのが五月三日。犯人の手がかりはなし。まったく何も。ゼロだ。年齢は二十五歳、正真正銘の負け犬と離婚して間もなく三年になろうとしていた。ああ、もちろん、元夫も調べたよ。男はブラボ・モリッシーと名乗っていた。彼女は別れたあとも夫の姓のままでいたわけだ。元妻が殺害された夜、ブラボはシカゴで違法ポーカーに興じていて、七人のポーカー仲間が一緒にいたことを証言した。彼女はフロリダ州のフォートローダーデールの出身だ。

コロニーに住んで一年になろうとしていたが、特定の恋人はいなかったらしい。モリッシーがあんな立派な家に住めたのは、マーカムが月額わずか二百ドルで貸していたからだ。コロニーで同等のコテージが賃貸に出されたら、相場では少なくとも七千ドルはするらしい。二人が友人以上の関係だったと考えると筋が通る」

「友人でも身内でもマーカムでもいいけど、彼女のノートパソコンや携帯電話に何が入っていたのか、誰か心あたりはないの?」

ダニエルは角を曲がってパシフィック・コースト・ハイウェイに入った。この地点から海までは三ブロックと離れていない。小さなショッピングセンターの中核をなす〈サブウェイ〉を通り過ぎた。「今までのところ、関連がありそうな情報は何も判明していない。もうじきコロニーだ。マリブで自分の家を持とうと思ったら、ここが一番気取った場所だ。この界隈ができたのは――」

「一九二〇年代で、当時は〈マリブ・モーション・ピクチャー・コロニー〉と呼ばれていたのよね。昔の映画スターたちはこぞってここに家を建てた。ビング・クロスビー、ロナルド・コールマン、ゲイリー・クーパー、グロリア・スワンソン。挙げればきりがないわ。彼らはここに来ては羽を伸ばしていた」カムはにやりとした。

「ここへ来る飛行機の中でガイドブックを読んだのかい？」

「いいえ、両親がコロニーに住んでるのよ。二人とも俳優で、私もここで育ったの。コンスタンス・モリッシーの家を調べたあと、ちょっと寄りましょう。耳に入れておくべきことがあるかもしれないから。真面目な話、私の両親は情報通なの」

ダニエルはカムをちらりと見て、ゆっくりと言った。「なぜ地元のロサンゼルス支局の捜査官が捜査を引き継がないのか、合点がいかなかったんだ。このセレブの街で生まれ育ったから、君が適任だと判断されたわけか」

「それは、ロサンゼルス支局の捜査官ではなく私がここに派遣された二番目の理由よ」

「一番目の理由は？」

「私が優秀だからよ」カムはそう言うと車のウインドウから頭を突きだして深呼吸をし、海から吹く風に髪をなびかせた。

14

カリフォルニア州マリブ
コロニー

ダニエルは以前に一度、チェット・ブルベイカーに会っていた。守衛詰め所にいる筋骨たくましい二十三歳のサーファーで、コロニーに出入りする車を監視している。もっともせっかくの警備も、コンスタンス・モリッシーにはなんの役にも立たなかったが。

ダニエルが詰め所の窓口に寄せて車を停めると、カムが大声で呼びかけた。「久しぶり、チェット。通してくれる?」

チェットは彼女の顔をのぞきこみ、にっこりした。「やあ、覚えてるよ。たしかリサベスの娘だったたね? カミラ? カミーだっけ?」

「ええ、そう。でもカムと呼んで。実はFBI捜査官なの」カムは身分証明書をすばやく開いた。「モントーヤ刑事のことは知ってるでしょう?」

「ああ、知ってるよ。どうも、刑事さん。コニーの事件のことで来たんですよね？まったく、彼女があんな目に遭って、住人はみんな胸が張り裂けそうになってるし、いまだに怯えてるんです。ここで事件が起きるなんて今も信じられない、コロニー内は安全だと思ってたのに、もうそうは思えないって。俺は会社にも相談したんです。州立公園のほうからコロニーに立ち入れないように完全に道をふさぐべきだってね。見かけ倒しで役に立たない時代遅れの柵なんか取っ払って、隙間のないちゃんとした柵にするべきだ。今の柵だと、簡単に下をくぐり抜けて入ってこられるんです。やっぱり電気柵にするべきじゃないかな」チェットは言葉を切り、目にかかる長いブロンドを払って笑顔を見せた。「それで、やっと対策を講じてくれることになったんです。隣が州立公園だから、お役所的な手続きがいろいろ必要らしいけど、もうじき進展がありそうです」

「君のお手柄だな、チェット」ダニエルは言った。

チェットは敬礼をすると、後ろにさがってゲートバーをあげ、二人に小さく手を振った。

車がゲートを通り抜けると、カムは口を開いた。「私の両親を含めて、ほとんどの住民がチェットの意見に賛成なの。こんな小さな区画に大富豪や有名人がたくさん住んでいれば、好ましくない注目を集めるかもしれない。出入り口には詰め所があるけど、ビーチの東の端にある柵は、その気になれば誰でもくぐり抜けられる代物なの。私が物心ついた頃からいっこうに解決されない政治問題なのよ」

「ということは、僕に子どもが生まれて、その子が大学を卒業する頃になっても、まだ解決されていない気がするな」ダニエルは言った。「モリッシー殺害事件が起きてからは、民間のボディガードと監視カメラが増えたみたいだ。君はカミーと呼ばれてるのか？」

「カミーと呼ぶ人もいるし、ごくまれにカミラと呼ぶ人もいるわ」

「その二つの名前を聞いて、僕が何を思い浮かべたか知りたいかい？」

「ええ、何？」

ダニエルがマリブ・コロニー・ロードをゆっくりと走りながら、横目でちらりとカムを見た。「カミーは髪を三つ編みにして、エナメルの靴を履いている。カミラのほうはゆったりとしたローブを着て、胸のところに花を一輪持って寝椅子に横たわっている」

カムは笑いだした。「まあまあね。じゃあ、カムは？」

「ブーツを履いていて、つんけんした態度で、グロックを持ち歩いている」

いい線を行っているとカムは思った。彼女は片手を振った。「時間が止まったみたいに見えるかもしれないけど、住宅はときどきリフォームされてるの」

マリブ・コロニー・ロードは海辺へと続いていて、両側に家々が立ち並んでいた。宮殿のようなガラス張りの邸宅から、木造の小さなコテージ、中には一九四〇年代にさかのぼる建物まである。

ダニエルは言った。「道の中ほどに見える、あの小さなコテージがそうだ。五年前にきれいにリフォームされたとき、マーカムが週末用の別荘として購入したらしい。海辺じゃない。モリッシーと会ったことのある近所の人の話では、彼女はしっかりしていて愛想のいい女性だったそうだ。マーカムの愛人のように振る舞っているのを見たことはないらしいが、実際どういう関係だったのかはなんとも言えないな。室内の様子を見てもらうことはできるけれど、さっきも言ったとおり、証拠は何週間も前に押収済みだ」

「でも、あとで行ってみたいわ。実際に自分の目で見て、犯行現場の雰囲気を感じ取りたいの。今、通り過ぎたあの家を見た？　あれが両親の家よ。私はあそこで育ったの」

カムの実家は海辺に立っていた。宮殿のごとき大邸宅ではないが、モリッシーが住んでいたような小さなコテージとも違っている。二階建ての建物は古めかしさを感じるが、手入れが行き届いていた。もし高級住宅地に立っていなかったら、中流家庭の頑丈な造りの家という感じだ。前庭に植えられた太いヤシの木が枝を広げ、巨大な葉が道路にまで伸びている。

ダニエルは言った。「とてもいい家だ。コロニーにあるんだから、きっと目玉が飛びでるほど高いんだろうな」

「両親の話では、毎年、価格が急上昇しているらしいわ。ずっと昔、父と母が同じ時期にいい役をもらってかなり余裕ができたときに、ここで家を見つけたそうよ。お金をぽんと投げだして支払って、引っ越してきて、私が生まれたというわけ。たしか住宅ローンは三年前に完済したんじゃなかったかしら」

「きょうだいはいないのか？」

「私に手がかかって、それ以上子どもを作る時間もエネルギーもなかったんですって」

「僕の父もそう思っていたらしいが、母が妊娠しやすい体質だったみたいで、毎度驚かされたそうだ。いったいどうなってるんだって」

「何人きょうだいなの？」

「五人。僕が長男だ。あそこがモリッシーのコテージだ。あれ？　あの連中はなんだ？」

深緑色のボディに真っ白の星がちりばめられ、〈スタービング・アクターズ〉というロゴが入った引っ越し業者のトラックが表に停まっていた。デニム地のオーバーオールを着た筋骨隆々たる大男が、トラックの後ろのスロープからこちらを見やった。

「そうか、マーカムがコテージに立ち入るのを、地区検察局が全面的に許可したんだろう。あの男たちにはひと息入れてもらって、その間に中を案内しよう。マーカムはほかの女優を育てたくなって、このコテージを売るか貸すかしたのかもしれない。食いつめ役者たち（スタービング・アクターズ）が知っているかどうかきいてみよう」ダニエルは言った。

「ちょっと待って」カムは携帯電話をかけた。「もしもし、お母さん。ええ、そうよ。さっき、モントーヤ刑事と一緒に家の前を通り過ぎたわ。しばらくしたら寄るから。一つききたいことがあるの。コンスタンス・モリッシーのコテージに誰が引っ越してくるか知ってる？」数秒が経ち、さらなる質問と、ふうんという相槌（あいづち）が繰り返された。

「オーケイ、ありがとう」カムがこちらを見た。「セオドア・マーカムはコニー・モリッシーが殺されて以来すっかり元気をなくして、このコテージを売却したらしいわ。買い主は特殊効果のソフトウェアを開発している男性で、先週シアトルから来たばかりだそうよ。父の話では、三百万ドルをほんの少し下まわる金額らしいわ。一家は来月引っ越してくる予定だけど、先に家具だけ運んでおくことにしたんだろうって」

ダニエルはすっかり感心した。「小さなコテージが三百万ドルだと?」

「リフォームされていることを忘れないで」カムはにやりとした。「左側のあの部屋ね? あそこが主寝室で、この家で一番広い部屋は……言われるまでもなく、あなたは知ってるわね。さあ、中に入りましょう。セキュリティシステムは?」

ダニエルは答えた。「ああ、いいシステムだが、当然ながら、警報装置を解除する方法を知っていれば確実とは言えない。連続殺人犯はワイヤを切断する方法を知っていたわけだから」

ランスという名の大柄な男性と玄関前で顔を合わせた。たくましい体つきを見る限り、食いつめているようには見えない。ダニエルとカムが素性を告げても、ランスは驚かなかった。「ほんとにひどい話ですよね。若い女性があんなふうに殺されるなんてかわいそうに」ランスはかぶりを振った。「まったく面識はなかったけど」背後に向かって手を振る。「バートとジュールズも彼女のことは知らなかったそうです。三十分ほど外へ出ていればいいんですね? かまいませんよ。休憩がてら、ひと泳ぎしてきますから」ランスは二人の食いつめ役者たちに手を振った。目の保養になる若い男性三人がゆっくりと道を走って州立公園のほうへ向かうのを、カムとダニエルは見送った。男性たちが道の突きあたりに着いたときには、カットオフデニムだけの姿になっていた。

玄関のドアは開け放されていた。カムは鮮やかな赤に塗られたドアを抜け、メキシカンタイル張りの小さな玄関ホールに足を踏み入れた。右手に小さなリビングルームがあり、部屋の真ん中にモダンな家具が集められ、壁沿いには段ボール箱が高く積みあげられている。カムは中に入り、室内を見まわした。写真で見たコニー・モリッシーがこのすてきな家の窓から照明に至るまでを見て、喜んでいる姿が目に浮かぶようだ。壁は淡い黄色に塗られ、オーク材の床はピカピカに磨きあげられている。カムはダニエルのあとに続いて短い廊下を進み、リフォームされてバスルームとひと続きになった主寝室へ向かった。ゆっくりと室内に足を踏み入れ、積み重ねられた段ボール箱と淡い色合いの籐(とう)家具に囲まれ、その場に立ちつくした。目を閉じて、ベッドが置かれていた場所を思い浮かべる。血みどろの暴力、恐怖におののくコニーの顔。自分がもうじき死ぬのだと気づく時間があったとして、何が、どういった理由で起きたのかという真相にコニーが近づけたことを願うばかりだ。二年前、カムはある殺人事件の現場で、チョークで描かれた被害者の輪郭のそばに立った。被害者は年配の男性で、心臓を刺されて殺されていた。その現場でカムは空気がゆがんだような違和感と、感覚が麻痺するほどの寒けを覚え、恐怖に凍りついた。そのあと被害者の甥の息子に会ったときにも同じ寒けに襲われ、その男が犯人だと悟った。けれども決め手となる証拠が見つからず、結局逮捕には至らなかった。犯人だと信じていても、どんなに強く確信していてもだめだった。その事件を思い返すだけで、いまだに抑えがたい怒りがこみあげた。

寝室の壁は淡い青で、床にはメキシカンタイルがあしらわれている。しかし今、コニーにとって居心地のいい場所だったはずの寝室からは、悲しみ以外、何も感じられなかった。ここにはもはやコニーを思わせるものは何も残っておらず、壁際に段ボール箱が積みあげられた、ただのがらんとした部屋だった。

バスルームはやけに広く、贅沢な造りだった。洗面台にはイタリア製とおぼしき淡い色の大理石が使われていて、二つある洗面ボウルにはスペインの風景が描かれていた。大きなシャワーとジャグジー。カウンターに置かれたトイレットペーパーが一つ。ここにもコニーの痕跡は何も残っていない。

ダニエルに腕に軽く触れられ、カムは飛びあがった。「悪い、驚かせるつもりはなかった。ほかの部屋も案内するよ」ダニエルは予備の寝室へと案内した。主寝室よりも小さめで、壁の色は落ち着いた淡い緑だ。ダニエルは窓を指さした。「犯人は警報装置を解除したあと、この窓を破って侵入し、廊下を通ってコニーの寝室に向かった。その点がこれまでの手口とは違っている。ほかは裏口から侵入しているが、この家は人目につきやすいと判断したんだろう。それ以外はいつもと同じだ。犯人はベッドに忍び寄り、コニーの髪をつかんで喉を切り裂いた。一瞬の出来事で、自分が死んだことにさえ気づかなかっただろうと検視官は言っていた。それを聞いて、少しは気が休まると思わないか？

犯人はナイトテーブルで充電していた携帯電話と、ルーターが設置してある予備の寝室にあったノートパソコンを持ち去り、侵入したときと同様に割れた窓から出ていった。ほんの数分で州立公園に戻れただろう」

カムはうなずいた。「あなたの捜査記録によれば、その夜、州立公園の一角でパーティが開かれていた。音楽とダンスでにぎわっていたでしょうね。ビールとマリファナでも。全員が顔見知りのパーティではなさそうだから、うってつけの夜を選んで犯行に及んだのよ」

ダニエルは言った。「事件後の一週間、パーティが行われた場所に毎晩通って、そこに現れた人物に聞きこみをした。自分たちを逮捕しに来たわけじゃないと信じてもらうために、僕は缶ビールの六本パックまで飲んだんだが、収穫はなかった」

二人はコテージをあとにして、再び明るい日差しの下に出た。カムは被害者の死を悼んだ。若い命が奪われたにもかかわらず、犯人逮捕のめどはまだ立っていなかった。ランスほか、三人の食いつめ役者たちの姿は見あたらなかった。

15

「カミラ・デュボア！　私の愛しい子！」

ダニエルはカムのほうを向いた。「カミラという名前は知ってるが、デュボアって誰だ？」

「それはきかないで」カムは満面に笑みを浮かべた。「地元の重要な情報提供者といえば、私の母、リサベス・ウィッティアもその一人よ。さあ、ダニエル、私の両親に話をきいてみましょう」

カムが道をゆっくり走りだすと、女性のほうも歩いてきて出迎えた。女性はカムを抱きしめ、ダニエルに手を振り返した。ダニエルはクラウン・ビクトリアを停車すると、車からおりて二人の様子をうかがった。カムの母は息をつく間もなくしゃべったり笑ったりしながら、自分よりゆうに二十センチは背の高い娘の顔や肩や髪など、手の届くところをぽんぽんと叩いていた。年配の男性がゆっくりと大股で家から出てきた。年若ければプロバスケットボールリーグ（NBA）のゴールデンステート・ウォリアーズのフォワードになれそうなほど長身だ。カムの両親は二人とも目鼻立ちが整っていて、見るからに健康そうでいきいきしていた。若い頃はさぞ魅力的だったに違いない。ダニエルは映画やテレビ番組で彼らを見た覚えがあった。

二人に引きあわされ、カムの母から熱烈な握手を求められた。「リサベスと呼んでね、モントーヤ刑事。そうでなければ、あなたのお母さんになったような気がするもの。正直なところ、成人した子どもは一人で充分なの」

カムの父は値踏みするようにダニエルを見て、真剣に握手をした。「ジョエルと呼んでくれ。そうでなければ、私の父親になったような気がするんだ。父は六人の息子たちに自分のことをミスター・ウィッティアと呼ばせていた。思いだすだけでぞっとする。コンスタンスの事件が起きたあと、君に会ったのを覚えているよ、モントーヤ刑事。あまりに頻繁にコロニーを訪れるものだから、わが家に泊まってもらおうかと思ったぐらいだ。近所で同じように思った人はほかにもいたはずだ。それにしても犯人がまだ逮捕されていないのは残念だよ。だがこれが連続殺人犯の仕業で、コンスタンスの前にも二人の女性が犠牲になっていると断定したのは君だそうだな。こんな恐ろしい事件がコロニーで起きるなんて、いまだに受け入れがたいよ」

「いいえ、世界じゅうどこでも起きているんです、ジョエル」ダニエルは言った。「娘さんがわれわれに力を貸しに来てくれたのは喜ばしいことです」

「君もすぐにわかるだろう。この子は私たちの頭脳を併せ持っているから、誰にも勢いを止められないってことがね」ジョエルは一瞬、間を置いた。「すばらしい女優にもなれたはずなんだが、まあ、それは気にしないでくれ」

リサベスが言った。「カミー、アイスティーとシュガークッキーを裏のポーチに用意してあるわ。もちろんスプレンダ（ノンカロリーの甘味料）を使ったわよ。さあ、入って。時間はあるんでしょう？　ここで起きていることを、あなたとモントーヤ刑事に教えてあげる」

「ダニエルと呼んでください」

リサベスが顔を輝かせる。「まあ、とてもいい名前。堅実そうで、信頼感を抱かせるわ」

カムは母の腕を取った。「ちょっと、まさか今回の事件のクォーターバックを務めるつもりじゃないでしょうね？　ドレイファスから、今回の事件には関与しないほうがいいとお母さんに言っておいてくれと言われたわ」

「もちろん、関与するつもりなんてないわ。でもお父さんと私は、ここで起きるさまざまなことが見えるのよ。私たちが気づかないわけがないでしょう？　人と話すのが大好きだから、いろいろと耳にも入ってくるわ。それにコニーが殺された夜、犯人が犯行現場に戻ってくるんじゃないかと思って、ジョエルがヤシの木の下で野宿したの。小道具のベレッタを持って」

カムは血が凍るほどぞっとした。「お父さん、お母さん、これは結末が用意されている映画じゃないのよ。現実に起きていることなの。その男は……犯人は冷酷な殺人鬼なのよ。だからよけいなことはしないで。野宿はもうやめてね。わかった？　何も聞かないで、何も見ないで、何も言わないで。質問があれば、こっちからきくから」

「ねえ、知ってるでしょう。私たちは常日頃から気をつけているわ。だけどコニーが殺されたことは、住民にとって大きなショックだった。みんなあの事件について話して、意見交換したいのよ。そういうものだと、あなたもわかっているでしょう」

リサベスが助け舟を出してもらおうとダニエルを見た。ダニエルは口を開きかけたが、また閉じた。両親の相手はカムに任せたほうがいいだろう。

「私たち、あと数分しか時間がないのよ、お母さん。ロサンゼルス市警察本部へ行って、カリフォルニア州で起きた四件の事件の捜査を担当している捜査員たちと顔合わせをすることになってるの」

「私がその場にいてやればいいのに、プリンセス」ジョエルは言った。「ロサンゼルス市警察の刑事役を何度か演じたことがあるが、あの手の捜査会議のシーンで私が何を学んだかわかるか？　あんな刑事たちにどうやって対処するんだ？　連中はおまえを崖から突き落とすことばかり考えてるんだぞ。何しろ、ＦＢＩ捜査官があいつらの仕事に首を突っこむわけだからな。モントーヤ刑事はおまえを掩護してくれそうなのか？　味方なのか？」

カムはダニエルのほうを向いた。「あなたは味方してくれるの？」

ダニエルは笑みを返した。「僕を使えない人間じゃないと君が判断したかどうかによるな」

うまい切り返しだ。「判断するのは時期尚早だけど、使えないわけじゃないという考えに傾きかけていると言わざるをえないわね」

リサベスが形のいい唇に笑みを浮かべてえくぼを見せた。「心配しないで。今のはあなたに大いに好感を持ってるという意味だから、ダニエル。カミー……いいえ、カム、モントーヤ刑事はあなたをちゃんと守ってくれると思うわ。そうよね？　ダニエル」リサベスは指の関節を鳴らした。

「ええ、はい、もちろん。彼女を掩護します」

カムがここではないどこか――ダニエルの仕事の邪魔にならないどこかへ行ってくれたらいいのにといまだに思っていたが、正直に答える気はなかった。誰かの両親に逆らうのは失礼だし、ただではすまない可能性もある。

カムの実家は開放的で居心地がよく、いかにもこの二人らしく色彩豊かで、演劇に使われたものがいくつか飾られていた。たとえば、窓際には体長百五十センチもあるキリンが立っていた。オスロという名の雄のキリンで、ウィッティア夫妻が十五年前に製作した『バンパー・シュート』という映画に出演したのだと、リサベスはアイスティーとシュガークッキーでもてなしながら説明した。カムの両親が娘に最新の情報を伝えるために、近所の人たちの見解や推測についてあれこれ話すのをダニエルも一緒に聞いた。そしてカムの言ったとおりだとすぐに気づいた。ウィッティア夫妻はコロニーの住民のことならほとんどなんでも知っていた。ダニエルは自分で近隣住民の聞きこみをする時間がなかったので、二人の巡査に命じたことを思いだした。しかし彼らから報告された情報はなんの役にも立たなかった。どうしてそうなるんだ？　ダニエルは数週間捜査してわかったのと同じくらい、被害者についてさまざまなことを知った。

中でも興味を引かれたのは、ダニエルたちが帰り支度をしているときに、ジョエルの口から出た情報だった。「そういえば、コニーはオーディションを受ける予定だと言っていたな。その役をものにできたら、一躍スターになれるかもしれないと信じて、楽しみにしていたよ」ジョエルは首を振った。「ところがオーディションの前日の夜に殺されてしまったんだ」

なぜ自分は今までそのことを知らなかったのだろう。プロデューサーのセオドア・マーカムはそんなことは一言も言っていなかった。

問題は、なぜ話さなかったのかだ。

16

三十分後、ダニエルとカムは再びクラウン・ビクトリアに乗りこみ、ロサンゼルス市警察本部へ向かった。それぞれがナプキンに包まれたシュガークッキーを持っていた。

パシフィック・コースト・ハイウェイからサンタモニカに入ると、ダニエルはサンタモニカ・ピアからわずか一ブロックのところにある〈パコズ〉にちらりと目をやった。「残念ながら、ミセス・ルーサーのタコスを食べる時間はなさそうだな」

「よかった。ミセス・ルーサーはまだここで店を開いてるのね。私は週に一度は〈パコズ〉でタコスを食べまくって大きくなったの。ひょっとしたら、遅いランチをとれるかもしれない」カムはカーナビゲーションアプリを確認した。「というより、うんと遅いランチね。渋滞がひどくなることを忘れていた」

「ああ、年々悪化しているよ。抜け道をいくつか知ってるが、この時間はそっちのほうがもっとこむんだ。一一〇号線から一〇一号線までずっと渋滞しているだろうから、一時間はかかるな」

ダニエルは運転しながら、コンスタンス・モリッシーの事件についてさらに詳しく説明した。殺害現場を見て、連続殺人犯による犯行ではないかという気がして、南カリフォルニアで最近起きた未解決事件がないかどうか調べてみたこと。真夜中にベッドで喉を切り裂かれ、ノートパソコンと携帯電話が持ち去られるという犯行の手口。メロディ・アンダーズとダビーナ・モーガンの二件の殺人事件を発見し、デイビッド・エルマン管理官に連絡したこと。エルマン管理官はバンナイズ署管内で起きたダビーナ・モーガン殺害事件についてすでに把握していて、同一の手口だということで意見が一致したこと。二人目の被害者、メロディ・アンダーズの事件については、サンディマス保安官事務所の管轄区域で起きたため、エルマン管理官は知らなかったこと。

「ロサンゼルス市警察が僕をお払い箱にしなかったのは、正直言って驚いたよ。ノース・ハリウッド署管内でも殺人事件が起きると、エルマン管理官はわざわざ僕に連絡してきて、各機関と連絡を取るつもりだと言った。だが、僕がすでに連絡済みだった。ロサンゼルス市警察が連続殺人事件だと認めたあと、僕はマスコミに公表するよう彼らを説得した。全員に共通の理解を持たせ、次に被害に遭う可能性のある人たちに注意を呼びかけたら、状況が改善するんじゃないかと思ったんだ。マスコミは大々的に報じ、あるタブロイド紙は〝若手女優を狙う切り裂き魔（スターレット・スラッシャー）〟と呼んだ。ロサンゼルスじゅうの若い女優が、犯人が身近にいるかもしれないと知ったわけだ」ダニエルはため息をついた。「だが、なんの役にも立たなかった。四人目の被害者、ヘザー・バーンサイドがノース・ハリウッド署管内で、六月二日に殺害されてしまった。何週間も捜査にあたっているのに、いっこうに解決の道が見つからない。それが気に食わないんだ、カム。まったく我慢がならない」

カムも同じ気持ちだった。「大変だったわね。ようやく充分な人員が確保されるわけだから、協力して捜査にあたりましょう。絶対に犯人を逮捕するわよ、ダニエル。私は捕まえられると確信してる」

午前十一時五十分、ファースト・ストリートに入ると、すぐにロサンゼルス市警察の職員専用駐車場に到着した。ダニエルは警備員の窓口で車を停止させた。カムは二人の名前を告げ、身分証明書を見せた。警備員はパソコンの画面を見ながらそれぞれの名前を慎重に確認し、身分証明書を念入りに検（あらた）めると、口元に笑みとも呼べないようなものを浮かべてやっと二人を通した。そして無言で、すぐそばの来客用の駐車スペースを顎で示した。

カムは長年の間に、古いほうのロサンゼルス市警察本部には四、五回来たことがあったが、新庁舎を訪れたのは初めてだった。歩道で足を止め、立派な建築物を見あげた。建物の正面はガラス張りの部分と白いコンクリート壁がうまく融合していて、巨大な白いカーテンがかかっているかに見える。ファサードはさまざまな四角形で構成されていて、さながら幾何学模様のパズルだ。ヤシの木々と温暖な気候と太陽の光、さらにすぐ近くにある交通量の多い一〇一号線から聞こえる喧騒が、南カリフォルニアらしさを添えていた。

殺人事件特別捜査課のデイビッド・エルマン管理官がわざわざロビーまで出迎えてくれた。見るからに経験を積んだベテランで、年齢は四十代後半、長身で肩幅が広く、早くも髪が薄くなっている。彼は知力をたたえた黒い目ですばやくダニエルを見たが、すぐに後悔らしきものを浮かべてカムのほうを向いた。

まあ、よくあることだ。

17

火曜午後
カリフォルニア州ロサンゼルス
ロサンゼルス市警察本部

カムは一歩前に出て手を伸ばした。「お噂はかねがねうかがっています、エルマン管理官。やっとお会いできて光栄です。私はＦＢＩのカム・ウィッティア特別捜査官です」

エルマンは握手に応じると、背筋を伸ばして咳払いをし、俳優のようによく通る声で答えた。「こちらこそ光栄だ、ウィッティア捜査官」それから注意深い視線をダニエルへ向け、彼と握手をした。「モントーヤ刑事、ようやく会えてうれしいよ。さあ、こちらへ。みんながわれわれを待っている」

ダニエルはうなずいたが、笑みは浮かべなかった。大事なのは、相手に有能そうな印象を与えることだ。今から案内されるロサンゼルス市警察の刑事たちが集結した部屋で、自分もカムも実力を示さなければならない。

　エルマンはエレベーターの呼び出しボタンを押すと、振り向いてカムに話しかけた。「電話でも話したように、三番目の殺害事件が起きるまで、これが連続殺人だと特定できなかったのは実に残念だ。だが二番目の殺害事件がロサンゼルス市警察の管轄区域から遠く離れた場所で起きたことを考えれば、いたしかたないだろう。とにかくモントーヤ刑事から電話をもらって以来、われわれは一丸となって今回の連続殺人犯の身元割り出しに全力を尽くしている」

　エレベーターが音をたてて停まり、開いたドアから三人の警察官がおりてきた。カムは彼らに輝かんばかりの笑顔を向けている。それを見てダニエルは思った。彼女は高校時代、この笑顔で卒業記念のダンスパーティの女王（プロム・クィーン）に選ばれたに違いない。カムが何者か知らない警察官たちは、彼女に笑みを返した。案の定、三人のうちの一人がカムに何か言おうと振り向いたが、エルマンを見たとたん、当然ながら何も言わずに立ち去った。

　エルマンはエレベーターの五階のボタンを押し、再びカムを見た。「捜査会議は会議室で行う予定だ。三カ月に一度、われわれの管轄区域で起きた事件やその傾向、捜査方針などを話しあうときに使っている部屋だ。今日はうちの刑事たちだけでなく、サンディマス保安官事務所の刑事と、わが署のクラウダー署長の代理も列席している。それにもちろんモントーヤ刑事もだ」

「いろいろ手配していただいて感謝します」カムはそう言うと、エルマンに満面の笑みを向けた。母親のリサベスそっくりの笑顔だとダニエルは気づいた。

三人はエレベーターをおりると、長い廊下を歩き続けた。廊下の両側にあるオフィスを人がひっきりなしに出入りしていて騒がしい。彼らが歩いている間も、廊下の左右にある部屋から話し声が聞こえている。ほとんどが男性の声だ。エルマンから三一五と記された部屋を示される前から、カムはその事実をすでに意識していた。部屋に足を踏み入れる。広くて飾り気のない部屋だ。三人が入ったとたん、騒がしかった室内が急に静かになった。そこにいる者たち全員の目が向けられるのを感じながら、カムはざっと人数を計算した。男性が十人近く、女性が一人いる。外見から推し量るに、全員が経験豊富な捜査員らしい。署長代理はすぐに見分けがついた。二人とも保守的な装いをした年若い男性で、やや退屈そうな表情で、刑事たちから離れた場所に座っている。サンディマス保安官事務所の刑事もすぐにわかった。テーブルの端に一人ぽつんと座っている。ほとんどの者はすぐにカムからダニエルへと視線を移した。FBIから来たのは彼だと考えたのだろう。どの捜査員も値踏みしているような目つきだ。

ダニエルをどう扱ってやろうかと考えているに違いない。

エルマンが進みでて演壇に両肘をつき、マイクに向かってバリトンの声で話しだした。「諸君、ワシントンDCのFBI本部から来たカム・ウィッティア特別捜査官と、ロサンゼルス郡保安局ロストヒルズ支局から来たダニエル・モントーヤ刑事だ。これが連続殺人事件だと最初に気づいたのはモントーヤ刑事だ。

知ってのとおり、連続殺人犯は週末にまた一人、ラスベガスで若い女優モリー・ハービンジャーを殺害した。これを受けてFBIが本件に関与することになった。今後はウィッティア特別捜査官が捜査の指揮を執る」そう言うと、カムに向かってうなずいた。彼女は演壇に立った。

ダニエルがテーブルの中央にある席に座るまで、カムは口を開こうとはせず、保安官事務所とロサンゼルス市警察の刑事たちの顔を一人一人見つめながら、全員の視線が自分に向けられるのを待った。地元の刑事たちがFBIに根深い不信感を抱いているのは知っている。FBI捜査官が姿を現すと、いまだに彼らのような刑事は使い走りに降格させられることが多々あるのだ。

笑顔なのは一人しかいない女性だけだ。数人の男性が冷笑を浮かべ、残りの男性の多くは警戒しているのか無表情のままだ。とはいえ、最初の頃に比べればまだましだろう。以前はこうして面と向かっても、部屋にいる刑事たちはカムのことをコーヒーを運んだり記録をつけたりする雑用係だと信じて疑わず、ずいぶんと悔しい思いをさせられたものだ。けれどももはや、そんな思いをする必要はない。

カムは口を開いた。「あなたたちの捜査記録はすべて読んで、とても丁寧に捜査していることがわかったわ」そのとき、誰かが手をあげるのが見えた。「何か、ジャガー刑事？　あなたはバンナイズ署の刑事で、二月二十六日に起きた第一の事件、ダビーナ・モーガン殺害事件の担当ね」

年長の刑事は淡い青の目に驚きの表情を浮かべた。「ああ、そうだ。なあ、ウィッティア捜査官、あんたの名前を検索してみたんだ。なんでも両親とも俳優で、マリブの、しかもコロニーに住んでるんだってな。だからＦＢＩはロサンゼルス支局の捜査官じゃなく、あんたを担当に据えたのか？　あんたのコネがあれば、俺たちより早く真相にたどり着けるからか？」

正直に言えば、ジャガーが嫌みを言っているのか、それとも真面目に尋ねているのか、カムにはわからなかった。

ジャガーの相棒のコリーン・ヒル刑事が大声で応じた。「モーリー、黙ってなさいよ。彼女の話も聞いてあげないと」

カムは表情一つ変えなかった。いやがらせも一度なら大目に見よう。二人のうち、主導権を握っているのはどちらだろう？　賭けてもいい。見交わした表情から察するに、ヒルのほうだ。これ以上、こんなくだらない話は我慢がならない。「たしかに私の両親も被害者も全員が同じ俳優だから、FBIがその点に目をつけて私をここによこしたのは事実だわ。つまり地元警察の意見とは違って、ワシントンDCの本部も少しは頭を使っているということね」

使い古された陳腐な言葉だが、何人かが笑い声をあげた。カムは再び口をつぐみ、その場にいる面々を見つめて身を乗りだした。

「モントーヤ刑事が最初の二件の関連性を指摘したあと、五月三日にマリブのコロニーで女優のコンスタンス・モリッシーが殺害された。モントーヤ刑事はこれが連続殺人であると確信し、エルマン管理官に報告した。それ以来、あなたたちが連続殺人という観点から懸命に捜査をしてきたことは知っている。六月二日、第四の事件が起きてノース・ハリウッドでヘザー・バーンサイドが殺され、犯人の男の手がかりがさらに増えたはずだわ。今、男と言ったのは、これまでの連続殺人犯が統計的に見て男である確率が高いからよ。ラスベガスの事件を目撃しているとおぼしき窃盗犯が見つかって、それが事実だと証明できるといいんだけど」カムはその場にいる者たちに、ラスベガスの殺人事件及びたまたま居合わせた窃盗犯の話を手短に説明した。「ラスベガス支局のアーロン・ポーカー捜査官と今後も連絡を取りあっていく予定よ。捜査の詳細は、日々あなたたちに伝えるようにする。あなたたちは全員、今回の連続殺人事件の捜査記録をすべて読んでいて、ほかの事件についても詳しく知っているという理解でいい？」

その場から同意する声があがった。中には肩をすくめている者もいる。刑事連中の中でも一番若いグレン・ホフマンが声をあげた。カムが彼らの経歴にざっと目を通したとき、この中でももっともやり手だという印象を受けた男性だ。「ロサンゼルス市警察ノース・ハリウッド署のホフマンだ。この部屋にいるのは全員、前にもこういった事件の捜査をしてきた。つまり被害者が数人出ていて、手口は同じだが手がかりをほとんど残していないという事件だ。現に今回も、疑わしいやつは何人かいたものの、容疑者が浮かんでこない。

今こうして話している間にも、アメリカでは数えきれないほどの連続殺人事件が起きていて、今回俺たちは星の数ほどいるやつらの中から一人を特定しようとしている。しかも犯人が経験豊富なのは明らかだ。いくら俺たちががむしゃらに捜査して、ＦＢＩのお仲間から得た捜査資料を読みふけったとしても、犯人逮捕なんてとうてい無理だろう。こんな絶望的な状況の中で、あんたたちＦＢＩは具体的にどうやって俺たちの捜査を手助けするつもりだ？」

ダニエルは一瞬、強い衝動に駆られた。こいつを外へ引きずりだして、つべこべ言うなと拳を二、三発見舞ってやりたい。だが、すぐに思い直した。カムなら、この若手刑事にも難なく対処するだろう。彼女と一緒にいたのはほんの数時間だけなのに、奇妙にもそう思えた。

カムが口を開いた。「ホフマン刑事、今後もＦＢＩの資料はすべて提供するわ。互いに協力して、絶対に犯人を逮捕しましょう。遅かれ早かれ、犯人が残したなんらかの手がかりが見つかるはずよ。その手がかりから特徴を割りだせば、必ず犯人にたどり着ける。明らかに犯人は首尾一貫している。殺害対象として選ぶのは若手女優ばかりだし、常に大ぶりな片刃のナイフを凶器に用いて、被害者のノートパソコンや携帯電話を持ち去っている。まずはそこから始めるわよ。なぜ犯人はノートパソコンや携帯電話を持ち去っているのか？　それらを用いて何をしているんだと思う？　ホフマン刑事、連続殺人犯がそういったアイテムしか持ち去っていないことに関して、あなたはどう考えている？」

ホフマンはカムを見つめた。「殺害の記念品として持ち去っているとは思えない。

この犯人がそんな頭がどうかしたやつとは信じがたい。俺はノートパソコンや携帯電話には被害者と犯人をつなぐ情報が隠されているんじゃないかと考えてる。あるいは、犯人とほかの被害者との関係を示す情報が」

それを聞いて、ホフマンの相棒のフランク・アルワース刑事が口を開いた。人生にくたびれた風貌の、引退間近のベテラン刑事だ。「そこが問題だな、グレン。考えられる可能性があまりに多すぎる。被害者は全員若くてべっぴんの女優だ。どう考えても犯人は殺害後、持ち去ったノートパソコンや携帯電話に残された被害者の写真や投稿を見てるに違いない。だが、そういった情報は被害者のフェイスブックのファンページで楽しめる可能性もある。今や若手女優ならば、みんなそういったページを持っているものだ。それに被害者のツイッターのアカウントやユーチューブの動画を見ることもできる。犯人がノートパソコンや携帯電話を持ち去ったのは、ソーシャルメディアでは知りえない情報を入手するためかもしれん」

カムは口を開いた。「そうね。被害者のノートパソコンや携帯電話を持ち去ることで、犯人が秘密の情報を数多く知りえたとは思えない。今日ではインターネットを通じてどんな情報も得られるし、秘密の情報なんてそうそうないから。あなたたちは被害者のメールやメッセージ、それにソーシャルメディアでの活動についてもすべて目を通しているはずよ。ほかにどんな理由が考えられると思う？」

次に発言したのは、サンディマス保安官事務所のアラード・ヘイズ刑事だった。「ダニエルと僕は既成概念にとらわれずに考えてみた。当然とは思えない動機がないかどうか探ってみたんだ。ノートパソコンと携帯電話を持ち去るのは、犯人の儀式の一部かもしれない。何度も同じ手口で殺害するのもだ。ノートパソコンや携帯電話は被害者の生活そのものに結びつく象徴的なものだ。だから被害者の命を奪うのと同様に、その結びつきも奪ったのかもしれない。ニューエイジがかった頭のどうかした発想に聞こえるかもしれないが、連続殺人犯の頭の中身を考えるのに、秩序立った考え方をする必要はないからな」

ダニエルが言った。「知ってのとおり、この犯人は自制心が強い。頭を巡らせて念入りに計画を立て、慎重に実行に移し、ほぼ同じようにやり遂げている。犯人は自分の妄想を実現させているんじゃないだろうか？　何度も何度も」

バンナイズ署のジャガーが尋ねた。「モントーヤ、つまりあんたは、犯人が同じ人物を何度も殺していると考えてるのか？　かつては知っていて、今では忌み嫌っている相手を」

コリーン・ヒルが身を乗りだし、頬杖をついた。「あるいは犯人は一連の殺人を通じて、自分の人生に関係のある誰かを怯えさせているのかもしれない。連続殺人事件を利用して何者かを脅して、相手を支配しようとしているのかも。ＦＢＩのプロファイルを読んだあと、私はそう考えたの」

クラウダー署長の代理の一人がためらいがちに意見を口にした。「犯人は被害者である女優の一人にふられて彼女を殺し、殺人を楽しむようになったのかもしれない」

ノース・ハリウッド署のグレン・ホフマンが発言した。「あるいは犯人は頭がどうかしていて、自分でもなぜそういう行動を取るのかわかってないのかもしれない。被害者のノートパソコンと携帯電話を持ち去る理由さえ知らないのかもな。それらを持ち去れという神の声に従って、どこかの駅のコインロッカーに隠しているのかも」

カムは次の発言を待ったが、室内に沈黙が落ちた。「今までにわかったことをまとめましょう。理由はともかく、連続殺人犯は被害者のノートパソコンと携帯電話を持っている。しかも犯人には私たちがＧＰＳで追跡できないよう、それをむやみに使用しないだけの知恵がある。さあ、ほかに私たちはどんな点に注目すべきだと思う？」

18

カムは口をつぐみ、その場にいる全員が自分の質問の意味を理解するのを待った。身を乗りだし、演壇に両肘をつく。マイクは必要ない。マリブからどこへでも届く、母譲りのよく通る声がある。「この部屋に集まっているのは、これまで何年もの経験を積み重ねた捜査員ばかりよ。人が自分以外の相手に暴力をふるう場合にあてはまる、いかなる動機も想像できるはずだわ。今こそその能力を発揮して」

バンナイズ署のコリーン・ヒルが口を開いた。「動機として外してもいいのは窃盗でしょうね。ダビーナ・モーガンは途方もなく高価なロレックスの腕時計を持っていた。連続殺人犯はそれを持ち去れたのに、実際は手をつけてないわ」

ノース・ハリウッド署のグレン・ホフマンが言う。「犯人がそんなに間抜けなやつだとは考えてないが、とりあえず地元の質店や盗品買い受け人、それに犯人が盗んだノートパソコンや携帯電話を売りそうな店をすべてあたってみた。だが売却された形跡は見あたらなかった。俺たち以外の各地の捜査機関も同じ結果だった。ヘザー・バーンサイドの銀行口座とクレジットカード類も調べてみたものの、どちらも手をつけられてなかった」

サンディマス保安官事務所のアラード・ヘイズが発言した。「犯人像に関しては、僕たち全員がそれなりの理論を持っている。しかし何か見逃している気がしてしかたがない。この犯人について、まだ特定できていない何かがあると感じる。さっき、犯人が妄想を抱いているんじゃないかという話が出たが、僕にはそれが真相だとは思えないんだ」

「俺もだ」バンナイズ署のジャガーが言った。「犯人は頭がどうかしてるのかもな。だがそれでも、あの若い女優たちを選びだして殺すなんらかの理由があるはずだ」

カムはノース・ハリウッド署のフランク・アルワースが意見を述べるのを差し控えていることに気づいた。彼は一番年長で、しかも頭の回転が速く、このグループのリーダー的存在と言っていい。カムは質問した。「アルワース刑事、あなたの考えは？」

アルワースはその場にいる全員の目が向けられるのを意識したうえで、ゆっくりと口を開いた。「もし動機がわかったら、事件の犯人を見つけられる。もし動機がわからなかったら、見当違いの方向を見てるということだ。連続殺人犯はどうやって被害者の女性たちを見つけだして選んだのか？　犯人が被害者全員を知っていたとは考えにくい。知り合いだったら被害者自身に自宅へ迎え入れてもらえたはずなのに、やつは侵入する手段を取っている。それにもし犯人が被害者と前もって接触していたなら、メールやファンページでかなり巧妙に本来の自分の姿を隠していたはずだ。われわれが知る限り、被害者の誰一人として誰かに脅されてると感じていた女性はいないんだ。だったらなぜだ？　なあ、モーリー、教えてくれ」

アルワースが、椅子に座ってだらしなく身を乗りだし、ひどく退屈そうな表情を浮かべているジャガーを見た。ジャガーがワシントンＤＣから来たブロンドのＦＢＩ捜査官にこれっぽっちも期待していないことは火を見るよりも明らかだ。

カムはジャガーが答えるのを待った。ジャガーはアルワースに、ワシントンＤＣから来た小娘とのお遊びに俺を巻きこむなと言いたげな一瞥（いちべつ）をくれたが、アルワースはあきらめようとはしなかった。「さあ、モーリー、われわれをこの窮地から救いだしてくれるのか？　くれないのか？」

その言葉を聞いたとたん、ジャガーが興味深そうに目を輝かせたことにカムは気づいた。ジャガーは座り直すと、テーブルの上で無骨な手を組みあわせた。「十五年前に担当した殺人事件を思いだしてたんだ。ある企業弁護士が至近距離から銃で頭部を撃たれたが、現場から盗まれたのは被害者のパソコンだけだった。当時のパソコンがどれもそうだったように、旧式のでかいタイプだ。捜査の結果、ついに容疑者として浮上したのは、いくつものペーパーカンパニーを作っていた土地開発業者で、結局そいつが犯人だと証明された。動機はなんだったと思う？　被害者も聖人じゃなかった。土地売買に関する大がかりな詐欺にかかわっていた犯人を脅迫してたんだ。その証拠が被害者のパソコンの中にあったんだよ」

ダニエルが口を開いた。「ということは、あなたは今回の五人の被害者全員が、ノートパソコンになんらかの情報を保存していたと考えているのか？　たとえばそこにしか存在しないファイルのようなものを。犯人はその情報を得るために、はるばるラスベガスまでモリー・ハービンジャーを追いかけてきたと？」口をつぐみ、かぶりを振りながら室内を見まわした。「いや、それは動機としてはあまりに弱すぎるし、単純すぎる。僕はこの連続殺人はもっと個人的な動機によるものだと考えている」

ノース・ハリウッド署のホフマンが言う。「犯人が五人の女優それぞれに個人的な殺害動機を持ってるというのか？　被害者全員とデートしていた人物は見つかっていないんだ。とはいえ、俺も手あたり次第の犯行だとは思わない。犯人はある程度個人的な動機を持っていて、それが別のさまざまな可能性につながってるんだろう」

カムはうなずいた。「被害者全員が、私たちがいまだ発見できていない犯人と面識があった可能性もまだ残されているわ。被害者の家族や友人、エージェント、芸能関係者……そのうちの誰かが、被害者がほかの場所では簡単に見つけられないような情報を自分のノートパソコンか携帯電話に保存していたことを知っているかもしれない」

フランク・アルワースが両手を組みあわせ、身を乗りだして座り直した。「各被害者の携帯電話やノートパソコンの情報に、同一犯人の名前が登場するなんて奇跡は万に一つもありえないと思う。ウィッティア捜査官、その線は考え直したほうがいい。われわれが追っている連続殺人犯は、べっぴんの女優とやることしか考えていない異常者だと俺は思う。被害者の誰かとデートした経験があって、そのあとこっぴどく捨てられた仕返しに殺してるんだ。犯人の動機はそんなありふれたものかもしれん」

「モントーヤ刑事は連続殺人犯が妄想を抱く一方で、並々ならぬ自制心も発揮していると考えている」カムは言った。「私もその意見に賛成よ。先週の土曜の夜、ラスベガスにいることがどれほど重要だったか、犯人は身をもって示している。モリー・ハービンジャーを殺害したあと、犯人は彼女の家を出て窃盗犯を追いかけたけれど、結局家に戻ってノートパソコンと携帯電話を持ち去っている」

コリーン・ヒルが口を開いた。「今、私たちにできるのは、全力を尽くしてラスベガス事件の目撃者だと思われる窃盗犯を見つけだすことよ。ねえ、みんなも知ってのとおり、連続殺人犯はアインシュタインほどの天才じゃない。今までのところ、少々運に恵まれただけよ」

カムはヒルに向かってうなずいた。「ええ。ポーカー捜査官とラスベガス都市圏警察は総力を結集して、犯人の洗いだしに努めている。ただし今のところ、私たちはまだ運に恵まれていない。

私にはよくわかるの。あなたたち全員が、五人の若い女性が手あたり次第に殺されたという事実に怒りを覚えていることが。だから私と同じくらい、この怪物を一刻も早く逮捕したいと思っていることも。それにこれまであなたたちが、自分たちの事件の捜査を懸命に行ってきたこともよ。でも今後は、私たち全員が一丸となって捜査にあたることになる。もはやこれらは一つの事件、私たちの事件となったんだから。

今回FBIは、私たち専用の暗号化された特別なサーバーを用意した。今から配るこのカードの裏面に、サーバーへのアクセス方法とログインの手順が書いてある。すでにあなたたちの捜査記録はアップロードしてあるわ。これは私たち全員が現場を共有するためのウェブサイトなの。今日から事件捜査に関する記録はすべてここに残してほしい。あなたたちがどういう捜査をしているのか、現在どんな可能性を探り、どんな可能性を排除しようとしているかを、このウェブサイトで共有しましょう。このメンバー全員が利用できる情報はなんでも記録して。

あらゆる可能性が想定できる今、きっとあなたたちは泥の中を泳いでいるようなもどかしさを感じていると思う。だからこそ、私たちにはお互いが必要だと思うの。話しあいたいことがあれば、いつでも私に電話をかけて。とことん話しあいましょう。私はモントーヤ刑事とカラバサスで任務にあたることになる。彼とは今日の午前中に会ったばかりだけれど、私を掩護すると言ってくれたわ」カムはダニエルに向かってにやりとした。

何人かが笑った。

「オーケイ、この犯人を絶対に捕まえましょう」

カムは名刺大のカードの束を手に取ると、テーブルに座っている捜査員一人一人に名前で呼びかけながら手渡した。誰一人として名前を呼び間違えることがないのは、彼女が全員に敬意を払っている証拠だ。ついさっきこの捜査会議への参加を知らされたクラウダー署長の代理は例外だったが、カムは彼ら二人にも丁寧に自己紹介し、カードを手渡した。そんな彼女の態度を目のあたりにし、捜査員たちは明らかに驚きを隠せない様子だ。

カムは会議用テーブルの正面に戻ると、最後にもう一度全員の顔を見た。彼女を受け入れた様子で見つめている者もいれば、まだ警戒心を解いていない者もいる。心を開いて意欲に燃えている表情の者もいれば、何を考えているのかわからない表情の者もいる。少なくともサンディマス保安官事務所のアラード・ヘイズ刑事は、ここにいるロサンゼルス市警察の刑事たちと問題なくやっていけるだろう。それに、ダニエルもすでに彼らに強い影響を与えている。カムは全員に向かって短くうなずくと、向きを変えて会議室から出た。ダニエルもあとに続く。

エルマンは二人を階下まで案内した。「捜査会議はうまくいったな、ウィッティア捜査官。君はあの扱いづらい、ワニみたいな連中を予想以上にうまくあしらった」エルマンの言葉を聞き、カムは心の中で独りごちた。もう少し今後に希望が持てる言い方をしてくれたらよかったのに。

玄関ロビーに着くと、エルマンはカムに短く敬礼し、エレベーターの中へ姿を消した。

明るいロサンゼルスの太陽の下へ出ると、ダニエルはサングラスをかけながらちらりとカムを見た。「僕にはあの連中が脳みその足りない愚か者には思えなかった」

カムはダニエルの腕を軽く叩いた。「今のはあなたの言葉よ。私がそう言ったわけじゃない。ところで、あなたは今まで何人のＦＢＩ捜査官と一緒に仕事をしたことがあるの？」

「三人だ」

「なるほどね。私は常にあることを念頭に置いているの。ディロン・サビッチ捜査官から教えられた、仕事に対する個人的な理念よ。〝地元警察の連中には常に感じよく接するようにしろ。いつなんどき、銃殺隊の志願者が必要となるかもしれない〟」

ダニエルは噴きだした。「本当にそんなことを言われたのか？」

「いいえ。彼が言ったのは、もっとすてきな言葉よ。〝いつなんどき、地元警察の誰かがいいタッチダウン・パスを投げてくるかもしれない〟みたいな」

「そんな人とならぜひ知り合いになりたいと思わせる言葉だな」ダニエルはクラウン・ビクトリアのドアを開けた。乾いた暑さの中、エアコンをかけてパトカーを全速力で走らせるのが楽しみだ。「さあ、〈パコズ〉で腹ごしらえだ」

19

火曜朝
ジョージタウン
サビッチの自宅

サビッチはチーリオスを食べながら、息子のショーンが自分のｉＰａｄで見つけたという〝マッスルシャツ〟について事細かに説明するのを聞いていた。マッスルシャツ。また初めて耳にする言葉だ。五歳の息子がインターネット・ショッピングをするのはいかがものか？　だが批判的に考えている自分に気づいたとたん、かぶりを振った。ショーンにｉＰａｄで数字ゲームやパズルや読書をしてほしいなどと期待すべきではないのだろう。息子はＷｉ‐Ｆｉが何で、どういう意味を持つものかを完璧に理解している世代なのだ。とはいえ、マッスルシャツだと？　いったいなんのことだ？

「マッスルシャツですって、ショーン？」バナナをスライスして息子のシリアルのボウルに入れながら、シャーロックが尋ねた。「マーティの前でいい格好をしたいから？」

ショーンは顔をあげて母を見た。「そのシャツを着ると、筋肉が立派に見えるんだ。マーティが言ってた。僕たちのお小遣いを合わせたら、eBayで一枚買えるって。一枚が十九ドルもするんだ。これまでに十一ドル三十五セント貯めたんだよ」ショーンはチーリオスを口に入れ、スプーンでバナナをすくったが、スプーンを振って顔をしかめた。「でも見つけたシャツは、僕には大きすぎると思うんだ」

「マッスルシャツだったら、体にぴったりフィットしていないとね。そのほうが格好よく見えると思わない？」

「うん、そう思う。マーティはお金が貯まったら、まずパパのために買うべきだって言ってるよ。でも僕はクリスマスまでお金を貯めようって言ってるんだ。マーティはパパに気に入られたいんだと思う。僕と結婚したがってるから」

昨夜ビーナスとその家族に会ったときのことを考えていたサビッチは、どうにか真面目な表情を保とうと努力した。ここは笑うべきところではないだろう。ショーンの小さな顔や熱心そうな光をたたえた目を見つめていると、驚かずにはいられない。この息子はいつなんどきでも、自分を現実世界に引き戻してくれる存在だ。

だがシャーロックは違った。大きな笑い声をあげると、サビッチに向かってにやりとしてきいた。「ねえ、あなたはどう思う？」

「どう思うってどっちのことだ？」サビッチは尋ねた。「マッスルシャツか？　それとも俺たちの義理の娘になるマーティか？」

「マーティとの結婚はすでに決まっているみたいだから、マッスルシャツのことね。私は黒がいいと思うの。ねえ、ショーン、すてきだと思わない？　あなたのパパが黒いマッスルシャツをジムで見せびらかしている姿が目に浮かぶわ」

ショーンが混乱した様子で顔をしかめた。「僕、わからない。ねえ、パパ、エマにもマッスルシャツの話をしたほうがいいかもしれないよね」口をつぐみ、ボウルの中のふやけたチーリオスをスプーンでしばらくかきまぜたあと、目を輝かせて笑みを浮かべた。「エマはたくさんお小遣いをもらってるんだ。エマにも助けてもらえば、もっと早くお金を貯められる。そうしたらクリスマス前にマッスルシャツが買えるよ」そこでため息をついた。「だけどマーティが怒るだろうな。〈フライング・モンクス〉のゲームを一緒にやってもらえなくなっちゃう」真剣な顔になった。「ねえ、パパならどうする？」

サビッチは考えこむようにシリアルのボウルに視線を落としたあと、息子を見た。「正直な意見を言ってほしいかい、ショーン？」

ショーンがうなずいた。耳をそばだててサビッチの意見を聞こうとしている。シャーロックもだ。

「パパなら、おまえのママみたいな女の子と出会うまで待つよ。そういう女の子と出会えたら結婚を申しこんで、ずっと一緒に暮らすんだ。それが一番だろう？　大切な奥さんのことだけを心配していればいい。それに二人で一緒に〈フライング・モンクス〉のゲームをやる時間もたっぷりある」

ショーンは父から母の顔へと視線を移し、ゆっくりとうなずいた。「うん、そうだね。ママはとてもすてきだもの」

「ありがとう、ショーン」シャーロックが言う。夫と息子に対する愛情がこみあげてきて、幸せのあまり、キッチンの天井までふわふわと舞いあがりかねない表情だ。

そのとき、サビッチの携帯電話がイマジン・ドラゴンズの《イッツ・タイム》を奏で始めた。「サビッチだ」息子に話の内容を聞かせたくなかったため、彼は廊下へ出て携帯電話に応じた。通話を終えてキッチンへ戻ってくると、深く息を吸いこみ、できるだけ冷静な声で妻に伝えた。「ビーナスからだった。リポーターたちがまた自宅の前に詰めかけていて、近所の人たちは警察になぜあいつらを排除しないんだと怒鳴り散らしているらしい。ビーナスの電話は鳴りっぱなしだそうだ。

それと彼女によれば、昨日の写真が『ナショナル・エンクワイラー』の一面と特集記事に掲載されているらしい。写真自体はたいしたことがなくて誰でも撮れる代物らしいが、記事には細かな点まで載っているようだ。ビーナスが砒素を盛られた事実も、俺たちの名前も明記されているし、俺たちがゆうべ、ビーナスの家族に会ったことも記載されている」

「でも、どうして情報がもれたの？」

「ビーナスの運転手のマクファーソンだ。ビーナス宛ての置き手紙に、『エンクワイラー』から大金を受け取ったと書いてあった。彼には病気の子どもがいて、治療にどうしても金が必要だったそうだ。『エンクワイラー』はマクファーソンが撮影した現場写真を一面にでかでかと載せてる。あの男が以前、ビーナスと一緒に撮った写真とともにね」

シャーロックは一瞬黙りこんだ。「ビーナスはさぞ失望しているでしょうね。それでも昨日マクファーソンが彼女の命を救った事実に変わりはないわ。きっとわが子を心配する父親が思い余ってしたことなんでしょう。マクファーソンの子どもの病気はどれくらい重いの？」

「わからないらしい。ビーナスが言うには、マクファーソンからその話が出たことは一度もないし、置き手紙にも子どもの容態については書かれていなかったそうだ」

「だけどこうなった今、それはさほど重要視されないいんじゃない？　昨日の出来事がすべて報道されてしまったんだもの。ビーナスはマクファーソンを復職させるつもりはないでしょうね」

サビッチは肩をすくめた。「彼女はこれを重大な裏切り行為だと考えているはずだ。もし俺に意見を求めてきたら、マクファーソンはこのネタについてさらにマスコミに情報をもらすかもしれないが、それ以上のことは起きないだろうと伝えるつもりだ」

「すべてはビーナス次第ね。見守ることにしましょう」シャーロックはショーンが聞き耳を立てていることに気づき、早口で言った。「さあ、ショーン、今朝はとても寒いからジャケットを着ないと。ガブリエラがもうすぐ来るわ。そろそろ学校へ行く支度をしなさい」息子が階段をのぼって二階に行くと、シャーロックは言った。「昨日の夜、遅くまでMAXをいじっていたわね。何をしていたの？」

「砒素について調べてた。どうやって入手できるかをね。膨大な情報が見つかったが、どれもたいした助けにはならなかった。昨今はオンラインや通信販売で砒素を注文できる。実際、いくつもの薬品会社が数えきれないほどの顧客から注文を受けている。しかもその業種たるや、金鉱採掘から半導体や殺虫剤製造まで実に多岐にわたってるんだ。もちろんアクセス制限はあるが、ちょっと頭のいい人物なら、誰かを毒殺する目的で砒素を手に入れるのは簡単だろう。

とはいえ、この国では砒素が毒物として使用される事件はほとんどない。購入者の身元が簡単に特定されるし、何より砒素を使ったら多くの不自然な症状が出てしまう。ウィリグを雇うよりも賢い選択とは言えない。

シャーロックは言った。「私は、ビーナスが高齢だから砒素が使われたのではないかと考えているの。もし砒素のせいで命を落としたとしても、年を取っているからという理由であっさり片づけられて、死因を疑われる危険性が低いから」

サビッチはうなずいた。妻の意見は的を射ている。

シャーロックがため息をつく。「気の毒なビーナス。つらいでしょうね。自分が愛している誰かが、お金のために自分の命を奪おうとしているだなんて、考えるだけでぞっとするはずだわ」

「ビーナスは強い女性だ。きっとこの一件も乗り越えられるだろう。ショーンがジャケットを着ている間に、俺はミスター・メートランドに電話をかけてこの情報を伝えておく」サビッチはふと、コロンビア特別区首都警察のベン・レイバン刑事の妻キャリーが新聞記者だったことを思いだした。結局彼女にとって、それは独占記事でもなんでもなくなった。マクファーソンが『エンクワイラー』にすべてぶちまけてしまったのだ。生々しい現実がすでに明らかになった今、もはやキャリーにＦＢＩや警察にとって有利な記事を書いてもらうチャンスはない。こうなったのは痛手だが、この状況を逆手に取り、捜査がすみやかに進展することを祈るばかりだ。

20

火曜朝
ワシントンDC
フーバー・ビルディング、犯罪捜査課

シャーロックとともに取調室に向かいながら、サビッチは思わず笑った。取調室ではグリフィン・ハマースミス捜査官を相手に、背の高いハンサムな男性が自分の意見を強調するように手を振りまわしながら話している。グリフィンは今にも笑いだしそうだが、どうにか無表情を保ち続けている様子だ。さもありなん。サビッチにとっても、こうしてロブ・ラスムッセンを目の前にして、彼を容疑者と考えるのは難しい。もう十年くらい前のことだが、かつてロブとは友人として親しくつきあっていたからなおさらだ。だが今、ロブは容疑者にほかならず、その事実をゆめゆめ忘れてはならない。今ではロブも立派な大人だ。サビッチが知っていた、自分のことしか考えていない粗野な若者とは違う。実際、今のロブはいかにも誠実そうで、何か問題が起きた場合に頼りたくなるタイプに見える。しかも実際の年齢よりも上に見えるし、前よりもはるかに落ち着きと自信を兼ね備え、今の人生に満足しきっている様子だ。おまけに、緑の瞳に黒髪、引きしまった体つきというラスムッセン一族の見栄えのよさも受け継いでいた。ロブが振り返ってサビッチに気づいたとたん、満面に笑みを浮かべた。

「サビッチ！　ハマースミス捜査官から聞いたけど、君がここの責任者なんだな。そう聞いても驚きはしないと話してたところだ」ロブは尋問用のデスクをまわりこむと、笑顔のままサビッチの手を握り、肩を軽く叩いた。「俺は刑務所に入ったりしていない。それってすごいことだろ？　きっと意外な驚きだよな？」

「そんなことはない。君はビーナスにそっくりだ。刑務所行きで終わるにはあまりに頭がよすぎる。とにかく会えてうれしいよ、ロブ。ビーナスから聞いたが、今はメリーランドに住んで建築会社を経営しているそうじゃないか。ビーナスが誇らしげに話してたよ。さあ、妻を紹介させてほしい。シャーロック捜査官だ」

ロブ・ラスムッセンはシャーロックと目を合わせると、身を乗りだした。「六月の空みたいに澄んだ青い瞳の持ち主だな。どうしてこんなろくでなしと結婚したんだ？」

シャーロックはラスムッセン家の厄介者を見つめた。笑顔のロブは実にハンサムだ。

この男性と昔から懇意にしていたことを考えれば、夫にとって、ロブを容疑者として尋問するのは難しいに違いない。シャーロックはほほえみつつ、あっさりした口調で答えた。「ディロンが私を必要としていたから、私に選択肢はなかったの」そう言いながらロブの握手に応じたが、手を握られている時間が少しだけ長いように感じられた。すでに友人だと感じさせるしぐさだ。「やっと会えてうれしいわ、ミスター・ラスムッセン。ディロンからあなたの話はすべて聞いているの。十年ぶりなんですってね。ずいぶんと長い歳月に思えるわ。その間、あなたはどうしていたの？」

ロブが片手を胸にあてた。「あれ、もう取り調べが始まっているのか？　これから厳しく尋問されるのかな？」

シャーロックは言った。「それが私たちの仕事なのよ、ミスター・ラスムッセン。さあ、座って。あなたの話を聞かせてね。今夜、お父さんやお兄さんにあたたかく迎えてもらえそう？」

「祖母の話からすると、家族は心からは歓迎してくれないだろうな。だが俺にはマーシャがついてる。マーシャ・ゲイは俺の恋人で、彼女には俺の家族についていろんなことを話してあるんだ。マーシャはどんな相手ともうまくつきあえる。だから俺の家族ともうまくやれるはずだ」ロブは言葉を切り、ゆがんだ笑みを浮かべた。「親父（おやじ）はマーシャに熱をあげるだろう。マーシャは兄貴さえ魅了してしまうかもしれない。もっと不思議なことも起きるかもしれないが、今この瞬間は一つのことしか考えられないんだ」ロブは身を乗りだして座ると、真顔になった。「今朝、祖母から電話があって、祖母の身に起きたことをすべて聞かされたんだ。サビッチ、最悪だよ。祖母がそんな目に遭っていいはずがない。あと十年は長生きしてほしいのに。人生を目いっぱい楽しんでほしいんだ。寿命が尽きるその日まで。

祖母と一緒にいたのが、親父と兄貴だけだったという話も知ってる。祖母本人から聞いたんだ。でも、あの二人がそんなことをするとは思えない。なぜ殺したいなんて考える？　二人とも金なら持ってる。金目当てで祖母を殺そうとするわけがない。だったら祖母に仕えてる使用人の誰かか？　いいや、イザベルもベロニカも、この先もずっと祖母に寄り添おうと考えているはずだ。もしかしてラスムッセン産業の従業員の誰かが、なんらかの恨みを抱いてるとか？」ロブは首を振った。「だがどう考えても、犯人は親父でも兄貴でもない。兄貴が祖母から無理やりスミソニアン博物館の顧問弁護士の仕事をさせられてることに不満を持ってるのは祖母から聞いてる。でも不満を持ってるからって、砒素をのませたりするか？　いや、そんなはずがない。俺を信じてほしい。兄貴はそんな低級なことはしない。だったら親父は？　祖母は親父

について よく言っていた。あの子には女とジンのボトルをあてがっておけばいい、たとえ女がいなかったとしても、アルコールさえあれば幸せなんだと」

サビッチは口を開いた。「職務の一環として、君の会社の財務状況を確認させてもらった。今年になるまで、ずいぶん苦しい状況だったようだな。一族のほかの人たちとは違い、君はずっと裕福だったわけではない。だがここにきてついに、会社の売り上げが初の黒字に転換している。本当におめでとう。ただし、君は事業の拡大を狙ってる。そのためにはかなりの資本金が必要になるはずだ。ビーナスと金銭面に関して話しあったことは？ ローンとか、贈与とか、投資とかについてはどうだ？」

「いや、金について話しあったことはない。俺が何年も祖母に連絡をしなかったのは、自分の力で事業を成功させたかったからなんだ」

「ビーナスが君に遺言や信託について話したことは？　君宛てのそういう財産があるかどうかは知っているのかい？」

「祖母が俺のために金を信託財産にしてくれているのは知ってるけど、具体的な金額までは知らない。三十五歳になった時点でそれが俺のものになるそうだ。今、三十一歳だが、俺は順風満帆で、祖母の遺産も信託も必要としてない。そうはいっても、自分の口座にそういった金が振りこまれたらうれしくないわけじゃないけどね」

サビッチは言った。「今から重要なことを尋ねるぞ、ロブ。家族のほかの人たち、あるいは使用人のイザベルやベロニカの中で、君とビーナスが連絡を取りあっていたことを知っている者はいないか？　君たち二人が再会して以来、会い続けていることを知っているのは？」

「祖母は適当な時期が来るまで、俺と会っていることは秘密にしたいと言ってた。ベロニカにさえ話してなかったようだ。ただ、どうしても話さざるをえないこともあるとは言っていた。たとえば、運転手のマクファーソンは知っていたな。もちろん、俺と会う場所まで運転していたからだ。でも俺は会ったことはない。祖母からマクファーソンの話を何度か聞いたことがあるだけだ」

「わかった。だったら今度は、ビーナスの具合が悪くなった夜のことを思いだしてほしい。これまでに三回そういうことがあった。まずは三週間前の水曜の夜、ビーナスがアンバサダー・クラブでアレクサンダーと君の父親とディナーをとった六月四日だ。この日、自分が何をしていたか思いだせるか？」

ロブ・ラスムッセンは表情一つ変えないまま、シャツのポケットから小さな黒い手帳を取りだし、親指でページをめくり始めた。「祖母から言われたんだ。自分のアリバイをきちんと証明する必要があるって。だからここにすべて書きとめてきた。六月四日は、恋人のマーシャとレストランにいた。レシートがあるし、日付もちゃんと入っている。二度目に祖母の具合が悪くなったときは仕事をしていた。詳細はすべてここに書いてある。三度目のときは店で野球の試合を観戦してて、ナショナルズがめちゃくちゃにやられた悔しさを、豆のディップを食べながらビールで流しこんでいた。目撃者ならたくさんいる」そこで口をつぐんだ。「俺は君たちが捜している犯人じゃない」そう言うと、サビッチに黒い手帳を手渡した。

シャーロックは尋ねた。「これだけ歳月が経ったあとで、なぜビーナスにメールを送ろうと思ったの？」

ロブが満面に笑みを浮かべた。白くきれいな歯がこぼれる。「とうとう祖母に胸を張って見せられるものができたからだ。自分の会社だよ。そのことを誇りに思っているんだ。それに家族も恋しかった。とりわけ祖母のことがね。この十年で祖母も年を取ったんだってことに気づいたんだ。十年前、刑務所行きが確実だった俺を救ってくれたのは祖母だった。今でもとても感謝してる。その気持ちを伝えないまま祖母には死んでほしくなかったし、きちんと会ってどれだけありがたく思っているか伝えたかった。でも怖かったのも事実だ。祖母から二度と自分にかかわるなと追い払われる可能性もあったわけだからね。ただ、自分が負け犬じゃないことを証明できて初めて、やっと本当の勇気が出せた。俺は自分一人の力で金を稼いでみせた。ほかの家族のように、ラスムッセン産業という後ろ盾があったからじゃない。わが社の第四四半期の数字を電話で伝えてきたとき、俺の会計士は大喜びで叫んでいたほどだ」またしても白い歯を見せながら笑みを浮かべた。「負け犬にしては悪くないだろ?」

ロブは身を乗りだして座り直した。

「それに、ずっと家族に背を向けていたわけじゃない。特に祖母の動向は常に追いかけていた。祖母はこっちのビジネスに手を出したり、あっちの会社のスポンサーになったり、政府の要人とも堂々と取引を行って、そういう利益を慈善活動に寄付したりしてる。まったく、あの商才には驚かされるよ。今も昔も変わらない。だから自分のビジネスが軌道に乗った今こそ、名乗りでるべきだと思ったんだ。マーシャも同意してくれたしね。たぶん、彼女から後押しされたのが大きかったのかもしれない。それで、十年前に祖母が使ってたアドレスにメールを送ってみたんだ。返事が来るかどうかもわからなかったけど、結局祖母は返事をくれた」ロブは口をつぐんだ。「そのとき祖母から、ちょうど電話をかけようと思っていたところだったと教えられたんだ。こんな劇的な再会を想像できるかい? 俺たちはランチを一緒にとって、それまでのことを話しあった。祖母は再会を心から喜んでくれた。十年前と何も変わってなかったんだ。

俺が事業の拡大を狙ってるって？　もちろん前進あるのみだ。でもそういう機会は待っていれば必ずやってくるものだし、俺には自分の事業で世界を制覇する時間がたっぷり残されている。俺のビジネス計画は、祖母と十年ぶりに連絡を取ったこととはなんの関係もない。祖母もそう言うはずだ」

サビッチは携帯電話を取りだし、いくつかボタンを押して目当ての写真を探しだすと、携帯電話をロブに手渡した。「この男を知っているか？」

21

ロブがビンセント・ウィリグの写真を見つめた。だがたった今、目が覚めたばかりであるかのように、ぼんやりとしたまなざしだ。ロブは顔をしかめ、頭を横に傾けた。サビッチにはなじみのあるしぐさだ。ロブの祖母のビーナスは、好奇心を抱いたり心配事があったりすると、よくこういうしぐさをする。「これが昨日、祖母を殺そうとした男なのか？」

「ああ」

「見覚えがある気がする」ロブは人差し指で画面をタップした。「だが、どこで見たのか思いだせない」

サビッチは説明した。「名前はビンセント・ウィリグ。実に華々しい逮捕記録の持ち主だ。十三年間、アッティカ刑務所に入っていて、数週間前に出所したばかりだ。どこで見たのかじっくり考えてみてほしい。ロブ、とても重要なことなんだ」

ロブがうなずく。「思いだせるかどうかわからないけど、努力してみるよ。使用人についてはどうなんだ？　ベロニカには祖母に毒を盛る動機はないのか？」

シャーロックが答えた。「ベロニカはビーナスともう十五年も一緒にいるし、経済状況も問題ない。というのも、ビーナスがたっぷり給料を支払っているからよ。しかもあの豪邸にただで住める部屋も与えられているし、食事に困ることもない。つまり、ベロニカは生活面でビーナスに頼りきっている。雇い主を殺害する動機が見あたらないわ」

「ベロニカはもう四十歳近いんだろ？」

「三十六歳だ」サビッチは答えた。「君より五歳年上なだけだ」

「祖母は彼女のことをよく褒めている。ベロニカといると楽しいし、常に自分に忠実だとね」

「十代の頃、あなたはベロニカに恋していたんでしょう？」シャーロックは尋ねた。

「ああ。若い男の妄想をかきたてる夢のような女だった。ブロンド美人で、とびきりスタイルがいい。もしかして兄貴は彼女と寝てるとか？」

サビッチが答えた。「それは絶対にない」

ロブは笑い声をあげ、かぶりを振った。「俺もそう思うよ。兄貴は新しいことに挑戦するたちじゃないからな。いつも俺に〝あのお手伝いには近づくな〟と説教を垂れたもんだ。とにかくベロニカは兄貴のことが好きじゃなかった」

サビッチは立ちあがりながら言った。「これではっきりしたな。この一件にラスムッセン家の人たちはかかわっていない。とはいっても、〝あのお手伝い〟に関する一件だが」口調を変え、礼儀正しくつけ加えた。「今夜、シャーロックと俺も君に会いに行くつもりだ。ロブ、来てくれてありがとう。もし何か質問したいことができたらまた電話する」

ロブはデスクに両手をつくと、身を乗りだした。「サビッチ、俺が今回のことに感じているのは怒りだけじゃない。恐れもだ。再会したばかりなのに、祖母を失いたくない。昨日狙撃されたとき、もし君たちやマクファーソンが現場にいてくれなかったら、祖母は死んでいただろう。頼む。必ず犯人を捜しだしてくれ」

「ああ、必ず」サビッチはグリフィンのほうを向いた。「ミスター・ラスムッセンをエレベーターまで見送ろう」

「なあ、サビッチ、親父も兄貴もずっと前から俺とは絶縁状態だ。兄貴とは、俺が兄貴の新車のマスタングを無断で借りてドライブしたとき以来、関係が冷えきっていた。俺がマスタングを大破させてしまったからだ」

「そのとき、君はまだ十三歳だったんだ」雑然とした廊下を四人で進みながら、サビッチは答えた。

「俺はひどく甘やかされて育った愚か者だった。当時、兄貴は十八歳になったばかりで、マスタングは親父からの高校卒業祝いだったんだ。あのマスタングは本当にすばらしかったよ。そのあと俺が酒場の喧嘩で相手を殺しかけたとき、兄貴は俺との縁を一生切りたくなったに違いない」

シャーロックは喧嘩の詳細について知っていた。だがロブ本人の口から聞いてみたくて、あえて尋ねた。「何があったの？」

「今になっても思いだしたくもない。当時、俺は恋人だった子にひどい態度を取った。酔っ払ってたし、彼女が浮気しているという噂を耳にしたからだ。そうしたらあの年上の男……たしか二十五歳くらいだったが、そいつが怒りだしたんだ。喧嘩になって、俺はその男を傷つけ、結局刑務所に送られることになった。あのときは恋人に思いっきり顎を殴りつけられたよ。顎が砕けなかっただけ、運がよかった。たとえ彼女に対して、顎が砕けても当然の仕打ちをしていたとしてもね。

でもそのあと祖母の口利きで、刑務所行きを免れて軍に入隊することになった。祖母はとにかく顔が広い。助けられたのは一度きりじゃない」

「ほかにもそういうことがあったの？」シャーロックは尋ねた。

ロブが咳払いをした。「ああ。まだガキだった頃に万引きをしたときも、高校時代にマリファナを吸ったときもだ。何度もスピード違反をしたときも、飲酒運転をしたときも。だがあの酒場の喧嘩で男に重傷を負わせたのは最大の間違いだった。相手の名前はビリー・クローニン。今では結婚して子どもが三人いて、フィラデルフィアで暮らしている。何年かに一度、どうしてるか調べているんだ」

エレベーターの前に着くと、サビッチがボタンを押した。ドアが開き、中からハマースミス捜査官の妹のデルシー・フリーストーンがおりてきた。カントリー&ウエスタンのような鼻歌を歌っている。サビッチが聞いたことのない曲だ。デルシーが即興で作った歌なのかもしれない。エレベーターの中には捜査官が二人いて、何やら楽しげに話している。

デルシーは鼻歌を途中でやめると、エレベーター内の捜査官二人を振り返った。「じゃあ、あとで連絡するわね。ディロン！　会えてうれしいわ。ここには兄をランチに連れだしに来たの。シャーロック、こんにちは」足を止め、まばたきをして固まっているロブを見た。「どなた？」

グリフィンがサビッチの背後で笑った。「デルシー、今、歌っていたのはなんの曲だ？」

ロブ・ラスムッセンから片時も目を離そうとしないまま、デルシーはフレーズを繰り返した。「私はいつも《ホーダウンの愚か者》って呼んでいるわ。翌朝、二日酔いでトイレから出られなくなるっていう内容だから。ずっと鼻にかかった歌い方（トゥワング）が続く、カントリー&ウエスタンの昔からある曲よ。ディロン、ぜひボノミー・クラブであなたに歌ってほしいわ」

サビッチは、ロブが突っ立ったままデルシーを見つめていることに気づいた。衝撃を受けた表情を浮かべ、ぼんやりとした目をしている。これが現実でなければいいのに。いやな予感にとらわれたものの、サビッチは二人を引きあわせるしかなかった。

「デルシー、こちらはロブ・ラスムッセンだ」

デルシーはロブを見あげ、ゆっくりと笑みを浮かべた。「ランチはまだ？」

ロブはうなずくと、突然乾いた唇を湿した。「ああ、まだだ。もう腹ぺこだよ。でもお兄さんはいいのかい？」

「誰？　ああ、グリフィンね。兄はディロンとシャーロックとランチに出かけるはずよ。そうでしょう、兄さん？」

グリフィンがロブ・ラスムッセンから妹に視線を移した。妹の輝くほほえみの前では、グリフィンは無力だ。「ああ、そうだな」

「だったら、一緒に行こう」ロブはデルシーに腕を差しだした。「サビッチ、シャーロック、何かわかったらすぐに教えてほしい。こんなことをしでかしたのは誰か、絶対に見つけてくれ。ハマースミス捜査官、会えてうれしかった」サビッチに小さく敬礼してみせた。「それじゃあ、今夜」

サビッチが見守る中、ロブとデルシーの背後でエレベーターのドアが閉まった。二人とも一言も話そうとはせず、間抜けのように笑みを浮かべて互いを見つめているだけだ。「なあ、グリフィン、妹からお払い箱にされたみたいだな」

シャーロックはかぶりを振った。「ロブが彼の祖母の命を狙った事件に無関係であることを祈りましょう」

22

三十分後、サビッチのオフィスのドアからルース・ノーブル捜査官が頭を突きだした。「アレクサンダー・ラスムッセンを取調室に通しておきました。ディロン、彼は機嫌がいいとは言えません。一階から取調室へ連れてくるまでの間、取り乱したりはしませんでしたが、呼びだされたことにはたいそう腹を立てています。仕事で目がまわるほど忙しいのにこんな扱いをされるなんてばかげていると言っていました。私も取り調べに立ちあっていいですか？」

サビッチは野菜のラップ（ベジー・ラップ）サンドの最後の一口をのみこんだ。「もちろんだ」

サビッチとシャーロック、ルースの三人は取調室へ入った。先ほどまでアレクサンダーの弟のロブがいた部屋だ。

「アレクサンダー」サビッチは部屋へ入り、ドアを閉めるとすぐに話しかけた。「わざわざ来てくれて感謝する。ノーブル捜査官にはもう会っているな」

アレクサンダーが椅子から立ちあがった。「サビッチ、ここに来るよう強要したのは君だ」ルースやシャーロックをちらりとも見ずに言葉を継いだ。「僕が多忙なのは君も知っているはずだ。ここまで呼びつけるからには、よっぽど重要な話があるんだろうな？　いったいなんの用件だ？」

「まあ、座ってくれ、アレクサンダー」

アレクサンダーは腰をおろしたが、体をこわばらせ、怒った顔のままだ。「さあ、聞かせろ」

「ここへ呼びだしたのは、君に自分の祖母を殺害しようとした疑いがあるからだ」

この単刀直入な切りだし方は大成功だった。アレクサンダーは顔面蒼白（そうはく）になり、一瞬椅子の背にだらしなくもたれかかったものの、次の瞬間激しい怒りに顔を真っ赤にした。「なんだって？　僕が祖母の髪の毛一本でも傷つけると思うか？　もしそう思うなら、君は自分を恥じるべきだ。なんて無能な！　君たち全員が無能だ！　僕の罪をでっちあげて刑務所へ送りこめると思ったら大間違いだぞ！」

サビッチは冷静な声を保った。「ビーナスが砒素を盛られて具合が悪くなったのは三回。その三回とも彼女と一緒にいたのは、君と君の父親だけだ」

「ちょっとは頭を使え。祖母の食事に砒素を混入させるぐらい、誰だってできたはずだ。血を分けた肉親が殺そうとしているだなんて、本気で考えてるのか？ ばかばか しいにもほどがある。サビッチ、君とはうまくやれたためしがない。まあ、今、僕が手にしている富や地位に、君が嫉妬するのは当然だ。責めるつもりはない。だがいかんせん、君はそういった嫉妬心を克服しなければならない。いいか、僕には祖母の命を狙う動機がない。僕の父にもだ。

さあ、君は言いたいことを言ったし、僕も答えた。これでおしまいだ。これ以上、僕をこの場に引き止めておく理由はないはずだ」

「今、自分には動機がないと言ったな?」サビッチは指を一本立てた。「だが君は、祖母からスミソニアン博物館で仕事をさせられていることに対して激しい怒りを覚えている。たしか職場の同僚を、お役所的な考え方しかできない愚か者どもとなじっていたそうだな。自分とはランクが釣りあわないと憤っていた」二本目の指を立てる。「二年前、君が〈ラスストーン、グレース&ウォード〉で横領を働いたとき、ビーナスは君が自分のものにした金を全額返済する代わりに、君を起訴しないという約束を先方から取りつけた。君がその事実をどれだけ不快に感じているか、俺には想像するしかない」三本目の指を立てる。「君をラスムッセン産業にかかわらせて以来、ビーナスは絶えず君から目を離そうとせず、君が昔の悪い癖を出さないかどうか、やることなすことすべてを注視している。ビーナスから過小評価されて常に監視下に置かれている状態に、君はほとほとうんざりしていたはずだ」四本目の指も立てた。「アレクサンダー、君はかつてビーナスを心底失望させた。そのせいで、彼女は好きなときにいつでも君を解雇できる。君は内心びくびくしてるはずだ。ビーナスの後釜を狙い、ラスムッセン産業のトップとしてすべてを取り仕切りたがっているから。その権利を失いたくはないが、もうこれ以上待ちたくもない。そんなふうにしびれを切らしてもおかしくはない。ほら、こうやって動機を数えあげることなど簡単だ、アレクサンダー。それは自分でもよくわかっているはずだ」

アレクサンダーは椅子に座ったまま背筋を伸ばしたあと、サビッチのほうへ身を乗りだし、デスクに両手をついた。「よくもそんなことを！　この能なしめ！　祖母が君に目をかける理由はただ一つ、君の祖母がサラ・エリオットだからだ。彼女が幼友だちだったからこそ、祖母は君を手元に置いている。それ以上の理由などない。君に才能がある？　まさか！　君は犯罪者相手に恥ずべき仕事をする、しみったれた捜査官じゃないか」

この男をぶちのめしてやりたい衝動に駆られたものの、シャーロックはアレクサンダーに向かって笑みを浮かべた。「ディロンはアーティストよ。美しい作品を生みだしていて、その多くはローリー・ギャラリーに展示されてるわ。それに知ってる？犯罪者相手に恥ずべき仕事をする、しみったれた捜査官一家の中で、仕事以外の才能を持っているのはディロンだけじゃない。私はクラシックピアノを演奏するの。いつかあなたも私の演奏を聴きに来るべきね」シャーロックは拳を鳴らした。

アレクサンダーがシャーロックに鋭い一瞥をくれたが、サビッチは片手をあげて遮った。「それくらいでいいだろう。こうしているのは、俺たちのことについて話しあうためじゃない。それにアレクサンダー、君が俺たちをどう思っているかを話しあうためでもない。もし隠すべきことが何もないなら、言い争いをやめて質問に答えてほしい」

「話すことなど何もない」

サビッチはさりげなく言った。「そうであることを心から願うよ、アレクサンダー。何しろ、ビーナスが死んで一番得をするのは、君の父親やほかの家族ではなく、どう考えても君だからな」

「僕はやっていない！　競合他社の仕業だろう。ビジネスは生き馬の目を抜く、非情な世界だ。今までも合併や売却を行ってきた企業はいくつもある。結果的に、怨恨や憎悪さえ生まれかねない。

なあ、使用人の一人を金で雇って祖母の食事に毒を盛らせることなんて、誰だってできる。君が目を向けるべきはその人物のはずだ。僕でも、僕の父親でもない」

「アレクサンダー、君はイザベルが毒を盛った可能性があると考えているのか？　ラスムッセン産業に恨みを抱く仕事関係者に雇われて、彼女がやったと？」

「可能性がないとは言えないだろう？　それにベロニカだっている。僕はあの女を一度も信用したことがない。いつも祖母におもねって、金を吸いあげてる。いったいなぜだ？　ベロニカは家族じゃない。祖母に常に忠実である理由もない。あの女を取り調べろ。それにおばのヒルディもだ。祖母はおばの夫が離婚に応じるよう、金を払った。それが今回の事件につながったに違いない」

まったくもって支離滅裂だ。だがアレクサンダーが自分のおばに責任を押しつけようとしているのは、実に興味深い。

サビッチは静かに口を開いた。「ビーナスがなぜ〈ラスストーン、グレース＆ウォード〉に全額返済して、君を告訴しないと約束させたかわかるか？」

「祖母は自分の名前がタブロイド紙で大々的に報じられるのを嫌ったんだろう。ラスムッセン産業の株価に悪影響が及ぶのも恐れていたはずだ。もちろん、祖母自身の評判に傷がつくこともだ」

シャーロックが口を開いた。「ビーナスがあなたを救ったのは、あなたが家族だからよ。彼女はあなたを愛している。それほど簡単なことなの」

アレクサンダーは冷ややかな目でサビッチとシャーロックを見つめ、大ぼらを吹いた。しかもいかにも弁護士らしい、よく通る声でだ。「もちろんそうだろう。僕も祖母を愛している。〈ラスストーン、グレース&ウォード〉にまつわる真実を知りたいか？　あそこのパートナーたちは僕に、祖母の影響力を利用してもっとクライアントを獲得しろと迫ったが、僕はきっぱり断った。あいつらは、もし同意しなければ解雇すると脅しつけてきた。だが、それでも僕は拒否した。するとあいつらはあのくだらない不正行為をでっちあげて、告訴すると脅迫してきたんだ。その時点で祖母が介入して、祖母なりの脅しをかけた。もちろん祖母は僕が不正を働いたなんて、一瞬たりとも信じようとしなかった」

サビッチはそっけなく言った。「もっと具体的に言おう。問題は、君がクライアントの資金を流用したことだ。しかもあの法律事務所の顧問先の中でも一番金まわりのいいクライアント企業を二社も標的にしたとはね。いや、顧問先だった二社と言うべきだろう。どちらももうあの法律事務所のクライアントじゃないからな。当時その事情を知らされて、ビーナスはさぞ君に失望したに違いない」

アレクサンダーがサビッチを見つめた。額には玉の汗が浮かんでいる。

サビッチは言葉を継いだ。「ビーナスは君の横領について口を閉ざしているが、だからといって、俺がその件について何も知らないことにはならない。俺は君がしたことを一つ残らず知っている。君が横領を働いた相手全員の名前もだ。だから君も発言するときは慎重にしたほうがいい」

アレクサンダーは額の汗をぬぐうと、再び弁護士然とした雰囲気で話し始めた。

「いいか、一度しか言うつもりはない。一度だけだ。こんなのはばかげている。僕も、僕の父も祖母に毒を盛ってなどいない。昨日、家を出たところで祖母を殺そうとしたあの間抜けのことも何も知らない」立ちあがり、気取った様子でワイシャツの袖を引っ張ると、サビッチを見おろした。「ここに来たのは、君が僕の助けを必要としているんだろうと思ったからだ。だが君は、祖母の死を願っていると僕を非難した。もし君たち二人がこんな調子で僕にものを言うつもりだと前もってわかっていたら、ラズムッセン家の顧問弁護士たちを引き連れてきただろう。次回は絶対にそうしてやる。今日ここでどんなことが起きたかを、祖母に話さないなどとは考えるなよ」デスクをまわりこみ、まっすぐ取調室のドアへ向かった。

サビッチはそのままアレクサンダーを出ていかせた。それから片方の眉をあげ、まずはシャーロックを、次にルースを見た。

「あの男の両手の親指だけを縛りあげましょう」ルースが静かに口を開いた。「それで数日間、彼をそのまま吊(つる)しておくんです。さあ、ボス、そうさせてください」

サビッチはゆっくりと答えた。「なかなかの名案だな、ルース」

ルースはにやりとした。「ミスター・メートランドは、その案を通してくれると思いますか？」

23

火曜
マリブ

カムは特大サイズのケチャップのボトル二本を商品棚から取った。この地域で唯一のスーパーマーケットのせいか、〈ラルフズ・オーガニックス〉はどの商品も目が飛びでるほど値段が高い。もう一本買っておくべきだろうか？　ハインツのケチャップは、両親が計画してくれている今夜のバーベキューには絶対に欠かせない。そもそもカムは父からビールとコーンチップスをもっと買ってきてくれと言われ、家から追いだされるようにしてこの店へ買い出しに来ていた。

「カミー！　カミー・ウィッティア！　信じられない、本当にあなたなの？」

カムが声のするほうを振り向くと、目を疑うほどきれいな若い女性が立っていた。あか抜けたカットオフデニムに、体にぴったりしたタンクトップを合わせ、日に焼けた完璧な肌と輝くブロンドの持ち主だ。豊かな髪には少し違う色の筋が入っている。

突然、その女性が誰なのか気づいた。メアリー・アン・ダフ。高校時代の同級生だ。大学進学のためにカムがこの街を離れて以来、連絡が途絶えていた。メアリー・アンは見違えるほど美しくなった。あの頃より十キロは痩せ、眼鏡もかけていないし、もはや髪もくすんだ茶色ではない。彼女は当時からかわいらしかったが、今はどこからどう見ても女優のように光り輝いている。メアリー・アンは頭がよかったし、文章もうまかった。高校二年生のとき、二人は大親友であり、同じ新聞部に所属していた。

「メアリー・アン？　見違えたわ！　その髪、信じられないほどすてき。もし私が男なら、今すぐ飛びかかりたいくらい」二人は笑い声をあげ、抱擁しあった。

「私が誰か気づいてくれて本当にうれしい。ほら、高校時代はあんなに不器量だったから」彼女は言葉を切り、ふわりとした髪に指を差し入れた。「今はミッシー・デベローという名前なの。そう名乗ってもう八年近く経つわ。サンタモニカで出会ったアンソニー・マーゴリスという男から、その名前にしたほうがいいと言われたの。結局は無神経な男だとわかったけど、私の人生を変えてくれたことに変わりはないわ。でも元恋人の話はもうたくさん。私のことをミッシーと呼んでくれる？」

「ええ、もちろん。私のことはカムと呼んで」

「ご両親を訪ねてきたの？　ご両親はまだコロニーに住んでるの？」

「一番目の質問の答えはノー。二番目の質問の答えはイエスよ。私はＦＢＩで捜査官として働いていて、任務でワシントンＤＣからここへ来たの」

「そう聞いても驚かないわ。当時から、それが目標だったものね、カミー……いいえ、カム。でもあなたって美人だから、仕事中は大変じゃない？　どうやって男たちにじろじろ見つめるのをやめさせて、あなたの話を聞かせてるの？　だってあなたはお母さんにそっくりなんだもの。マリブの通りをあなたのお母さんが歩いているとき、男たちがいったん通り過ぎたあと、また振り返って見ているのをよく目にするの。一度なんて、あのベン・アフレックがわざわざ立ち止まって後ろ姿を見つめていたのよ。ところで、任務で来たと言っていたわね。どんな任務かきいてもいい？」

「連続殺人事件の捜査を担当してるの。女優が殺された事件よ」

「まあ、あの〝スターレット・スラッシャー〟の事件？」

カムは目をぐるりとまわした。「マスコミはそうやって不安をあおる呼び方をするんだから」

ミッシーが身を震わせる。「なんにせよ、とんでもなく怖いわ。友だちもその怪物の話ばかりしているし。ねえ、カム、私もマンダレイ・ベイ・ホテルで、モリー・ハービンジャーと一緒の舞台に立ったの！　それがあんなふうに殺されるなんて、本当にぞっとするわ」

「ええ、そうよね……えっ、ちょっと待って。ミッシー、あなたは女優なの？　女優志望だったなんて、今の今まで全然知らなかった」

「高校時代は誰にも打ち明けなかったから。当時はあんなに不器量だったし、不安でたまらなかった。ばかにされるのを恐れていたの。だけど、そう、いつだって女優になりたいと思っていたわ。幼い頃からずっと。まだ駆け出しだけど、いつか成功してみせる。ティンカーベルが私に妖精の粉を振りかけてくれる可能性だってゼロじゃないわ。そうでしょ？　今は女優としての仕事が少しずつ入り始めたところなの。テレビドラマの端役やコマーシャルがほとんどだけど、自活できるくらいの収入はあるわ」ミッシーが言葉を切った。「私、ストーカーに追われていて、ラスベガスに行ったときは、てっきりそのストーカーがあの殺人鬼だと勘違いしちゃった」

「なんですって？　ストーカーに追われている？　どういうこと？」

ミッシーが笑うと、完璧な並びの白い歯がこぼれた。「ラスベガスでの私の武勇伝を聞いてくれる？　話を聞いたら、きっとあなたも私を誇らしく思ってくれるはずよ。先週、ラスベガスでそのストーカーを追いかけて捕まえてやったの。でも信じられないことに、警察官たちはそいつをすぐに解放してしまったのよ」

「その男はあなたを追いかけて、わざわざラスベガスまで行ったの？」

「ええ。先週の土曜、ラスベガス・ストリップにある店のショーウインドウにそいつが映っていることに気づいた瞬間、ぶちぎれちゃった。実は、前もって護身用としてケイバーを買ってたの。ほら、あの大きくて切れ味の鋭い戦闘用のナイフの——」

「ええ、知っているわ」

「もちろんそうよね。とにかくそのときは激しい怒りを覚えたから、そいつのあとを追って、ウィン・ホテルの駐車場で捕まえたの。警察官たちが来たけど、そのストーカーときたら何もしていないの一点張り。ナイフを持って追いかけてくるような、こんな頭がどうかした女なんて知らないと言い張るの。しかも、私を告訴するつもりはない、よほど精神が不安定な状態だったに違いないからなんてほざくのよ！　でも私は大きな勘違いをしていた。あのストーカーは殺人鬼じゃなかったの。ねえ、信じられる？　だってその晩、モリーは殺されてしまったんだもの。モリーは長い間、ビートルズナンバーが楽しめるショーのダンサーを務めていたの。ちょうど、私もその夜のショーに出演したところだったのよ。モリーはみんなから〝レッグズ〟ってあだ名で呼ばれてたわ。長い脚を顔近くまで振りあげることができたからよ。一度だけ、言葉を交わしたことがあるの。とても魅力的な人だった。ただ少し小悪魔っぽく見せかけたがっていただけ。私や女優仲間の全員がそうであるようにね」

ミッシーは瞳を潤ませた。

「ちょうど私がラスベガスに行ったときに、モリーが殺された。それで充分だった。だからマンダレイ・ベイ・ホテルとの仕事の契約は途中で破棄して、こっちへ戻ってきたの」彼女は指先で涙をそっとぬぐった。「取り乱してごめんなさい。だけど本当にひどい事件だったから。あの事件のニュースで思いだして、前にストーカーのことで相談したカラバサスにある郡保安局の刑事にもう一度連絡してみたの。そのとき相談した年配の刑事は何も手を打ってくれてなかったし、私がラスベガスへ出発する前に退職していた。でも、代わりの新しい刑事に事情を話したの。そうしたらその刑事のおかげで、私のストーカーにはもうすぐ接近禁止命令が出るんですって！」ミッシーは口をつぐみ、首を振った。「ごめんなさい。私ったらとんでもない勢いで話してるわね。あなたに会えて本当にうれしいの。あなたがここにいてくれてよかった。もし誰かがあのモリーたちを殺した精神病質者(サイコパス)を逮捕するとしたら、それは絶対にあなたよ」

「ミッシー、殺された女優の中で、ほかに知り合いだった人はいる？」

ミッシーは震える息をつき、うなずいた。「メロディ・アンダーズもコニー・モリッシーも知っているわ。メロディはサンディマスに住んでいたの。四月の初めに殺されたと聞いたときは、本当に信じられなかった。彼女は仕事熱心で、とてもいい女優だった。仕事がないときは、常に仕事を探して歩きまわっていたわ。でも週末になると、サンディエゴで暮らしている高齢のご両親を訪ねていたの。

コニー・モリッシーはここ、マリブのコロニーに住んでいた。でも、きっとあなたならすでに知ってるわよね。二人ともオーディションでよく顔を合わせたし、オーディションが終わってから一緒にコーヒーを飲んだりもしたものよ。金曜の夜に、サンタモニカにある〈エル・パブロ〉でナチョスとマルガリータを楽しんだこともある。二人ともとてもいい子たちだったし、才能があった。

メロディは二十六歳で、コニーはまだ二十五歳だった。私と同じように、二人とも希望と夢に満ちあふれていたの。それなのに、二人とももういない。あっけなくいなくなってしまった」

カムはミッシーの肩に手を置いた。「本当に気の毒だわ。犯人逮捕に全力を尽くすつもりよ」

「ええ、わかってる」ミッシーは頭を傾けた。「高校時代、カラバサス・ベアーズとしたバスケットボールの試合をまだよく覚えているの。十一点差で負けていたけど、絶対にあきらめなかった。あなたがずっと発破をかけ続けてくれたからよ。そのおかげで結局、二点差で私たちが勝ったのよね」

ミッシーと同じく、カムもその試合をよく覚えていた。観客席から両親が叫んでいる声が今にも聞こえてきそうだ。試合後一週間ずっと、自分や両親やチームメンバーたちが狂喜乱舞していた様子も脳裏に刻みこまれている。

「今、捜査はどうなっているの？」

「悪いけど、捜査に関しては話せないの。だけどよければメロディ・アンダーズとコニー・モリッシーについて、あなたが知ってることをもっと聞かせて」

「もちろんよ。捜査の助けになるならなんでも協力する」

「ミッシー、あなたは今一人暮らしなの？」

「ええ。昨年大おばが亡くなって、マリブ・ロード沿いにある小さなコテージを遺してくれたの。コロニーからそんなに遠くない場所よ。大おばには本当に感謝しているの。私がほかにアルバイトをしないでどうにかやっていけるのは、あのコテージがあるおかげだから」

カムはミッシーの両肩にそっと手をかけた。「これ以上あなたを怖がらせたくないんだけど、私たちが連続殺人犯を捕まえるまで、誰かと一緒に住むことを勧めるわ」

ミッシーがカムを見つめる。「〝スターレット・スラッシャー〟が私を狙う可能性もあるってこと？」

「いいえ、そうじゃない。でも犯人が逮捕されるまでは、一人でいないほうが賢明だと言いたいの」

「カム、あなたはここで仕事仲間と一緒に泊まってるの？」

「いいえ、ピンカートン・インにいるわ」

ミッシーが満面に笑みを浮かべた。「だったら、私のところに泊まらない？　わが家にはバスルームが二つあるの」

24

火曜夕方
ワシントンDC
ジョージ・ワシントン大学病院

ビーナス・ラスムッセンはいつものように優雅そのものに見える。紺のディオールのスーツに白いシルクのブラウスを合わせ、黒のローヒールという装いだ。白髪まじりの黒髪はつややかで、ショートボブに切り揃えられている。その姿を見たシャーロックはふと思った。往年の大女優バーバラ・スタンウィックにそっくりだ。そう感じたのはこれが初めてではない。どちらの女性からも不屈の精神や堂々たるオーラが感じられる。ビーナスはアシスタントが運転する車で、バージニア州アレクサンドリアの郊外にあるラスムッセン産業の本社――スモークガラスと鋼鉄でできた、いかにもモダンな高層オフィスビル――からこの病院まで来た。ビーナス本人は気づいていないようだが、彼女が通り過ぎたあとも、病院のスタッフたちの背筋はまだ伸びたままだ。ビーナスが周囲にいる人々に及ぼす強烈な影響力のせいだろう。

シャーロックは一度、サビッチとともに本社ビルにいるビーナスを訪ねたことがあった。あのときの記憶はありありと思いだせる。ビーナスのオフィスは最上階の角部屋にあり、三人のアシスタントによって護衛されていた。床から天井まである巨大な二面の窓が印象的な広々とした空間だったが、室内は本社のほかの部分とは異なり、いかにもモダンなデザインではなかった。薄灰色と淡い青を基調にした部屋には、十八世紀イギリスのアンティーク家具の名品が設えられ、上品で洗練されたくつろげる空間に仕上げられていた。もう一つ鮮やかに覚えているのは、ビーナスとの面会のために上院議員が二人待たされていたことだ。上院議員たちの前を通り過ぎたあと、ビーナスから聞いた話によれば、二人は新たな防衛法制について彼女の意見を求めているということだった。そんな誰もが認める大物であるビーナスの命が狙われた。ミスター・メートランドは副大統領から直接電話をもらい、捜査状況を逐一報告せよと言われているに違いない。

シャーロックがいつも本当に美しいと言うと、ビーナスはにっこりしてシャーロックの腕を軽く叩いた。「ちょっと顔の手入れを工夫すれば、驚くべき効果が現れるものよ。しかも五十年以上も続けているんだから」ビーナスは脇にサビッチとシャーロックとベロニカを従えて進み、ビンセント・ウィリグの病室の前で立ち止まった。サビッチは病室の警護にあたっていたレーン・グレッグソン巡査に身分証明書を示しながら尋ねた。「不審な動きはあるか？」

「いいえ、サビッチ捜査官、異状ありません。ただ目を覚ましている間、ウィリグはやたらと痛がってます。その文句を聞いてると、ざまあ見ろと思うんです」

サビッチはにやりとした。「常に警戒を怠るな。ウィリグが逃げだすとは思えないが、知ってのとおり、ウィリグを雇った男が口封じのためにやってくるかもしれない」

グレッグソン巡査は腰に携帯しているバレッタを軽く叩いてみせた。「はい、準備はできています」

病室の窓から、ベッドに横たわるウィリグが見えた。今は医師も看護師も技師もおらず、完全に一人きりだ。熟睡しているらしく、左の手首に点滴のチューブをつけたまま、ゆっくりと規則的な寝息を立てている。

ビーナスが口を開いた。「なんだかしょぼくれて見えるわね。あなたに撃たれたのは手首だし、ただ骨折しただけだと思っていたのに」

サビッチは答えた。「手首の手術が予想以上に厄介だったそうです。弾が動脈を傷つけていて、感染症を引き起こしているため、あと数日はここで静養することになっています」

ビーナスが言う。「この年齢まで生きてきたけれど、彼みたいな男を相手にした経験はそう多くないの。ディロン、もう彼が私の命を狙わないよう祈る思いよ」

「あなたならこの男をあしらうなど、簡単なはずです」

ビーナスが笑った。美しく白い歯がこぼれる。すべて自身の歯であることをサビッチは知っていた。八十代にしては、ビーナスは健康そのものに見える。「ここへ来ることに、あなたが反対するのはわかっていたわ。でも、こうして連れてきてくれて感謝しているの」

自分にそれ以外の選択肢がなかったことは、サビッチ自身もビーナスも知っている。もし反対するとなればビーナスを拘束せざるをえなかったが、サビッチとしてはそれはしたくなかった。何しろ、相手はビーナスだ。

サビッチはベロニカを振り返った。ベロニカは彼らよりも数歩さがった場所に立ち、ウィリグに全神経を集中させている。彼女の全身から伝わってくるのは、何かあれば前に飛びだして、いつでもビーナスを守ってみせると言わんばかりの気迫だ。ベロニカはサビッチに、本当は自分もビーナスをウィリグに会わせたくないと話していた。

だがサビッチと同様に、ベロニカもまたビーナスに対して強くは出られなかった。

サビッチは口を開いた。「まず私が病室に入って、ウィリグの注意を引きます。ビーナス、あなたはそのあとに入ってきてください。ベロニカ、ビーナスのそばから離れないでほしい」

ビーナスはベロニカの腕に手をかけ、返事をしようとした彼女を制した。「ディロン、あの男が殺そうとしたのはこの私よ。彼の目をこじ開けるとしたら、それは私であるべきだわ」ためらいもせず、シングルベッド一台とその脇のテーブルしかない無菌室に足を踏み入れた。リノリウムの床に、ビーナスのヒールの音が響き渡る。

サビッチが息を詰めて見守る中、ビンセント・ウィリグがゆっくりと目を開けた。ビーナスはきびきびした足取りで自信たっぷりに近づいていく。ウィリグはビーナスの背後にいるサビッチを見たとたん、体をこわばらせた。いい兆候だと、サビッチは心の中で独りごちた。こいつは覚えているのだ。この自分に痛い目に遭わされたことを。

「おまえは誰だ？　俺になんの用だよ？」ウィリグが低くかすれた声で尋ねた。言葉の端々に悪意が感じられる。

「ずいぶんなご挨拶ね、ウィリグ。私はあなたが昨日殺そうとした相手よ。だけど、もちろんあなたは覚えているはずね」

「なんで俺があんたみたいな老いぼれを殺そうだなんて考えるんだ？　わざわざ俺の助けを借りなくても、今にも倒れちまいそうじゃないか。とにかく、俺は誰も殺そうとなんてしていない。人違いだろ。ここでいったい何をしてる？」

ビーナスはさらに近づき、ウィリグを見おろした。「あなたが救いようのない脳なしでないことを願うわ」

「俺は脳なしなんかじゃねえ、くそばばあ」

「もちろん、あなたは能なしだわ。自分の二倍も年上の相手を首尾よく殺すこともできなかったんだから。その様子から察するに、あなたは今までのみじめな人生において、一つも価値あることをしてこなかったようね。あなたには道徳心のかけらもないし、自分というものも持っていない。わずかなお金と引き換えにどんなことでも喜んでやるタイプでしょう」

「少なくとも、あんたは俺の三倍は年上だ。なあ、あんた一人じゃないんだな。後ろにきれいなねえちゃんがいるな。あんたはこのいけ好かないばあさんの孫娘か？　よかったらあとでここへ戻ってきて、一緒にタピオカでも飲まないか？　いや、そのしかめっ面を見る限り、孫娘なわけがないか。それにあんたはＦＢＩのやつらも連れてきたんだな。そこにいる男は俺を殺そうとしたやつだ。そっちの赤毛の女も。そいつらは、俺があんたの骨張った首に点滴のチューブを巻きつけるんじゃないかと心配してるのか？」

「私の首はまだ骨張ってなんかいない。きれいな形をしているわ、ウィリグ。きっとあなたは視力もよくないのね。視力以外もよくないところだらけみたいだけれど。そんなあなたが私を襲うなんてどういうこと？　冗談にしか思えないわ。今のあなたは自分でトイレにも行けないじゃないの」

ウィリグは今にも唾を吐きそうな表情をすると、ビーナスからサビッチに視線を移した。「おまえがこの老いぼれを連れてきたのは、てっきり俺の機嫌を取るためだと思ったんだがな。このばあさんは俺を侮辱ばかりしている」

「この女性をここに連れてきたのは、彼女からそうしてくれと強く頼まれたからだ。彼女からおまえに提案がある」

「そのとおり」ビーナスが言った。「ウィリグ、よく聞いて。私が今日ここに来たのは、罵りあうためじゃない。あなたが明らかに間違った側にいることを理解させるためよ。もし本当に脳なしでないなら、あなたの協力があろうがなかろうが、金を払ってあなたを雇った人物をいずれはＦＢＩが捜しだせることがわかっているはずよ。その人物の名前を自白すれば、事件が早期解決に向かうことも。そのためには私は喜んで自分の持てる力を使い、検察に働きかけて減刑を約束させるわ。それに雇い主の名前を教えてくれたら、大金を払うつもりでいるの。その人の名前を今すぐ教えて、ウィリグ」言葉を切り、身を乗りだした。「もし私を殺すためにあなたを雇った人物の名前を教えてくれるなら、一万ドル払うわ」

「一万ドル？　冗談じゃねえ。あんたにとって、一万ドルなんて屁みたいなもんだろ。あんたはロシアの大富豪よりもロックフェラーよりも金持ちだ。百万ドルでどうだ？」

「よく聞きなさい、ウィリグ。あなたに百万ドルの価値はない。あなたに与えるのは十万ドル。それ以上は一セントたりとも出さないわ。それだけあれば、自分の弁護士費用を支払っても手元に充分残るはずよ」

ウィリグは苦しげに息をしながら笑った。「名前を言うだけで十万ドル？　わかったよ、そいつの名前を教えよう。それはあんただ。この老いぼればばあめ。俺を雇ったのはあんたなんだよ。あんたの怠け者の親族全員が、居ずまいを正してあんたに注目するようにな。さあ、どうだ、これで十万ドルくれるんだろ？」

「笑えるわね、この愚か者」ビーナスはかがみこむと、ウィリグの顔を平手で打った。

ウィリグはうめき、片手をあげてビーナスを追い払おうとしたが、点滴につながれているせいでままならなかった。

「もう一度俺をひっぱたいたら、あんたを逮捕させてやる」

そのとき病室にウィリグの弁護士、ビッグ・モート・ケンドリックがずかずかと入ってきた。ちょうどいいタイミングだ。サビッチは人知れずにやりとした。たった一本の電話をかけるかどうかのわずかな時間の差だ。ビッグ・モートは大声で叫び、威嚇的な態度で堂々と登場した。まさにサビッチの期待どおりだ。ビッグ・モートが声を張りあげた。「そこの君、今、彼を叩いたな！　許しがたい行為だ。拷問にあたる。日曜までには君を告訴する。裁判が終わる前に、君は全財産を失ってホームレスになるぞ！」

ビーナスは振り向いてビッグ・モートを見つめた。私が誰だか知らないのかと言いたげに。「なんですって？」

ビッグ・モートはビーナスを見つめて凍りついた。息を吸おうとしているが、今にも窒息しそうだ。「あ、ああ……あなたでしたか、ミセス・ラスムッセン……」彼は口をつぐんだ。みるみるうちに顔が真っ赤になる。自分から一メートルも離れていない場所に、これまでの人生で言葉を交わしたことすらない、アメリカでも指折りの大富豪がいることに気づいたのだ。「その、ミセス・ラスムッセン……ミスター・ウィリグを傷つけてはいけません。彼はすでに傷を負っているんです」

ビーナスは優雅に片手を振ってウィリグを示した。「もちろんそうでしょうね。私にしようとしたことを考えれば、彼は死んで当然だったんですもの。ところであなたはどなた?」

「私はミスター・ウィリグの弁護士、モートン・ジェームズ・ケンドリックです」

ビッグ・モートにしてみれば、アメリカで最大の影響力を誇る女性を前にして、おどおどしたくはなかったはずだ。だが実際のところ、彼は萎縮していた。自身でも裁判官から絞首刑を言い渡された被告人みたいな声を出していると気づいたはずだ。

サビッチは大声で笑いだしたかった。すべてが自分の望みどおりに進んでいる。シャーロックを見ると、笑いをこらえるのにひと苦労の様子だ。ベロニカもまた片手を口元にあて、笑みを押し隠している。三人が見守る中、ビーナスは値踏みするようにゆっくりとビッグ・モートの頭のてっぺんからつま先まで眺めた。「ミスター・ケンドリック、今後クライアントと話すことが山ほどあるようね。さあ、あなた次第よ。殺人未遂罪で訴えられたウィリグの、弁護士費用にあてるわずかな有り金が底を突くまで弁護を続けるか、それとも雇い主の名前を私たちに教えるようウィリグを説得して、減刑と私からの十万ドルを受け入れる約束を取りつけるか。さあ、あなたはウィリグになんて話すべきだと思う？」

　サビッチが見つめる中、ビッグ・モートは大きく息をのんだ。頭の中でゼロの数を数えあげているのが手に取るようにわかる。次の瞬間、ビッグ・モートは目の表情で、金を受け取ったほうがいいとウィリグに伝えた。

　ウィリグはしばしぼんやりとビーナスを見あげていたが、やがてうなずいて低い声で答えた。「わかったよ。知ってることをすべて話す。依頼してきたのは、そこにいるきれいなねえちゃんだ。さっきから、あんたのためなら走ってくるバスの前に身を投げだしてもいいって顔をしてるけどな」

　ベロニカが憤慨して口を開きかけたが、サビッチが先に言った。「おまえは彼女の名前も知らないんだろう？」

　ビーナスは拳を握りしめたが、今度はウィリグを平手打ちしなかった。こんな茶番を前に、本当は心の底からそうしたかったに違いない。それでもどうにかこらえてため息をつき、失望した様子でかぶりを振った。その間、一瞬たりともウィリグの顔から目を離そうとはしなかった。それからビーナスはビッグ・モートに向き直った。

「ミスター・ケンドリック、あなたに任せるわ。真実と引き換えに報酬の十万ドルを受け取るよう、ウィリグと話をつけてちょうだい。それが真実だというたしかな証拠も示すよう言って。彼の言葉だけでは十万ドルの価値がないから。そこにぼうっと突っ立ってないで、脳なしのクライアントが報酬を得られるよう努力なさい」

もしウィリグが協力しないなら、ビッグ・モートはためらいなくウィリグを撃つだろう。どう控えめに言っても、サビッチにはそう見えた。そうすると、ビッグ・モートの取り分はいくらだ？　三万ドルか？　ビッグ・モートはウィリグ、いをすると、低い声で申し渡した。「さあ、ミスター・ウィリグ、彼女に真実を話すんだ。君を雇った人物の名前を教えたら、ミセス・ラスムッセンはその報酬として君に十万ドル支払うという正式な書類を作成する」

ウィリグは叫んだ。「金だけじゃ足りねえ！　刑務所に入れられるのはごめんだ。自由に歩きまわりたい。そのことも書類につけ足せ」

サビッチは言った。「ウィリグ、俺はすでに連邦検事とそれについて協議している。もしおまえが真実を話し、捜査に全面的に協力するつもりであれば、連邦検事はおまえとじっくり話したいと言っている。ただし、ある程度の期間は服役することになるだろう。それを避ける方法はない」

ウィリグが狡猾（こうかつ）そうな目つきでサビッチを見た。「どれくらいの間だ？」

「それはおまえの弁護士と連邦検事との話し合い次第だ」

「俺が弁護士を信頼するとでも思ってるのか？　弁護士なんかを信じるのは愚か者だけだ」ウィリグはビッグ・モートをちらりと見た。「俺がもらう十万ドルのうち、あんたの取り分はいくらだ？」

「三十パーセントだ」ビッグ・モートが答える。

「ほらな？　自分じゃ何もしてないくせに三十パーセントも要求しやがる。まあ、考えてみてやるよ。痛みを和らげる時間をくれ」

サビッチは答えた。「二十四時間以内に決めるんだ。言っておくが、報酬を受け取る以外の選択肢は一つしかない。つまり、残りの一生を刑務所で過ごすという選択肢だけだ」

25

火曜夜
ワシントンＤＣ
ラスムッセン邸

その日の夜、大股でリビングルームに入ってきたロブが家族に向かって満面に笑みを浮かべると、ビーナスは顔を輝かせた。十年の歳月が過ぎた今、彼らの前に立っているのはもはや青二才ではない。立派な大人の男だ。ロブの父親のガスリーは鋭く息をのんだあと、笑顔になって、ささやくような声で言った。「ロブ、本当におまえなのか？」

「ああ、親父、ただいま」

ガスリーは椅子から飛びあがって息子に抱きつくのではないか？　サビッチは一瞬そう考えたが、そんなことは起こらなかった。父も息子も押し黙ったままだ。どちらも大きなためらいを感じているのだろう。とはいえ二人とも今後何かが始まることを宣言するのろしのごとく、目をぎらぎらさせている。その場にいる誰もがそのことに気づいた。もちろんアレクサンダーもだ。ただ、彼は無表情で暖炉脇に突っ立ったままだった。

ロブは五メートルほど離れた場所から兄を見て声をかけた。「アレクサンダー」

アレクサンダーは何も答えず、弟にうなずいただけだった。

続いてビーナスが立ちあがった。ラスムッセン一族の特徴である緑の美しい瞳を輝かせている。体をかがめたロブから頬にキスをされると、ビーナスは彼を強く抱きしめ、いかにもうれしそうな表情になった。サビッチが見守る中、ロブは壊れ物でも扱うような慎重な手つきでそっと祖母を抱きしめた。やがてビーナスは向きを変えると、孫息子の恋人と握手をし、彼女の頬を軽く指先で叩いた。「あなたがマーシャね？」

「ええ、そうです」

マーシャ・ゲイはモデルのように背が高くほっそりしていて、黒髪を顎の長さに切り揃えたシャープな髪型で、印象的な濃い紫色の瞳の持ち主だった。いかにもアーティストらしい真っ白な手を差しだし、長く美しい指でビーナスとの握手に応じている。その魅力的な姿を見て、シャーロックは心惹(ひ)かれずにいられなかった。ビーナスは笑みを浮かべてマーシャに話しかけた。「ようやく会えたわね。ロブからあなたの話をたくさん聞かされていたの。特にあなたのすばらしい彫刻作品についてね。こうしてやっと会えてうれしいわ。わが家へようこそ」

「私もお会いできてうれしいです、ミセス・ラスムッセン」

「想像していたよりも若いわね」

ロブがにやりとする。「そりゃあ、マーシャはとびきり若く見えるはずだよ、おばあ様。彼女はここにいる誰かとは違って、刑務所に入れられる心配を一度も味わったことがないんだから」

小さな笑い声があがり、その場にいる全員の視線がロブに集まった。

ロブは肩越しにちらりと振り返った。「家の外に護衛が二人立っていたから、てっきり身体検査でもされるのかと思った。だけど、彼らがいてくれてほっとしたよ」

「ええ、私もよ。この件が解決するまでボディガードをつけることにしたの。さあ、マーシャをみんなに紹介させて」実際に口に出したわけではないが、ビーナスの声からはくれぐれも言動に注意して賢明な態度を心がけなさいという家族に対する牽制がありありと感じられた。そのせいか、アレクサンダーですらおとなしくしている。とはいえ彼は警戒した、しかも少々軽蔑したまなざしで弟を見ていた。

サビッチとシャーロックは無言のまま、一同の様子を興味深く観察した。第一幕が切って落とされたのだ。そのときヒルディがロブに駆け寄ると、彼の顔にそっと触れて抱擁し、体をかがめたロブから頰にキスを受けた。体を引いてロブを見つめながら言う。「どれだけ会いたかったか。あなたのお母さんを描いたのと同じように、私にあなたの絵を描かせてね。どうしても表現したい点がいくつもあるわ。特にその瞳の特別な色や、頭を少し傾けるしぐさね。お父さんにそっくり」マーシャに笑みを向けた。「あなたでさえもロブのこういった特徴を彫刻作品で表現することはできないんじゃないかしら?」

「ええ、おっしゃるとおりです」マーシャは笑みを浮かべ、ロブのかたわらにひっそりと立っている。きっとロブから、おばのヒルディはどんなことを口にするかわからないと、前もって注意されているのだろう。

ビーナスからマーシャを紹介されると、ベロニカは一歩前に進みでてマーシャの手を取った。「あなたに関する記事は全部読んでいるし、ボルティモアにあるマイアネキ・ギャラリーで作品も見たわ。本当にどれもすばらしかった。特に印象的だったのは《ヘラクレス》という大作よ。たしか素材が銅とスチールだったはずだわ。あなたがあの彫像に吹きこんだ息吹と大胆な精神が感じられた。会えて本当にうれしいわ、ミズ・ゲイ」

「ありがとう」マーシャは答えた。「ロブからあなたの話はよく聞いているの。私のことはマーシャと呼んでね」

ベロニカは美しい笑みを浮かべた。「私のことはベロニカと呼んで」ロブに向き直った。「十代の少年だったあなたをよく覚えているわ。いつも肩で風を切って歩いていて、おもしろいことばかり話してたわね。それにいつも私に親切にしてくれたことも覚えているの。本当におかえりなさい」

ベロニカがロブを見あげた。以前は彼女のほうが背が高かったはずだ。ロブはベロニカの頬に軽くキスをすると、耳元でささやいた。「ありがとう。認めざるをえないけど、君はあの頃と変わらずきれいだな。シャーロックから、十代の頃の俺は君に恋してたんだろうと言われた」

ベロニカは体を離すと、ロブに笑みを向けた。「覚えているわ。あなたは私がとてもセクシーだと言って、いつもからかってたわね。そう言われるたびに、なんだかくすぐったい気分になったものよ」

ロブはうなずいた。「今から十年前、俺が出ていく前から、君はおばあ様によくしてくれていた。おばあ様の身を守るために君があらゆる努力を続けてくれている話を、おばあ様からことあるごとに聞かされてる。ただ、隣で眠らせてくれと言われたのには面食らったそうだけど」

ベロニカがビーナスに向かってほほえんだ。「ええ、ビーナスの部屋に私のベッドを移してもいいかと尋ねたら、きっぱり断られたわ。それにしても本当に立派になったわね、ロブ。ビーナスはあなたが立派に成長すると信じて疑わなかった。あなたはただ人生の途中で道に迷っているだけで、必ず自分なりの生き方を見つけられると信じていた。本当にそうなったのね」

マーシャはサビッチのほうを向いた。「ロブから、サラ・エリオットがあなたのおばあ様だと聞いたの」頭を傾けて、暖炉の上に飾られた絵を示した。「私がサラからどれほど影響を受けたか、ぜひあなたに伝えておきたいのよ。あなたは彼女の驚くべき才能を受け継いでいるの？」

シャーロックが言った。「ディロンはローズウッドやカエデの木を削って、美しい作品を生みだしているの。ジョージタウンのローリー・ギャラリーに何点か展示してあるのよ」

「ぜひ見に行かないと」マーシャが言った。「あなたの指に傷跡が何本かあることに気づいて、どうしてだろうと思っていたの」マーシャは自分の両手を掲げてみせた。手のひらに白い傷跡が何本か走っている。「鋼鉄から彫刻作品を生みだすのは危険を伴うわ。木材にのみをふるって、一から作品を作りあげるのと一緒ね」

そのときグリニスがマーシャの前を気取った様子で通り過ぎ、両手でロブの顔を挟みこむと、いきなりキスをした。しかも舌まで差し入れている。ロブはグリニスの体を優しく引き離し、彼女の頰にそっと拳をあてた。「また会えてうれしいよ、グリニス」グリニスはもう一度キスをしようとしたが、ロブはその前に脇へよけて彼女の両手をつかんだ。

マーシャはグリニスに感じのいい笑みを向けると、さらりと言った。「ロブを私に釘づけにしておいてよかった。あなたにこんな巧みなキスをされて、そちらになびいてしまったら困るもの」

グリニスがうなずいて顎をあげた。「あら、こんなのはどうってことないわ。ロブは今回キスを返してこなかったけど、私が十七歳だった頃は熱烈なキスを返してきたものよ」白い歯を見せて笑った。

ビーナスが手を叩いた。「誰ももはや十七歳じゃないわ。そのことをゆめゆめ忘れないでちょうだい」もの問いたげな目つきでアレクサンダーを見て話しかける。「いつになく静かね。弟と再会できてうれしいでしょう?」

アレクサンダーはまだ暖炉の脇に突っ立ったままだ。右手にマティーニのグラスを持っていて、『GQ』のページから抜けでてきたかのようだ。彼は祖母の言葉に、何か話せという暗黙の指示を聞き取ったに違いない。「おばあ様を喜ばせることなら、僕はなんだって大賛成です」そう答えるとマーシャに向き直り、感情のこもっていない声で話しかけた。「興味深い名前だ、ミズ・ゲイ。その姓をラスムッセンに変えたいと思っているのか?」

「ミスター・ラスムッセン、あなたの姓と同じように私の姓も古くからあって、ユニークな歴史を誇っているのよ。もし興味があるなら、いつでも由来をお聞かせするわ」マーシャがアレクサンダーを見つめた。「あなた方全員にぜひ伝えたいのは、ロブがラスムッセンの名前を一度も出さずにビジネスをしてきたことなの。ロブはたゆまぬ努力と、自身が獲得した周囲からの信頼によって、自分の建築会社を一から築きあげたわ。私がロブと出会ったのも、彼の仕事を通じてだったの」

ロブは優しい声で言った。「マーシャのキッチンのリフォームを担当したんだ。われながらいい仕事をしたと思う。マーシャに勧めた〈ウルフ〉のガスこんろで、彼女のために夕食を作ってあげられたらと考えてたからだ。みんな、そんなに驚かないでくれ。俺は料理が好きで、かなりいい腕をしてるんだ」

「軍で仕込まれたのか?」アレクサンダーは冷ややかな笑みを浮かべた。「さしずめ軍の食堂で出されるポーク・アンド・ビーンズ程度だな」

兄の言葉を聞き、ロブは真面目に考えるそぶりをした。「いや、軍で料理を直接仕込まれたことはなかった。だが入隊したことで、俺がずいぶん成長したのはたしかだ。ちなみに適切な熱々のソースとタマネギを加えたら、ポーク・アンド・ビーンズもそんなに悪くない」

ロブはリビングルームに入ってきたときと同様に家族を見まわした。

「ここにいる全員にとって、これが受け入れがたい事実なのはわかってる。何しろ俺は急に姿を現して、おばあ様の計らいのおかげでこうして突然またみんなと一緒にいられるようになったんだからな。だけど、どうしても言っておきたいことがある。みんなと再会できて、俺は心の底からうれしいんだ。ずっと会いたかった。若かった頃の俺の愚かな行動を許してほしい。本当に申し訳なく思ってる」ロブはまっすぐに兄を見た。「今、大切なのは、俺たちみんなが力を合わせてサビッチとシャーロックを手助けして、おばあ様を殺そうとしたやつを捜しだすことだ」

アレクサンダーがさらに冷ややかな笑みを浮かべた。「ロブ、それこそ僕たちが今すべきことにほかならない。ただ問題は僕たちのうちの誰かが……たとえばおまえが過去にトラブルを抱えていることだ。おまえの建築会社の売り上げなど、ラスムッセン産業全体の売り上げに比べれば取るに足りない。おばあ様が生きている間、もしくはおまえが三十五歳になるまでは、おまえが自分の信託財産を自由にできないというのは本当か？」

ロブはこともなげに言った。「ああ、そうだ。俺たち全員が知ってることだ。そのおかげで俺はこの瞬間の自分の人生に集中できるし、自分にとって本当に大切なものが何かを見きわめられる。それで何がわかったと思う？　なんでも自分の力で一からできると実感できたんだ。なあ、兄貴は自分がそんなふうにできるって考えたことがあるか？」

アレクサンダーはあつらえの美しいジャケットの袖口から糸くずを払った。「僕にはできないとでもいうのか？　だが今、大切なのはそんなことじゃない。ほかの家族と同様、僕もおばあ様のことを心配している。何しろ、何者かが殺そうとしたんだからな」一瞬、言葉を切った。「そうしたら、おまえが姿を現した。どうしようもない放蕩者が突然戻ってきたんだ」

ビーナスが落ち着いた声で言った。「それほど突然でもないのよ、アレクサンダー。前にも言ったとおり、私たちは三カ月くらい前から連絡を取りあっていた。しかもそれはあなたにとって、さほど受け入れがたいことではないはずよ。ロブは突然ふらりと現れた見知らぬ他人じゃない。私の孫息子なんですもの。だからこそ、あなたがこの部屋にいる人たちを疑わしい目で見るのは許さない。今夜は家族として食事を楽しむためにここに集まったんだから、それなりの礼儀をわきまえてちょうだい。ラスムッセンみたいな大企業を経営するためには、礼儀は何よりも必要なものよ」

タイミングを計ったように、ドアのところにイザベルが姿を現した。「ミズ・ビーナス、〈パイド・パイパー〉からあなたの分のディナーが届きました。ダイニングルームにご用意してあります。皆さんにはミスター・ポールが最高の腕をふるってくれましたよ」彼女はにっこりした。

その時点でサビッチとシャーロックは観念した。今夜はもはやいくらけしかけられても、ビーナスがこれ以上の言い争いを許すことはないだろう。残念ながら。

26

火曜夜
マリブ、コロニー
ウィッティア夫妻の自宅

カムは両親に完全に出し抜かれた。二人はわずか数時間でバーベキューパーティの準備を整え、渋滞時刻に重なったにもかかわらず、カムがその日に会った刑事たちを全員そのパーティに招いていた。カラバサスの郡保安局の数人はもともとカムの両親とつきあいがあり、保安官のドレイファス・マレーと彼の妻スザンヌとともに、奥にあるウッドデッキで会話に花を咲かせている。普段からカムの両親と懇意にしていて、カムのことを知っている隣人たちも招待されていた。そうしておけば、近所から通りいっぱいに停められた車に対する不平不満が出ることもない。コリーン・ヒルが相棒のモーリー・ジャガーの冗談に笑い声をあげているのを見て、カムは思わず笑みを浮かべた。刑事たちは好奇心を抑えきれずにここへやってきたのではないだろうか？

サンディマス保安官事務所のアラード・ヘイズが身を乗りだしてエルマン管理官の話を聞いている。こうして呼び集められたことに、彼らも最初は不快感を抱いていたかもしれないが、骨つき肉やハンバーガーをがつがつ食べるうちに、それは跡形もなく消えたようだ。しかもつけあわせとしてポテトサラダにベイクドビーンズ、大袋サイズのコーンチップスに父のジョエルが作った絶品サルサソースが出され、巨大豪華客船クイーン・メリー号も浮かびあがるほど大量のビールも用意されていた。もちろん、先ほどカムが〈ラルフズ・オーガニックス〉で買ってきたハインツのケチャップもだ。

カムの耳に突然、母のリサベスの声が飛びこんできた。ヒルとジャガーに向かって話している。「カムがなぜ私たちと同じ道を歩まなかったのかとききたくなるのはもっともだわ」

ジョエルが割って入った。「いや、どう考えても、カムに限ってそれはありえなかった。あの子が小さい頃、私たちはクリスマスプレゼントにおもちゃのオスカー像をあげようとしたんだ。それかティアラか、芝居の脚本なんかをね。ところがカムはそんなのは全部いらない、おもちゃの銃がほしいと言ったんだ。しかもちゃんと発砲できるタイプの銃がいいってね」

ヒルとジャガーが笑い声をあげているのを聞き、カムは思った。こんな話をして、曲者の刑事たちを束ねる役に立つのだろうか？　カムが母の様子をちらりと見てみると、母は席を移動し、今度はエルマン管理官をマレー保安官に紹介していた。母はリラックスして、男性二人が互いの目を見るのを見守っている。マレーは笑い声をあげると、管理官にハンバーガーを食べるよう勧めた。「一口食べたら、きっとこのまま天国へ行きそうだと言うに違いない。サンタモニカ北部広しといえども、ここのハンバーガーは絶品だ。私はいつもジョエルがこうしてハンバーガーをグリルで焼いてるのがうらやましくてしかたがないんだよ」

それを聞いて、リサベスとスザンヌが同時に笑い声をあげた。スザンヌが感心した様子で口を開いた。「リサベス、このバーベキューは名案だったわね。あなたとジョエルときたら、あっという間にこれほどのパーティの準備をしてしまうんだもの。それにカムを見て。いつも笑みを絶やさず、プロらしく接してるわ。きっとあなたから多くを学んだのね」

ジョエルが来て、妻の首元にキスをした。「ジャガー刑事を見てくれ。ベッツィ・ギルマンの言うことを一言一句聞きもらさないように必死になっている。まさか彼女のファンだったとはな。ここでは誰もが楽しいときを過ごしている。うれしいことに、私たちの娘のカミーは善意ある人たちに恵まれているようだ」

夜十時近くになり、満腹になった面々がスザンヌ・マレーお手製のストロベリーアイスクリームを食べ終えると、隣人たちの多くは自宅へ帰っていった。カムは広々としたウッドデッキに立ち、手すりに肘をついた。ダニエルが隣に来た。カムは水面をダイヤモンドのように輝かせている半月から目を離さないまま、口を開いた。「実家のことを考えるとき、いつも心に浮かぶのはこの光景なの」大きく息を吸いこみ、砂浜に風紋ができるさまを指さした。「まさに完璧な光景がいつもここにある。こちらがどんな気分であっても、水辺は常に美しい。これを前にすると、自分が祝福されているると感じるの。こうして生きていて、これを目にできることに感謝せずにはいられない」

ダニエルは言った。「僕はカリフォルニア州のトラッキーで育った。シエラネバダ山脈の奥深くにあるところだ。世の中であそこ以上に美しい場所はないと思ってる。これは……」片手をひらひらさせ、どこまでも続く大海を示した。「山育ちの僕にとっては、今までお目にかかったことのない光景だ。だけどシエラネバダと同じで、この光景も時間を超越したものだという気がする。ここは常に君を支えてくれる場所なんだな」ダニエルはカムを見つめた。月明かりに照らされて、彼女の顔がはっきりと見える。ノーメイクで、海からのそよ風に髪が少し乱れている。

ダニエルは木製の手すりに後ろ向きにもたれ、肘を休めた。

「カム、君のご両親は驚くべき人たちだ。このバーベキューパーティの準備をあれほど短時間でやってのけるとは。今日の捜査会議で、君はできる限りのことをした。あの場にいた全員に、自分たちが同じ特別捜査班のメンバーだという共通認識を植えつけたんだ。そしてこのバーベキューによって、その認識は決定的なものになった。さあ、今後どうなるのか楽しみだ。そうそう、君のご両親にありがとうと言ったら、お母さんから頬にキスをされたよ」

「〝万歳！〟ってところね」

「お母さんのキスが？　それとも特別捜査班としてまとまったことが？」

カムはダニエルの腕をパンチした。「ばかね、もちろん両方よ」

27

水曜未明
ワシントンDC
ジョージ・ワシントン大学病院

チャズ・ゴリノフスキー巡査はあくびをし、生ぬるいコーヒーをもう一口飲むと腕時計を確認した。まだ五分しか経っていない。ちょうど午前三時。レーン・グレッグソン巡査と交代するまで、あと四時間任務をこなさなければならない。このフロアはあまりに静かだ。どちらかというと、いつも騒々しい救急救命室のほうがいい。長年警備にあたっているが、骨折した者や心臓発作を起こした者、銃で撃たれた者など、毎晩のように緊急手術を要する患者がひっきりなしに運びこまれてくる。チャズは顔をあげ、がらんとした長い廊下を見つめた。一分ごとにこうしている。何も異状はない。廊下の五メートルほど先にあるナースステーションの様子を確認してみる。デスクの背後には看護師が二人しかいない。パソコンをいじったり、患者からのナースコールに応えたり、それ以外のときも小さなカップに薬を入れたりしている。俺のかわいい娘の具合はどうなっただろう？　娘はひどい風邪を引いている。母親につき添われてベッドで眠っているのはわかっているのだが、できたら自分も一緒にいてやりたい。だが今は、州刑務所に戻って一生みじめな刑務所暮らしをすることになる男を警護する仕事をしなければならない。その男があのミセス・ビーナス・ラスムッセンをどうやって殺そうとしたかという話はすでに聞かされている。まったく間抜けなやつだ。そんな大それたことをしでかしたせいで、こうして昼夜問わず、男には警護がつけられている。

あまりに退屈で、何も考えられない。容赦なく眠気が襲ってくる。だからチャズは先ほどから何度か立ちあがり、廊下を歩きまわっていた。ビンセント・ウィリグの部屋をのぞきこみ、しばし彼の規則正しい呼吸に耳を傾ける。深い眠りに入っているようだ。チャズは自分の椅子に戻り、体を伸ばして凝りをほぐしたあと、壁に背をもたせかけた。時間つぶしのために持参した小説を手に取ったが、いつの間にか、小説を床に落として目を閉じていた。再び目を開けて顔をあげると、一人の技師がカートを押しながらこちらへ向かってくる。一晩じゅう患者を寝かしておけばいいものを。なぜ病院の連中がそうしないのかよくわからない。睡眠が一番の薬じゃないのか？　技師は白衣を着てマスクをつけ、頭がすっぽり隠れるキャップをかぶっている。その男に見覚えはなかった。

「ウィリグはぐっすり眠ってる」チャズはとりあえず話しかけた。

「いいことだ」技師が低くかすれた声で答えた。きっと喫煙者に違いないと、チャズは考えた。煙草をやめられない愚か者だ。「あの間抜けと話す手間が省けるのはありがたい」頭を傾けてウィリグの病室の開かれたドアを示した。「あいつがやったことを知ってるだろう？　今や病院じゅうの噂だ」

「ああ。身分証を見せてくれ。そうすれば中へ入ってあいつをいたぶってやれる」

技師が身を乗りだし、白衣のポケットに手を伸ばした。次の瞬間、チャズは首元に鋭い針が刺さるのを感じた。制服の襟の上あたりだ。ベレッタを抜こうとしたが、腕に力が入らない。とてつもない恐怖を感じたと思ったら、何も感じなくなった。

技師はナースステーションをちらりと見ると、ウィリグの病室へ入った。

ウィリグは楽しい夢を見ていた。どこかのビーチでデッキチェアに横たわっている。きっとフィジーだろう。何しろ、大金を手に入れたのだ。周囲にはさまざまな種類のドリンクが取り揃えられている。ウィリグのそばには若くてきれいな地元の女がまとわりつき、笑い声をあげて彼をからかいながら、体のあちこちにキスをしている。幸せだ。こんな幸せがあるだろうか。女たちは全員ビキニ姿で、小さな布は体のほんのわずかな部分しか覆っていない。一人の女がウィリグのほうへかがみこんできた。豊かな胸があと少しで彼の顔に触れそうだ。女が何かささやいている。

突然、幸せな夢が絶ちきられ、ウィリグは目を覚ました。何かがおかしい。ありえないほどおかしい。片方の腕にひどい痛みを感じ、大声で叫ぼうとしたが体が動かない。鼓動がどんどん速まっているのがわかる。それなのに呼吸ができない。息をちっとも吸いこめない。その瞬間、ウィリグは悟った。自分は死につつある。死んだら魂はどこへ行くのだろう？　顔をあげると誰かの顔が見えた。陰になっていてよく見えない。「なんで――」

「さよなら、ビンセント」

28

水曜午前六時三十分

サビッチとシャーロックは立ちつくしたまま、ビンセント・ウィリグの遺体を見おろした。コロンビア特別区首都警察のベン・レイバン刑事が言った。「とんでもないことになった。ただチャズが命を取りとめたのは不幸中の幸いだ」ため息をついた。「チームは待機させてある。彼らを病室へ入れる前に、君たちにウィリグを見せたかった」

本当にとんでもないことになったと、シャーロックは心の中でつぶやいた。身を乗りだしてビンセント・ウィリグの死に顔をじっくり観察していると、憐れみの情を覚え、短く祈らずにはいられなかった。〝ウィリグ、気の毒に。死ぬべきではなかったのに〟「彼は驚いているように見えるわ。目を見開いているし、口も開けたままで、何か言いたげな顔をしている」シャーロックは頭を傾けた。サビッチにとっては見慣れたしぐさで、彼の妻は何か考えこむときによくこのポーズを取る。シャーロックは現場で起きたことを再現し始めた。「犯人はゴリノフスキー巡査の首に薬物を注射したあと、病室に侵入し、寝ていたウィリグの点滴チューブを通して致死量の薬物を投与した。ウィリグはとっさに逃げようとしたんでしょうね。顔を見ればそれがわかる。ねえ、ディロン、彼の目を見て。驚き以上の何かが感じられる。自分を殺そうとしている相手に気づいた瞬間、ウィリグは強い衝撃を受けたんじゃないかしら？　それに痛みを感じたはず。息ができなくなったに違いないわ。おそらく塩化カリウムを大量に投与されたことが死因よ」

ベンがシャーロックを見つめた。「それはたしかか？」

シャーロックは肩をすくめた。「ええ、ウィリグは何か言うことさえできなかったと思うわ」

サビッチは言った。「ベン、先ほど君は、看護師が発見したとき、チャズ・ゴリノフスキー巡査は意識不明のまま椅子に座っていたと話してたな。意識はもう戻ったのか？」

「目は覚ましたが、相当混乱しているようだ。病院側はとりあえず、拮抗薬は投与しないことに決めた。少なくとも血液検査が終わって、犯人が投与した異物が何かはっきりするまでは。病院側はチャズをモニターで監視して眠らせている。先ほど話したとおり、医師は針を刺した跡が首にあることに気づいたが、犯人が薬物をどこで調達したのかはまだわかっていない。今、薬局や緊急カートを確認中だ。もしかすると、自分で薬物を病院に持ちこんだのかもしれない。俺はまだ監視カメラの映像を見ていないんだ。ここはもういいかな？　警備室へ行って、一緒に映像を確認してほしい」

だが映像テープには、捜査の助けになる情報はさほど残されていなかった。性別不明の技師がカートを押している姿が映っていた。カートに積まれているのは医療用装置やガラスの小瓶、注射器などだ。技師は白衣姿で、病院関係者にしか見えない。

「これ以外、このスタッフは映っていないのか？」サビッチは警備主任のダグ・カミングズに尋ねた。

「後ろ姿だけです。ロニー、早送りしてみてくれ」

警備員が命じられたとおり、テープを早送りして停止ボタンを押した。「この男、または女は廊下の先にある階段に向かっています。ただし、監視カメラは後ろ姿しかとらえてません。この人物はトレイを放置して、ここで姿を消しているんです。慎重な犯人なら、階段に設置された監視カメラを避けるはずです。実際、こいつもそうしていて、残念ながら後ろ姿しか映っていません」

カミングズがつけ足した。「すでに二人の記者から電話がかかってきてます。この事件は大々的に報じられるでしょう。それもあっという間に。何しろ、ビーナス・ラスムッセンを殺そうとした男が、病室の外に警察官がいたにもかかわらず殺されたんです。きっと大騒ぎになって収拾がつかなくなりますよ」

〝収拾がつかなくなる〟とはずいぶんと控えめな表現だと、救急救命室に移動しながらサビッチは考えた。救急救命室の小さな個室には、チャズ・ゴリノフスキーが横たわっていた。

ベンが言った。「われわれの報道担当官には警戒するよう言ってある。これで警察は大バッシングを受けることになるだろう。言い訳は通用しない。犯人が一枚うわてだったんだ」ため息をついた。「チャズが何か捜査の手がかりになる証言をしてくれることを願うばかりだよ」

今の時点で、チャズ・ゴリノフスキーは何も証言していない。いびきをかきながら穏やかに眠ったままだ。

サビッチとシャーロックは看護師や清掃員たちに、犯人と思われる人物を目撃していないかどうか尋ねた。だが誰も見ていない。そのあとサビッチはまずミスター・メートランドに、続いてビーナスに電話をかけた。

　ビーナスは長い間、何も言わなかったが、やがて口を開いた。「ディロン、犯人は即座に動いている。恐ろしいほど迅速にね。私がウィリグに取引を提案したのは、つい昨日だというのに。ねえ、犯人は男と女、どちらだと思う？」

「監視カメラの映像を確認したところ、技師は白衣を身につけてました。男か女か特定するのは不可能です」言葉を切り、再び続けた。「また、犯人があなたの家族の一人だとも言いきれません。ウィリグがここに入院していたことは、ニュースを通じて全国に知れ渡っていましたから」

「警護していた巡査は大丈夫なの？」

「容態は安定しています。ただ、今は眠らせています」

「ねえ、ディロン、午前三時頃のアリバイを確認するのは至難の業のはずだわ。そんな時間にどこにいたかときかれて、ベッドの中にいたと答えない相手がいると思う？」

　いや、誰もいない。サビッチは内心でつぶやいた。誰一人として。

29

火曜夜
マリブ
ミッシー・デベローのコテージ

カムはミッシーの来客用のバスルームでシャワーを浴びると、ショートパンツとTシャツを身につけ、柔らかなマットレスに寝そべった。ミッシーはここへ移り住んだときに、床一面に敷きつめられていた古ぼけた緑のカーペットを撤去し、フローリングにしていた。「この新品でピカピカのオーク材の床は、私の大のお気に入りなの」ミッシーがカムに言った。「今度、いい役をつかめたら、次はキッチンのリフォームね。まずはあの五十年も使っている冷蔵庫と緑のキャビネットをどうにかしないと」

本当に居心地のいいコテージだ。落ち着くし、心からくつろげる。それにマットレスはふかふかで天国にいる気分になれる。カムは疲れと興奮を同時に感じていた。だがビールを飲んでシャワーを浴び、『アイ・ラブ・ルーシー』の懐かしいエピソードについて話しているうちに、いつの間にかうとうとしてしまった。

翌朝午前七時、カムは携帯電話から流れてきた競馬のファンファーレで起こされた。一瞬、自分がどこにいるのかわからなかったが、すぐに思いだした。「ウィッティアです」

発信者はロサンゼルス市警察のデイビッド・エルマン管理官だった。

「われわれの追っている連続殺人犯がまたやった。二十分前に通報があった。被害者はサンタモニカ在住のデボラ・コネリー、二十六歳で、またしても女優だ。第一発見者の恋人によれば、昨日の夜、ベッドで殺害され、ノートパソコンと携帯電話が盗まれているらしい」

カムは目を閉じ、その言葉の意味をじっくりと考えた。再び殺害事件が起きた。しかも自分の監督下でだ。みぞおちにパンチを食らったような衝撃が走った。

「すぐに知らせてくださって感謝します。今から三十五分で現場に行くので、それまで何も触らないでください。犯行現場が汚染されないように」

何も手を出すなと言われ、エルマンはむっとしている様子だ。彼にしてみればもっともだが、カムは気にしないことにした。彼女が電話をかけると、ダニエルは息を切らして応じた。「もしもし？」

「カムよ。また殺害事件が起きたの」彼女はダニエルにサンタモニカの現場の住所を伝えた。「現地で会いましょう。できるだけ早く来て」

三十一分後、カムがレンタルしたトヨタをデボラ・コネリーのコンドミニアム脇の路地に停めると、そのすぐ後ろにダニエルも車を停めた。私道と道路脇には、パトカーとクラウン・ビクトリアが二台ずつ停止している。

ダニエルが横に来るとカムは尋ねた。「電話をかけたとき、息を切らしていたわね。何をしてたの？」

「ちょうど朝のジョギングから戻ったところだった」

あれほど大量のビールを飲んだのに、ダニエルは二日酔いはしていないようだ。そのうえ早起きをしてジョギングをしていた？ 今日のダニエルは灰色のチノパンに青いブレザー、白のシャツを合わせ、ブーツを履いている。颯爽（さっそう）とした様子を見て、なんだか彼をパンチしたくなった。

「サンタモニカ市警察に知り合いはいる？」

「ああ、アルトゥーロ・ルーミスだ。刑事歴十二年のベテランで、仕事熱心で、経験豊富で、頭も切れる。ただし、君にとって問題が一つだけある。アルトゥーロはかつて麻薬取締局の女性と結婚していたが、結局ひどい結婚生活を送ったあげくに離婚して、女嫌いだ。もしこの事件の担当が彼以外の誰かなら、君は運がいい」

しかし運はカムの味方をしてくれなかった。

30

水曜朝
サンタモニカ
クランドル・アベニュー二十一番地

カムはひと目で誰がルーミスかわかった。現場の真ん中で三人の巡査たちに囲まれている。二人は男性で、一人は女性だ。くだらない話をするタイプには見えない。サングラスの下の目は鋭くて知性が感じられる。ルーミスはカムのほうを見ようとせず、ダニエルに向かってうなずいた。

ダニエルは口を開いた。「アルトゥーロ、紹介させてくれ。この事件の捜査を指揮するFBI特別捜査官のカム・ウィッティアだ。ウィッティア捜査官、こちらがサンタモニカ市警察のアルトゥーロ・ルーミス刑事だ」

カムが見つめる中、ルーミスは怒ったような表情を浮かべた。いい兆候だ。彼がこちらを気にしている証拠よ。ただし、それはルーミスの怒りがまっすぐカムに向けられていなかった場合の話だ。

「どうも」ルーミスが硬い声でそっけなく言った。

「はじめまして、ルーミス刑事」カムは片手を差しだした。ルーミスがさもいやそうに、ゆっくりとその手を取った。「いつからこの現場に？」

「四十分前に呼ばれた。上司から、これはFBIが担当する事件だから現場にはいっさい触れるなと言われた。だから俺たちは全員指をくわえたまま、FBIのご到着を待ち続けるはめになったんだ」

「そのFBIがこうして到着したわ。ミズ・コネリーの恋人が第一発見者だと聞いているけど？」

ルーミスがうなずく。「ああ、そうだ。その恋人が通報してきて、そのあと家政婦が来た。恋人は今キッチンにいるが、ひどく動揺してる。これまでのところ、あの男からは有益な手がかりを何も得られていない。数分前までは頭がどうかしたやつみたいに半狂乱になっていた。恋人の名前はマーク・リチャーズだ。家政婦のペピータ・ゴンザレスはリビングルームにいるが、彼女は話せない状態じゃない。そうそう、これはターリー刑事だ」背が高くて三十代とおぼしき生真面目そうな女性刑事を顎で示した。「彼女はスペイン語が話せる。ダニエル、あんたと同じくらい堪能だ。ターリーがミズ・ゴンザレスから聞きだした話によれば、被害者と恋人は二人で新しい家に引っ越す予定だったため、ミズ・ゴンザレスはいつもは隔週に一度来るんだが、今日は引っ越し荷物を詰める手伝いをしに来たそうだ。今日ここへ着いたとき、ほかに誰も見なかったし、私道に停められていたのは恋人の車だけだったと証言している。さっきも言ったが、エルマン管理官の命令で、現場にも被害者にも誰一人として指一本触れてない」

　放っておくべきだとわかっていたが、カムはどうしても放っておけなかった。

「ルーミス刑事、私たちは少なくとも被害者の名前を呼んで敬意を払うことはできるわ。彼女にはデボラ・コネリーという立派な名前があるんだから」

　ルーミスが驚いた顔になってカムを見つめたが、投げやりな口調で答えた。「そうだな。あんたなら被害者の名前を知ってるはずだから、言わなくてもいいと思ったんだ」

　三人は歩いて玄関ホールまで移動した。ラベルの貼られた段ボール箱がうずたかく積まれている。デボラ・コネリーはほとんど引っ越し準備を終えていたのだ。もしもう一晩早くここから引っ越していたら、今もまだ生きていたのだろうか？　いや、連続殺人犯が狙っている限り、それはありえない。犯人は執拗にデボラを追いかけたはずだ。

カムは言った。「ルーミス刑事、もしまだなら、鑑識班を呼んでもらえると助かるわ。まず犯行現場を見てから、ミスター・リチャーズに話を聞こうと思っているの」

ルーミスは肩をすくめた。「ああ、好きにしてくれ。鑑識班はすでに呼んである。俺たちがこの事件を担当するとわかってたんだ。バンナイズ署にいる俺の知り合いから――」

カムは振り向いた。「ジャガー刑事のこと?」

ルーミスが目をしばたたいた。カムがジャガーの名前を知っていることにあからさまに驚いた様子を見せながら、かぶりを振って答えた。「いいや、俺たちが担当するって話を聞いたのはコリーン・ヒル刑事からだ。とにかく、FBIも俺たち刑事を信頼して捜査させてくれることもあるんだとわかって安心したよ」しばしカムを見つめたあと、口を開いた。「もう一つ、コリーンから聞いた。ゆうべコロニーであんたたち芸能関係者が開いた盛大なパーティに、あのフランク・アルワースですらふらりと姿を見せたんだってな。まったく最悪だ。この被害者……おっと失礼、デボラ・コネリーが一日前に殺されてたら、俺もリッチな有名人たちとつきあえたのに」

「もうそれくらいでいいだろう、アルトゥーロ」ダニエルは言った。「彼女に現場を見てもらえ」

カムは憤懣（ふんまん）やるかたない思いだった。もしダニエルから、ルーミスが離婚の際に元妻からいやな思いをさせられた事実を聞かされていなければ、今この場で彼を叩きのめしていただろう。思わず両の拳を握りしめたが、うなずいただけで二人から離れ、犯行現場へ向かった。今後はルーミスが行きすぎた言動をしないよう、ダニエルがどうにかなだめてくれるといいけれど。奇妙なほどしんと静まり返った廊下を歩いていくうちに、冷静さを取り戻すことができた。これから目にする凄惨な光景に備えて、気を引きしめる。主寝室を通り過ぎ、建物の後部に通じる短い廊下を進むと、別の部屋が現れた。どう見てもオフィスだ。デスクには書類がきれいに重ねられ、近くに積まれた段ボール箱にすぐ収納できるようにしてある。デボラ・コネリーはきれい好きで、きちんとした女性だったのだろう。ただ室内にはノートパソコンも、携帯電話も見あたらない。

がらんとした部屋の中央に立ってみると、ジャスミンの香りがした。デボラはよくこのオフィスで過ごしていたに違いない。こうしていると、書類をデスクの真ん中に重ねている彼女の姿が目に浮かんでくる。事件当夜、デボラがあともう少し荷造りをしたいと思いながらもベッドへ向かった様子もだ。すでにシャワーを浴びて、ネグリジェに着替えていたのだろうか？　書類の束の一番上にある紙を手に取ってみると、『ミッション：インポッシブル』のシリーズ最新作の出演者オーディションの告知で、下のほうに黒インクのきれいな手書きの文字があった。〝やった！　これで家賃が払える。トム・クルーズはとてもすてきだった〟

書類に記されているのは今からほぼ一年前の日付だ。カムは残りの書類にもざっと目を通した。オーディションの告知がほとんどで、合格したときもあれば、不合格だったときもある。そのすべてに、何が合格の決め手になったか、不合格の理由は何かというデボラなりの分析が記されていた。まさに彼女の人生の記録だ。あまりに短すぎた人生の。

オフィスの窓は開いていて、床に割れたガラスが散らばっている。窓の外に足跡がないかどうか捜してみたが、連続殺人犯はそんなへまはせず、慎重に芝生を歩いたらしい。今回、犯人は裏口を使わなかった。犯行のパターンを変えたのだろうか？　それともモリー・ハービンジャー事件と同じように、誰かに見られている可能性があったせいで窓からの侵入を試みたのだろうか？

犯人の足取りをたどるべく、カムはそこからデボラの寝室へ向かった。狭い廊下を進むと、明かりに満ちた心地よさそうな部屋が見えてきた。ダブルベッドの両脇に制服警官が二人立ち、硬い顔つきのままでデボラ・コネリーの遺体を見おろしている。寝室に入った瞬間、あたりに満ちている怒気のせいか、室内の空気が一段と濃くなった気がした。警官たちはカムに気づくと顔を見交わし、一歩脇に退いた。カムは彼らにうなずき、若い女性の遺体を見おろした。人生で一番美しい年齢だったはずだ。だが今はもはや美しいとは言えない。デボラの顔は土気色になり、肌がたるみ、両目が閉じられている。黄緑色のネグリジェ姿で、腰までシーツを引きあげていたが、ネグリジェにもシーツにも血がべっとりついている。ベッドの背後にある壁や天井にも血しぶきが飛び散っていた。首を深く切りつけられているせいで、頭が片側へ垂れ、長い黒髪にも血がこびりついている。かなり大量の血が流れだしている。デボラは口を開けたままだった。恐れというよりはむしろ、驚きのせいだろう。喉を切りつけられる直前まで、デボラは犯人が何をしようとしているのか考える時間がなかったはずだ。それがせめてもの救いだった。

カムの心に怒りと悲しみと後悔がこみあげてきた。両手が震える。けれども、ここで感情に支配されてはならない。目の前の事実にだけ集中しなければ。カムは低い声でつぶやいた。「犯人はオフィスの窓を壊し、家に侵入した。足音がしない柔らかい靴底のスニーカーを履いていて、おそらく過去の五件の事件で履いていたものと同じだと思われる。寝室に入ってベッドの脇に立ち、被害者を見おろしたとき、その怪物は何を考えたの？　どんな感情を覚えていたの？　期待？　それとも高揚感？　犯人はデボラを知っていたの？」

警官二人に見つめられているのを感じたが、カムは意識をデボラ・コネリーの死に顔に集中し続けた。

やがて右側へ数センチ移動し、被害者により近づくと、身を乗りだして小声で言った。「犯人が立ったのはこの場所だわ」寒けを覚えた次の瞬間、かすかなジャスミンの香りに気づいた。私たちはとてもよく似ているみたいよ、デボラ。いいえ、似ていたと言うべき？　本当にごめんなさい。約束するわ。あなたにこんなひどいことをした怪物を、私たちが絶対に捕まえてみせる。

31

カムが顔をあげると、ドアのところに若い巡査が立っていた。「ウィッティア捜査官ですね？　被害者の恋人のマーク・リチャーズはキッチンにいます。ルーミス刑事からあなたを案内するよう言われました」そう聞いて、カムはふと考えた。ルーミスはこの巡査にほかに何を言ったのだろう？　それがなんであれ、この巡査もぺらぺらとそれを明かすほど軽率ではないだろう。

淡い青の壁紙が貼られた狭い廊下を進み、てきぱきと作業している技術者たちのそばを通り過ぎ、段ボール箱をよけながらキッチンへと向かう。途中、すぐそばを検視官が通り過ぎ、まっすぐ寝室へ入っていった。いらだちが感じられるせわしない足取りで、カムに対して挨拶さえしないままだった。あの検視官はデボラの遺体に敬意を払うつもりなどないのだろう。彼にとってデボラの遺体は新しい案件であり、解決しなければならない謎なのだ。カムはキッチンのドアの前で立ち止まり、一瞬目を閉じて、心の中でデボラ・コネリーのために祈りを捧げた。そのとき、またしてもジャスミンの香りがした。おかげで冷静になれた。これで目の前の事柄に意識を集中できる。きっと今頃、ダニエルは家政婦のペピータ・ゴンザレスから話を聞いているはずだ。彼がスペイン語を話せるなんて知らなかった。ダニエルが家政婦から捜査に役立つ有益な手がかりを得られることを祈るばかりだ。

カムが使い古された狭いキッチンに入ると、小さなテーブルに男性が一人座っていた。石のようにぴくりとも動かず、両手で顔を覆ったままだ。ルーミスは被害者の恋人が半狂乱になっていたと話していたが、今の彼は何か叫んでいるわけではなく、押し黙ったままだ。いや、そうとも言えない。低い声で歌うような調子で同じ言葉を繰り返している。「必ず見つけだしてやる。くそったれめ」カムにはすぐにわかった。この男性はこうすることでどうにか自分を保っているのだ。心と体がばらばらにならないように。

カムは男性の肩に手をそっと置いた。「ミスター・リチャーズ」

彼はゆっくりと顔をあげた。三十代前半くらいの、よく日に焼けた小麦色の肌の男性で、肩まで伸びた豊かな茶色がかったブロンドを後ろで一つにまとめている。白いTシャツにカットオフデニムを合わせ、日焼けした大きな足にはサンダルを履き、左の耳たぶに小さなダイヤモンドが光っているのが見えた。男性はぼんやりとした目でカムを見あげた。テーブルには彼の眼鏡が置いてある。「誰？」かすれた涙声だ。

「FBIのウィッティア捜査官よ。あなたがマーク・リチャーズ？」

「ああ。みんなからはドクって呼ばれている」リチャーズが疲れ果てた声で答えた。

彼はむしろサーファーに見える。「ドク？」

「僕はすぐ近くにあるサンタモニカ小児病院の脳神経外科医なんだ。だからここにいられなかった。すべて僕のせいだ。僕が彼女を殺したも同然だ」

「どうしてそんなことを言うの、ドク？」

リチャーズは生気のない目でカムを見あげた。「デボラはここにいるべきじゃなかった。彼女と僕は引っ越しするはずだったんだ。廊下やリビングルームに段ボール箱がいっぱいあるのを見ただろう？　あれはすべてデボラのものだ。本来なら昨日、新居に引っ越す予定だった。でも……」彼は唾をのみこんだ。「昨日、僕は上衣腫の四歳児を手術した。一種の脳腫瘍だ。その男の子の両親が取り乱して、本人も状態があまりよくなかったから、手術を繰りあげたんだ。

僕はデボラを失望させた。しかも一緒にいられなかった。もし僕が引っ越しを延期しないで新居に移っていたら、デボラはまだ生きていただろう。この家には誰もいなかったはずだし、新しいアパートメントで僕は彼女の隣に寝ていたはずだ。ここに一人きりでいたデボラがくそったれに見つかることもなかった。

デボラの遺体に指一本触れてはならないのはわかっていたけど、どうしても触れずにいられなかった。目を閉じてあげたかった。デボラは現実のものとは思えないほど美しい青い瞳の持ち主だった。見つけたとき、デボラは僕を見あげていたけど、もはや僕のことを見ていなかった。どうしても考えてしまうんだ。死ぬ間際、デボラは僕のことを考えたんだろうか、なぜ一緒にいてくれなかったのかと思わなかっただろうかって」肩をすぼめ、また両手で顔を覆って泣きだした。

カムはふと思った。生きている限り、彼は罪悪感にさいなまれ続けるのだろうか？彼女は片手をそっとリチャーズの肩に置き、軽く体を揺さぶった。「ねえ、よく聞いて。医師として、あなたは今、自分にできる精いっぱいの努力をするしかないことをわかっているはずよ。この事件は、あなたにはどうすることもできなかった。あなたに責任なんてない」口をつぐみ、今の言葉の意味を理解させて自分を取り戻す時間を彼に与えた。リチャーズが泣くのをやめて静かになると、カムは再び口を開いた。

「ドク、デボラについて教えて」

リチャーズは目に涙をためて口を開いた。だが何も言葉が出てこず、体を小刻みに震わせている。カムはリチャーズの体を引き寄せて抱きしめた。柔らかな髪からレモンの香りがした。きっとデボラと同じシャンプーの香りだろう。

「約束するわ。私たちがこの怪物を絶対に逮捕してみせる。わかった？　そのためにあなたの力が必要なの。いい？」カムは言葉を切り、リチャーズがしゃくりあげたり息を吸いこんだりする様子を見守った。「その脳腫瘍の男の子の手術はどうなったの？」

その話題を出したとたん、リチャーズは現実に引き戻されたらしく、顔をあげてすらすらと答え始めた。「男の子の名前はフェニックス・テイラーだ。腫瘍は完全に摘出した。手術はうまくいったと思う。今後も放射線治療をする必要があるだろうが、命の危機は脱したと考えていい。昨日の手術のあと、デボラも病院に来て、フェニックスと彼の両親の写真を撮っていた。全員が満面の笑顔で、とてもほっとしている様子だったんだ。デボラの携帯電話の中に写真がまだ残っているはずだ。ただ警官から聞いた話だと、彼女の携帯電話は盗まれてしまった。いや、失礼、君は当然知っているだろうな。

ただフェニックスは頭蓋内圧がやや上昇したせいで、僕が対処することになった。ゆうべ、家にいられなかったのはそのせいだ。万一のために、患者のそばにいる必要があった。

今朝になって、フェニックスの体調はよくなった。歯が抜けた顔で、僕にかすかな笑みを見せてくれたくらいだ。だから朝早くに病院から戻れた。今日は僕たちの引っ越しの日になるはずだったのに」リチャーズは頭を垂れて両手で顔を覆ったが、嗚咽をもらしはしなかった。

カムは辛抱強く待った。やがてリチャーズは頭をあげ、ぼんやりとカムを見た。「デボラはまだ二十六歳だった。この前の日曜が誕生日だったんだ。その日はヨットで海に出て、ゆったりくつろいで、ビールを飲んでコーンチップスとサルサを食べながら、新居の内装をどうするか話しあった」言葉を切り、小さな丸いレンズがついた眼鏡に手を伸ばしてかけた。「ありがとう。デボラを気にかけてくれて。もちろん僕は協力する。できることならなんだってする」

二十分後、カムは廊下でルーミス刑事と顔を合わせた。「検視官によると連続殺人犯は真夜中に殺害したようだが、まだ断定はできないらしい。司法解剖で何かわかったら知らせてくれるそうだ。それであの恋人から何か聞きだせたか？」

「彼は医師だけど、被害者の仕事ぶりについてよく知っている様子よ。きっとデボラがあらゆることを記録に残しているからだと思う。その点が突破口になるかもしれない。デボラは細かく記録をつける女性だった。オフィスには引っ越しのためにまとめた書類の束が残されていて、これまで仕事をした関係者の俳優やエージェントやプロデューサーたちの名前がびっしり記載されている。彼女の人生に多少なりとも影響を及ぼした人たちの名前がね。ドクター・リチャーズの話によれば、盗まれたノートパソコン……東芝のサテライトにはデボラの人生のすべてが記録されていたそうよ。これまでの人生で起きた出来事や、受けたオーディション、出会った人たちなど、文字どおりすべてが。今までの記録書類全部とドクター・リチャーズの助けがあれば、事件の全体像を描きやすいはずよ。これはほかよりも手がかりが多い事件だわ。

ドクター・リチャーズに頼んで、今週のデボラの行動をできるだけ正確に思いだしてもらっているの。彼にとっても助けになるはずだから。意識を集中できる仕事があれば、ゆうべデボラと一緒にいられなかった悲しみと罪悪感から意識をそらすことができるわ」

ルーミスがため息をつく。「どう考えてもまともじゃないな。犯人はこの一週間に二度も殺害事件を起こしている。どんどんエスカレートしていってるのがどうにも恐ろしい」

カムはうなずいた。「プロファイラーも同じように考えるでしょうね。まったく予想外のことだもの」

「つまり偉大なるＦＢＩでさえ、この事態を把握できてないってことか？」

「悲しいかな、そのとおりよ。ところでアルトゥーロというのは誰にちなんだ名前なの？」

ルーミスはまたしても驚いた顔をしたが、そっけなく答えた。「実際のところ、アルトゥーロはミドルネームだ。三〇年代にバルセロナにいた偉大なフラメンコダンサーにちなんで名づけられた。麻薬取締局にいた俺の元妻がこの名前を嫌って、俺のことはラウと呼んでいた。ろくでもない(ラウジー)名前だよ」

「アルトゥーロという名前、私はすてきだと思う」カムはカードを手渡し、ルーミスにＦＢＩ専用のウェブサイトについて説明した。「これから通りの向かい側に住んでいるミセス・バフェットという女性を訪ねてくるわ。ドクター・リチャーズによれば、彼女は近隣の住人全員のことを知っているらしいの。そのせいで、ドクター・リチャーズは頭がどうにかなりそうになったこともあるみたい。ミセス・バフェットはいつも、彼より先にデボラのあらゆる予定を把握していたからだそうよ。ドクター・リチャーズによれば、デボラはその女性を自分の祖母みたいに思って様子を気にかけていて、日頃からよく遊びに行ってはミセス・バフェットお手製のレモネードを飲んでいたんですって」

ルーミスがうなずいた。「家政婦とダニエルはまだ話している最中だ。何か手がかりになることをダニエルに話してくれているといいんだが」

「もし家政婦が何か知っているなら、ダニエルは必ず聞きだすはずだわ。あなたの部下たちに近隣の聞きこみをするよう指示して。ショックを受けて驚愕しているうちに話を聞けば、何か有益な情報を――」

「迷える俺の部下たちに、わざわざご指導感謝するよ」

「あら、ちょっと偉そうな言い方になってしまったわね。ごめんなさい」

ルーミスは驚いた顔になってあんぐりと口を開けた。

カムは笑みを浮かべた。「ダニエルに伝えておいてもらえるかしら。あとで私がミセス・バフェットから聞いた話を、彼が聞いた話とすりあわせたがっていたって」

32

サンタモニカ
ミセス・バフェットの自宅

ミセス・バフェットの家は、通りを挟んでデボラ・コネリーの家の向かい側にあった。一九四〇年代に建てられたと思われる、化粧漆喰（しっくい）仕上げのコテージだ。全体が明るいピンク色のその建物は、周囲にあるさまざまな色に塗られたほかの家々と見事に調和している。窓枠は白く塗られ、造りつけの植木箱にはインパチェンスやマリーゴールドが植えられ、砂利とサボテンで覆われた庭にほどよい色合いを加えている。私道に停められているのは、淡い青の年代物のシボレー・インパラだ。

カムは深呼吸をし、さわやかな朝の空気を吸いこんだ。まだ暑くなるには早すぎる時間だ。それからミセス・バフェットの家のドアをノックした。奇妙なことに、呼び鈴はどこにも見あたらなかった。

たっぷり二分が過ぎた頃、ドアの向こう側から足を引きずる音が聞こえてきた。フローリングの床にスリッパがこすれているらしい。ドアが開かれると、そこにはひどく痩せた小柄な女性が立っていた。少なくとも九十歳にはなっているだろう。もしかするともっと上かもしれない。ピンクのジョギングスーツを着て、小さな足にしゃれたピンクのUGG（アグ）のスリッパを履いていた。髪は強風を受けたかのようにあちこちに広がり、スプレーで固められている。淡い青の目は泣き腫らして真っ赤だ。

カムは自己紹介すると、身分証明書を取りだした。だがミセス・バフェットは手をひらひらさせて不要だと告げた。「眼鏡がないの。でもぼんやりとしか見えなくても、制服姿の人たちがたくさんいるのは見える。あなたもその一員なんでしょう。さあ、お入りなさい。ここへ来た理由は知っているわ。というより、私を訪ねてくるのになぜこんなに時間がかかったのかと驚いているの。さあ、こちらの部屋でくつろいで」

ミセス・バフェットはカムをリビングルームに通した。ミセス・バフェットと同じくらい年代物に見えるリビングルームだ。淡い緑のソファは、少なくとも四〇年代から使用されているに違いない。カムが座ったところ、ソファのスプリングがヒップに食いこんだ。どの椅子の背もたれにも黄色のレース編みの装飾布（ドイリー）がかけられ、使い古された本棚には小さな飾り物と古そうなハードカバーがずらりと並べられている。ラグもいかにも古そうで色あせているが、こぢんまりとした実に居心地がいいリビングルームだ。ミセス・バフェットが切りだした。「あなたが飲みたいのが紅茶でなければいいんだけど。紅茶を淹れるのに長い時間がかかると、足が痛くなってくるのよ」

「私も足が痛くなるかもしれません。ミセス・バフェット、ありがとうございます。どうぞお気遣いなく。ここへ来たのはデボラの話を聞くためなんです」

ミセス・バフェットの目に涙がたまった。「私のデボラがもういないなんて信じられない。自分が引っ越しても心配することはないと言ってくれたのは、つい昨日の話なのに。デボラは少なくとも週三回は訪ねるし、自分の予定もすべて教えると話していたの。それなのに二度と会えないだなんて」古い青のアフガン編みの毛布を手に取ると、無言のまま両手で柔らかな表面を撫で始めた。彼女は何も話そうとしない。その姿からはドクと同じく、深い悲しみが伝わってくる。

カムが身を乗りだすと、ヒップに食いこむソファのスプリングの弾力が少し和らいだ。「本当に残念です、ミセス・バフェット。どうかデボラのことを私に話してください」

ミセス・バフェットがカムに小さな笑みを向けた。「私のかわいいデボラ。あの子はいつも幸せで、前向きで、いつだって歌を歌っていたの。ジュディ・ガーランドみたいにとてもよく通るすばらしい声の持ち主で、歌うのが大好きだった。あの子がここへ遊びに来ると、私の手作りのレモネードとシュガークッキーをごちそうしたものよ。そうするとデボラはお返しに歌を歌ってくれたの。私が好きな歌を全部。あんないい子が殺されるなんて、いったい世の中どうなってしまったの？」

「本当に恐ろしいことです、ミセス・バフェット。私たち全員にとって」

「恐ろしいだけでなく、邪悪でもあるわ。私もずっと考えているけれど、邪悪なことに対してどう立ち向かうべきかという答えはいまだに見つかっていない」ミセス・バフェットは顔をそむけて涙を拭くと、再びカムを見た。「でもあなたなら何かできるはずよ。そうでしょう？　ゆうべ、見たことを話すわ。あの怪物を捕まえる助けになるかもしれない」

カムの鼓動が跳ねあがった。

「あなたとは違って私は年寄りだから、そんなに睡眠時間は必要ないの。それはいいことよね。眠りから覚めたとき、自分がまだ生きてぴんぴんしていることに感謝する時間が増えるんだもの」ミセス・バフェットは窓辺にかかったレースの白いカーテンを顎で示した。開かれた窓からは風はそよとも入ってこない。「昨日の夜、私はちょうどそこに立って、星を見ていたの。夜になると、誰もが明かりを消してやすむから。

ちょうど真夜中頃だった。物音一つしない静かな夜だったけれど、ガラスが割れるような音が聞こえたの。ただはっきりしない音で、本当にそうなのかどうかわからなかった。一ブロック先にいる騒がしいティーンエイジャーたちがまた車のウインドウを割ったのかと思ったくらいで、正直言うと、あのときはよく考えなかった」ミセス・バフェットが腹立たしげに言った。「いったい、あの子たちの親はどこにいるの？　親の顔が見てみたいものだわ」

カムはミセス・バフェットの背中を優しくさすった。「警察に通報して何事か確めようとはしなかったんですか？」

「ええ、そのときはね。あたりが再び静まり返ったから。それから十分ほど経った頃、デボラの家の脇から誰かが出てくるのが見えた。男だったわ。右腕に何かを抱えて、家から離れていった。真っ昼間であるかのように全然急いでいる様子がなかったから、てっきりデボラの家の向こう側から近道して通りへ出てきた人だと思ったの。そのあとも男は一度も早足になったりせずに、ごく普通のペースで通りを歩いていったわ。ねえ、かわいそうなデボラを殺した怪物はその男だと思う？」

「可能性はあります。男の特徴を覚えていますか？」

「若かったわ」ミセス・バフェットは笑ったが、低いうなり声のように聞こえた。

「私にとっては八十代半ばでも若く思えるけれど、今言いたいのは、その男がとても気楽な様子で歩いていたということよ。膝や関節に痛みがあるみたいには見えなかったし、本当に自然に歩いていた。それにショートコートを着ていたわ。たぶん黒か紺色だったと思う。それに野球帽をかぶっていた気がする。とにかく、ごく普通に見えたの」

「野球帽に文字が書かれていなかったでしょうか？　色は何色でしたか？」

「ええと……野球帽は緑色で、文字が書いてあった。〈ジョン・ディア〉のロゴマークみたいな感じの。でもとても暗かったから本当にそうだったのかどうかわからない」

「それでいいんですよ、ミセス・バフェット。身長はどれくらいか覚えてますか？」

「思いだしてみるわね。自分に比べると、みんな背が高いものだから。私の場合、毎年数センチずつ背が縮んでいくの。かかりつけの医師はそう言っているわ。その医師ときたら、笑って私の手を叩きながら〝百歳になる頃には身長百センチになりますね〟なんて言うのよ！」ミセス・バフェットがカムに笑顔を向け、かぶりを振った。「男はたぶんドクと同じくらいの背丈で、細身だったと思う。でも、あまり自信はないわ。ただコートを着ているのは変だと思ったの。昨日の夜はとてもあたたかかったから。コートを着ていたのは、かわいそうなデボラを殺したときに使ったナイフを隠すためだったと思う？」

　そう、そしてデボラのノートパソコンと携帯電話を隠すためでもあった。

「その可能性はあります。ミセス・バフェット、男の髪の色はわかりますか？」

「それが髪はなかったの。つるっぱげだったのよ。うまく言えないけれど、男は三軒先にある大きなオークの木の下で立ち止まって、かぶっていた野球帽を脱いで……奇妙なことに手で頭をぬぐって、その手を見てズボンで拭いたの。それから野球帽をかぶり直して、また歩きだした。立ち止まる前よりも少し早足になっていたかもしれない」ミセス・バフェットが首を傾けた。「頭をぬぐったときに、手に何かついたんじゃないかしら？」

　そう、血しぶきが。だがカムは口には出さなかった。「その男が本当は禿げていない可能性もあります。頭にぴったり密着する縁なし帽（スカルキャップ）のように、地毛を隠すものをかぶっていたのかもしれない」

「もちろん、その可能性はあるわね。ここはハリウッドだもの」

　世の中、簡単にわかることなど一つもない。「ミセス・バフェット、なぜ警察に通報しなかったんですか？　その男を目撃したあとに」

「通報したわ。男性警官と女性警官が来て、問題がないか尋ねてくれたの。だから見たことを話したわ。そうしたら懐中電灯を照らして近くをパトロールしてくれて、十分くらいしたら戻ってきて、何も異状はないと言ったわ。二人のうちの一人は私の肩をぽんぽんと叩いて、ベッドに戻ってくださいなんて言ったほどよ。だから亡くなった夫が大好きだったシングルモルトを少し引っかけて、夫に祈りを捧げたあと、デボラの家が大騒ぎになっているのが聞こえるまでぐっすり寝ていたの」

ということは、巡回に来た警官たちは確認を怠り、デボラの自宅の窓が壊されていることや、窓ガラスの破片が飛び散っていることに気づかなかったのだ。もし警官たちが気づいていたら？　デボラの遺体の発見が今朝ではなく昨夜になった可能性はあるけれど、それにたいした違いがあるとは思えない。とはいえ、警官たちがここに来た正確な時間を確認しなければ。

ミセス・バフェットがぽつりと言った。「ドクはどんな様子だった？」

「身も心もぼろぼろになっている様子でした」

「そうだったらいいんだけど。こんなことを言うのは、ドクが普段、私に対してひどい態度を取っていたからじゃないの。むしろ、いつだって感じがよかった。それにいいお医者さんだという噂も聞いているわ。でも私はデボラに、あなたは間違いを犯そうとしていると警告したことがあるの。それも一度じゃない。ドクと一緒に新居へ引っ越すことも、彼と結婚することさえも間違いだと。なぜならドクはいつもデボラに女優をやめさせて、決まったお給料がもらえる仕事につかせようとしていたから。いつだったかそんな彼に激怒してこの家へ来たとき、デボラが言っていたわ。ねえ、想像できる？　あの子は生まれながらの女優なのに、その仕事をやめろと言うなんて。だから私はデボラを励ましてあげた。あなたは女優として成功する、それも遠くない未来にと。

　だけどドクはいつもデボラじゃなく、自分の患者を優先させていた。それにあなたも見たでしょう？　彼はまるで浮浪者みたいな身なりをしているのよ。だからデボラに言ったの。もしあなたがアカデミー賞授賞式の舞台に立ったとき、隣にドクがいたらいかにも見栄えが悪いって。そうしたらあの子は笑って、もしその日が来たら、自分がドクを身ぎれいにしてあげるからと答えたの。私はすかさず訂正したわ。〝もし〟じゃなくて、その日は必ず来るとね」ミセス・バフェットはアフガン編みの毛布を見おろし、ほつれた糸を引っ張り始めた。再び顔をあげたときは、目に涙をいっぱいためていた。「私はいつもデボラに、あなたは私の曾孫（ひまご）になるべきだと話していたの。あの子はいつも、曾孫じゃなくて玄孫（やしゃご）だと答えていたわ。そりゃあそうよね。私は九十一歳で、デボラは二十六歳になったばかりだったんだもの。ほんの子どもにしか思えなかったあの子が死んでしまったなんて、まだ信じられない。誕生日には、デボラの好きなシャルドネをプレゼントしたのに」しわだらけの顔を涙が伝っていく。ミセス・バフェットはポケットからピンクのハンカチを取りだし、目元をそっと拭いた。「注意しないとね。この年になると、強くこすっただけで両目が飛びでてしまうかもしれないから」そう言うと、彼女は唾をのみこんだ。

カムはミセス・バフェットの手を取り、感謝の言葉を述べた。トヨタに戻り、FBI専用のウェブサイトに今聞いたばかりの男の特徴を手早く入力すると、ダニエルにミッシーのコテージで落ちあう旨のメッセージを送った。それからラスベガス支局のアーロン・ポーカー特別捜査官に電話をかけた。モリー・ハービンジャー殺害事件の目撃者と思われる、彼女の家に押し入った窃盗犯を彼が逮捕できたかどうか知りたかった。

アーロン・ポーカーからもたらされたのは吉報だった。

33

マリブ
ミッシーのコテージ

ミッシーの家に通じる私道にカムが車を停めると、すぐ背後にダニエルが停車した。カムは車から飛びだして叫んだ。「ダニエル、なんていいタイミングなの！　窃盗犯の身元が割れたの。ＣＯＤＩＳで、窓に付着した血液とＤＮＡが一致した人物がいたのよ。ラスベガス在住で、名前はマーティ・サラス、三十八歳。警察に逮捕記録があった。進んで名乗りでなかったのはそのせいね。とはいえ凶悪犯じゃないし、銃も所持していないし、暴行を加えたり傷害を負わせたりもしていない。アーロンがサラスの写真をメールで送ってくれたわ」ダニエルの両手を取り、私道で踊りだした。「ダニエル、やったわ。ついに目撃者と思われる人物が判明した！　野球帽をかぶった男を遠目に見たのとはわけが違う。サラスは犯行現場にいた犯人を見ている可能性が高いもの。今アーロンが地元の警察官を総動員して捜索させているわ。見つかるのは時間の問題よ」

ダニエルはにやりとしてカムを見おろすと、踊るのをやめた。「写真を見せてくれ」

カムは自分の携帯電話を操作し、マーティ・サラスの顔写真を見せた。軽窃盗罪で逮捕されたときの写真だ。「ラスベガス・バレーの救急病院の画質の悪い監視カメラでは、絶対に男の身元は特定できなかったはずよ」

ダニエルが言った。「きっと出血がひどくて、車でラスベガスから出られなかったに違いない。それが間違いだったんだ。僕ならどんなに手の怪我がひどくても車でカナダまで逃亡する。連続殺人犯に見つかるのは恐ろしいからな」

カムはうなずいた。「アーロンもあなたと同じ意見よ。〝来月の給料を全額賭けてもいいが、サラスはまだネバダに潜伏しているに違いない。どうにか落ち着きを取り戻して何をすべきか考え、怪我をした手の治療をしながら自分の不運を嘆いてるんだろう〟と言ってたわ。アーロンはすでにサラスの写真を地元のテレビ局に送って、放送してもらうよう手配済みよ。今頃サラスは、目撃者として名乗りでたら報奨金をもらえると期待しているかもしれない。カジノはどこも、この種の凶悪犯罪の報道でイメージが悪くなるのをいやがるから。サラスはこちらの呼びかけに応じると思う？」

「いや、たぶんそれはないな。リスクが高すぎる。だがもし警察官たちがサラスを発見したら、僕たちの望みどおりの展開になる。さあ、そろそろ教えてくれ。なぜ僕にここへ来るようメッセージを送ったんだ？」

「このコテージは、私の高校時代の友人のミッシー・デベローのものなの。スーパーマーケットでばったり再会して、うちに泊まらないかと誘われたのよ。私もミッシーを一人にしておきたくなかった。彼女は若くて女優で、しかも何人かの被害者と知り合いだから。もし私たち二人でミッシーと話したら、女優仲間に関するもっと詳しい情報がわかるかもしれないと思ったの。そうすれば、捜査で少しは優位に立てるかもしれない」

そのときコテージからミッシーが勢いよく飛びだしてきて、ポニーテールにしたブロンドを揺らしながら二人をめがけて一目散に駆けてきた。メイクは施しておらず、ショートパンツにチューブトップを合わせ、日に焼けた平らなおなかがちらちらと見えている。小ぶりな素足に履いているのはスケッチャーズのスニーカーだ。なんでもない装いなのに、とびきり魅力的に見える。かつてのデボラもこんなに美しかったのだろうか？　これほどいきいきとしていただろうか？

ミッシーは叫んだ。「カム、どうしてそんなところに突っ立ってるの？」それから口をつぐみ、再び開いた。「あら、あなたはどなた？」

ダニエルは近づいていって、ミッシーに自己紹介した。

ミッシーはダニエルのほうを見ると、彼と目を合わせた。「やっと会えてうれしいわ、モントーヤ刑事。あなたが来るなんて知らなかったの。でも、もちろん大歓迎よ。さあ、中へ入って。ねえ、カム、いてても立ってもいられないわ。デボラの話を聞いたの……本当なの？　本当に本当？　あの怪物がデボラ・コネリーを殺したの？」

「ええ、残念ながらね」

ミッシーがかぶりを振る。ひどく動揺した様子だ。「なんて恐ろしいの。かわいそうなドク。デボラと結婚する予定だったのに。デボラが〝はっきりとはしてないけど、いつか将来結婚するかも〟と言ったら、それを聞いたドクはデボラに熱烈なキスをして言ったのよ。〝そんなのは、はっきりしてる。僕たちは結婚するんだ〟って」

カムは信じられない思いだった。「デボラ・コネリーと知り合いだったの？」

「ええ、唯一無二の親友ではなかったけど、デボラのことはよく知っていたわ。役をもらえなかったとき、一緒に飲んで憂さ晴らしをしたことが何度かあるし、ロデオドライブで一緒に靴を買ったこともある。コニーとそうしたみたいにね」ミッシーは言葉を切り、目を潤ませてカムの腕をつかんだ。「私の友だちが次々と死んでしまう。カム、あなたなら何か知ってるはずよ」

「ええ、そのとおりよ。デボラを殺した犯人かもしれない人物を目撃したという証言も得たし、ラスベガスで起きたモリー・ハービンジャー殺害事件を目撃したと思われる男の身元の特定もできた。ただし、くれぐれもこのことは内密にしてほしいの、ミッシー。いいわね？」

「ええ、わかった。でもデボラは――」

ダニエルがミッシーに言った。「入ってもいいかな？」

「ええ、もちろんよ。だけどモントーヤ刑事……ああ、あなたはここへ接近禁止命令のことで来たのね。そうでしょ？」

「いや、僕が来たのは、ウィッティア捜査官と一緒に仕事をしているからだ。だがロストヒルズ支局でジョン・ベイリーをストーカーと認め、接近禁止命令を出す準備を整えたのは僕だ。有効期間は九十日間で、延長するなら再度の申し立てが必要になる」

「よかった。さあ、入って。紅茶でも淹れるわ」二人をキッチンへ案内しながら、ミッシーはダニエルに言った。「あのおぞましいストーカーの名前なら、私も知っているわ。あだ名はブリンカー。本名はあなたが言ったとおりジョン・ベイリーよ」

「そのあだ名はどこからついたんだろう？」

「まばたき（ブリンク）する間に取引ができるからだそうよ」ミッシーはダニエルを見た。「知ってのとおり、あいつは債券トレーダーで、サンタモニカに住んでいる。あの日、あいつはラスベガスの警察官に対して、私のことはまったく知らないときっぱり否定したわ。ナイフを持って追いかけてきた頭がどうかした女とまで言ったのよ。本当にむかつく嘘つきな男。あんなでまかせをぺらぺら話すなんて信じられない。でも警官たちは無罪放免にしなければならないと言ったの」

そのいきさつをすべて知っているダニエルは、無言でミッシーの話を聞いたあと口を開いた。「もし今後ジョン・ベイリーが君に近づいたら、写真を撮っておいてほしいんだ。必ず日付を入れてね。僕に電話をかけてくれたら、こっちの独房にぶちこんでやる。ただし、これだけは言っておかないと。ここで一緒に寝泊まりする相手として君が選んだのは、まさにうってつけの人物だ」

カムはミッシーににっこりしてみせた。二人はハイタッチをした。

カムは口を開いた。「ミッシー、これからあなたにマスコミには明かしていない情報を話そうと思うの。絶対に口外しないと約束してくれる？」

ミッシーが頭を傾けた。豊かな髪が肩にこぼれる。「ええ。約束するわ、カム」

「犯人は被害者全員のノートパソコンと携帯電話のみを持ち去って、それ以外は何も手をつけていない。毎回同じことの繰り返しよ。私たちがここへ来たのは、あなたがその理由を解明する手助けをしてくれるかもしれないと思ったからなの」

「犯人はノートパソコンを持ち去ったの？　あのパソコンはもはやデボラの体の一部と言ってもいいくらいだったのに。彼女は『ミッション：インポッシブル』のギャラであれを買って、そのことをとても誇りにしていたわ。でもドクはいつも、デボラがあのノートパソコンに人生のあらゆる出来事を記録していることをからかってた。そんな記録に興味を持つのは僕と、君の両親くらいしかいないって。デボラはドクにパンチをお見舞いして、笑い声をあげていた……ああ、カム！」ミッシーが突然、カムに抱きついて泣きだした。あまりの勢いに、カムは後ろにひっくり返りそうになった。

カムは親友をきつく抱きしめ、彼女の背中をさすって落ち着くのを待った。やがてミッシーはかぶりを振ると、両手で涙をぬぐった。

「ごめんなさい。本当にごめんなさい。それほどショックだったの。だってコニーが殺されてから、まだ二カ月も経ってないのに」

「わかるわ。ねえ、ミッシー、よく聞いて。全員がノートパソコンを持ち去られているという以外に、警察は被害者の関連性を見いだせずにいるの。あなたはコニー・モリッシーやメロディ・アンダーズやデボラ・コネリーと個人的に知り合いだったし、ラスベガスではモリー・ハービンジャーにも会っている。殺されたほかの女優のことも知らない？」カムは被害者の名前を繰り返した。「ダビーナ・モーガン、ヘザー・バーンサイド。どう？」

「いいえ、知らないわ。でも私が被害者のうち四人と知り合いだったことは、さほど奇妙には思えないの。そうじゃない？　だって、女優としてこの業界になんとか食いこもうとしている人は数えきれないほどいる。私たちはみんな寄り集まって話したり、悩みを打ち明けあったりしているの。これからどうすればいいんだろう、どこを改善すればチャンスをものにできるんだろう、誰がどう助けになってくれるだろうって。それにオーディションで役をもらったのは誰か、もらえなかったのは誰か、もらえなかったのはどうしてかってこともね。少なくとも、狙っていた役を勝ち取れなかった理由は真剣に考えるわ。みんな同じよ」

カムはふいにひらめいた。「ミッシー、あなたのノートパソコンを私たちに見せてくれない？」

34

「ノートパソコンはこのキッチンにあるわ。紅茶を淹れる準備をしたら、すぐに見せるわね」ケトルを火にかけると、ミッシーがノートパソコンを起動させ、背後からのぞきこんでいるカムとダニエルに言った。「女優仲間はみんなスマートフォンを使っているけど、私は画面が大きいほうが使いやすいからノートパソコンを使ってるの」

デスクトップには、よく閲覧するウェブサイトのショートカットがずらりと表示されていた。列と行を駆使して、種類別に見やすく分けられている。

「一番上にある〈クリエイティブ・アーティスツ・エージェンシー〉というのが、あなたのエージェンシーなの？」

「ええ。私のエージェントのディック・ノースがそこの所属なの。業界最大手のエージェンシーよ」

「ヘザー・バーンサイドもそこの所属だったわ。デボラは？」

「デボラのエージェンシーは〈エイブラムス〉よ。コニーはもっと小規模のエージェンシーで、どこだったか思いだせない」

「〈ガッシュ〉だ」ダニエルが言った。「そこのウィリアム・バーリーという人物がコニーのエージェントだった。約三年前からずっとだ」

ミッシーがうなずく。「そう、そこだわ。バーリーはやり手というもっぱらの評判よ。彼が担当でコニーは運がよかったの」

カムは尋ねた。「ここにある〈ＳＡＧ－ＡＦＴＲＡ〉というのは何？」

「映画俳優組合（ＳＡＧ）の新しい名称よ。合併してそういう呼び方になったの。組合には俳優だけじゃなくて、ニュース記者やダンサー、ＤＪ、ナレーター、ほかにもいろいろな人たちが所属してるわ」

「このウェブサイトをよく閲覧するの？」

「いいえ、業界のニュースをチェックしたいときに、たまに見るだけ。時間をかけて見るウェブサイトは〈バックステージ〉ね。キャスティングや、求人広告や、キャリアアップのためのアドバイスが中心だから。あとは〈ハリウッド・リポーター〉かな」

ダニエルが口を開いた。「こういったショートカットの多くはショッピングサイトや雑誌サイトにつながる。君はブログを投稿したり、オンラインフォーラムに参加したりしているのかな?」

「私が投稿しているのは、フェイスブック・ページだけよ。ファンを開拓しようとしているから二、三日に一度は更新して、コメントをくれた人には答えるようにしているの。役を得たときはいつも投稿してるわ。それに名前を広めて顔を覚えてもらうために、新しい写真もアップしてる」

カムは言った。「〝オーディション〟という名前のファイルがあるわね。記録をつけてるの?」

「もちろん。オーディションの記録をつけないなんてありえない。私を気に入ってくれた人は誰か、気に入ってくれなかった人は誰か、どうして気に入られなかったか、どんな役を獲得したか、どんな役で落とされたか、それになぜ役をもらえなかったか、自分なりに考えた理由なんかを記録してるわ。そのオーディションでどの女優に負けたか、どうして私よりもその女優が選ばれたのかも。それが事件解決の大切な手がかりになるの?」

「ええ、なるかもしれない」

ミッシーが〝オーディション〟という名前のファイルを開いた。〝映画〟と〝テレビ〟と〝コマーシャル〟というサブファイルに分かれていて、過去四年にさかのぼり、それぞれ記録されている。ミッシーはキーを叩いた。「これが今年前半の記録よ」画面をゆっくりとスクロールしていき、どんなフォーマットか二人に見せた。どれもコメントがびっしりと書かれている。これは今年前半のミッシーの勝利と敗北の記録だ。五十以上ものオーディションの結果が記されていた。「三年も経てば、こういったファイルは役に立たなくなってしまう。この業界はとにかく変化が激しいから。それでも私は、どの情報も整理してすぐに見られるようにしてあるの。どうしたらもっといい結果が出せるか考えたいときに役立つから。実際、繰り返し見ていると、とてもためになるの。前に会ったことのあるプロデューサーにも〝おっ、この女優と顔を合わせるのは初めてだな〟っていう印象を与えられるのよ」

ダニエルは詳しい内情を知って驚いた。「コニーとデボラもオーディションの記録をつけていたかどうか知ってるかい？」

「もちろんつけていたわ。デボラなんて、私よりもっと詳しくて具体的に記録していた。彼女から聞いた、ある広告代理店の話は今でも覚えている。とにかく性差別主義者の最低なやつらの集まりで、役を与える見返りに女優にベッドをともにすることを強要するんですって。私も自分のファイルにその情報を残してるもの。

コニーはなんでもスマートフォンに残していたわ。〝おべっかリスト〟っていう記録もつけていたの。つまり、どんなに不愉快でも感じよく接してごまをすらなきゃならない人たちのこと。ああ、いけない……紅茶を淹れるのを忘れていたわ」

ミッシーは緑のケトルを火からおろすと、淡い緑に塗られたキャビネットからカップを三客取りだし、ダニエルにナプキンとスプーンを手渡した。

それからティーバッグの上から湯を注ぎ、自分の紅茶に無脂肪乳を垂らして一口飲み、満足した顔でうなずいた。「ドクが話したかどうかわからないけど、デボラは映画でヒロイン役をもらっていたの。『クラウン・プリンス』という時代物よ。たしかイタリアで二週間撮影を行って、二週間前にこっちへ戻ってきたところだったはず。いったんスタジオで編集するためにね」ミッシーは声を詰まらせ、自分のカップを見つめると、紅茶をゆっくりと揺らした。湯気と揺れる液体の間のどこかに求めている答えがあるかのように。「でも今、デボラは最後まで役を演じきらないまま亡くなった。あの役をもらえて本当に喜んでいたのに。これで自分もアカデミー賞にノミネートされるかもしれないと期待していたのよ」一瞬、口をつぐんだ。「ねえ、カム、殺された子たちはみんな、女優としてなんとか成功しようと必死だった。一生懸命仕事に打ちこんでいたし、将来に夢を抱いていたし、たとえ今月の家賃を支払うめどが立ってなくても、精いっぱい自分の人生を生きようとしていた。それなのに今、彼女たちはどこにもいない。この世界からあっけなく消えてしまった」ミッシーは顔をあげた。「もう彼女たちの誰も、アカデミー賞を獲ることはない」

しばしの沈黙のあと、ダニエルは言った。「『クラウン・プリンス』だが……デボラが死んだ今、どうなるんだろう？　制作陣は候補者リストを見直して、オーディションで次点だった女優にデボラが演じていた役をさせるんだろうか？」

ミッシーがダニエルを見つめた。「落とされた別の女優が頭にきて、役をもらうためにデボラを殺したと考えているの？」

ダニエルは肩をすくめた。

「ほかの五人の被害者もそうだと？　ねえ、たとえ演じたかった役柄を勝ち取った女優を殺したとしても、その役に自分が選ばれる保証がどこにあるというの？　制作側は違和感がないようにデボラそっくりの女優を選ばなきゃならない。次点だった女優は、きっとその条件にはあてはまらないはずよ。そう考えると、制作側はその役のためのオーディションには参加しなかった女優を選ぶ可能性が高くなるわ」

「なるほど。僕はただ、考えられる可能性を一つずつつぶしておきたいだけなんだ、ミズ・デベロー。それにデボラの自宅近くで犯人らしき人物を目撃した証人の話によれば、その人物は男だった。もちろん、このことも内密にしておいてくれるだろうね？」

「もちろんよ。それとお願いだから、私のことはミッシーと呼んで」ミッシーはダニエルを見つめると、白く美しい歯を見せながら笑った。「そうしたら、私もあなたをダニエルと呼べるから」

ダニエルはミッシーから目を離さないまま、ゆっくりうなずいた。「ああ、わかった」

カムは咳払いをして、カップの中のティーバッグを揺らした。「思うんだけど……もしこの一連の殺人事件が、殺された女優たちが獲得した役柄に関連しているとしたらどう？　被害者のライバルと何か関係があるとか？　もしかすると犯人は、被害者とかつて役を争って負けた女優なのかもしれない。一度ではなく何度も負けて、心を病んでしまったのかも。あるいは彼女は夫か恋人にそのことについて不満を言い続けて、言われた男のほうが心を病んでしまったのかもしれない。そうだとしたら、その女優をどうやって捜しだせばいい？」

ダニエルはお手上げだと言いたげにかぶりを振った。

カムは片手をあげてため息をついた。「すでに特別捜査班がエージェント全員に事情聴取を行って、条件にあてはまる女優のリストを作ろうとしているの。でもあまりに候補者が多すぎて、特別な関係性がまるで見えてこない」

ミッシーがうなずく。「オーディションを受けたいという女優は星の数ほどいるし、オーディション自体も数えきれないほど行われている。実際、誰だってオーディションで勝つ可能性も負ける可能性もある。少なくとも、勝つ可能性はときどきだけどね」

カムは言った。「ちょっと整理してみるわよ。あなたもドクも、デボラはずっと完璧な記録を残していたと言ってる。そのうえ、ドクはデボラの仕事や友人についてもよく知っている様子だった。だからまずはあなたの業界での知り合いと、デボラの知り合いの名前を突きあわせることから始めたいの。アーロン・ポーカー捜査官には、この一週間のラスベガスとロサンゼルス間のフライトの乗客名簿を調べるよう依頼済みよ。連続殺人犯は定期便を利用しているはずだもの。もしかするとあなたの連絡先リストにその人物の名前があるかもしれない。ミッシー、ノートパソコンに連絡先リストを保存してあるんでしょう？　それには知り合いの女優の連絡先も含まれているはずよね？」

「ええ、そうよ」ミッシーはキーを押し、〝友好的なライバル〟というタイトルのファイルをクリックした。現れたのは二十人ほどの名前だ。「女優仲間たちとビーチを散歩していたときに、このファイル名を思いついたの。今ではそのとき一緒だった女優全員がこのファイル名を使ってるわ。リストに挙げているのは、たまに一緒に過ごすことのある女優仲間よ。オーディションで顔を合わせることもあるし、ときにはそのあとに買い物に出かけてビールを飲んで、愚痴ったり泣き言を言ったり、男の悪口を言ったりもする。行くのはほとんど、海岸沿いにある〈アイビーズ〉って店よ」

突然口をつぐんだ。「コニーともそこで出会ったの」

「ミッシー、リストをコピーさせて。というか、あなたが記録している連絡先をすべてコピーさせてほしいの。あなたの知り合いの女優全員に電話をかけて、今回の連続殺人事件に関係があるかもしれないから決して一人になってはならない、この警告を重大なこととして受けとめてほしいと伝えたいの。

それにあなたのオーディションのファイルもコピーさせてほしいわ。デボラの家にあるものやドクから聞いた話を考えあわせて、何か関連性がないかどうか捜したいの。それで、さっきの話の続きを聞かせて。コニーとは〈アイビーズ〉で会ったと言ってたわね？」

ミッシーがうなずいた。「コニーは人あたりがよくて、私は大好きだった。よくセオドア・マーカムの話をしていたわ。彼は大物プロデューサーで、コニーの才能を信じていた。ただ同然の値段で、コロニーにある自分の家を彼女に貸していたくらいよ。そうすればコニーが〈サックス・フィフス・アベニュー〉の靴売り場のアルバイトをやめて、女優業に専念できるからって。でももちろん私たちはみんな、それはコニーが彼とベッドをともにしてるからで、彼にとって都合がいいだけだと考えていたわ。だけどコニーはいつもそんな私たちを笑い飛ばしたものよ。私たちが何を考えているかはわかってる。でも自分はミスター・セオとは……コニーはいつもそう呼んでたんだけど、彼とは寝てないと話していた。そんな話は誰も気にもとめていなかったけど、私はコニーがわざわざ否定するのは妙だと考えていた。きっとミスター・セオは既婚者だから、コニーに噂を否定するよう命じているんだろうと思っていたの。でも彼がコニーには多大な才能があると信じていたことは事実よ」二人に紅茶のカップを掲げてみせた。「だから、つい考えてしまうの。もしミスター・セオがあんな普通でない人じゃなかったら……つまりハリウッドのショービジネスを牛耳ってる大物って意味だけど、それに奥さんに頭があがらない人じゃなかったらどうなっていたんだろうって。きっとミスター・セオはコニーのことを一番大切だと考えたんじゃないかしら？」

ダニエルが尋ねた。「セオドア・マーカムに会ったことはあるのかい?」

「ええ、一度だけ。ほんの二、三分、話をしただけよ。一緒にいて楽しかったけど、どこか意味ありげな顔をして、独りよがりな感じの人だった。自分が指を一本曲げただけで、私みたいな若い女優志望の女性たちがすぐさますり寄ってくると、うぬぼれてる感じ。四十代半ばで、かなり年上だけれど、バイアグラがある限り、ハリウッドでは男の年齢なんてあってないようなものだから。ミスター・セオは見た目も悪くないし、髪もふさふさよ」

ダニエルはメモを取ると言った。「ミッシー、これはすでにカムには話してあることだが、コニーの事件のあと、僕はマーカムに事情聴取をした。だが狡猾な弁護士が立ちあっていて、核心に迫れなかった。だが君の話によれば、マーカムがデボラと面識があったことは間違いない。彼が『クラウン・プリンス』をプロデュースしている事実からも、それは明らかだ。少なくとも、デボラが何者かくらいは知っていたはずだな」

カムは言った。「そうね、その事実があれば、もう一度マーカムから話を聞く完璧な理由ができたも同然だわ。ミッシー、あなたはさっき〝おべっかリスト〟の記録をつけていると話していたわね。女優全員のそういうリストの中に、セオドア・マーカムは入っていたんじゃない？」

「ええ、もちろん。今までも、そういうタイプの男とたくさん顔を合わせてきたわ。彼らの前ではいい顔をするようにしてるの。それで名前を覚えてもらえて、役をもらえるかもしれない。あるいはベッドの相手として求められるかもしれない。どっちに転ぶかなんてわかると思う？　でも考えずにはいられないの。そういうリストの中に、もっと女性の名前が増えたらいいのにと」

「私の母も同じことを言ってるわ」カムは同意した。「その話題になると母はぶちぎれて、頭から煙を出しそうになるの。ダニエル、今すぐセオドア・マーカムに会いに行くわよ。今回は突然訪問するの。そうすれば、いまいましい弁護士を避けられるかもしれない」

そのとき、カムの携帯電話が鳴りだした。画面に表示された発信者の名前を見ると、彼女はキッチンから出ていった。

通話を終えて戻ってきたカムは衝撃を受けた表情を浮かべていたが、さりげない調子でミッシーに話しかけた。「ＵＳＢフラッシュドライブを持ってきているの。よかったらさっきのファイルをコピーしてもらえる？」

「もちろんよ。カム、何か悪いことでもあったの？」

カムは首を振った。「ダニエル、ミッシーがファイルをコピーしてくれている間に、話しておかなければならないことがあるの」

ダニエルはカムに向かって眉を片方あげただけで、彼女のあとについてキッチンを出た。

カムは身を寄せて小声で言った。「電話は、デボラの司法解剖を依頼していたドクター・イーライ・アンブリクトからだった。解剖の結果、重要な事実がわかったそうよ。彼がデボラの傷をほかの一連の事件の検視報告書と比べてみたところ、手口が一致しなかったの。医師の話によれば、デボラは喉を右から左にかききられているけれど、ほかの被害者は左から右だった。しかもデボラの首の傷は、ほかの被害者に比べてさほど深くなかった。ただ医師は、犯人が別の人物だとはっきりとは言わなかった。もちろん今回の犯人が両利きか、右手を怪我していて、やむをえず左手を使った可能性もある。だけど、どう考えても疑問は残るわ」

ダニエルが答えた。「もし別の人物でないとしたら、今回の事件の犯人は何かに驚いたのかもしれない。あるいはなんらかの理由で、とっさに左手を使わざるをえなかったとか？」

「そうね。それにデボラの場合、ベッドカバーが腰に巻きつけられていた。ほかの事件ではくしゃくしゃのままだったのに。ドクター・アンブリクトは模倣犯の仕業だとは言わなかったけど、同一犯かどうか特定はできないと認めたわ」

ダニエルが言った。「ということは、今回の犯人はしっぽを出さなかったわけだな。だが一つ、君にききたいことがある。犯人はデボラ・コネリーのノートパソコンと携帯電話を持ち去った。もし模倣犯なら、そいつは連続殺人犯がノートパソコンと携帯電話と持ち去っている事実をどうやって知ったんだ？」

35

水曜
リノ
ホースシュー・モーテル

マーティ・サラスは最悪の気分だった。あの救急病院で処方された鎮痛剤を二倍の量服用したせいだろう。怪我をした手がひどく痛かったからだ。だが昨夜、その鎮痛剤も切れてしまった。それ以来、アスピリンをキャンディみたいに立て続けに頬張っている。だが手の痛みはいっこうにおさまらない。ふいに前の恋人のリラのことを思いだした。かつて頭痛を止めるためにアスピリンを一度に四錠ものんだときに、彼を赤ん坊呼ばわりした女だ。だがあの女に何がわかる？

マーティはうめき、縫合されたほうの手のひらに向かって悪態をついた。燃えるように痛い。やけどしているみたいだ。だが、みみずばれになっているわけではない。というか、どこも特に腫れていない。だからきっと大丈夫だ。それでもなお、ベッドからやっと起きあがって悪態をつき、ベッドの脇に立ってまた悪態をつかずにはいられなかった。包帯を巻いた手をかばいつつ、よろめきながらバスルームへ行って歯を磨く。鎮痛剤のせいで口の中が苦い。ひどい二日酔いの気分だ。しかも最後にのんでから十二時間も経っているのに、まだ口いっぱいにトイレみたいな味が広がっている。まったく勘弁してほしい。

マーティはシャワーの下に立つと、怪我をしているほうの腕をシャワーカーテンの外へ突きだした。包帯を濡らさないためだ。錆びた石鹸ホルダーに残っていた小さな石鹸をどうにか片手でつかみ、体にこすりつける。熱い湯を顔に浴び、あまりの気持ちよさに一瞬、痛みを忘れた。だが痛みは忘れられても、恐れは忘れられない。今朝、テレビをつけた瞬間、完全に自分を失いそうになった。どのチャンネルのローカルニュース番組も、マーティの顔写真と名前を流していた。出演している警察官たちはマーティを連続殺人犯の目撃者である可能性が高いと説明し、すぐに連絡がほしいと呼びかけていた。警察は彼を愚か者だと思っているんだろうか？　のこのこ出頭して、モリーの家へ不法侵入したことを認め、再び逮捕されるとでも？　逮捕状がなければ逮捕できないはずだが、警察はまずマーティの身柄を確保する必要に迫られているのだろう。だが警察官たちがテレビに出ているせいで、あの殺人鬼がすでにマーティを追跡している可能性は充分にある。もしかするとあいつは通りの向こう側に立って監視を続けながら、モーテルから出てきたマーティをどう殺してやろうかと考えているかもしれない。

いや、自分は今、完全に落ち着きを失っている。あの頭のどうかした野郎がここを突き止められるわけがない。あいつは警察官より賢くないし、警察官ほど豊富な情報を持っているわけでもない。そのうえ、マーティは常に慎重に行動している。ずっと昔に、警察には簡単に見つからない方法を学んだのだ。移動を繰り返し、ホテルの部屋を予約するときは絶対に本名を名乗らない。ピルソンという偽名を二年も使い続けているが、警察官たちは近くに寄ってさえこなかった。自分は安全だ。少なくともあと一日は。

目下の最大の問題は、金が尽きかけていることだ。つまりこの部屋から外の世界へ出て、この身を危険にさらさなければならない。ラスベガス近辺に滞在する選択肢はありえない。警察が、それにもしかするとあの殺人鬼も自分を捜しまわっているのだから。

あのブレスレット――彼のブレスレットはどうなった？　美しいプリンセスのために、あの金持ち男が買ったブレスレットは？　巡査の一人が彼女の手首からあのブレスレットをすばやく外したか、あるいは彼女の宝石箱からくすねたかして、自分の恋人にあげたのかもしれない。そんなのは不公平だ。正しいこととは言えない。またしても手が燃えるように痛みだし、吐き気がこみあげてきた。自分でもわかっている。それは恐怖のせいなのだと。

マーティはシャワーから出ると、使い古されたタオルを手に取り、怪我をしていないほうの手でどうにか体を拭いた。狭苦しいバスルームは蒸気が立ちこめてひどく暑い。またしても汗が吹きでてきた。だが外に出れば、さらにこれ以上ないほど蒸し暑いことは百も承知だ。ネバダのどこにいようと、たいした差はない。ネバダはいつだって暑い。暑さに文句を言う旅行者たちに、この地のやつらは湿気がなくてからっとした暑さだと言うかもしれない。だがマーティにとっては、からっとしていようがいまいが、暑さは暑さだ。

歯を磨きながらまた鏡を見たとき、みぞおちがよじれるような痛みを覚えた。鏡に映っているのはマーティではない。モリーだ。湯気で曇った鏡の向こう側からこちらを見つめている。見開かれた目はどんよりし、首を切られ、血があちこちに飛び散っている。壁にも、上掛けにも、床にもだ。それにあの殺人鬼にもモリーの血がついていた。あの男がナイフを掲げて血を滴らせながら、こっちに向かってきた姿が鮮やかに脳裏によみがえる。たちまち心臓が早鐘を打ち始めたため、マーティは湿ったタオルで鏡に映るモリーの顔を拭き去った。今こちらを見つめているのは、青白い顔をした自分自身だ。

たしかにマーティは犯罪者だし、盗みの腕もいい。だが自分と、彼のプリンセスを殺したあの頭がどうかした野郎とは大きな違いがある。自分は快楽のために誰かを殺したことは一度もない。モリーの喉を切り裂いて、この自分を驚愕させたあの男のように。あいつは病んだ人間か悪人のどちらかだ。どちらが最悪なのかマーティにはわからなかった。たぶん悪人のほうだろう。悪人にはまともなところが一つもない。かつてバーボンの飲みすぎで酔っ払うと、父はそう言っていた。

マーティは指を掲げて喉元にあてた。今日、ここから逃げださなければならない。ネバダ以外の場所なら、自分のことは報道されていないだろう。シアトルまで車で行けばいい。金持ちがうようよしている場所だ。シアトルにもいくつかコネはあるが、ラスベガスで築いた人脈に比べると屁みたいなものだ。シアトルで一からやり直さなければならないだろう。それはつまり、手っ取り早く金になるちょっとした仕事を重ねるということだ。しばらくは日銭を稼ぐだけで満足するしかない。

たいしたことはない。この仕事のことならよくわかっている。それに一からやり直さなければならないのは、これが初めてではない。

死ぬよりはましだ。シアトルへ向かう途中で〈ウォルマート〉に立ち寄り、必要なものを買おう。男性用トイレで着替えればいい。難しいことは何もない。

マーティはみすぼらしい服をゆっくり身につけると、またテレビのスイッチを入れた。番組ではロサンゼルスで発生した別の女優の殺害事件を流している。被害者の名前はデボラ・コネリー。サンタモニカに住んでいたらしい。そのあと画面が切り替わり、またしてもマーティに向かって名乗りでるようにという訴えが流れた。今度は、ロサンゼルスで捜査の指揮を執る人物の名前まで表示されている。カム・ウィッティア特別捜査官。彼女に電話をかけるべきだろうか？　そうしたらＦＢＩは自分を放っておいてくれるだろうか？　いや、悪い冗談にしか思えない。そんなことはありえない。

モーテルの部屋から外へ出たとき、一人の男がバイクからおりるのが見えた。あの晩、モリーの家で見かけたバイクに似ている。とっさに薄汚い漆喰壁に背中を押しつけて身を隠した。あの殺人鬼ではないと頭ではわかっている。だがわかっていても息を殺し、男が〈コヨーテ・ダイナー〉に入るのを確認せずにはいられなかった。マーティは安堵のため息をつき、自分に言い聞かせた。しっかりしろ。あいつが近くにいるはずはない。自分は安全だ。すぐに車で州境を越えてカリフォルニアへ入れば、日暮れ前にはシエラネバダに到着できるだろう。もしかするとタホシティまで行けるかもしれない。

またしても脳裏にモリーの姿がよみがえった。最初はにっこりしている姿。それからセクシーな衣装で踊っている姿。だが最後に浮かんだのは、彼女が事切れている姿だ。切られた喉がぱっくりと開き、そこが血だらけの口みたいに見えていた。

手の傷がずきずき痛む。アスピリンをもう二錠、水なしでのみこんで悪態をつき、怪我をしているほうの手を胸の前に掲げてみる。傷の具合は大丈夫だろうか？　そのとき、ふと思った。やはりこのまま放ってはおくわけにはいかない。自分にはすべきことがある。もしかするとモリーをあんなふうに殺した頭がどうかした野郎を逮捕させ、彼女の仇(かたき)を討つ手助けができるかもしれない。しかも自分は一生刑務所で過ごすことなく、ＦＢＩにも放っておかれたままでだ。

マーティは携帯電話を取りだすと、レジー・ナッシュの番号にかけた。レジーはマーティに借りがある。

36

水曜午後

メリーランド州ミルストックへ向かう道中

サビッチは愛車のポルシェで州間高速道路95号線に入った。メリーランド州ミルストックにあるマーシャ・ゲイのスタジオを訪ね、彼女から詳しい話を聞くためだ。

「フーバー・ビルディングに来るよう、頼むこともできたんだが――」

「でもマーシャはアーティストだし、あなたもアーティストだもの。だから彼女の仕事場とその仕事ぶりを見たかったのね」

「俺はアーティストなんかじゃ……いや、君の言うとおりだ」

シャーロックは助手席の背にもたれ、目を閉じた。

サビッチはため息をついた。「まったく長い一日だ。これ以上何を見聞きしなければならないんだろうな？　サンタモニカでまた一人女優が殺された。それに俺たちの大事な証人までもだ。しかも犯人があの注射器に仕込んでいたプロポフォールとケタミンのせいで、ゴリノフスキー巡査は何も覚えていないときてる」

「わかっているのは、ゴリノフスキー巡査がなんとか眠気を振り払おうとしていたところに技師が来て、身分証の提示を求めたところ、至近距離からいきなり頸静脈に注射針を突き刺されて、抵抗する間もなかったこと。巡査はすぐに意識を失ったに違いないわ」

「それと、少なくとも犯人はゴリノフスキーを殺さなかったこともわかってる」サビッチは言った。「ベンはさぞおかんむりだろう。一連の失態が気に入らないはずだ」

「それは当然よね」シャーロックが言った。「今、私たちにはとっておきの切り札がなくなってしまった。気がめいるわ」

「とりあえず目の前のことを考えよう、シャーロック。俺たちはマーシャ・ゲイのことを考えなければならない」

「ええ、そうね。実は私、彼女の金属彫刻についてもっとよく知りたいの。マーシャ・ゲイは正直そうに見えるし、ゆうべビーナスの家ではとても感じよく振る舞っていたわ。ビーナスやその家族にうまく対処していた。私はマーシャが好きよ。それに興味深かったのは、あなたのおばあ様を知っていて、心から崇拝していた点ね。しかも、あなたの指の傷にまで気づいていた。マーシャは機嫌を取ろうとして、あなたのおばあ様に関してあらかじめ調べていたのかしら？　それとも本当に尊敬していたの？　どう思う？」

「もし機嫌を取るつもりなら、俺について調べていたはずだ」サビッチはシャーロックににやりとした。「だが、なぜだ？　彼女が気にかけるべきはビーナスだろう」

「実際、ビーナスを気にかけてるふうに見えたわ。とにかくマーシャは見栄えがいいし、才能もあるし、きっと高収入なはず。それにロブを尊敬しているように見えた」

だが、そのロブはマーシャのことをどう考えているのだろう？　サビッチはふと疑問に思った。デルシー・フリーストーンと出会った瞬間、ロブが雷に打たれたような表情になったことを思いだした。「さあ、今日はマーシャ・ゲイが自分のスタジオでどんなふうに振る舞うか、この目で確かめよう」

シャーロックは近くを走る黄緑色の車をちらりと見た。ティーンエイジャーたちが大声で歌いながら、ハンドルを握る指先でリズムを刻んでいる。

サビッチは巧みなハンドルさばきで、小さな子どもたちが大勢乗ったSUVを避けた。子どもたち全員が笑いながら、声を張りあげて歌っている。サビッチは車を運転している女性が気の毒になったが、抜き去る瞬間、その女性はえくぼを浮かべて彼に笑みを向けた。ということは、彼女はあんな騒がしさが好きなのだろうか？　「人は必ずしも印象どおりとは限らない。ビーナスを殺す目的でウィリグを雇った謎の人物がアレクサンダーだったら、話は簡単だ。だが君も知ってのとおり、俺はそうだとは考えていない。もしこの仕事を何年も続けてきて何か学んだ点があるとすれば、誰かを真剣によく知りたいなら、そのためにとことん努力しなければならないということだ。その人物が何に対して意欲を燃やすのか、何に対して怒りを募らせるのか、その根っこの部分にあるものを見きわめなければならない」

「私はあなたの根っこにあるものを知っているわ、ディロン。何事にも動じない、人としての落ち着きよ。こちらに畏怖の念を抱かせるくらいのね」

サビッチは笑い声をあげた。「同じことが君にも言えるな。だが俺たちはアレクサンダーについて何を知っている？　彼は〝僕が、僕が〟というふうに自分のことしか考えていない利己主義者のように振る舞うこともできる。でも、そんな言動に、一瞬でも良識的な一面が垣間見えることがないだろうか？　自分以外の誰かに対する愛情のようなものが。それとベロニカだ。ビーナスを心底愛しているように見えるが、本当にそうだろうか？　常々口にしているほど、ビーナスを大切に思っているのか？」

「私は以前からベロニカが好きよ。彼女が普段の態度どおりの人物であってほしいと願っているわ。アレクサンダーに関しては、あの事情聴取のあと、あなたが抱いたのと同じような印象……わがままな男という印象を持つようになった」

シャーロックはおなじみの、ポルシェが加速する感覚を味わった。案の定、サビッチは速度をあげ、白のシボレー・インパラを追い越そうとしている。インパラを運転しているのは小ぎれいな身なりをした八十代の男性で、迫りくるポルシェを見て腹を立てているように見えた。だが追い越された瞬間、両方の親指を立て、真っ白い入れ歯を見せながらこちらに笑みを向けた。

サビッチはインパラの運転者に会釈した。「あの銃撃以外の事件がアレクサンダーの仕業である可能性も考えられる。しかし、どうもぴんとこない。砒素を混入したことがばれて犯人が焦ったのはわかるが、なぜアレクサンダーがわざわざウィリグを雇って、昼日中にビーナスを狙撃させなければならないんだ？」

「ただ、あの日私たちが近くにとどまっていなければ、ウィリグはうまく逃げおおせたという事実を忘れてはならないわ。無謀な計画に思えるかもしれないけど、必ずしもすべてにおいて考えなしだったとは言えない。ただし失敗したせいで、ウィリグは自分で自分の首を絞める結果になってしまったけれど」

サビッチは深いため息をついた。「ああ、まさにそのとおりだな」

37

水曜夕方
メリーランド州ミルストック
マーシャ・ゲイのスタジオ

サビッチは州間高速道路95号線をミルストックの出口でおりた。シャーロックともども、このベッドタウンに来たのは初めてだ。二人はすばやくあたりを見まわした。ここは車での移動の拠点となる街なのだろう。あらゆる方向へとつながるコンクリートの巨大な幹線道路が何重にも交差している。車のクラクションの音が途切れないと思ったら、道路に長い車の列ができているのが見えた。ラッシュアワーの渋滞だろうか？　いや、そうではない。この感じだと、おそらく事故渋滞に違いない。サビッチは瞬時に、あたりに蔓延（まんえん）している欲求不満といらだちを感じ取った。多重衝突事故だろう。おそらく事故現場は五百メートル以内のはずだ。どの車もその場から動けない状態に陥っている。

シャーロックが言った。「ディロン、右に曲がって迂回できるかどうか確かめてみましょう」

サビッチはバックリー・ストリートから外れると、脇道を何本も走り続け、やがて小さな倉庫街にたどり着いた。通りの両側に十棟以上もの倉庫がずらりと並んでいる。ただしワシントンDCのように、どの入り口の前にもホームレスや薬物依存症者がたむろしている、いかにもうらぶれた雰囲気の老朽化した倉庫街ではない。都会派やアーティスト集団が好んで暮らすこの界隈はとびきり優雅に見える。

サビッチは通りの右側の突きあたりにある倉庫の前にポルシェを停めた。近隣の倉庫とは異なり、その建物だけは外装が薄汚れたアルミサイディング塗装で、いかにも古ぼけて見える。ところが一歩、足を踏み入れたとたん、奇跡が起きた。目の前に現れたのは、近代的なデザインの輝く白壁と、ヤシの木が植えられたアールデコ調の植木箱二つだ。高い窓からさんさんと降り注ぐ陽光を浴びて、ヤシの木も白壁もいきいきとして見える。エレベーターもドアの脇にある郵便箱も真新しく、設えられた三面の鏡によってタイル張りの床がさらに広く見えた。

「どうして建物の外観だけ、あんなに古ぼけたままにしているのかしら？」エレベーターに乗りこみ、最上階である三階のボタンを押しながらシャーロックが言った。

「きっと外装にかける資金が足りなくなったんだ。あるいは飛びこみの営業マンを遠ざけるためかもしれない」

シャーロックは笑った。「あるいは管理会社を遠ざけるためかも。管理会社がわざわざ内装を確認しに来なければ、借り主たちは賃料を抑えたままでいられるもの」

妻の意見が正しいに違いない。エレベーターはすみやかに三階へ到着した。三階には三部屋あり、一番奥がマーシャ・ゲイのスタジオだった。部屋番号は六六六だが、ヨハネの黙示録に出てくる、俗に悪魔の数字とされる六百六十六とはなんの関係もないのだろう。中からハンマーが叩きつけられるリズミカルな音が、続いて溶接機の低い作動音が聞こえてきた。

シャーロックはドアをノックしたが、溶接機の音は続いたままだ。サビッチが試しにドアのノブをまわしてみると、鍵はかかっていなかった。彼とシャーロックは巨大な空間へ足を踏み入れた。大きな四枚の窓からまぶしい光が差しこみ、少なくとも十作品以上の金属彫刻が並んでいる。体をひねっている姿を表現した作品はどれも男性や女性をかたどったものと思われるが、完成具合はさまざまだ。壁沿いに並べられた彫像はどれも奇妙なほど優美に見え、見る者の目を奪う魅力があった。

マーシャ・ゲイはその巨大な空間の一番奥にいた。機械と道具がのった作業台に囲まれ、溶接用のエプロンとマスクをつけ、手には分厚い手袋をはめている。彼女は二種類の金属を溶接しているところだった。おそらく銅とアルミニウムだろうが、サビッチにも本当のところはわからない。部屋には巨大な扇風機が何台か置かれていた。もし扇風機であたりの空気をかきまわして熱を逃がすようにしていなければ、さぞ息苦しいだろう。そうでなくても騒音がひどい。マーシャ・ゲイはまだ二人が来たことに気づいてもいないのだ。

サビッチが見守る中、彼女は交流アーク溶接機のクランプレバーを握り、黙々と作業を続けている。周囲に火花を飛び散らせながら揺るぎない手つきを保ち、完全に作業に集中している様子だ。サビッチとシャーロックは無言でマーシャの仕事ぶりを眺めながら、スタジオを歩いた。金属が焼けるにおいは強烈で、差しこむ日の光に金属片が宙に舞っているのが見える。巨大なスタジオはきちんと整理されていた。さまざまな大きさと形の容器が並べられていて、それぞれに〝鉄〟〝真鍮（しんちゅう）〟〝ブロンズ〟〝カーバイド〟〝アルミニウム〟〝銅〟というラベルが貼られている。より大きな金属片を捨てるための容器も壁沿いに並べられ、それぞれなんの種類かすぐにわかるようラベルが貼ってあった。

シャーロックは足を止め、二メートル半ほどもの高さがある作品を見あげた。全身の筋肉が鋼でかたどられており、特に目を引くのは見事な胸筋で、女性の胸のように盛りあがっている。ひときわ大きな筋肉がついた長い脚はねじれていて、腹部と思われる部分から銅製の太いパイプの束が突きでていた。「妊娠している男性かしら？」

「それは夢の中で形づくられたの。多産や繁殖力を表現しているのよ」マーシャは前に進みでると、彫像の鉄製の腕に軽く手を触れた。「彼女の名前はヘレン……《夢で見た幻》よ。創りだすのは本当に大変だった。たとえばこの肋骨の部分は銅でできているでしょう？　銅とスチールを溶接する必要があったんだけど、その二つはくっつきにくいから、実はニッケルも使っているの。そうしたら、接合部は押しても引いてもびくともしないくらい強力になったわ」

マーシャは溶接用マスクを外し、作業台に慎重に置いた。作業台には道具類がずらりと並び、小さな金属くず用の容器が置かれている。彼女は両手を髪に差し入れると、二人に笑みを向け、溶接用エプロンを外した。長い脚を包む黒のレギンスに、白の長いアーティストシャツを合わせ、華奢な足にはドクターマーチンの靴を履いている。

「ヘレンはボルティモアにある不妊治療センターのロビーに、シンボルとして飾られる予定なの」手袋を外してマスクの脇に置くと、二人と握手をした。とても力強い手だ。指と手のひらにたこができている。「サビッチ捜査官、実は今朝、ジョージタウンのローリー・ギャラリーまであなたの作品を見に行ったの。おばあ様の才能をあなたが受け継いでいるかどうか、この目で確かめたかった。明らかに、あなたは彼女の才能を受け継いでいる。特に気に入ったのは、ローズウッドで作ったイルカの作品よ。本当にすばらしいわ。今にも泳ぎだしそうなんだもの。

ミスター・ローリーはあなたの妹のリリー・ルッソについても教えてくれたわ。すぐに、毎週日曜の『ワシントン・ポスト』で目にしているあの名前だとわかった。彼女が描いている〝ノー・リンクルズ・レムス〟を描いた風刺漫画、最高よね。とてもいいキャラクターだわ。いつも笑わせられたり、やれやれと思わせられたりしているの。あなたたちきょうだいは二人とも、卓越した才能の持ち主なのね。あら、そんなに居心地の悪そうな顔をしないで。それにシャーロック捜査官、ミスター・ローリーから聞いたわ。あなたもピアニストとしてすばらしい才能を持ってるんですってね」

シャーロックは首を振った。「それほどでもないわ。それに最近は全然練習もしていないの。今では楽しみのために触る程度よ」

「ぜひ演奏を聴きたいわ。ごめんなさい、ここは暑いでしょう？　でも溶接機を使うのをやめたら、すぐに涼しくなるはずよ。扇風機をいくつか切れば、こうやって叫ばなくても話せるようになるし」

マーシャは四台ある扇風機のうち、二台のスイッチを切った。すぐにシャーロックが口を開いた。「あら、本当にさっきよりずっと聞こえやすくなったわ。ミズ・ゲイ、ここは本当に機能的なスタジオね。あのごみ容器の数ときたら……本当にさまざまな種類の金属があるのね」

「ええ、ほとんどが金属くずなの。ときどき、インターネットで金属くずを売っている人たちのほうが、私よりもたくさんお金を稼いでいるんじゃないかと思ったりするわ。ごみ捨て場をあさって、捨てられた食器洗い機やテレビやトースターなんかを持ち帰って解体して、金属くずを売りさばいてるんですって。さあ、どうぞ座って」

サビッチとシャーロックは言われたとおり、大きな窓の近くにあるよく使いこまれた二人掛けのソファに腰かけた。マーシャは二人に水の入ったグラスを手渡すと、彼らの前の床に座りこみ、膝を抱えた。

シャーロックは尋ねた。「ミズ・ゲイ、あなたはロブ・ラスムッセンと出会ってからどれくらいで、彼が何者かに気づいたの？　あるいはあなたは、彼が何者かわかっていたから仕事を依頼したの？」

38

マーシャは驚いた顔になってシャーロックを見た。「最初からずばりと核心をついてくるのね？　ちょっと考えさせて。いいえ、ロブの祖母があのビーナス・ラスムッセンだという事実は、ロブが彼女とランチをとったときまで知らなかったわ。たしか私とのデートの約束をすっぽかした理由をきいたら、十年ぶりに祖母に会いに行ったという話を聞かされたの。そのあとロブはそれまでどんな人生を生きてきたのか、どういういきさつで家族と絶縁状態になったのか、どうしてビーナスと自分がほぼ同時に再会を望むようになったのかを詳しく説明してくれた。まさに感動的な話だと思ったわ。知ってのとおり、私がビーナスに会ったのは昨日の夜が初めてだったの。本当に堂々とした女性ね。燃えるような熱いオーラを感じたし、ディオールのスーツも気に入ったわ」

サビッチが尋ねた。「ロブからビーナスの話を聞いたとき、彼女が何者かすぐにわかったのかい？」

「もちろんよ。そこまで世事に疎いわけじゃないわ。たまにはニュースも見るし、新聞も読む。ビーナスはいわば、この国の法律みたいな存在だもの。でも驚いたのは、誰かがそんな女性を殺そうとしたことよ。いったいどうして？　彼女はすでに高齢だし、あと五年もすればトップの座を家族の誰かに譲るはずなのに」

サビッチは答えた。「ああ。実際、アレクサンダーは後継者としての教育を受けている。だが見たところ、ビーナスはあと五年以上トップとして君臨できるだろう。彼女はその座を明け渡すべきタイミングをわかっているんだと思う」

「ロブもそう言っていたわ。だからこそ、もしアレクサンダーが自分の祖母に毒を盛ったとすれば、動機がわからない。待たなければならないとしても、ビーナスが引退するまでのあとわずかな期間なのに、なぜ今そんなことをするの？　あら、ごめんなさい。まるであの家族と前々から親しかったみたいな話し方をしてしまったわ。実際はそうじゃないのに」

マーシャはあぐらをかいて座り直した。

「ゆうべはみんな、とても親切にしてくれた。一方の私は、彼らにいい印象を残すためにあそこにいた。そしてあなたたちは、そんな私たちの様子を観察するためにあの場にいた。そうでしょう？　みんなが一家の厄介者であるロブと、その恋人である私に対してどんな反応を示すかを見ていたのよね？」

またしてもサビッチは、先日フーバー・ビルディングのエレベーターの前で、ロブとデルシー・フリーストーンが初めて顔を合わせたときのことを思いだした。二人は瞬時に惹かれあっていた。だがもしかすると、ロブはあのあとデルシーを追いかけなかったかもしれない。マーシャを愛していて、彼女に誠実であろうとしたのだと信じたかった。あのときのデルシーとロブは、どちらも燃え盛る炎に飛びこんでもかまわないと言わんばかりの切羽詰まった表情を浮かべていた。

「それで君は彼らにどんな印象を持ったんだ、ミズ・ゲイ？」

「どうかマーシャと呼んで。ちょっと変な名前なのはわかってるけど。母はとても気まぐれな人で、そのときの気分でこの名前に決めたんですって。もし父が決めたとしたら、私の名前はジェインやアンになっていたはずよ」

サビッチはうなずいた。「それならマーシャ、君はあの家族をどう思った？　きっと家族全員についてあらかじめインターネットで検索して、いろいろと知識を仕入れたんだろうな？」

「ええ、もちろん。それにロブからもたくさん話を聞かされていたわ。ただしその情報のほとんどは十年前のものだったけど」マーシャが肩をすくめた。「でも人ってそう変わらないものね。自分の身に何かが起きるか、変わらざるをえない状況に立たされるかしない限り、簡単には変わらない。彼らは予想どおりの人たちだった。私はそんな彼らにいい印象を残したかったし、私を信頼してほしかったし、私を好きになってほしかった。実際、そうできたと思っているの。少なくとも、あの人たちは私を窓から放りだそうとはしなかったから」

ただ、グリニスには驚かされたわ。ロブにいきなりキスをするなんて。ロブからは彼女について何も聞かされていなかったの。きっとロブが家を出たとき、グリニスがまだティーンエイジャーだったせいね。グリニスの美しさにびっくりしたし、なんでも徹底的にやりそうな印象を受けたわ」

「それはどういう意味？」シャーロックがきいた。

「自分の望みのものを手にするためなら、どんなこともためらわずにやるだろうという意味よ」マーシャは一瞬、口をつぐんだ。「昨日の夜、グリニスに会って思ったの。この人はロブを自分のものにしたがってると」

「まさか」シャーロックが言った。「グリニスはただ、あなたのいやがることをしたかっただけよ。あなたは彼女と同じような年齢なのに、人としてとても成熟しているうえ、自分の手で成功をつかみ取っている。たしかにグリニスは裕福だけど、自分で稼いだわけじゃない。あなたを前にして、グリニスは劣等感を覚えたはずよ。だから自分にできる唯一のやり方で対抗しようとしたの。あなたからロブを奪えば、自分のほうがすばらしいと証明できるから。そうできたらおもしろいと考えたんだわ。でも、グリニスが今後も必死になって張りあおうとするとは思えない。あなたは手ごわい相手だから。ただもし私があなたたなら、今後もグリニスのことは警戒するわね」

マーシャがうなずく。「ええ、気をつけるようにするわ」

そのときサビッチの携帯電話が振動した。彼は携帯電話を取りだし、メッセージを読むとジャケットのポケットに戻した。「マーシャ、君のご両親は十年前に飛行機事故で亡くなっているね。君はまだ十代だった。さぞ受け入れがたいことだったに違いない」

マーシャはたちまち体をこわばらせた。水の入ったグラスを手に取って飲み干すと、ゆっくりと向きを変えてサビッチにかすかにほほえんだ。「その質問で、いっきにあの日に逆戻りしてしまったみたい。通っていた学校で、突然校長に教室の外へ呼ばれて、両親の弁護士が会いに来ていると伝えられた瞬間にね。父と母がスペインのグラナダに向かう途中、その飛行機がシエラネバダ山脈のふもとに墜落したの。当時父と母は離婚寸前だったのに、皮肉なことに二人一緒に死んだ。その事実に顔をはたかれたようなショックを受けたわ」言葉を切ると、さらに水を飲んだ。「そのあとすぐ、二人が多額の借金を抱えていて、うちにはお金がまったくないことを知らされた。でも親戚は私をよく知らなかったし、私を求めてもいなかった。だから高校を卒業するまで、私は三人の里親に育てられたの。みんな、里親としてなんの問題もない人たちだった。ただし彼らの息子のうち、一人だけは問題があった。だから、そいつの指を折ったことがある。でも、それ以上は何もなかったのよ」

「いいえ、もっといろいろあったはずだわ、マーシャ」シャーロックはマーシャがうっすら涙を浮かべていることに気づいた。「美術学校に通い続けるため、あなたはウエイトレスの仕事を二つもかけ持ちして働いた。そして二年前、初めて作品に高値がついた。今や、あなたは新進気鋭のアーティストとして注目されている。それって、あなたにはご両親の財産など必要なかったという証拠だわ。あなたには今の地位を築けるだけの気骨と才能があった。苦労してここまで来たあなたを心から尊敬するわ」

マーシャはかぶりを振り、拳で涙をぬぐった。「優しい言葉をありがとう。通りに放りだされる心配をする必要がないのは、本当に気分のいいことなの」巨大なスタジオを見まわした。「知ってる？　つい三週間前、私はこのビルを丸ごと購入したの……まさに鋼の女でしょう？」

シャーロックは笑った。「外装は手直しするつもり？」

「いいえ。今の外装を見たら、誰も私のビルに近寄ってこないから。長年の歳月による錆(さび)はそのままにしておこうと思ってるの」

サビッチは言った。「月曜にビーナスを襲ったビンセント・ウィリグが、今朝入院していたジョージ・ワシントン大学病院で殺害された」

マーシャは二人を見つめた。「なんですって？　殺害された？　だけど、どうして？」

「なぜなら」シャーロックが答えた。「ビーナスの申し出を受けようとしていたから。十万ドルと引き換えに、自分の雇い主の名前を教えようとしていたの。マーシャ、あなたはゆうべ、ラスムッセン邸を出たあと、どこにいたの？」

マーシャはひっぱたかれたかのようにのけぞった。「お楽しみの時間は終わりみたいね。私のアリバイが知りたいの？　でも私は事件とはなんの関係もないわ」

「いや、大いに関係がある」サビッチは言った。「君は最近ロブ・ラスムッセンと知りあったばかりだが、ビーナスの周辺にいる人たち全員と同じく、ロブも利害関係者の一人だ。だから今や君も同様だ。頼むから、君がどこにいたか教えてほしい」

「私はここにいたわ。寝ていたの。しかも、ずっと一人だった。ロブはここまで私を送ってくれたけど、仕事があるから昨日の夜は一緒にいられないと言って帰ったの。だけど間違いなく私はずっとここにいたし、一歩も外へ出ていない」

サビッチは言った。「君はロブと真剣につきあってるのか？　結婚を考えてる？」

マーシャは大きく息を吸いこみ、平静を保とうとした。「あなたたちのやり方は汚いわ。私たちは友人だと考え始めていたところだったのに」かぶりを振った。「そうよね、そんなふうに考えるなんて愚かだったわ。あなたたちが来たのは私に質問するためよね。私にビーナスを殺す動機があるかどうか確認しに来たんだわ。それに、そのウィリグという人を殺す動機があるかどうかも。それが彼の名前だったわよね？」

「ええ、そうよ」シャーロックが答えた。「あなたはウィリグを以前から知っていた？」

「まさか、知ってるわけがないでしょう？　しかも彼はもう死んでいる。殺されてしまった。あなたたちＦＢＩには犯人が誰かわかっていないの？　ビーナスを殺そうとした、そしてウィリグを殺した人物の目星はついてないの？」

「目星がつくのは時間の問題だ」サビッチは言った。「君は俺の質問にまだ答えていない、マーシャ。ロブ・ラスムッセンとの関係をどう考えているんだ？」

「もちろん、ロブとの間に未来があるかどうか、ずっと自分に問いかけているわ。結婚して子どもをもうけて……そういったことをね。正直なところ、まだ心を決めかねてるの。ロブのほうがどういう気持ちでいるのか、私にはわからない」マーシャはほほえんだ。「大半の男性と同じく、ロブも将来について話しあうのがあまり好きじゃないの。今この瞬間のことしか考えられないタイプなのよ」

サビッチは最後にもう一度、マーシャ・ゲイを見つめた。才能も美貌も知性もすべて兼ね備えた女性だ。彼女がその印象どおりの女性であればいいのだがと祈る気持ちだった。長い沈黙のあと、サビッチが立ちあがると、シャーロックも夫にならった。

「スタジオを見せてくれて、それに質問に答えてくれてありがとう。また連絡する」

サビッチとシャーロックはスタジオを出た。

「誰からのメッセージ？」ポルシェに戻ると、シャーロックは尋ねた。

サビッチはシートベルトを締めると、倉庫の前から車を出した。「カムだ。アーロンから電話があって、ラスベガス支局のロビーに、モリー・ハービンジャーを殺害した犯人の似顔絵が置かれていたらしい。誰が置いていったのかはわからない。ただ窃盗犯のサラスが、俺たちが追っている連続殺人犯を目撃していた可能性がある。アーロンたちはその似顔絵を置いていったのはサラスか、あるいは彼に頼まれた誰かだろうと考えている。警察もマスコミも自分のことは放っておいてくれという、サラスなりのメッセージだろう。実際、サラスはどこにもいない。行方をくらましてしまっている」

「似顔絵は、連続殺人犯を特定できるような特徴的なものなの？」

「いや、残念ながら似顔絵に描かれた男は、血まみれのゴーグルをつけてニット帽をかぶっている」

シャーロックはダッシュボードに拳を叩きつけたが、すぐにその部分を優しくさすった。八つあたりしたことを心の中でポルシェに詫（わ）びながら言う。「待って、ディロン。あきらめるのはまだ早いわ。その似顔絵から犯人の顎の線や頭の形、鼻や口の形がわかるかもしれない。それを手がかりにすれば、どんな顔立ちかわかるかも」

「難しいとは思うが、やってみる価値はあるな。カムがメールに似顔絵を添付してくれた」サビッチはポケットから携帯電話を取りだし、妻に手渡した。「見てくれ」

驚くほど細かな点まで描かれた似顔絵だった。明らかにプロの手によるものだ。ゴーグルについた血しぶきを見て、シャーロックはどうしようもない怒りを感じた。

「カムはどう考えているの？」

「彼女はこれが、デボラ・コネリーの家から立ち去った男と同一人物だと考えてる。知ってのとおり、犯人は長身で細身だ。また逃走中、野球帽を脱いで禿げ頭を撫でている。カムはその禿げ頭がスカルキャップの可能性があると指摘している」

「アーロンはこの似顔絵を描いた人物を割りだしたの？」

サビッチは州間高速道路95号線に入った。「いい質問だ、シャーロック。彼に電話をかけてみてくれ」

シャーロックはすぐさま電話をかけてアーロンに質問したが、答えを聞くと電話を切り、首を振った。「アーロンによれば、この似顔絵を描いた人物はサインを残すほど協力的ではなかったそうよ。つまり、その線はたどれないわ」

39

水曜午後
ロサンゼルス
カルバー・ビルディング

センチュリー・シティにあるカルバー・ビルディングは、二十二階建てのガラス張りの高層ビルだ。ここに入居しているテナントたちはよくこんな冗談を言う。〝ロサンゼルスのスモッグも、こうして上から見渡せるならそんなに悪くない〟

カムとダニエルは、セオドア・マーカムの個人秘書ミズ・ブランディ・マイケルズの案内で、彼の巨大なオフィスへ足を踏み入れた。体にぴったりとした黒いスーツ姿の個人秘書は、〈ヴィクトリアズ・シークレット〉の下着モデルのように見事なプロポーションをしている。

「ウィッティア特別捜査官とモントーヤ刑事をお連れしました」

「ありがとう、ブランディ。なんの約束もなく突然来られても、私は多忙なんだ。実際、あと二十分で会議に出席しなければならない。だが、そういうことはすでにブランディが君たちに伝えたに違いないな。それで、ここへは特権を振りかざしに来たのか？」

その読みはほぼあたっている。カムは答えた。「会っていただいてありがとうございます、ミスター・マーカム」

マーカムはデスクの背後でゆっくりと立ちあがり、二人が淡い灰色をした分厚いカーペットを歩いてくるのを見守った。内装は磨きこまれたガラスとブビンガ材で統一されている。特に赤みがかった濃い茶色に紫色の筋模様が入ったブビンガ材は、驚くべき美しさだ。これは絶滅危惧種リストに挙げられている木材ではないだろうかと、ダニエルはいぶかった。マーカムはカムが差しだした身分証明書とダニエルのバッジをたいして関心のない様子で確認してから二人に返した。「モントーヤ刑事、君とは前にも話したことがある。コニー・モリッシーが殺されたとき、ユニバーサル・スタジオの私のオフィスでだ。もちろん、私は事件になんの関係もない。あのとき君も確認したはずだ。だがいったいどういう理由かは知らんが、君はまたやってきた。昨日の夜、デボラ・コネリーが殺されたからか？　今朝、死んだという知らせを聞いて、私は大いに悲しんでいる。ニュースで聞いた話によると、かわいそうなコニー・モリッシーと同じような殺され方だったそうだな。またしても頭のどうかしたやつの仕業か。

それでまた私を尋問するために来たのか？　そんな暇があったら、殺人鬼を捜すべきだと思うが？　私は彼女のことはほとんど知らないんだから。あるいはデボラのくそったれな恋人を徹底的に調べたらどうだ？」話しながら電話に手を伸ばした。

「ミスター・マーカム」カムはすばやく言った。今、弁護士に電話をかけてほしくはない。「私たちが来たのは、あなたがビジネスの面で事件の影響を受ける立場にあるからです。今回で二度目ですよね。ロサンゼルスのショービジネスを牛耳る大物であるあなたなら、私たちの捜査の大きな力になっていただけると考えました。意見をお聞かせ願えませんか？　なぜ連続殺人犯は、特に若い女優ばかりを狙っていると思われますか？　すでに六人もの女優が残忍な殺され方をしているんです」

マーカムは伸ばした手を結局、引っこめた。そしてその手を二人に向かってひらひらさせた。「まあ、座りたまえ。さっきも言ったが、もうすぐ会議がある。だが私の知っていることや考えていることを話しておこう」

二人は言われたとおりに座った。マーカムの椅子がカムたちの椅子よりも少し幅が広いうえに、背もたれも高くて立派なことに気づいたものの、カムはそれを口には出さず、彼に向かって笑みを浮かべた。ミッシーが言っていたように、マーカムは背が高く細身で見た目がよく、黒髪はほんの少し後退しているが、それでもふさふさしている。こめかみに少し白いものがまじっているものの、プロの手によってそれさえもしゃれて見える髪型に仕上げられていた。顎の線も鋭く、おそらくこれもまた別のプロの手によるものだろう。マーカムは、どこから見ても彼がこう見せたいと思う自分――ハリウッドの重要人物という印象を醸しだしている。デスクにはフォトフレームに入った写真が飾られていた。おそらくマーカムと同じ四十代と思われるきれいな女性が二人の息子に挟まれている。二人とも大学生だろう。マーカムは一人の息子のかたわらに立ち、三人に腕をまわしていた。

カムは写真を見てほほえんだ。「息子さんですね。おいくつですか？」

「なんだって？　ああ、二人ともＵＣＬＡでコンピュータを専攻している。母親は大喜びしているよ」

「あなたは違うんですか？」

マーカムが肩をすくめる。「二人とも金には困らず、まともな暮らしができるに違いない。だが胸躍る人生とは言いがたいな」

「あなたの人生とは違って、という意味ですか？」

マーカムが笑った。カムはその笑顔を感じがいいと思った。その気になれば、いつでもこんな気取らない笑みを浮かべられるのだろう。「問題は、そういう分野で息子たちの力になってくれるのが誰か、私にさっぱりわからないことだ。だが新規事業を立ちあげるときには、息子たちも私の助力を必要とするだろう。少なくとも私は、あの子たちが立ちあげる企業の投資家にはなれるはずだ」

ダニエルが口を挟んだ。「ほとんどの人は自分の力でやっていかなければなりません。そうやって個性を伸ばし、成長していくと言われています」

「私の息子たちは強烈すぎるほどの個性の持ち主だ」マーカムはかぶりを振った。「言ったとおり、会議がある。犯人がなぜ若い女優ばかりを狙うのか、意見を聞きたいと言ったな。当然ながら、私もいろいろと考えた。だが気づいたんだ。その点に関して、自分ならではの特別な考えやすばらしい理論をまるで思いつけないとね。そうできたらいいのにと心から思う。ただデボラの事件に関しては、彼女の恋人をよくよく調べるべきだ。医者でドクと呼ばれてるが、本名は覚えてないな。あの男はデボラの頭の上に立ちこめる黒雲のような存在だった。君たちが追っている連続殺人犯の可能性もある」彼はロレックスの腕時計を見おろした。

「まだ少し時間はあります。私たちは関係者全員を調べていて、そこにドクター・

マーク・リチャーズも含まれています。殺害されたデボラ・コネリーはあなたの映画『クラウン・プリンス』で重要な役を与えられていました。彼女が亡くなった今、今後の撮影はどうされるつもりですか?」

マーカムはモンブランのペンを手に取り、指先でもてあそんだ。「信じられない話だが、監督からすでに、デボラそっくりの女優を見つけたから彼女を代役に立てるという電話をもらったんだ。その女優の外見を整えて、残りのシーンを撮影する。クローズアップはいっさいなしにするから、誰もデボラとの違いには気づかないだろう。ちなみに『クラウン・プリンス』は『マイヤーリング』のリメイク作品なんだ。一九八九年に起きた、三十歳のオーストリア皇太子ルドルフと彼の十七歳の愛人の心中事件を題材にしている。衣装はゆったりしているし、帽子もつばが広いものばかりだ。あの監督ならどうにかできるだろう。それに彼が指摘しているように、デボラが殺害されたことによって、宣伝費をかけなくてもあの映画はすでにあちこちで話題になってる。もちろん心苦しくはあるけれども、残念ながら世間とはそういうものだ。デボラはもう出演できないが、映画は予定どおり撮影が続行される」

カムは言った。「その映画はミズ・コネリーにとって出世作になる可能性があったと思いますか? 今回の演技をきっかけに、さらに大きな役をもらえるようになっていたでしょうか？」

「ああ。当然ながら私は毎日、未編集の映像素材(ラッシュ)を見ている。デボラはとてもいい演技をしているよ。キャスティング・ディレクターはオーディションで、少なくとも六十人の若手女優の中から彼女を選んだ。私もそのオーディションはこの目で見ていて、デボラ・コネリーには実力があると思った。そのあとは特に接点はなかったがね」

カムはさらに尋ねた。「ミズ・コネリーは自分の仕事に関する詳細な記録をつけていました。ほかのキャストやディレクター、プロデューサーたちに対する彼女なりの考えや印象や噂話を事細かに書き記していたんです。ミズ・コネリーはあなたについてもいろいろと知っていたようですね」

その質問に、マーカムは黒い眉を片方あげた。「なるほど。君たちが来た真の狙いはそれか？　もしこれが尋問なら、弁護士を呼ぶ」

「いいえ、そうではありません」カムは言った。「ミズ・コネリーが『クラウン・プリンス』で役がつく前に、あなたは彼女と会ったことがありましたか？」

「ああ、半年前のパーティでね」

「そのパーティについて教えていただけますか？　そのとき彼女に対してどんな印象を持ったんでしょうか？」

マーカムはカムに向かって笑みを——ほんのかすかではあるが、魅力的な笑みを浮かべると、ゆっくりうなずいた。ダニエルにはまるで注意を払おうとしていない。

「ウィッティア捜査官、君の顔にはどこか見覚えがある。待てよ、もしかしてジョエルとリサベスのウィッティア夫妻の身内なのか？」

カムはうなずいた。「ええ、二人は私の両親です。ただしあなたの息子さんたちと同じく、私も両親と同じハリウッドでの仕事にはつきませんでした。私が選んだのは法執行機関です。どうかあなたがデボラ・コネリーと初めて会ったそのパーティについて、話を聞かせてください」

40

「ハリウッドヒルズにあるウィラード・ランベスの自宅で行われた、基本的に入場自由のパーティだった。彼は長年プロデューサーとして、大きな成功をおさめてきた人物だ。それこそテクニカラーと同じくらい長くこの業界に君臨している。私はコニーを連れてパーティに参加した」

「彼女はあなたの恋人だったんですか?」ダニエルが尋ねた。

マーカムは体をこわばらせたが、かぶりを振った。

「いや、そうじゃない。私はマリブのコロニーにある家をコニーに貸してはいたが、それは彼女がせっかく持っているすばらしい才能を活かすために経済的な負担をなくしてやりたいと考えたからだ。あの夜、私がウィラードのパーティにコニーを連れていったのは、今後知っておくべき人たちを紹介するためだ。

あのパーティで、アシスタント・ディレクターからデボラ・コネリーを紹介された。

駆け出しの女優や男優の常で、彼女もまた熱心にその場にいる人たちと交流していたよ。デボラがさっき話したドクという恋人を連れてきていたことはよく覚えている。あの男がデボラのためになる人物には見えなかったからだ。なぜデボラは恋人を家で留守番させておかなかったんだろうと不思議でたまらなかった。とにかくあの男はデボラ・コネリーに対する独占欲をむきだしにして、彼女が自分の視界から消えるのを許そうとしなかった。まるでお気に入りの骨を絶対に誰にも渡そうとしない犬みたいにね。あの男の様子を見ていれば、自分はその場にいたくないし、デボラにもその場にいてほしくないと考えていることは火を見るよりも明らかだった。自分の恋人を奪おうとしている変質者の集団を見るような目で、私たちのことを見ていたんだ」

マーカムは肩をすくめた。

「ウィッティア捜査官、私は視覚情報を大事にするたちで、相手の顔や表情、ボディランゲージなども非常によく覚えている。あのパーティでデボラの恋人は実に不機嫌そうだったし、私たちに対する侮蔑の念を隠そうとさえしていなかった。あの場でぶちぎれて何か愚かなこと、いや、むしろ危険なことをしでかすんじゃないかとこっちが不安になるほどだった。コニーはデボラと友人同士だったから、今夜のドクの振る舞いは本当に不愉快だ、デボラに重要な人たちを紹介してドクから引き離してあげてほしいと私に言ったくらいだ。

そのときコニーから聞かされたのは、デボラ・コネリーがドクにうんざりしてるという話だった。あの男がデボラのことも彼女の仕事もいつもばかにしているからだとね。ああ、コニーとデボラ・コネリーは互いをよく知っていたよ。どの程度のつきあいだったかは承知していないがね。このビジネスは人とのつながりによって成り立っている。だから誰もが自分以外の誰かと知り合いになりたがる。ハリウッドでは身内やコネのある者しか採用されないと言われているが、それはある程度あたってる。だがそいつはどの業界でも言えることだ」

間を置いて続ける。

「あのパーティで、私はデボラ・コネリーにプロデューサーを何人か紹介した。その中で彼女にとって最大のあたりは、ウィラードと知りあえたことだろう。

その間ずっと、あのドクとやらは壁にもたれて、ウィラードの極上のウオッカをしこたま飲みながらデボラを見つめていた。コニーが注意を引くよう精いっぱい努力していたにもかかわらずだ。

あと一つ、つけ加えておこう。私はデボラ・コネリーを美しいとは思ったものの、衝撃的な美しさだとは思わなかった。ウィラードにも衝撃を与えたとは思えない。デボラは頭がよくて、当意即妙の受け答えができる魅力的な女性だった。ウイットに富んでいて、感じも悪くなかった。

あのパーティでは、デボラともう一度話す機会があった。ちょうどトイレに行こうとしていた彼女に〝あんなくだらない男は犬小屋（ドッグ）に置いてくるべきだったな〟と話しかけて、恋人のほうを指し示したんだ。ドクは一メートルも離れていない場所にいて、激怒している様子に見えた。デボラは笑って、そんなことはないと答えたが、私には彼女が恋人に対して腹を立てているのがわかった。そのときふと考えたんだ。もしかするとデボラは、嫉妬深くて独占欲むきだしの恋人を恐れているのではないかとね。

もっといろいろあったのかもしれんが、もう忘れたよ。何しろ、六カ月前の話だ。そのあとオーディションでデボラを見て、あの役を与えることにしたんだ。

私はトスカーナに飛んで、『クラウン・プリンス』を撮影中のデボラの姿をよく目にした。あの役を彼女にしてよかったと考えていたんだ」マーカムが立ちあがった。「以上がデボラ・コネリーについて私が知っていることだ。あと四分で会議が始まる。そろそろ帰ってくれ」

「あともう一つだけ」カムは立ちあがりながら言った。「あなたは被害者となった女優六人のうち、二人と知り合いでした。もしご協力いただければ、私たちの大きな力となるはずです。あなたはコンスタンス・モリッシーと親しくされていました。彼女のノートパソコンや携帯電話の中に入っていた情報を思いだしていただくことはできますか？」

「なんで今さらそんなことを？　デボラ・コネリーのノートパソコンと携帯電話は犯人によって持ち去られてないのか？　コニーのときとは違って？」

「その質問に答えることは許されていません」

「なるほど。君たちが被害者のノートパソコンや携帯電話が盗まれている事実をマスコミに隠しておきたいのは理解できる。ただし君たちがそれほど長くその事実を隠しおおせるとは思えない。実際、コニーの友人や両親が彼女のノートパソコンや携帯電話にあった情報を思いだせないかと質問されたと聞き、私はすぐにぴんときた。それらが奪われたに違いないとね。だが先日の事情聴取で、モントーヤ刑事は私にそういう質問はしなかった。たとえ質問されたとしても、私は役には立てなかっただろう。たしかにコニーは自分が受けたオーディションのことや、その感触などをすべて私に言ってきた。だが今になってそれを思いだせというのか？　いや、助けになりそうな情報は何も思いだせない」

「ですが、あなたはコニー・モリッシーの大きな力添えとなっていたと聞いています。

彼女の仕事上での重要なやりとりについて、何も思いだせませんか？」

「ああ。コニーにとってもっとも重要な仕事相手は、この私だったからな。知っていることはもうすべて話した。ほかに何かあるかね？」

「あなたは連続殺人犯が特別な理由からデボラ・コネリーを狙ったと考えていますか？」

「どうしてこの私に、若い女優ばかりを狙った頭のどうかした男の動機がわかると思うんだ？　わかるはずがないだろう？」

カムは言った。「あなたは非常に懇意にしていたコニーが、特別な目的のために狙われたと考えているんですか？」

その瞬間、ダニエルは見た。マーカムの顔に痛みと、激しい怒りと興奮がよぎるのを。ほんの少し間を置いて、彼は答えた。「ああ」

「それはなぜです？」

「コニーがこのクレージーな業界で成功しようとしていたからだ。あのままいけば、彼女はスターになっただろう。たとえ私の助けがなかったとしてもだ。役になりきることさえできれば、スターの座にのぼりつめていたはずだ」

マーカムは話しながら手元の書類を集め、ブリーフケースにしまった。

　彼が音をたててブリーフケースを閉じ、再び視線を戻すのを待ってから、カムは話しかけた。「もしデボラを殺害した犯人が、あの連続殺人犯とは違うと言ったらどうです？」

　マーカムは顔をあげてカムを見つめると、かぶりを振った。「今、君は私にショックを与える目的でわざと嘘をついたのか？　もしそうじゃないとすれば、その話は腑に落ちる。だったら、あのサイコパスのデボラの恋人を逮捕すればいい」ブザーを押した。「ブランディ、二人をお送りしてくれ」

　マーカムは尊大な笑みを二人に向け、大股で彼らの脇を通り過ぎてオフィスから出ると、美しいブランディの前を通って立ち去った。ブランディはカムとダニエルの姿が見えなくなるまで優美な笑みを浮かべて見送ってくれた。

　エレベーターでロビーまでおりると、カムはダニエルに言った。「マーカムは驚異的な記憶力の持ち主だと思わない？」

「六カ月前のパーティで起きたことに関して？　ああ、そうだな。それに彼はドクを明らかに嫌っている。ドクが連続殺人犯の可能性があるとさえ言及していた。半年前のパーティで一度しか会ったことのない男に、どうしてあれほど激しい敵意を抱いているんだろう？」

「さあ、わからない。コニーが死んだ今、マーカムはデボラを自分のものにしたかったとか。でもドクに関して言えば、実際に話してみて、私は彼の深い悲しみが本物だと思ったの。昨日、新居に引っ越さなかったことや、ゆうべあの家にデボラを一人残したことに対する罪悪感にさいなまれていたわ。愛情が深ければ深いほど、それが大きな憎しみに変わる可能性もあることは知っている。だけどドクに限ってそれはないわね。彼はデボラを殺してはいない」

「ドク……マーク・リチャーズは君に、昨日は一晩じゅう病院にいて、自分が手術した男の子の世話をしていたと話したんだな？」

「ええ。すでにルーミス刑事がドクの職場の同僚に話を聞いて、裏を取っているはずよ。でも確認させて」カムはルーミスに、折り返し電話がほしいというメッセージを送信した。

「ドクが一分たりとも病院の外へ出なかったことを証明するのは不可能かもしれない。病院というのは、いつなんどきでも混乱の場と化す可能性があるんだから」

「ドクじゃないわ」カムはそう言うと、乗りこんだ車のウインドウをさげて、頭を突きだした。風にあおられて髪が乱れ、肌がたちまち塩辛い香りに包まれて、彼女は涙目になった。

海風を胸いっぱいに吸いこみながら、ふと考えた。自分はなぜワシントンDCに住んでいるのだろう？　大西洋のにおいはこれと同じではない。海水が冷たく不透明で、逆巻く波の下に決定的な秘密を隠しているように思える。一方の太平洋の海水は不思議と甘いにおいがして、こちらを歓迎してくれているように感じる。魔法が働いて、どうにかしてその波の合間を泳ぎきれる気分にさせてくれる。

カムは頭を引っこめた。「ねえ、ダニエル、この先に〈パコズ〉がなかった？　今の私に必要なのは、脳の働きを格段にアップさせる食べ物みたい。つまりミセス・ルーサーのコーンチップスとサルサが食べたいの。今から第二ラウンドよ」

41

水曜夕方
マリブ
ミッシーのコテージ

ダニエルとカムがミッシーの家のリビングルームに入ると、ソファに彼女とマーク・リチャーズが座っていた。二人は頭を寄せあい、コーヒーテーブルに置いてあるノートパソコンを真剣に見つめている。

「ドクが来るって知ってたのか？」ダニエルは段ボール箱を一つ、床におろしながら尋ねた。箱には、デボラの家から運んできた書類が入っている。

「いいえ。でも、ちょうどよかった。わざわざ出向く必要がなくなって、時間が節約できたわ」カムはドクのやつれた顔を観察した。まるで末期患者のように見える。あと少しであちらの世界へ逝ってしまいそうだ。だが彼が眼鏡を外してこちらを見たとき、カムはどこか今までとは違う雰囲気を感じ取った。ドクの熱っぽい瞳には荒々しいとさえ言える輝きが宿っている。カムにはすぐにわかった。悲しみに打ちひしがれているにもかかわらず、今の彼はデボラを殺した犯人を見つける使命感に燃えているのだ。

カムとダニエルはリビングルームに入った。

「ミッシー、ただいま。ドク、また会えてうれしいわ。ちょうど資料を運んできたところなの」

ミッシーは頰にほつれかかる、カールした長い髪を払い、ポニーテールにまとめ直すと、ダニエルにまばゆい笑みを向けた。「いらっしゃい」

ダニエルはミッシーにうなずいて笑みを返した。「やあ」

ミッシーはカムに向き直った。「ドクがデボラのことで話したいと電話をくれたから、ここへ来てと言ったの。別に問題ないわよね、カム？　ドクには私たちがデボラのオーディションに焦点をあてていることを話したわ。ところでその箱には何が入ってるの？」

「デボラに関する記録書類で、大量にあるの。ここ数年に受けたオーディションに関するものがすべて含まれるわ。ドク、この書類についてあなたから話が聞けるととても助かるんだけど」

ミッシーはドクの肩に手のひらをそっと置いた。励ましと慰めの両方の気持ちを伝えようとしているのだろう。「よかった。私たち、ちょうど私自身が受けたオーディションと、さっきあなたにあげた連絡先に関して調べ始めたところなの。当然だけど、デボラと私には共通の知り合いが数多くいたから。ただ最悪なのは、彼女の携帯電話が手元にないこと。ドクは、あなたたちなら電話会社に連絡を取れるはずだと言ってるの」

ドクはようやく顔をあげると、二人に向かってうなずいた。「ウィッティア捜査官」そう言ったあと、ダニエルをしげしげと見つめた。「君は？」

ミッシーが答えた。「紹介が遅れてごめんなさい。こちらはロストヒルズ支局のダニエル・モントーヤ刑事よ。カムと一緒に仕事をしていて、二人とも私に協力してほしいと言ってるの」いかにも誇らしげな口ぶりで言った。

カムは口を開いた。「ドク、ミッシーが言ったように、私たちは今回のデボラの死と一連の殺人事件には、仕事上の競争がある程度関係しているとにらんでるの。デボラがつけていた細かな記録が、これから大きな助けになるはずだわ」

「僕も君たちの助けになるなら、なんだってするつもりだ」ドクがしばし口をつぐんだ。もっと言いたいことがあるのに、うまく言葉にできない様子だ。

ドクに落ち着きを取り戻す時間を与えるために、カムとダニエルはミッシーが自分のノートパソコンで作成したリストを見おろした。ダニエルが言う。「なるほど。これが君の覚えている、デボラがオーディションで打ち負かした女優のリストか。去年までさかのぼっているみたいだな。さっそくあの箱にある書類を調べてみよう。そうすれば、注目すべき時期をさらに絞りこめるかもしれない」

カムは言った。「オーディションの重要性を考慮するのも一つの手ね。対象となるオーディションの範囲も狭められる。たとえば、マウスウォッシュのコマーシャルのオーディションが重要だとは思えない。私たちが捜すべきは、テレビか映画の役につくためのオーディションだもの」

カムはドクが落ち着いたのを確認すると、書類を一枚手渡した。三カ月前の日付が入った、デボラが受けたコメディ番組のオーディションの記録だ。デボラの几帳面な手書き文字を見たとたん、ドクは唾をのみこんだ。

「ドク、このオーディションについて覚えてる？　『コンフォート・ゾーン』の秋のパイロット版の、重要な役どころらしいの。デボラがこのオーディションに合格したのか、それとも別の役のためにこの役を断ったのか知っている？」

ドクはゆっくりと首を振った。「もしそんな重要な役を勝ち取っていたら、僕が知らないはずがない。それにデボラなら絶対にその役を受けたはずだ。いや、待てよ。彼女がこの役のオーディションについて話してた気がする。といっても、デボラは絶えずオーディションのことを話して、心配を募らせていた。いつもそんな調子だったんだ。たくさん受けていたから」彼は唾をのみこんだ。「すまない。わけのわからないことを言ってるね。もっとデボラの記録を見せてほしい。そうしたら、重要なオーディションだけに絞りこめるかもしれない。とにかく今はなかなか集中して考えられない状態なんだ。デボラの死に比べれば、何もかも取るに足りないことに思えてしまう」力なくカムを見つめた。

「デボラが『クラウン・プリンス』の役を勝ち取ったときのことについて教えて」

「なんでそのことを知ってるんだ?」

カムはにっこりした。「ドク、それは私たちが大勢の人たちから話を聞いているからよ。デボラが撮影のために、イタリアに二週間滞在していたことも知ってるわ」

ドクがうなずく。「そうなんだ。彼女は二週間ほど撮影をこなして帰国した。あとの撮影はスタジオのセットで行う予定だった。あの役を獲得したとき、デボラが周囲に話してもいいと許されたのはその点だけだった。僕はあの役を受けてほしくはなかった。二週間もイタリアへ行かせるのは気が進まなかったからだ。でも君たちが知りたいのは、デボラがオーディションで打ち勝った相手が誰かだろう？　デボラに負けた悔しさで頭がどうかした女優か、その恋人がいるかもしれないと考えてるんだな？」

「それが妥当な推論だからね」ダニエルが答えた。

「すまない、僕は知らない。デボラはそのとき自分が打ち負かした相手の名前を記録に残していなかった」

ダニエルは巨大な赤い星がいっぱいに描かれたフォルダーの表紙をめくった。最初にあるのが『クラウン・プリンス』だった。彼はざっと見てかぶりを振った。「たしかにライバルについては何も書かれていない。このオーディションでデボラと競った女優たちの名前を入手しないと」

ドクが膝の間で組んでいた両手を見おろした。「僕たちはシャンパンで乾杯した。オーディションに合格した日の夜じゃない。その夜は、僕が病院で仕事をしなければならなかったからだ。だがその次の夜、僕たちはシャンパンボトルを一本空けて、デボラはハンバーガーを食べた。彼女の大好物の、ありとあらゆる具材が入ったダブルハンバーガーをね。それが最後の贅沢だとデボラが言っていたのを今でもよく覚えている。撮影が始まる前に、二、三キロ体重を落とす必要があったんだ。デボラは常に痩せっぽちでいなければならなかった。僕はそのことに腹が立ってしかたがなかったんだ」言葉を切り、再び唾をのみこんだ。「この赤い星を見てほしい。デボラはこの赤い星のマークがお気に入りだった。財布に入れる紙幣にまでこのマークをつけていたほどだ」書類を見おろした。「二週間の準備期間のあと、デボラは撮影のためイタリアへ出かけていった」ドクは三人と目を合わせた。「彼女はこの役にすべてを賭けていた」

ミッシーが何か言いたそうな顔をしたが、カムはかぶりを振って制した。

「それでデボラはイタリアへ行ったのね？」カムは尋ねた。

「ああ。デボラにとって、それが計り知れないほど大きな意味のある仕事であることは僕も理解していた。僕が新薬の勉強をするのと同じくらいね。もちろん、デボラが僕のところへ戻ってくることはわかっていたが、丸二週間なんて長すぎると思った。そんなに長い間、離れて過ごしたことがなかったからね」ドクが口をつぐんでうなだれた。彼が拳を握りしめていることにカムは気づいた。

ミッシーが言う。「役って本当にたくさんあるから、キャスト全員がいっせいに撮影に臨むことが多いの。でもこうして話していて、まだあなたたちに言ってなかったことを一つ思いだしたわ。私はある役のオーディションでコニーに負けたことがあったんだけど、今年の四月、コニーが殺される少し前に、その役を代わってほしいという電話がかかってきたの。ノートパソコンに正確な日付が残ってるはずだわ」

カムは尋ねた。「あなたはその役を引き受けたの？」

「いいえ、引き受けられなかった。すでにほかの予定が入っていて、どうしても抜けられなかったから。でも引き受けられなかったことは今でも残念に思ってるわ」

ダニエルがきいた。「どんな役だったか覚えているかい？」

「もちろんよ。出番は多くないけど、やりがいのある役どころだったの。『グレイビー・トレイン』という映画の、いつもいらいらしている妹の役よ。今年の秋に公開予定なの」

「ねえ、ドク、デボラがその役のオファーを受けていたかどうか覚えてる？」

ドクが顔をあげた。「いや、残念ながらその映画のオーディションを受けたかどうかさえ覚えていない。ただ覚えているのは、どんな理由であれ、ほかの女優が受けられなかった役のオファーがまわってきたら、デボラは絶対に引き受けていたことだ。そういうのはよくあることなんだよ」ぼんやりとした目で、カムの背後を見つめた。

「君たちがオーディションに注目しているのには、何かわけがあるのか？　理由がよくわからないんだが」

「六カ月前、ハリウッドヒルズのあるプロデューサーの自宅でパーティが開かれたことを覚えている？　あなたとデボラはそこへ行った。彼女がロサンゼルスのショービジネスの有力者たちと知り合いになることを望んだからよ。たとえばセオドア・マーカムのようなね」

ドクの青ざめていた顔がたちまち赤くなった。嘲りと怒りの表情を浮かべて言う。

「ああ、よく覚えてるよ。どいつもこいつも傲慢で気取った鼻持ちならないやつばかりで、きれいな若い女性たちをよりどりみどりで楽しんでた。やつらにとって、あんなパーティは一種のビュッフェみたいなものだ。年老いたシークたちがハーレムの新顔の女性たちを目で楽しむ場だよ。僕はあの場にいるだけで不快で、デボラを一刻も早くパーティから連れだしたくてしかたがなかった。そういえば、コニー・モリッシーもあの場にいたな。僕はコニーのことはよく知らなかったが、デボラとはずいぶん仲がよさそうだった。覚えているのは、コニーが僕をデボラから引き離そうとしてる間に、あの変態プロデューサーがデボラに声をかけてたことだ。きっと自分ならスターにしてやれるとかなんとか言って口説いていたんだろう。自分の立場を利用して、あわよくばデボラとよろしくやろうとしてたに違いない。こうしてデボラを殺した犯人を捜していると、あの変態たちが容疑者リストのトップに挙がってくるんだ」

「セオドア・マーカムを覚えているのか?」ダニエルがきく。

「ああ、あいつは最悪だ。ひと目で最低なやつだとわかった。実際、コニーといちゃついていた。デボラはコニーがやつと寝ているかどうかわからないと言ってたが、二人の姿を見ればすぐにそういう関係だとわかったよ。あの男が自分の権力を乱用しているにすぎないこともね。コニーが亡くなった今、きっとあいつはほかの若手女優と寝てるはずだ」

ミッシーが口を開いた。「ちょっと待って、ドク。私もそのパーティを覚えてるわ。あたしかに会場には、女性をものにしようとしている業界関係の男が何人かいた。あいつらが大酒を飲むほど、事態は悪化していった。この仕事にはつきものの危険な状況ね。私たちの中に、そんな事態を好ましく思っている女優は一人もいない。それでも私たちのほとんどが、そういう危険な状況にどう対処すればいいのか学んでいるものよ」

「だが明らかにデボラは対処できていなかった。知っているかい? あろうことか、彼女は僕を非難したんだ。この僕を! 僕はただ、あの独りよがりな変態たちからデボラを守りたかっただけなのに、デボラは僕を底意地が悪いと非難して、二度とあの種のパーティには一緒に行かないとまで言いきった。ショービジネスの世界は人脈がすべてで、誰と知り合いになれるかで運が決まる、それなのになぜあんな非常識な態度を取ったんだと言われたよ。もっと目を見開いて、周囲をよく見てみるべきだ、病院も含めて至るところで同様のことは起きているものだとも。自分は一度も、男性医師が女性看護師に言い寄っているのを見たことがないのかと」ドクが鼻を鳴らした。「まるでそれが世間の常識であるかのように。あるいは僕たち医療従事者にそんなエネルギーが残っているかのように。いつだって仕事でくたくたなのに」額をこすり、突然目に涙を浮かべた。「そう、僕たちは言い争いをした。だがそれ以降は一度もそのことで喧嘩をしていない。デボラはそのあと、ハリウッド関係のパーティには一度も出席しなかった。僕が一緒であろうとなかろうと」ドクはカムの目を見つめた。「デボラは死んだ。今では口喧嘩どころか、どんなこともできなくなってしまった。もう二度と」

42

水曜夕方
ワシントンDC
〈キャデラック・バー・アンド・グリル〉

デルシー・フリーストーンはかつて一度だけ、男性に対してこんな思いを感じたことがあった。会えるのがうれしくてたまらず、そのことしか考えられず、それ以外はどうでもよくなる感じだ。手のひらが汗で湿っているし、胃がきりきりしている。前回こんな思いを抱いた相手は、犯罪者である元夫だ。その事実を思いだしても、波立つ神経を抑えられなかった。

デルシーは腕時計を確認した。これで何度目かわからない。夕方五時ちょうど。ロブ・ラスムッセンと約束した時間だ。前日、急遽(きゅうきょ)一緒に出かけたランチデートは、突然打ちきらざるをえなくなった。ロブの携帯電話に仕事の現場から緊急の電話がかかってきて、彼はどうしても行かなければならなかったからだ。別れる間際、翌日の夕方五時にもう一度会う約束をした。正確にはどんな言葉を交わしたのか思いだせない。でも思いだせなくてもたいした問題には思えなかった。

慎重にならなければ。慎重になる必要がある。もう自分は愚かな子どもではない。待ち合わせ場所に〈キャデラック・バー・アンド・グリル〉を選んだのは、彼女自身だ。これからロブと一緒に軽くビールでも飲みながら、静かに言葉を交わすことになるだろう。頭がどうにかなりそうなほど惹かれているこの気持ちが本物かどうか、本当に理にかなったものかどうかを確かめるのだ。もう少し互いをよく知り、相性のよさを確かめたい。そんなことを考えている自分に気づき、デルシーはかぶりを振った。ロブに対するこの気持ちはいったいなんなのだろう？　どうしてこんな落ち着かない気分になるのだろう？

デルシーは店の戸口で立ち止まり、店内にいる大勢の政府職員を見つめた。仕事を終えて店に来たのだろう。すでに酔いがまわっているらしく、大声を出している。大半が三十歳以下で、いかにも幸せそうに叫んで、何かの勝利を祝っている様子だ。おそらく論争の的になっていた法案が通過したのだろう。

そのとき、ロブの姿が見えた。店の端にあるボックス席に一人で座っている。手にしているのはペール・エールのボトル。デルシーの好きなビールだ。彼を見たとたん、心臓が跳ねた。ロブとまた会うなんて、どうかしている。でも、どうでもいい。もう引き返せないとわかっている。

ロブが顔をあげてデルシーを見た。目が合った瞬間、彼は輝くばかりの笑顔になって慌てて立ちあがった。勢い余ってエールのボトルが倒れそうになる。ロブはボックス席から出ると、彼女のほうに向かってきた。浮かれ騒いでいる多くの若者たちが邪魔するのもおかまいなしにだ。

彼はデルシーの前に立つと、満面に笑みを浮かべたまま、緑の目を熱っぽく輝かせた。信じられない。なんてすてきな男性だろう。背が高く、体は引きしまっていて、贅肉はまったく見あたらない。華麗な立ち姿だ。そう、この男性には〝華麗〟という言葉がぴったりだ。

「こんにちは」そう話しかけたものの、デルシーは口の中がからからだった。

「やあ」ロブはデルシーの手を取った。「この大勢の政府職員にもまれながら、君をボックス席まで無事に案内できるかどうかわからないけど、とりあえずやってみよう。ワシントンDCの政治屋たちが、若い職員を雇うのも無理ないな。がむしゃらに働いて、大学生みたいにパーティをして浮かれ騒いだあげく、三十歳になる頃には燃えつきるはめになる」

彼らが檻から解放されたばかりの子犬みたいにはしゃいでいても、今のデルシーはまったく気にならなかった。

そのとき店内のジュークボックスが作動し、彼女は突然現実に引き戻されて、ロブの手を引っ張った。「ねえ、今かかっているのは私の曲なの……いいえ、私が好きな曲という意味じゃなくて、文字どおり、私が友人のために書いた曲なの」

「君は作曲をするのか？」

「ええ。《ボンゴ・ビート》っていうタイトルよ。気に入ってくれた？」

「気に入ったかだって？　いや、気に入ったなんてもんじゃない。もう足が勝手に動きだしてしまってる。踊りだすにはまだ早すぎる時間なのが残念だな。君はダンスがうまいのか？」

デルシーはにっこりしてロブを見あげた。「ええ、そうよ。あなたは？」

「俺のダンスのうまさは伝説と化してる」

ロブはデルシーを笑わせるとテーブルへと連れていき、彼女のためにペール・エールのボトルを注文した。注文を受けたウエイターは、目の前に立ちはだかる大勢の政府職員たちを見て目をぐるりとまわしている。

デルシーの顔を見つめた瞬間、ロブはごく自然に思いを口にし始めた。「昨日のランチのときは、これが一時の気の迷いか、一種の幻覚作用だったらいいのにと考えていた。だが違った。デルシー、本当に信じられない。君は信じられないほどすばらしい女性だ。美しくて、頭がよくて、ユーモアがある。そのうえ作曲やダンスの才能まであるのか？　君は俺の心を完全に撃ち抜いた」言葉を切り、デルシーが顔を輝かせて目を見開く様子を見つめた。

「ありがとう。兄は私を愚か者だと考えているみたい。あれから、私があなたのことしか話さないから」

ロブはデルシーのほうに片手を伸ばした。美しい手だ。力強い指は長く、彼と同様に短く切り揃えられた爪は磨かれている。デルシーがためらいもせずロブの手を取ると、彼は言った。「この場所は気に入らない。すぐにここから出たいな。君とどこか……二人きりになれる場所へ行きたい。いいかな？」

「ええ、いいわ」

ロブはテーブルに二十ドル紙幣を放ると、デルシーを引っ張って大声をあげている客たちの間を進み、店の外の歩道へ出た。彼女の体を引き寄せてキスをする。周囲の人々は二人を避け、二手に分かれて歩いていった。

口笛を吹く音のあと、女性の声が聞こえた。「熱々でうらやましいわ。さっさと家に帰りなさいよ」

「いや」今度は男性の声だ。「今すぐ部屋を探したほうがいいな」

デルシーは体を引いた。先の女性がにっこりしてこちらを見たため、デルシーもにっこりし、ロブを見あげた。「いい考えね」それ以上何も言わなかった。

「少し先へ行ったところにギブソン・ホテルがある」

二人は手をつないでホテルへ入った。ロブがこぢんまりとした超モダンなロビーでチェックイン手続きをしている間、デルシーは彼から離れて待っていた。周囲をさまざまな人たちが通り過ぎていく。全員が何か話しているが、デルシーには彼らの話は聞こえなかったし、彼らの姿さえ見えなかった。意識のすべてがロブに、ロブだけに向けられている。これから彼に対して、そして彼とともに何をするかしか考えられない。

ロブがカードキーを手に戻ってきて、デルシーの手を取った。二人で走るようにしてエレベーターに乗りこむと、中には二組の年配のカップルがいた。女性二人はショッピングバッグをたくさん手に持ち、機関銃のようにまくし立てている。夫二人も妻のショッピングバッグを持っていて、四人ともとても楽しそうだ。だがデルシーにはわかっていた。自分はこれから彼らよりもはるかに楽しい時間を過ごすことになる。

　薄明かりのついた部屋へ入ると、ロブはデルシーの体を抱きあげ、キングサイズのベッドに横たえて覆いかぶさりながら彼女にキスをしてきた。デルシーがキスを返しながら両手をロブの背中へまわし、さらに髪へと差し入れる。ロブは低くささやいた。

「本当にいいのか？」

　デルシーはロブの目をまっすぐに見つめた。「本当はこんなことをすべきじゃないんでしょうね。でも、答えはイエスよ。これ以上ないほどこうしたい。もう一度キスをしてくれないと、あなたを傷つけてしまいそう」

　ロブは笑ってキスをすると、デルシーにぴったり体を重ねた。これはまだほんの始まりにすぎない。

　その頃、二人の部屋のドアの前では、ベッドを整えるターンダウンサービスのメイドが立ち止まり、ドアをノックしようとしていた。だが室内から低いうめきと笑い声、それに聞き取れないほどのささやき声が聞こえてきた。メイドはほほえむと、ドアの外側に二枚のタオルを敷き、そのうえに枕元用のチョコレートを置いて静かに立ち去った。


　デルシーはベッドに仰向けに横たわり、荒い息をしていた。手足を投げだし、髪をもつれさせ、まだ半分服を身につけたままだ。隣に横たわっているロブは片手で彼女の両手を握りしめ、やはり荒い息をしている。デルシーはこのうえない幸せと満足感を覚えていた。「このまま一秒たりとも時間が過ぎてほしくないわ。ここで時間を止めたいの、今すぐに」

「名案だな」ロブが低くかすれた声で答えた。「君のミドルネームはなんていうんだ?」

「フェイスよ。あなたは?」

「ノースだ。ラスムッセン一族のおじにちなんで名づけられた。その年を取ったしゃれ者は、俺が生まれる二日前に、俺の父に多額の金を遺して亡くなった。ところで君の兄さんはハマースミスという姓だろう。どうして違うんだ?」

「私がかつて結婚していたからよ。といっても元夫は犯罪者だったから、ほんの一瞬で結婚生活はおしまいになったわ。だけど元夫の姓は気に入っているから、いまだに使ってるの」デルシーはにやりとすると、片肘をついてロブの体に覆いかぶさった。

「めちゃくちゃな人生なのよ」

ロブが片手を持ちあげてデルシーの髪に差し入れ、指先でもつれた髪をとかした。

「俺は昨日まで君の存在をまったく知らなかった。そして今は、目の前から君が消えないでほしいと真剣に願ってる。われながら、今の自分は本当に憐れだと思うよ。本来なら仕事をしていなきゃならない時間なのに、君のことを考えて愚か者みたいに笑ってることしかできずにいるんだから。ただ、俺がそんなろくでなしだってことはみんなが知っているが。とにかく、会いたくてたまらなかった。昨日だって別れてから一時間後には電話をかけたくなってたんだ。だけど君の携帯電話の番号も、どこに住んでいるかも知らない。かといって、サビッチや君のお兄さんに電話をかけてきくわけにもいかない。そんなことをしたら、撃ち殺されてしまうからな」

ロブは体をかがめてデルシーにキスをし、彼女のブラウスのボタンを外し始めた。

「どうして君に服を半分着せたままでいられたのか、自分でもわからない。とびきりおいしいケーキの半分しか食べてないのと同じなのに」「デルシー、俺がいつもこんなことをしてるとは思ってほしくない。普段、出会ってすぐに女性をベッドに連れこむような真似はしていない。したいと思ったこともない。神に誓って本当だ。だが君はほかの女性とは違う。きっと君にとっても、俺がほかの男とは違うはずだとわかってる。君の瞳は緑で、俺と同じだ。ただ君の瞳のほうが色が濃くて、はるかに美しい」

そのあとは、すべてがゆっくりと甘やかに過ぎていった。何もかもが正しく感じられた。

やがてデルシーはロブの肩に頭を休め、彼の腹部に手のひらを置いたまま眠りに落ちた。ロブと話がしたかった。でも、あとでいい。もっとずっとあとで。

43

水曜夜
マリブ
ミッシーのコテージ

カムは紫色のノートパソコンをのぞきこみ、画面をスクロールしていた。表示されているのは、おびただしい数の映画会社が実施しているオーディション関係のページだ。文字を赤で強調しているページもあれば、内容が編集され、文字が黒い線で塗りつぶされていて読めないページもある。どこからか、母の声が聞こえた。〝あなたはこれらの黒塗りの下に何が書かれているのか知る必要があるでしょう？　さもなければ、どうやって殺人犯を見つけるというの？〟そのうちに、赤い文字から血が滴り始めた。画面いっぱいに血が流れ落ち、やがて紫色のキーボードにまであふれてきた。今、開いているオーディション関係のページが鍵を握っていることはわかっている。ここに事件解決の大きな手がかりが隠されているはずだ。でも何も読むことができない。血がどんどん画面からあふれでてきて何も見えない。背後から母の声がぼんやりと聞こえた。〝あなたのせいで、そのノートパソコンは台なしね〟血に染まったページはどこかに吹き飛ばされてしまったに違いない。それが窓ガラスにあたるかすかな音が聞こえている。けれども、そのとき気づいた。この音は何か別のものだ。何者かが外にいて、この部屋に侵入しようとしている。

カムはびくっとして目を覚ました。心臓が早鐘を打ち、呼吸が激しく乱れている。彼女はシーツをそっとはいだ。気づいたのは日頃の訓練の賜物だろう。じっと横たわったまま耳を澄ます。またしても聞こえた。何かを引っかいているような音だ。あたたかな夜だったため、カムは外の空気が入るように窓を少し開けたまま眠りについた。侵入者は簡単に室内をのぞきこみ、窓を押しあげてこの寝室に忍びこめる。私を殺すためだろうか？　いいえ、私じゃない。ミッシーだ。あいつがここに来た。

連続殺人犯が窓の外にいる。

カムはゆっくりと手を伸ばし、音をたてずにナイトテーブルの引き出しを開けて手を滑りこませた。ひんやりとしたグロックの感触に安堵感を覚える。落ち着いて。とにかく落ち着いて。引き出しから銃を取りだした。わざわざ弾をこめる必要はない。常に装塡してある。

静かに浅い呼吸をしながら、完全に集中した状態でベッドの端にゆっくり移動した。今夜は上弦の月が出ていて、窓から月明かりが差しこんでいる。もし何者かが寝室へ忍びこんできたら、その姿が見えるだろう。窓が持ちあがる音がした。

カムの耳に男の息遣いが聞こえた。スニーカーを履いた足がかすかに壁にあたる鈍い音も。男はこの寝室には誰もいないと考えているのだろう。手にナイフを持ち、すでにゴーグルをつけているのだろうか？　ミッシーの喉を切り裂いて血しぶきを浴びても、何も見えなくならないように？

もしミッシーがコテージに一人だったら、主寝室で眠っている彼女にこの物音は聞こえていないはずだ。異変に気づいたとしても、まさに死ぬ直前の一瞬だっただろう。

くそったれ。こっちは準備万端だ。

さあ、早く入ってきなさい。

ところが男は窓から入ってこなかった。数分間、窓の外に立って室内をのぞいていたが、やがて窓に背を向けた。

カムは音もたてずに起きあがってグロックを構え、男の背中に狙いを定めた。「FBIよ。一歩でも動いたらあんたは死ぬ」

男が振り返り、カムの顔を見た。「なんだと？　誰だ？　ミッシーじゃないな。F

BIだと?」はじかれたように背中を向けて走りだした。だがすぐにつまずき、ブーゲンビリアの茂みに頭から突っこんだ。男を捕まえられるとわかっていたからだ。大声で何か叫びながら、地面に転がる。カムは威嚇射撃すらしなかった。男を捕まえられるとわかっていたからだ。彼女が窓から外へ出て地面におり立つと、男は立ちあがり、再び走りだそうとした。

男が通りにたどり着く前に、カムは背後から足蹴りを食らわせ、男を地面にうつぶせに叩きつけた。とげだらけのサボテンから五センチと離れていない場所だ。男の背中に馬乗りになって体重をかけ、首にグロックを押しつける。「動くな。あんたはもうおしまいよ」

男はゴーグルをつけていなかった。手で男の体を探ったが、ナイフも隠し持っていない。そのとき男がどうにか体をよじり、両脚をカムの背中に巻きつけると、彼女を横倒しにしたうえ、肘で顎を一撃した。一瞬、星が飛んだが、それでもカムはグロックを握りしめていた。銃は絶対に手放すわけにはいかない。

カムは男の片腕をとらえると相手の体をひねり、喉元に手のひらを叩きつけた。男は体を丸め、苦しげな声を出して両手で喉を押さえると、どうにか息をしようとした。

カムは男の両脚に蹴りを入れて倒し、再び馬乗りになると耳に銃を押しつけ、身を乗りだして警告した。「いいかげんにして。これがわかる? 私に耳を撃たれて、脳みそを地面にぶちまけたいの？　さあ、おとなしくしなさい。あんたとは話しあわなければならないことが山ほどあるわ」

男はもう一度カムの体を振り落として横倒しにしようとしたが、カムは男の首に腕を巻きつけ、無理やり顔をあげさせて目を合わせた。

「よく聞くのよ、この愚か者。もう一度動いたらあんたは死ぬ。わかった？　私はあんたを撃つことも、この首をへし折ることもできる。さあ、ナイフはどこ？　ゴーグルは？」

「ナイフ？　ナイフなんて持ってない。それになんでゴーグルなんかしなきゃならないんだ？」

カムは男の後頭部を平手で打ち、男を地面にうつぶせに叩きつけた。「じゃあ、どうしてあの寝室に来たのよ？　私にセレナーデでも聞かせるため？」

「カム！　犯人を捕まえたの？」ミッシーの声がした。彼女は主寝室の窓から身を乗りだしていた。ショートパンツに、透けて見えるほど薄くて丈の短いトップスを合わせ、ケイバーのナイフを手にしている。

「ええ、ミッシー、もう大丈夫」

ミッシーの声を聞いた男が体をこわばらせた。カムは男の耳にさらに強く銃をめりこませた。

「ちょっとでも動こうなんて考えないで。あれが、あんたが七番目の被害者として狙ってた女優よ。でも彼女は見た目ほど弱々しくない。彼女なら、あんたの体を切り裂いてばらばらにしたはず。先にあんたを見つけたのが私で、本当に運がよかったわね」カムは喉の奥で燃えあがる激しい怒りに駆られていた。引き金にかけた指に自然と力が入る。今なら、この怪物を射殺できる。一瞬で。そうすればすべてが終わる。

そのとき、肩にミッシーの手がかけられるのを感じた。「カム、大丈夫?」

ミッシーの声で、カムは暗いもの思いから現実に引き戻された。

「ええ、大丈夫。こいつが連続殺人犯よ。ついに逮捕した。これですべて解決よ」

男が起きあがろうとして身をよじったが、カムは男を押さえ続けた。「違う」男は叫び、顔をあげてミッシーのほうを見ようとした。「僕は〝スターレット・スラッシャー〟じゃない。違うんだ」

カムはゆっくりと立ちあがった。「下を向いたままでいなさい。さもないと殺す」

男はあえぎ、つっかえながらも訴えた。「は、話を聞いてくれ。僕は君が何を話しているのかさっぱりわからない。ここに来たのは、君を殺すためじゃない。ミッシーに会うためだ。一緒に映画に行こうと彼女を誘って――」

「ねえ、カム」ミッシーが男のかたわらに立ち、美しい髪を風になびかせながら言った。「この男はがりがりよ。ナイフを持ってなければ、ごく普通の人に見える。私、この男の顔が見たい。連続殺人犯がどういう顔をしているのか、自分の目で確かめたいの」

「黙りなさい！」

ミッシーはむきだしの足で男の脚を蹴飛ばした。

「こっちを向いて。そうしないと、このナイフを目玉に突き刺してやる」男は両手で自分の喉をさすりながら、ゆっくりと仰向けになってミッシーを見あげた。

その瞬間、ミッシーが固まった。

「ミッシー、どうかしたの？」

「カム、この男は連続殺人犯なんかじゃない。私のストーカーだわ。例のブリンカーよ」

この男がナイフもゴーグルも持っていなかったのはそのせいだ。カムは叫び、悪態をつき、泣きだしたかった。もう少しで殺してしまうところだった。この男は連続殺人犯ではないというのに。薄暗い月明かりの中、カムは男を見つめた。青白くて痩せている。髪は茶色で、頭のてっぺんが薄くなっていた。男はひどく怯えている様子だ。

「もしミッシーを殺すために窓から忍びこもうとしたんじゃなければ、いったい何をしようとしていたの？」

男は目をしばたたいた。「さっきも言ったとおり、もう一度ミッシーに会いたかったんだ。もうずっと会ってなかったから。サンタモニカにある映画館で、彼女の大好きな『マンマ・ミーア！』を上映している。その映画を見に行ったあと、一緒にディナーをとるのはどうかと思ったんだ」

ミッシーが悲鳴に近い声をあげた。「あんたと映画を見に行く？　頭がどうかしてるんじゃないの？　カム、私にこの男の舌を切り落とさせて」

「ちょっと待って、ミッシー。あなたの名前はベイリーね？」

「ああ、友だちからはブリンカーと呼ばれているが、クライアントからはジョンと呼ばれている。僕はジョン・ベイリー、債券トレーダーだ」

「ベイリー、あなたは接近禁止命令を無視したうえに、相手の自宅に侵入しようとし、おまけに国家公務員に対して暴行を働いた。その罪状だけでも十年は刑務所にぶちこめるわ。それを別にしても、今のこの状況なら、あなたを簡単に銃で撃つこともできたのよ」

ベイリーが唇をなめた。「ミッシーにあのナイフを持たせたまま、僕のそばに立たせるな。さもないと、君たちを二人とも訴えるぞ。どうしてラスベガスの警察官たちは、あのナイフを没収しなかったんだ?」

「没収されたわ。だからもう一本、同じナイフを買ったの」ミッシーが憤懣やるかたない様子で答える。

突然笑いがこみあげ、カムは噴きだしそうになった。なんてことだろう。こんな愚か者を連続殺人犯と勘違いして、ついに逮捕したと信じこんだなんて。「ミッシーを訴える? これから刑務所暮らしをするあなたにそんなことができるかどうかは疑わしいものね」

ベイリーは二人の女性を見あげた。一人は銃を、もう一人は戦闘用ナイフを手にし、どちらも長いむきだしの脚で地面を踏みしめている。彼はあえぎながら言った。「なあ、大げさに騒ぎ立てる理由はどこにもない。危害は何も加えてないんだ。さっきも言ったが、僕は優秀な債券トレーダーだ。誰もが僕を知っている。ただ最近は眠れないことが多くて、よくこのあたりを散歩してる。そしてふと見たこの家の外観が気に入った。中に人はいないと思って近づいた」

ミッシーは再びベイリーを蹴飛ばした。「だから、私の家に侵入したのは単なる偶然だと言いたいの? この家の私道にあんたのいまいましい車を停めてるのに? ねえ、どうして私の家に人がいないと考えたなんて嘘がつけるの？　あんたは私をのぞきに来たのよ。本当にむかつく最低なやつね！」

カムは口を開いた。「あなたは接近禁止命令を忘れてたのね」

ベイリーはまだ喉をさすっている。カムがベイリーの上体を起こすと、彼は自分を見おろしている女性二人におもねるように言った。「捜査官、ミッシー、僕には金がある。この件を見逃してくれたら、それなりの金を払うよ」

カムは身を乗りだしてベイリーをにらみつけた。「あなたの魂胆はお見通しよ。金を払ってやったんだから、好きなだけミッシーの姿をのぞいてもいいだろうと言いだすつもりでしょう？」

「いや、とんでもない。だが、どうしてもひと目見たいと思うことの何がそんなにいけないんだ？　そうしたっていいだろう？　ミッシーが目を覚まして、僕が見つめているのに気づいて、さっきも言ったように一緒に映画に行くことだってあるかもしれない。なあ、頼む。大目に見てくれないか？」

「口を閉じなさい、ベイリー。さもないとミッシーに、あなたの体を切り刻ませるわよ」

ベイリーはミッシーを見あげたとたん、口をつぐんだ。

「ミッシー、部屋にある私の手錠を取ってきてほしいの。クローゼットのジーンズのポケットに入っているわ。それとナイトテーブルにある、私の携帯電話もお願い。ベイリーの件をダニエルに知らせないと。この男のために、汗くさい下着のにおいがする独房を用意しているはずだから」

手錠と携帯電話を持ったミッシーが正面玄関から戻ってくると、カムはベイリーをうつぶせにして、両手を後ろにねじあげて手錠をかけた。

「上体を起こして、そのままじっと座ってなさい。絶対に動かないで」

どちらの女性もベイリーを助けようとはしなかった。ベイリーは大きくあえぎながら、やっとのことで上体を起こした。

カムがダニエルの番号にかけると、彼は二回呼び出し音を鳴らしただけですぐに出た。「カム？　何かあったのか？　大丈夫か？」

「ええ、ミッシーも私も大丈夫」

ダニエルが鋭い声で尋ねる。「ミッシーも大丈夫なんだな。たしかか？」

「ええ、ダニエル。彼女は無事よ」

「よかった、安心したよ。だが君のせいで、すばらしい夢の途中で起こされてしまった。なんとデイトナ二十四時間レースで優勝した夢を見てたんだ。大声援の中、表彰台にあがろうとしたまさにその瞬間だったのに……まあ、いい。それでいったい何があった？」

「ダニエル、ミッシーは無事よ。私と同じようにね……もしあなたが今すぐ、コテージに駆けつけたら、気遣って尋ねてくれたことに感謝してミッシーからお祝いのキスをもらえるわ。サプライズがあるの」

「真夜中の二時にか？」

「ぶつぶつ言わないで、ダニエル」ミッシーが携帯電話に向かって叫んだ。「早く来て！　あなたのために、カムが私のストーカーを捕まえてくれたの！」

44

木曜午後
ワシントンDC
〈ザ・キャピタル・グリル〉

グリフィン・ハマースミスはウエイターがさがり、デルシーがパルメザンチーズをたっぷりかけたスパゲティ・ボロネーゼを三口食べ終わるまで待った。しばし妹の様子を観察する。デルシーが心ここにあらずの状態であることは百も承知だ。ただ彼にしてみれば、デルシーの心がどこにあるのかは簡単に想像がついた。「デルシー、俺の話をよく聞いてほしい。おまえは理性を取り戻して、もっと注意深くなる必要がある。こんなことは言いたくないが、どうしても言わなければならない。火曜にフーバー・ビルディングでロブ・ラスムッセンと出会ってから、おまえの様子をずっと見てきた。おまえが昨日またロブと会ったのも知っている。そのときに何が起きたかは知りたくないが」とはいえ、何が起きたかは容易に想像できる。今日のデルシーは輝いている。その理由は尋ねるまでもない。「それにおまえは昨日、遅くまで戻ってこなかった」

デルシーはまばたきをして兄を見た。「どうしてロブと会ったことを知っているの？」

「近所の人が見かけていた。おまえを送ってきた男は誰だろうといぶかって、俺にそいつの風貌を教えてくれたんだ。おまえにとって、これはゆゆしき事態だ」

「何が問題なのかわからない。それに何より、兄さんには関係ないでしょう？」

「わからないふりをするのはやめるんだ。ロブ・ラスムッセンは祖母の命を狙っている容疑者の一人なんだぞ。おまえもそのことは知っているだろう。それなのに火曜は一緒にランチをとって、水曜の午後から夜にかけて、またしても会っていた」

デルシーはナプキンで口元を拭いた。「ねえ、兄さん、ロブが容疑者だと考えられているのは、たまたまよくないタイミングでミセス・ラスムッセンと再会した、ただそれだけの理由だわ。そもそも、あのロブが容疑者ですって？　ばかばかしい。兄さんもわかってるはずよ。彼は自分の祖母を愛している。会わなかった十年間、ミセス・ラスムッセンのことがどれだけ恋しかったか、しかも自分が窮地に陥ったときに彼女がどれだけ助けてくれたかを私に話してくれたわ。ロブはミセス・ラスムッセンを心から愛している。彼女を殺そうとするわけがないわ。

そんな、兄としておまえのことはよくわかっていると言いたげな顔をしないで。私も自分のことなら、よくわかっているもの。男の選択で失敗することもあったけど、今回は違う。ロブはなんでも話してくれる正直な人よ。彼は特別だし、あの事件とはなんの関係もない。ロブに近づくなと警告される理由はどこにもないはずだわ」

「サビッチはロブ・ラスムッセンを生まれたときから知っているし、ロブのことは好きだそうだ。だが、ここからが重要な話だ。ロブが容疑者であることはひとまず忘れて、よく聞いてほしい。サビッチの話によれば、彼とシャーロックは火曜の夜、ラスムッセン邸でロブの恋人のマーシャに会っている。サビッチいわく、ロブとマーシャは揺るぎない関係にある。しかも昨日、サビッチとシャーロックは、メリーランドにあるマーシャのスタジオまで話を聞きに行ったそうだ。ちょうど、おまえが彼女の恋人とデートしていた時間帯だ。俺には、ロブがおまえになんでも話しているとも、正直な男だとも思えない。残念だが、やつが女好きなのは明らかだ」

デルシーは完全に無表情になった。また歴史が繰り返されようとしているのだろうか？　グリフィンが正しいのだろうか？　自分はそんなに男運が悪くてだまされやすい女なのだろうか？　「火曜の夜、ディロンとシャーロックがロブの恋人に会ったと言ったわね？　それは何かの間違いよ。ディロンとシャーロックが何か勘違いしているんだわ。そうとしか思えない」

「ロブの恋人のマーシャ・ゲイはメリーランド州のミルストック在住で、彫刻家として成功を手にした、あるいは手にしつつある女性だ。サビッチとシャーロックはマーシャに、ロブとどういうつもりでつきあっているのか尋ねたらしい。真剣なつきあいなのか、結婚は考えているのかとね。彼女はまだ心を決めかねていると答えたそうだ。ただし、二人が親密な関係にあるのは間違いない。ロブが家族に対して、マーシャを交際相手として紹介したのがいい証拠だ」

デルシーはスパゲティを見おろし、フォークをそっとテーブルに置いた。病人のように顔が真っ青だ。「詳しく説明して」

「たった今、サビッチから聞いた話を説明したじゃないか。おまえは、サビッチやシャーロックが言っていることが間違ってると考えているのか？」

「ロブは恋人については触れもしなかったのよ。ただの一言も」

「本当に残念だ、デルシー。俺にやつを叩きのめしてほしいかい？」

デルシーは無意識のうちに首を振っていた。昨日の午後から夜にかけて、ロブはずっと彼女を愛してくれた。自分のすべてをさらけだして、人生でこんなふうに思える相手に出会ったのは初めてだと言ってくれた。デルシーはその言葉を信じた。自分も同じように感じていたからだ。乱れたベッドにどちらもあぐらをかいて座り、二人の間にルームサービスで注文したサンドイッチとポテトチップスとワインのボトルを置いて、話したり笑ったり触れあったりした。食べる合間もキスを交わし、常に互いの体に触れていた。ロブは率直に熱をこめてなんでも話してくれた。彼の話を一度も疑ったりしなかった。だが思えば、元夫はとにかく口がうまかった。デルシーは彼の口から出てくる言葉は一言一句信じた。そのせいでしまいには彼の嘘にまみれ、溺れそうになったのだ。「兄さん、私はいつも悪い男に恋をするよう運命づけられているのかしら？」

「そんな情けない顔をするな。あの間抜けはそんな価値もないやつだ」グリフィンは妹を見つめた。デルシーはロールパンを手に取り、それが何かわからないかのように見つめると、皿に戻した。

「ロブこそ運命の人だと思ったの。ついに完璧に相性のいい男性に巡りあえたって。彼に恋人がいるかどうかは尋ねようともしなかった。恋人がいたら私に誘いをかけたりしないと思ったから。それに私を求めたりもしないと……」デルシーは声を震わせ、唇を舌で湿した。「ロブが恋人を裏切っていたというの？」

常に妹よりも現実的なグリフィンは答えた。「少なくとも、これ以上深入りする前におまえはその事実に気づけた。今すぐ距離を置くんだ、デルシー。なんなら俺がやつと話しあってやってもいい。ぶちのめしはしないが、あいつの考えを正してやることはできる」

「いいえ、私が自分で話すわ」デルシーは固まったスパゲティを見おろし、ふと思った。このスパゲティを思いきり壁に投げつけたらどうなるだろう？

「一週間パリに行けばいい。スタニスラウス校の大学院課程が始まるまで、まだ時間はたっぷりある」

「ええ、楽しそうね。エッフェル塔を独りぼっちで見あげるなんて」

「いいこともある。エッフェル塔はてっぺんからの眺めが最高だ。もし下を通りかかったハンサムな男を偶然見つけたとしても、おまえが塔の下へたどり着く前に、そいつはどこかへ行ってしまっている」

デルシーがレストランから帰ろうとしたところで、ロブから電話がかかってきた。今夜、彼女のために夕食を作り、自宅アパートメントに招待したいのだという。

「寿司(すし)はどうかと考えてるんだ。君は好きかな？　デルシー、早く会いたくてたまらない。俺がどんなに会いたいと思ってるか、想像もできないだろうな。とにかくもう一度会いたくてたまらないんだ」

デルシーは心がしくしくと痛み、とても口を開いて何か答えるどころではなかった。でもそのときロブの恋人の存在を思いだし、激しい怒りに襲われた。「あなたが招待すべきはマーシャ・ゲイだわ。私じゃない」

ロブが低くうめくのが聞こえた。「どうしてマーシャのことを知ったんだ？　そうか、サビッチが話したんだな。だが、君が思ってるようなこととは違うんだ。ひどい話に聞こえるのはわかってる。だけど聞いてほしい。俺はこの週末にも、マーシャとの関係を清算しようと考えてたんだ。本当だ、デルシー。たしかに俺にとって、彼女は友人以上の存在だ。だがいつも、何かが決定的に足りないと感じてた。さらに先へ進む気にならなかったんだ。君と出会った今は、もうそんなことなんてできるわけがない。火曜の夜、マーシャを祖母の家に連れていったのは、そうすれば自分一人きりで家族と再会しなくてもすむからだ。実際、彼女がいてくれて助かった。ただ、君と俺とのことは何もかもがあっという間に起きた。あまりに展開が早すぎて、君にマーシャのことを話す時間もなかった。でも、きちんと話すつもりでいたんだ」

デルシーはきっぱりと答えた。「ロブ、私は嘘をつく相手と新たに関係を始めるつもりはないの。二度とあなたとは話したくない。もう連絡してこないで」自分から通話を切った。グリフィンが住むコンドミニアムまでの五キロの道を歩きながら、ふと思う。こうして生きていると、ときどき頭をガツンと殴られるような出来事が起きる。それが人生なのかもしれない。

45

木曜朝
カリフォルニア州カラバサス
郡保安局ロストヒルズ支局

カムとダニエルは傷だらけのデスクに座っていた。反対側にいるのはジョン・ベイリー、別名ブリンカーだ。ここはロストヒルズ支局にある唯一の取調室であり、マジックミラーの向こうではドレイファス・マレー保安官が取り調べの様子に耳を傾けている。ダニエルがブリンカーを支局にある独房の一室に収容したのは午前三時。それから数時間の睡眠をとるために、全員がいったん自宅へ戻った。

今朝のブリンカーは憐れに見える。チノパンもシャツもしわだらけなうえ、ミッシーのコテージの庭に顔から突っこんだせいで、顔にも汚れがついたままだ。明らかに、あれから寝ていないのだろう。ひどく怯えた様子で、目をきょろきょろさせ、カムとダニエルを交互に見ている。奇妙にも、ミッシーの家の庭で横たわっていたときよりも、今朝のブリンカーのほうがさらに痩せて見えた。

ダニエルは口を開いた。「ブリンカー、考える時間はたっぷりあったはずだ。ゆうべ話していたことよりも、もう少しましな話を思いついたんだろうな。さあ、聞かせてくれ。なぜあんな遅い時刻にミッシー・デベローの家にいたんだ？　しかも、明らかに彼女が眠っているはずの真夜中過ぎに」

「モントーヤ刑事、理由はゆうべ、独房へ入れられたときに話したはずだ。僕はたまに眠れなくなる夜がある。そういうときは散歩をするに限る。僕は夜のマリブが好きだ。静かだし、いい香りがするから。それにあの街では映画スターたちが眠ってる。彼らのような人生を生きるのはどんな感じだろうと想像することもできる」ブリンカーがカムを一瞥した。「ノーメイクの映画スターたちはどんな顔をしているんだろうと想像したことはないのかな？」

「ないわ」カムはそっけなく答えた。

「わかった、わかったよ。ただの冗談だ。聞いてくれ。本当にあの家には人がいないと思ったんだ。ひと目見て、あの家が気に入ってね。今住んでる家の賃貸契約期間がもうすぐ終了する。だからマリブに家を借りるのもいいかなと考えたんだ。まさかミッシーの家だなんて知らなかった。いやあ、なんて不思議な偶然だろう」ブリンカーは両手で自分を扇ぎ、口をつぐんだ。

カムは尋ねた。「でも散歩にしては、そんなに遠くまで歩いてないわよね？　ミッシー・デベローの家の私道に、あなたの車が停められていたんだもの」

「知ってのとおり、僕はサンタモニカに住んでいる。マリブまで歩いていくには遠すぎる場所だ。だからマリブまで車で来て、それから散歩を始めたところだった」

「つまりあなたはあの家を借りたいから中を確かめるために、わざわざ窓から侵入しようとしたのね？」

「いや、違う。言ったとおり、家の中には一度も入ってない。ああ、たしかに窓から室内は見たが、それだけだ。どんな感じの家か知りたかっただけだよ。確認したら、すぐに立ち去るつもりだった。誰に迷惑をかけるつもりもなかったのに、下着姿の君がいきなり窓から飛びだして攻撃しだしたから、自分の身を守ろうとしただけだ。それなのに、さらにあのブロンドの女が飛びだしてきて、僕を攻撃してきた。いやあ、信じられなかったよ。まさかラスベガスで僕をストーカー呼ばわりしたのと同じ女だったなんて。あの女ときたら、接近禁止命令まで申し立てていたんだ。それが真実だ。ラスベガスでナイフを手に襲いかかられたにもかかわらず、僕はあの女を許さないことに同意して紳士的に振る舞ったはずなのに」

カムは言った。「私たちが本当に信じると思ってるの？　あそこがミッシー・デベローの家だと、あなたがこれっぽっちも知らなかったなんて話を」

「もちろんだ。実際知らなかったんだから！　知ってのとおり、僕は今まで法律を破ったことは一度もないし、法律を信じている。それだけに接近禁止命令は屈辱的だった。もし彼女の家だと知っていたら、そばには近づかなかっただろう」

ダニエルは言った。「ここでいくらばかばかしい答えを口にしようが、それはさほど重要じゃないんだ、ブリンカー。気づいていようといまいと接近禁止命令を破った事実に変わりはないし、そのうえＦＢＩ捜査官に突然襲いかかったんだから。それにしても、つくづく不思議だな。あんな真夜中に、ミッシー・デベローの自宅へのこのこ姿を現すとは！　どうすればそんな愚かな行動を取れるんだ？　連続殺人犯がうろついてることを忘れたのか？　それにミッシー・デベローが若い女優だという事実も？　もしかすると、おまえがあの連続殺人鬼かもしれないな」

「僕が？　違う、そんなばかなことがあるか！　くだらない！」

「ブリンカー」カムは口を開いた。「私たちはあなたが先週の土曜にラスベガスにいたのを知っている。その夜にモリー・ハービンジャーが殺された。しかもあなたはすでに認めているように、ウィン・ホテルの駐車場でミッシー・デベローとちょっとしたいざこざを起こしている」

「違う、違う。僕はあの日の午後、飛行機でロサンゼルスへ戻ったんだ。サンセット・エアラインズに確認してくれ。僕の乗った飛行機は午後五時にマッカラン国際空港を出発した。あの日の夜、僕は断じてラスベガスにはいなかった！」

ダニエルはブリンカーを威嚇するように身を乗りだした。「だったら、火曜の夜はどこにいた？」

「火曜の夜？　なんでそんなことを？　たしかセンチュリー・シティで映画を見ていた。スカーレット・ヨハンソンが出てるやつだが、タイトルは思いだせない。いや、待ってくれ。チケットの半券をまだ持ってる」ブリンカーは片手をポケットに突っこんだが、何も入っていなかった。「そうだ、昨日の夜、君たちに所持品を全部没収されたんだった。半券はその中にあるはずだ。確認してくれ」

ダニエルは取調室から出ていき、すぐにブリンカーの私物が入った封筒を手に戻ってきた。デスクに中身をぶちまけると、その中に映画の半券があった。火曜の夜のレイトショーだ。

デボラ・コネリーの死亡推定時刻を考えると、ブリンカーがサンタモニカまで車を飛ばして彼女の家へ行き、殺害した可能性はありえない。つまり、ブリンカーは連続殺人犯ではない。とはいえ、カムもダニエルもブリンカーが殺人犯だと真剣に考えていたわけではなかった。少なくとも現時点で、ブリンカーは容疑者リストから完全に除外された。

ブリンカーが身を乗りだし、両手を組みあわせて真剣な表情で言った。「僕は誰かを傷つけたりなんかできない。ほんとだ。僕は債券トレーダーだ。自分の行動の責任は自分で取る。ただし今朝の件だけは別だ。その道の専門家に電話をかけなきゃならない」無表情のまま、咳払いをして背筋を伸ばした。「弁護士を呼びたい」

「いいだろう」ダニエルはブリンカーの携帯電話を手に取って渡した。ダニエルとカムは取調室をあとにした。

マレー保安官が取調室の外で二人を待っていた。「あの男なら、年間うすのろ大賞を取れるかもしれんな。だが、やつは連続殺人犯ではない。もちろん、君たち二人もそうだと考えてはいなかっただろうが」

「ええ、あの男は殺人犯ではありません」カムは答えた。「ブリンカーの体型は犯人のそれとは一致しません。それに彼はナイフもゴーグルも所持していませんでした」

マレーがカムの腕を軽く叩いた。「それでもわれわれはあいつを不法侵入罪に問える。家宅侵入に接近禁止命令違反、さらに公務執行妨害でもだ」

カムは言った。「実際のところ、ブリンカーは敷地内には入りましたが、家の中までは侵入していません」ため息をついた。「しかも私は彼を攻撃しました。窓から飛びだして襲いかかったんです」

「われわれにとっては残念なことに、ブリンカーにとってそれはたいした問題じゃない。腕のいい弁護士なら、司法取引で刑を三カ月に短縮して、保釈も認めさせるだろう」

その場にいる男性全員の目を釘づけにしながら行きつ戻りつしていたミッシーにも、マレー保安官の言葉が聞こえたらしい。ミッシーはカムの袖口を強く握りしめた。

「たった三カ月の刑ですむの？　それっておとがめなしと一緒じゃない？　それに保釈されるかもしれないの？　ああ、カム、あいつの腕をへし折ってやりたい。あいつはそうされて当然のくずよ。あなたの寝室に侵入しようとしたんだから」

「だけど実際は侵入しなかった」カムは言った。

「侵入していたはずだわ。それにもしあなたがあの部屋にいなかったらどうなっていた？　あいつが何をしようとしたと思う？　私の寝室に忍びこんで、キスをしようとした？　体をなめようとした？　レイプしようとした？　たとえあいつが刑務所にぶちこまれても、出所したらどう？　また私の家に来ることができるのよ。違う？　マレー保安官、あいつを精神病院送りにはできないの？」

ダニエルがミッシーの手を取った。「ミッシー、落ち着くんだ。ブリンカーが君の家に来たのは、君を殺すためじゃない。君を崇拝し、君に対して妄想を抱いてはいたが、すんでのところで思いとどまって何もしなかった。連続殺人犯のせいで僕たちはぴりぴりしているが、ブリンカーは殺人犯じゃない。あの男の記録はきれいなものだ。スピード違反の切符さえ切られたことがない。要するに、愚か者なんだ。ただそれだけだよ。精神鑑定にかけてやるつもりだから、心配する必要はない」

ミッシーが言った。「もしかするとあいつはナイフとゴーグルを持っているのに、見つけられていないだけかもしれない。私、今から家に戻って捜して――」

カムはミッシーを遮った。「ミッシー、さっきサンセット・エアラインズに電話をかけて、先週の土曜の夕方、ブリンカーが四一五便に搭乗していたことを確認したの。それに殺された女優の誰一人として、ストーカーに悩まされていたという報告はあがってきていない。しかもブリンカーはどう見ても不健康そうな体つきだわ。私たちが追っている殺人犯の体型には合致しない。ダニエルが言うとおり、ブリンカーはただの愚か者というだけ。精神鑑定の結果、精神科医がどういう判断をくだすかを待ちましょう。心配するのはもうやめて。いい？」

「言うのは簡単よ」ミッシーはまたしても行きつ戻りつし始めた。その場にいる男性たちがにわかに色めき立つ。

ダニエルはミッシーの様子を見守り続けた。スキニージーンズにサンフランシスコ・フォーティナイナーズのスウェットシャツを合わせた彼女は、ぶつぶつと独り言を口にし、自分の意見を強調するように両手を振っている。ダニエルはカムに言った。「賭けてもいい。ミッシーにあのナイフを握らせたら、今度またブリンカーが何かしでかそうとしても、彼女はためらいなくあいつの体をめった切りにするだろう。だが念のため、やつがここから出ていく前に警告するつもりだ。もしまたミッシーに近づく気なら、おまえを勾留し続けてやるぞとね」

カムはダニエルに笑みを向けた。「あなたならそうするでしょうね。ちなみにブリンカーを南極大陸の刑務所送りにするのがミッシーの願いなの」そのとき携帯電話が鳴りだし、カムは断って中座した。数分後、留置場へ足早に戻ってきた彼女は腹立たしげな表情を浮かべていた。

ダニエルは尋ねた。「誰からだった？　君をそんなにむかつかせた愚か者はどいつだ？」

「いいえ、別にむかついてるわけじゃなくて、むしろ困惑しているの。電話はロサンゼルス市警察殺人事件特別捜査課のデイビッド・エルマン管理官からよ。サンタモニカ小児病院の責任者が電話をかけてきて、いきなり来た私立探偵から、デボラが殺害された火曜の夜のスタッフの勤務時間について質問されたと言われたそうよ。エルマン管理官によれば、男の名前はガス・ハンプトン。優秀な仕事ぶりで有名で、高額な依頼料を取る私立探偵なの。エルマン管理官がルーミスに尋ねさせたところ、ハンプトンはあっさりセオドア・マーカムに雇われたことを認めたんですって。ハンプトンの話では、マーカムはドクがデボラを殺したのに、私たち……つまり捜査員たちがドクについて真剣に捜査しようとしていないと考えてるんですって。マーカムは捜査主任である私の名前を出して、ドクは悲しんでいるふりをして私をだまして、事件のあった夜のアリバイを信じこませていると主張したそうよ。それにマーカムは、捜査員たちは自分の言うことを真剣に考えようとはしないだろう。考えを変えさせるためには、ハンプトンの捜査で自分の主張が正しいことを証明する必要があるんだと言っていたらしいわ」

ミッシーが口を挟んだ。「ごめんなさい、聞こえちゃったんだけど、マーカムの考えてることなんてどうでもいいわ。犯人がドクだなんてありえない。ねえ、カム、あなただってわかってるでしょ？　だって彼は人の命を救う医師なのよ。人殺しをするなんてありえない。私はドクと話して、泣いてる彼をずっと抱きしめてあげた。ドクはデボラに夢中だったの。あなただって実際に会って話してみて、ドクがどれだけ打ちひしがれているかわかったはずよ。彼にとってデボラはすべてだった。実際デボラから、もうドクと別れたいとか、ドクが恐ろしいとかって話を聞かされたことが一度もないの。まったくばかばかしい。マーカムは何もかも誤解してるんだわ」

マレーがゆっくりとした口調で言った。「なぜマーカムは金のかかる私立探偵を雇ってまで、デボラ・コネリー殺害事件を調べようとしているんだ？　君とモントーヤと話したとき、マーカムはデボラのことはほとんど知らないと言っていたはずなのに。あの事件に対するマーカムの興味はどこから来てるんだ？　それにどうしてそのドクという、被害者の恋人が犯人だと言い張っているんだろう？　マーカムがドクを忌み嫌っているのは明らかだ。いったいなぜだ？」

「いい質問ですね」カムは口を開いた。「答えは私にもわかりません。ですがデボラはマーカムが手がけている映画の役を最後まで演じきることができませんでした。そのせいでマーカムがいらだっている可能性はないでしょうか？　ただし、これは自分でもあまり説得力のある説明だとは思えません。だからこれから詳しく調べてみるつもりです。ダニエル、あなたは、ドクに対する私の意見が間違っていると思う？」

「いいえ、そんなはずがないわ」ダニエルは何も答えようとしなかったが、代わりにミッシーが答えた。「ねえ、私ならいろいろな人たちに質問できるわ。ドクとデボラと一緒に過ごしたことがあるほかの人たちに話を聞いてみる」

ダニエルはミッシーに向きあった。「いや、誰にも何もきかないでほしい。君はすでにこの件に深くかかわりすぎている」

ミッシーが頭を傾けた。「でも私は捜査に協力したいのよ、ダニエル。カムからもそうするよう頼まれたから。周囲の人たちに質問したからといって、私に危害が及ぶわけがないわ。何も悪いことなんて起きるはずがない。そうでしょ?」

「だめだ」ダニエルはきっぱりと答えた。

マレー保安官が口を開いた。「ミズ・デベロー、モントーヤの言うとおりだ。君は一般市民だ。この件に関与すべきではない」

カムはかぶりを振った。「私には、デボラの喉をかききって自分の痕跡を消す段取りを考えているドクの姿がどうしても想像できないんです。実際会って話をしてみて、ドクの悲嘆ぶりをこの目で見たから。ミッシーと同じで、私も彼の悲しみは本物だと思います。誓ってもいいわ。ドクは生々しい心の痛みを感じていたんです」

ダニエルは立ちあがった。「ただし、ドクがとびきり演技のうまい役者だという可能性はある。アルトゥーロに電話をかけて、病院関係者にさらに踏みこんだ質問をして、火曜の夜のドクのアリバイの真偽を証明させるんだ。アルトゥーロにとって一番望ましくないのは、自分が見つけられなかった事実を、一般市民である私立探偵に見つけられることだからな。自分の仕事に勝手に首を突っこまれて、アルトゥーロが平然としていられるわけがない。怒り心頭に発するだろうな」

46

木曜

ワシントンDC

ワシントンDCは快晴だった。暑すぎることもなく、もう少し散歩するには完璧な日だ。デルシーは本当はもう歩きたくなかった。でもこのままだと、グリフィンのコンドミニアムへ思ったよりも早く戻ってしまうだろう。兄はきっと、コンドミニアムにいても彼女が鬱々と考えこむだけだとわかっていたに違いない。コンドミニアムからワシントンDCの中心部までタクシーで行き、あたりを散歩するといいと言ってくれた。あちこちにあるモニュメントを見たり、周囲を歩く人たちの様子を楽しんだりすればいいのだと。それからグリフィンは言った。散歩している間に、ロブ・ラスムッセンがどんなにいやなやつかを歌った曲を作るといい、それがデルシーにできる最大の仕返しだと。

だからデルシーはこうしてワシントンDCのKストリートにいる。たくさんの旅行者や政府職員と一緒に街を歩き、新しい曲のフレーズをいくつかハミングしながら、心に浮かんだ言葉やメロディについてあれこれ思いを巡らせていた。二股をかけた不誠実な男について考えて、ときには歩みが遅くなることもある。

交差点の赤信号で止まると、背後にすぐ大勢の信号待ちの人たちが並んだ。走っている車の数は多いが、道はスムーズに流れている。デルシーはふと、自分の銀色のサンダルに目をとめた。ペディキュアを新しく塗り直したほうがよさそうだ。濃い紫色にするのはどうだろう？ そのとき背中に何か硬いものがあたり、いきなり車道へ押しだされた。黒のリムジンがこちらに向かってきている。

デルシーは一瞬はっきりと母の顔を見た。その合間にも、大きな黒い車が彼女めがけてどんどん迫ってくる。叫び声や悲鳴が聞こえたと思ったら、脇の下に力強い手がかけられ、後ろに引き戻された。巨大なリムジンは耳障りなブレーキ音をあたりに響かせながらデルシーの脇をスリップし、対向車線に頭から突っこんだ。たちまち車同士が衝突し、金属がぶつかりあう音があがったかと思うと、五、六台の車が次々と玉突き衝突した。人々が怒号をあげ、あちこちでクラクションを鳴らしている。まさに地獄絵図だ。

デルシーが見あげると、そこにロブ・ラスムッセンの顔があった。「デルシー、大丈夫か？」

　自分は本当に大丈夫なのだろうか？　危うく死にかけたのに？　ロブが命を救ってくれたのだろうか？

「ええ、死んではいない」デルシーは答えた。「でも大変なことになったわ」とはいえ、何が起きたのか正確にわかっているわけではない。衝撃のせいで、まだ自分の足で立つことができず、ロブに体を支えてもらったままだ。人々が二人のそばに押し寄せてきた。デルシーに大丈夫かと尋ねる人もいれば、衝突した車に乗った人たちが無事かどうか確かめている人もいる。警察に通報をしている人もいた。デルシーのためではない。Ｋストリートの真ん中で立ち往生している車のためだ。衝突してめちゃくちゃになった車から運転者たちが続々と出てくる。怒っている人や大声をあげている人もいれば、何が起きたのかわからず呆然としている者もいた。すぐにサイレンの音が聞こえてきた。

　ロブが言った。「幽霊みたいに真っ青な顔をしているな。本当に大丈夫か？」

　デルシーはロブから体を離そうとした。だが脚に力が入らない。しかたなく、もたれたまま尋ねた。

「何が起きたの？」

「君がいきなり通りに飛びだしたんだ。黒いリムジンの真ん前に」

カウボーイブーツを履いた年長の男がいらだった様子で怒鳴った。「間違いなく酔っ払ってるな！」

その声を聞き、デルシーは背中と脚に力をこめた。ロブから体を引きはがし、男に言い返す。「酔っ払ってなんかいない。何者かに突き飛ばされたの。誰か見た人はいない？」

一瞬、衝撃を受けたような沈黙が落ちたが、すぐに周囲の人たちがしゃべりだした。全員が口々に話しているせいで、デルシーには何を言っているのか聞こえなかった。

なんだかめまいがする。それに認めざるをえないが、こうして周囲にいる人たちを見ていると、頭がどうにかなりそうだ。この中の誰かがデルシーを突き飛ばしたのかもしれないのだから。とはいえ、その人物はとっくにこの場から立ち去っているだろう。自分は死にかけた。誰かが殺そうとしたのだ。そのとき大破した車から聞こえていた叫び声がやんだ。パトカーが現場に到着したのだ。巡査が車からおりてきて、落ち着いて静かにするよう呼びかけた。

ジョージ・マンキンズ巡査が進みでると、まわりの人々は口々に誰も何も目撃していないと訴えた。巡査は彼らの声に耳を傾け、了解したしるしに片手をあげてデルシーを見た。彼女は目を見開き、顔面蒼白で、両手に汚れがついている。片方の頬にもだ。

「大丈夫ですか？」

デルシーはうなずくと、大破した何台もの車を身ぶりで指し示した。「私のせいじゃないの、巡査。誰かに押されたのよ」

マンキンズはデルシーを見つめた。ちょうど二交代制の勤務を終え、ようやく帰れると喜んでいた矢先に通報を受けた。マンキンズは事故現場から一ブロックしか離れていない場所にいたため、どうしても無視できなかった。なぜこの女性は何者かに突き飛ばされたんだ？

「病院に行かなくて大丈夫ですか？」

「ええ、大丈夫。兄がＦＢＩ捜査官なの。兄のところへ連れていって。フーバー・ビルディングにいるから」

「いいえ、それはできません。署までお連れして、今の話を刑事にしてもらうことになります。ところであなたは誰です？　彼女の知り合いですか？」

「彼はロブ・ラスムッセン。たった一日だけ私の恋人だったけど、今日、彼が大嘘つきだとわかったばかりなの。とはいえ、私の命を救ってくれたのは事実よ。車に轢かれそうになった私を引き戻してくれたの」

あるいは、と巡査は考えた。この大嘘つきの元恋人が後ろから押したのかもしれない。だがすぐに後悔して、彼女の命を救ったのかもしれない。

47

ワシントンDC

ヘンリー・J・デイリー・ビルディング

グリフィンとサビッチ、シャーロックは、デイリー・ビルディングのロビーでベン・レイバン刑事に出迎えられた。ベンは三人にセキュリティチェックを受けるよう促し、三階にある警部の部屋へ案内した。

フアン・ラミレス警部はがっちりとした体格で、その指揮下にいるどの警察官よりも屈強だ。三人がオフィスの入り口に姿を現すと、警部は顔をあげてベンに向かってうなずいて立ちあがった。「サビッチ、シャーロック、また会えてうれしいよ。ベンからは彼女のお兄さんが来ると聞かされている。それは君かな?」

「はい、グリフィン・ハマースミス特別捜査官です」

警部が再びサビッチを見た。「それで、君たちはここで何をしているんだ?」

サビッチがラミレスが伸ばした手を握りながら答えた。「フアン、会えてうれしいよ。グリフィン・ハマースミスは俺のチームメンバーなんだ。グリフィン、こちらはラミレス警部だ」グリフィンは一歩前に出て警部に手を差しだしたが、握手もそこそこにデルシーのほうを向いた。妹は死人のように顔が真っ青だ。古ぼけた千鳥格子模様のソファの隅に座り、まっすぐに前を見据えている。目の前にある警部のデスクを見ていれば安心だと言わんばかりに。部屋の隅にはロブ・ラスムッセンが立ち、そんな彼女の様子を見つめていた。

「デルシー、大丈夫か――」

グリフィンの声を聞いたデルシーはまばたきをし、兄の腕の中に飛びこんでしがみついた。「通りで誰かに突き飛ばされたの。しかもリムジンの目の前に。後ろにいた人たちに押しだされたんじゃない。体が通りへ飛びだすほどの勢いで、背後から強く押されたのよ。ロブは誰かが私を押した瞬間は見ていなくて、ただ私が通りに飛びだすのを見ただけだと言っている。とにかくロブが私の体を後ろからつかんで引き戻してくれたの」ロブに短くうなずいた。

グリフィンは妹を抱きしめたまま、肩越しにロブ・ラスムッセンを見て口を開きかけた。だがグリフィンよりも先に口を開いたのはシャーロックだった。「あなたはそのときデルシーと一緒にいたの？　ミスター・ラスムッセン」

ロブはシャーロックに目を向けたが、すぐにスニーカーを履いた自分の足元に視線を落とした。「いや、一緒にいたわけじゃない。どうにかしてデルシーをつかまえようとしていたんだ。彼女に電話をかけたが、途中で切られてしまって。だからもう一度話したい一心で、車でハマースミス捜査官のコンドミニアムへ向かっていたところ、ちょうどデルシーがタクシーに乗りこむのが見えてあとを追ったんだ。決してつけ狙ってたわけじゃない。ただデルシーと話して伝えたかったんだ。俺は絶対に――」

「最低の嘘つきじゃないって?」デルシーはグリフィンの腕の中から出ようとしないまま、ロブのほうを向いた。

「ああ、俺は嘘つきじゃない。神に誓う」

サビッチは片手をひらひらさせた。「ロブ、今はそういう話をするときじゃない。シャーロックと俺が君の恋人に話を聞きに行っていた昨日の午後、君がずっとデルシーと一緒にいたことは俺たち全員が知っている」

「ああ、そのとおりだ。でも――」

サビッチはロブを遮った。「今、君がすべきは、意識を集中して思いだすことだ。ロブ、記憶をたどって、デルシーが飛びだしたときの状況を頭の中で詳しく再現してほしい。その場にいた全員の様子を思いだすんだ。デルシーのすぐ後ろにいた男か、あるいは女の特徴を説明できるか？」

ロブは再びデルシーを見ると、サビッチに向き直った。「わかったよ。あの場には大勢の人がいた。少なくとも十数人、もしかするとそれ以上いたかもしれない。男も女もどっちもいた。デルシーは道路脇に立って、信号待ちをしてる人たちの先頭にいた。デルシーのすぐ後ろに男と女が一人ずつ立ってたが、ほかにもそばにたくさんの人がいた。次の瞬間、デルシーの体が車道に向かって飛びだすのが見えたんだ。俺は前にいた人たちをかき分けて、どうにか彼女を引き戻した」震える息をのんで、ぽつりと言う。「危なかった。本当に危ないところだった」

「見覚えのある顔はなかったか？」

「わからない。まわりに注意を払ってなくて、デルシーだけを見てたから。彼女を助けようと人ごみをかき分けたときも、周囲の人の顔を見てる余裕なんてなかった」

ベン・レイバン刑事が口を開いた。「マンキンズ巡査、それに警邏（けいら）中だったほかの三人の巡査が、ミズ・フリーストーンの後ろにいた数人から事情を聞いている。全員の名前を控えてあるから、詳しい事情聴取ができるだろう。ただ、現場にいたほとんどの人は逃げださずにはいられなかったようだ。デルシーを背後から押した人物を特定する一番の方法は、あの交差点に設置された交通監視カメラをチェックすることだろう。あと一時間もしないうちに映像を確認できる。それに、あの交差点の周辺にあるビルのすべての監視カメラも確認するつもりだ。モノクロ映像の中に隠れている犯人を特定できると期待してる」

だがグリフィンはそんな期待を持てずにいた。デルシーを背後から押した人物が監視カメラに詳しくなかったとしても、ここワシントンDCにはロンドンに匹敵するほど多くのカメラが設置されていることくらい知っているはずだ。デルシーが体をぐらつかせていることに気づき、グリフィンは妹をソファに座らせると、手をつないだまま隣に腰をおろした。グリフィンが見守る中、デルシーはロブ・ラスムッセンを見つめている。ロブは簡素なオフィスチェアの背後に立ったまま、微動だにせずに彼女を見つめ返していた。

デルシーは乾いた唇を舌先で湿した。もう一度話そうとロブがあとを追ってこなかったら、自分はどうなっていただろう？「ねえ、兄さん、なぜ誰かが私を殺そうとしているの？だってワシントンDCに知り合いなんてほとんどいないし、私には自分を殺したいほど憎んでいる敵を作る時間も機会もなかったはずなのに。兄さんのコンドミニアムのドアマンだって、私を気に入ってくれているわ。もしかしてこれは、ミセス・ラスムッセンが殺されかけたことと何か関係があるの？」

ラミレス警部が言った。「今のはどういう意味だ？　ちょっと待て……ロブ・ラスムッセン、君は彼女の身内なのか？」

シャーロックが答えた。「ロブはミセス・ラスムッセンの孫息子なの」

ロブがラミレス警部に言った。「俺は祖母の命が狙われた事件とはなんの関係もない。それにデルシーは俺の祖母に会ったこともないんだ。あの事件と今日起きたことに関連があるはずない」

サビッチはゆっくりした口調で切りだした。「今日の一件に、デルシーとライバル関係にある女性がかかわっている可能性はある。ロブ、昨日デルシーと一緒に過ごしていたことを、マーシャにどう伝えたんだ？」

ロブはデルシーから片時も目を離そうとしないまま答えた。「ゆうべ遅くにマーシャに会いに行った。俺がデルシーのことを切りだす前にマーシャはスタジオに君たちが来た話を始めて、ひとしきり話したあと、自分が君たちの面接に合格したことを願ってると締めくくった。それからとうとう俺に、今日はどんな一日だったかときいてきたんだ。だから彼女に、ワシントンDCで新たに知りあった友人と食事をしたと話した」足元に視線を落とした。「その時点では、それ以上詳しく話さなかった。マーシャとの関係を解消するのは週末まで待ちたかった。ただマーシャに、その友人に好意を持ったとは話した。それに君の名前も伝えたんだ、デルシー。マーシャはほほえんで、その女性は自分と同じアーティストなのかと尋ねた。作曲をすると答えたら、マーシャはぜひ会いたいと言ったんだ。全然取り乱した様子はなかったし、すてきな人と新たに出会えてよかったとまで言ってくれた。だから、やっぱりすべてをマーシャに説明しようとしたんだ。でもそのとき部下から緊急の電話がかかってきて、どうしても現場へ行かなきゃならなくなった。だからまだ時間はあると自分に言い聞かせて、その場をあとにした。今週末、関係をきっちり清算するつもりだったんだ。サビッチ、聞いてほしい。俺は嘘はついてない。デルシーのことを話しても、マーシャは全然動揺しなかった。俺の話を理解して、納得して、思いやりを見せてくれたんだ。いつもみたいに」

それであなたは緊急の仕事の処理を終えたあと、彼女のもとへ戻ってベッドをともにしたというわけ？　デルシーは思わず言った。「新たに知りあった友人、それは私のことね」

「ああ、そうだ。それ以上に、俺にとって君はすべてなんだ。君もわかってるはずだ」ラミレス警部が目をぐるりとまわすのを見て、ロブは早口でつけ加えた。「サビッチ、君だってマーシャがデルシーを殺そうとするなんて信じられないはずだ。

マーシャは彫刻家だ。立派なアーティストなんだ。嫉妬したり、うろたえたりするそぶりは少しも見せなかった。そうだ、マーシャがあんなことをするはずがない。ばかげてる。マーシャをよく知ってる俺が言うんだから間違いない」

サビッチは尋ねた。「ロブ、君はマーシャが自分との関係をどの程度真剣にとらえてたと考えてるんだ？　彼女はプロポーズされるのを期待してたんじゃないか？」

ロブは車のヘッドライトに突然照らしだされた鹿のように体をこわばらせた。「プロポーズだって？　俺たちは今まで一度も結婚について話しあったことなんてない。いつだっていい友人同士だった。それ以上の関係と言えるかもしれない。だがすべてが変わってしまったんだ」デルシーをまっすぐに見つめた。「デルシーと出会った瞬間に、すべてががらりと変わった」

シャーロックは冷静に言った。「ロブ、気持ちはよくわかるわ。自分がマーシャに話したことをきっかけに、あなたの心変わりを知った彼女が怒りを抱いたとは考えたくないのよね？　でもそのとき落ち着いた優しい態度を貫いていたとしても、マーシャが脅威を感じたり、激怒したり、嫉妬したりしていないということにはならない。今日の午後、マーシャがどこにいたか確認するわ。もちろん、たとえ一日じゅうスタジオにこもっていたとしても、頭のいい彼女なら誰かを雇うこともできたはずだけれどね。監視カメラの記録を確認すれば、この件はすみやかに解決するでしょう。もし何か新たに思いだしたら、ディロンか私に電話をかけて。ベン、ラミレス警部、ミズ・フリーストーンの面倒を見てくれて本当にありがとう。また連絡するわ」

ロブが一歩踏みだし、デルシーに近づこうとしたが、グリフィンが立ちはだかった。

「よせ、ミスター・ラスムッセン。今はやめろ。妹の命を救ってくれて感謝している。だが妹は俺が家に連れて帰る」

デルシーはグリフィンの腕に手をかけ、兄の隣で立ちあがった。「ロブ、言ったでしょう？　二度とあなたとは話したくないって。あれは本気よ。今から私、男の人は全員避けることにするわ。私にこれ以上、間違った選択をさせないで。兄さん、家に帰るわよ。レイバン刑事、ラミレス警部、本当にありがとうございました」

ロブ・ラスムッセンを一人残して、ほかの人々はその場をあとにした。ロブはラミレス警部のオフィスの外の廊下に突っ立ったまま、去りゆくデルシーをなすすべもなく見つめていた。

48

木曜夜
ワシントンDC
犯罪分析課(CAU)取調室

サビッチとシャーロックは火曜と同じ取調室でアレクサンダーの向かいに座った。たった二日前のことだが、はるか昔の出来事に思える。アレクサンダーは腰をおろし、ワイシャツの袖口を引っ張って口を開いた。「始めるのは弁護士が来てからにしてくれ」腕時計に目を落とす。「こっちに向かっているという話だ。祖母からの電話を待っていたらしい」

三人とも無言で待っていると、五分後に辣腕刑事弁護士のR・D・ガーデナーが颯爽と入ってきた。サビッチに気づいて、足を止める。「サビッチ捜査官、久しぶりだな。どうして今夜、私の依頼人がフーバー・ビルディングに連れてこられたのか教えてもらおうか。明日まで待てないとかで強行したと聞いたが、逮捕するとでも脅したのか？」

「これはどうも、ミスター・ガーデナー。シャーロック捜査官を紹介しよう。まだ顔を合わせたことがなかっただろう」

　ガーデナーがシャーロックにうなずきかけて目を見開いた。「奥さんのことは知っている。アメリカ人のほとんどがそうだ。〝ジョン・F・ケネディ国際空港のヒロイン〟なんだから。お目にかかれて光栄だ、シャーロック捜査官。さて、サビッチ捜査官、木曜の夜のこんな遅い時間に私の依頼人を呼び立てるほどの証拠とはなんだ？」

「まあ、かけてくれ、ミスター・ガーデナー。アレクサンダーにも説明しよう。月曜にわれわれはビーナスから家宅捜索の許可を得た。砒素による殺人未遂事件のあとのことだ。鑑識班が持ち帰ったものすべてを検証するのに数日かかったが、疑わしいものは見つからなかった。君の薬棚から検出された微量の砒素を除いてはね、アレクサンダー」サビッチはガーデナーに向かってつけ加えた。「知ってのとおり、ミセス・ラスムッセンは継続的に砒素を盛られていた。どうして君の薬棚に砒素があったんだ、アレクサンダー？」

　アレクサンダーが口を開く前に、ガーデナーが遮った。「ミスター・ラスムッセンをここへ連れてきたのは、薬棚にあった薬物の痕跡が理由だというのか？　そんなことで事情聴取しなければならないほど切羽詰まっているのか、サビッチ捜査官？」

サビッチは続けた。「砒素については、アレクサンダーにぜひとも説明してもらいたい」

ガーデナーが言う。「ミスター・ラスムッセンの部屋を許可なく捜索したのか？令状もなしに？」

「言ったとおり、ミセス・ラスムッセンの許可は得ている。彼女の家だ」

「だがミスター・ラスムッセンの部屋は彼のものだ。その証拠は法廷では認められないぞ」

サビッチは言い返した。「その点については、しかるべき時が来たら主張するんだな、ミスター・ガーデナー。アレクサンダー、説明してもらおうか？」

「いや、説明などできない。当然ながら、家にいる者なら誰でも置けた。自分の部屋のバスルームに砒素を残すほど僕が愚かだと本気で思っているのか、サビッチ？」

「現時点ではわからない。だが、それはここに来てもらった理由の一つにすぎない。ビンセント・ウィリグが持っていたプリペイド式携帯電話に、君の携帯電話からかけた履歴が見つかった。着信があったのは日曜。ウィリグが君の祖母を殺そうとしたのが月曜の午後だから、その前日だ。ヴィンセント・ウィリグのことは知らないと言っていたが、それが本当ならどうしてやつに電話をかけたんだ？」

アレクサンダーがサビッチに向かって身を乗りだした。「そんな男は知らない。そう言っただろう。電話もかけてない」

「君の目から見ても、度を過ぎて疑わしい証拠ばかりだ。そう思わないか、サビッチ捜査官？　依頼人が言ったように、自分の薬棚に砒素の痕跡を残すだけでなく、祖母を殺すために雇った男に追跡可能な電話をかけるなど、愚かにもほどがある。そのウィリグという男は前科持ちの凶悪犯で、当局の監視下で殺されたんだったな？」

ガーデナーが首を振った。「不運なことだ。おまけに君が望む事件の立証はかなり難しくなった」

アレクサンダーが底意地の悪い笑いをもらした。「見事な仕事っぷりだな。ほかに質問は？」

サビッチが答える前に、ガーデナーが口を挟んだ。「なあ、サビッチ捜査官。発信履歴と微量の砒素……起訴に持ちこむにはかなり不充分だ。君もそれは認めるだろう。砒素を置くのは誰でもできる。それにミスター・ラスムッセンは携帯電話を四六時中持ち歩いているわけではないはずだ。これもまた誰でも細工が可能だ」

「アレックス」シャーロックが呼びかけた。「水曜の未明はどこにいたの？」

「おいおい、よしてくれ――」

「どこにいたの、アレックス？」

「家で寝ていたよ。一人でね。どこにいたと思うんだ？　クラブで正体をなくすほど飲んでいたとでも？　当然、病院で警護にあたっていた巡査を眠らせたあとにウィリグを殺したりしていない。病院内には監視カメラがあるはずだ。それを確認すればいい。僕は見つからないはずだ」アレクサンダーが間を置いた。「すでに確認済みなんだろう？」

「ああ、確認はした。たしかに君の姿は映っていなかった」サビッチは答えた。

アレクサンダーが身を起こした。「帰らせてもらおうか」

「今日の午後四時頃はどこにいた？」

「なぜそんなことを？」ガーデナーがきいた。

「どこにいたか答えてくれ、アレクサンダー」サビッチが言った。

「スミソニアン博物館のオフィスだよ。ジョニー・キャッシュのギターを獲得したから、その書類を仕上げていた。僕の秘書の電話番号を知りたいか？」

「ああ、頼む」

アレクサンダーが電話番号を口にした。「今日の午後、何があったんだ？」

サビッチは立ちあがった。「関連が疑われる犯罪が起きた。もう行ってかまわない。それからビーナスから伝言を頼まれてる。彼女が思うに、今回の件が片づくまで、君にはホテルに滞在してもらうのが互いにとって一番いいんじゃないかということだ。ビーナスは君のためにザ・デュポン・サークル・ホテルのスイートルームを予約した。イザベルが服を届けているところだ。ほかに必要なものがあれば、ビーナスに電話をかけるといい」

つかの間、激しい怒りを秘めた沈黙が落ちた。アレクサンダーが立ちあがってサビッチに顔を近づけ、うなるような声を出した。「互いにわかってることだが、僕を家から追いだすこの作戦は君の手引きだ、サビッチ。この借りは返してやるからな」

ガーデナーがアレクサンダーの肩に手をかけた。「行こう、アレクサンダー」

サビッチがそっけなく、礼儀正しいとも取れる口調で言った。「ハミッシュ捜査官が建物の外までお送りする。足を運んでもらって感謝する」

サビッチとシャーロックは長い廊下の先のエレベーターに向かう二人を見送った。シャーロックが口を開いた。「予想どおりの展開だったわね。アレクサンダーはやってないわ、ディロン。犯人像にはぴったりだけど。グッチのタッセルシューズまで伸びた、いかにも傲慢な鼻先からしてもね。そのせいで、証拠をもとにいたぶりたくなるんでしょう。でもアレクサンダーは愚か者じゃない。証拠は何もかもできすぎてるし、こちらに都合がよすぎるわ。しかもご丁寧に、それを私たちの玄関先に残している。踏みつけずにはいられないように。それが頭にくるのよ」

サビッチは悪態をついた。口汚いというほどのものではなかったが、シャーロックは驚いている。サビッチは動揺していた。「誰かが相当苦労して、俺たちにやつが犯人だと信じこませようとしている。それでこんなふうに振りまわされているというわけだ。すまない、ついかっとなった」

シャーロックがサビッチを抱きしめた。「ちょうどこの前、ショーンが言っていた気がするわ。〝心配ないよ〟って」

サビッチはシャーロックの頰を指先でそっとたどった。「〝JFKのヒロイン〟か……いい響きだ」

「私もちょっと気に入ったわ。でも人には謙虚さも必要でしょう？」シャーロックがサビッチにキスをした。「今夜は対処しなければならない問題が山積みね。明日の朝には監視カメラの映像が手に入るから、誰がデルシーを道路に突き飛ばしたか確認できるかもしれない」

「もしデルシーが利口なら、スタニスラウス校に戻って、今回の出来事はきれいさっぱり忘れてしまうんだろうが」

シャーロックにはデルシーがそうするとは思えなかったし、サビッチも同じ考えなのはわかっていた。感情は理屈では説明できない。たしかにそのとおりだ。シャーロックはラミレス警部のオフィスでデルシーとロブの様子を目にした。デルシーはロブに対して激怒していたが、それでも二人の間には深遠で切迫していて、もしかすると長く続くかもしれない何かがあった。「ねえ、ショーンはリリーとサイモンの家に泊まりに行っているでしょう。いつも思うの、あの子がいないと家の雰囲気が違うって。自分があの子の気配を求めて耳をそばだてるだろうなとわかってる。眠っているときに鼻を鳴らす小さな音とか、裸足でパタパタとバスルームに向かう足音とか」

「今夜は鼻を鳴らす小さな音とパタパタという足音を、リリーとサイモンが聞くだろう」サビッチはシャーロックを腕の中に引き寄せた。二人きりだったので、シャーロックも体を預けてサビッチの顎に軽く歯を立て、キスをしてから口元にささやいた。

「家に帰りましょう、ディロン。世の中にもう一度平穏をもたらすの」

サビッチは愛しい妻の顔を見おろした。「名案だ」

49

木曜夜
サンタモニカ

グロリア・スワンソンは、もし回顧録を書くほど有名になったなら、今日という日は最初のオスカー獲得とともに間違いなく記録するだろうと思った。

その日の朝は、二度目のオーディションの結果を知らせる電話がかかってくるのを待っていた。一月から新しく始まる刑事ドラマ『ハード・ライン』のベル・デウィット刑事の役だ。二年前にロサンゼルスに移ってきてからずっと待ち望んでいた役柄で、オーディションではいい印象を残せたという手ごたえがあった。グロリアは携帯電話が鳴ることを願ってずっと見つめていた。期待のあまり興奮状態だったところに、サンタモニカ市警察のアルトゥーロ・ルーミス刑事から電話がかかってきた。自分がリストに載っていて、〝スターレット・スラッシャー〟の次の犠牲者になるかもしれないという警告の電話だった。しばらく街を離れたほうが利口だと言われたが、そんなことはできるわけがない。まさにこの手に金の指輪がはめられようとしているときに。おまけに彼女は逃げだすような人間ではない。

ロサンゼルスに着いた時点で銃を手に入れなかった自分に悪態をついた。けれどもルーミス刑事のおかげで、今は手元にある。イースト・ロサンゼルスへとトヨタを走らせ、ストリートキッドから二二口径のリボルバーを購入したからだ。グロリアがとても美人だからと言って、見るからに汚いその小型銃を百ドル値引きしてくれた。

トリードにいた頃のはるか昔の恋人で、グロリアの両親がその存在すら知らない不良少年から、かつてバイクの乗り方やマリファナの巻き方、銃の照準の定め方と撃ち方を教わった。頭がどうかした男の殺害対象者リストに名前があって、七番目の犠牲者になるなど冗談じゃない。

デボラ・コネリーのことはもちろん知っていた。通りを二本隔てたところに住んでいたのだから。そうはいっても挨拶する程度の仲で、特に好意を持っていたわけでもなかった。どこか聖人ぶっていて、金銭を払えばオファーを受けるタイミングやオファーを出す人物を知ることができる街にいながら、優等生を演じているようなところがあったからだ。デボラが『クラウン・プリンス』の役を射止めたときには、正直言って驚いたものだ。けれども映画は撮り終えていなかったのではないか。グロリアは罪悪感でちくりと胸が痛み、デボラに祈りの言葉をささやいた。彼女が誰からも警告されていなかったことが痛ましい。

そのとき、携帯電話から『ハッピーデイズ』の主題歌が流れだした。エージェントのオースティン・デローンだ。キャスティング・ディレクターからグロリアに役のオファーの電話があったという。オースティンはグロリアに負けず劣らず舞いあがっていた。両親に電話をかけて報告すれば、同じくらい喜んでくれるだろう。グロリアは高級なシャンパンを買ってきて、リビングルームで栓を抜いて喉に流しこみ、興奮が体を巡るに任せた。さらには音楽をかけて踊りながら、ボトルから直接シャンパンを飲んだ。

ついにスターへの道が見えてきた。ベル・デウィット刑事役は自分にぴったりだ。魅力的で頭が切れて情報通なグロリアが、あのプロデューサーとベッドをともにして何が悪いというのだろう？　好き者の老犬を喜ばせるなどお手のものだ。向こうだってグロリアをもてあそんでいたわけではない。オーディションの機会を与えてくれて、おそらくグロリアのことを褒めてくれたのだろう。ショービジネスの世界とはそういうものだ。両親には理解できないし、受け入れられない側面でもある。彼女のエージェントは制作側が機会を与えてくれるとも思っていなかったが、実際、制作側はグロリアを招き入れ、目にしたものを公然と称賛してくれた——褐色の肌をした、身長百八十センチの、魅力的で真っ白な歯を持つ私を。歯科医の母のおかげだ。

　初めてつかんだ大きなチャンスだ。もちろん端役ならいくつか獲得してきたものの、それまで選ばれたのはおもに人目を引くという理由からで、ライトのあたる場所に立たせてもらえる役はなかった。そこでグロリアはビバリーヒルズで今話題のカフェ〈バーガンディーズ〉でウエイトレスの仕事を得た。有力なプロデューサーが一人残らず、折に触れてランチに訪れることは充分承知のうえだった。デートする相手やベッドをともにする相手は慎重に選んだ。相手と同様、こちらも相手を利用していると当然気づかれていただろうが、そんなことはどうでもよかった。みんなが幸せなのだから。とりわけ自分は。とりわけ今は。私はもうすぐボルティモアの敏腕刑事、ベル・デウィットになる。ベルという名前は省略形だろうか？　きいてみなければならない。

　ベル・デウィット刑事役は、あたり役になるだろうか。二次オーディションでは、この役名が好きかときかれた。その言葉がグロリアを輝かせた。

　制作総指揮者を務めるチームの年寄りで、カメラを扱う天才と聞いている男が、かつて初代のグロリア・スワンソンがハリウッドを席巻(せっけん)していた頃に、彼女を撮影したことがあると話していた。グロリアと血縁関係にあるのか、見分けがつかないほど似ているがと問いかけておいて、自分のジョークに大笑いしていた。

グロリアはボトルからさらにシャンパンを飲み、口元をぬぐった。空腹は感じなかった。胃が過敏になっている。

デボラに再び思いを馳せ、葬儀に顔を出すべきかどうか考えた。出席するのであればドクに——デボラの事実上の婚約者で、彼女が女優であることを忌み嫌っていたあの退屈で頭の固い医師に愛想よくしなければならない。デボラが女優の仕事をしていることにそれほど心を乱されるのなら、どうして彼女と結婚したがったのだろう。そうだ、やはり葬儀には出席しよう。それくらいはしなければ。

毎晩の習慣を始めたときにはかなり酔っていた。すべてのカーテンを閉め、一つ一つの窓の錠とドアのデッドボルト錠を確認し、両親が設置してくれた警報装置をセットする。

それからベッドに入ってエアコンの温度を低めに設定し、新たに手に入れた二二口径をナイトテーブルに置いた。ようやく落ち着いて『ヴァニティ・フェア』の最新号を手に取って意識を向けようとしたものの、頭に浮かぶのはボルティモア警察のバッジを誇らしげに掲げる未来の自分の写真だけだった。もちろん魅力たっぷりの写真だ。

やっと目を閉じたときには、あと十五分で午前一時という時間になっていた。

〝起きて、グロリア！〟

グロリアははじかれたように目を開けた。眠気は完全に吹き飛んでいた。心臓が早鐘を打ち、上掛けは両脚に絡まっている。あの声。聞き違いではない。起きるよう叫んでいたのはデボラの声だった。とはいえ、そんなはずがあるわけないことはわかっている。グロリアは首を振った。夢だろうか？　当然だ。ずっとデボラのことを考えていたから、彼女の夢を見たのもうなずける。けれども今ではすっかり目が冴えて酔いは覚め、怯えていた。

グロリアはナイトテーブルの二二口径をつかんだ。指と手のひらに鋼のひんやりとした感触が広がる。そして全身を耳にして待った。物音がした。いや、怖がっているせいでそんな気がしただけだ。何も聞こえていない。音などするはずがない。それでも銃を胸に引き寄せて、身じろぎせずにいた。私には銃がある。私を殺すことはできない。音をたてちゃだめ。ただ息をして、耳を澄まして、集中するのよ。

すると聞こえた。予備の寝室の窓をゆっくりと引きあげる音が。かすかではあるが、その音は知っている。どうして最新式の警報装置が作動しなかったのだろう？

連続殺人犯が本当に来るとは思っていなかった。ルーミス刑事から電話を受けたあとでさえも。ロサンゼルスに女優志望の若い女は何百人もいる。どうして自分が頭がどうかしたやつのお気に入りリストに載ってしまったのだろうか。けれども、少なくとも自分は眠っていない。それに銃がある。喉をかききられるなんて冗談じゃない。七番目の被害者になるなんてまっぴらだ。

グロリアはベッドを抜けだし、寝ていた場所に枕で人の形を作り、上から毛布を何枚もかぶせた。エアコンがフル稼働して室内は寒いくらいなので不自然ではない。それから後ろにさがり、年代物の赤いベルベットの椅子の後ろで膝をついた。ハリウッドでの幸運を祈って祖母がくれた椅子だ。グロリアは呼吸を静め、乱れ打つ鼓動を抑えることに意識を向けた。演じるたびにすることなので慣れてはいるものの、これは現実でいつもと同じではない。そのとき携帯電話を忘れたことに気づき、裸足でナイトテーブルに駆け寄って充電器から電話を抜き、四つん這いになって大きな椅子の背後に戻った。しくじりながらもどうにか911を押す。オペレーターに落ち着いた声でどうしたのかときかれると、グロリアはささやいた。「〝スターレット・スラッシャー〟が家にいるの。急いで、お願い、早く来て」侵入者に聞かれたくなくて、すぐさま電話を切った。自宅の住所がオペレーターの画面に映しだされたであろうことはわかっていた。

犯人がこの寝室に侵入する前に警察は来てくれるだろうか？　いまだに鼓動が激しく、犯人が近づいてきたら聞こえてしまいかねない気がした。板が軋んだ。犯人は廊下にいる。寝室のすぐ外に。こちらの息遣いが聞こえているのではないか？　彼女の恐怖を感じ取って、起きていることに気づいているかもしれない。向こうはナイフのほかに銃を持っている可能性もある。そもそもベッドのふくらみでだませるのか。すぐに気づいて犯人が発砲し始めるのではないか？

侵入者は寝室のドアの向こう側にいる。ゆっくりとした静かな呼吸音が聞こえてきた。細く開けておいたドアが押し開けられたのだ。ドアは内側に開き、空気が変わった。けれども真っ暗なので、ドアが開いた様子はほとんど見えない。犯人が寝室をのぞきこみ、ベッドのほうを見ているのがわかる。部屋に入ってきた。小さな光が一瞬ちらつく。その光がまっすぐベッドに、毛布の下のふくらみに向けられ、再び暗くなった。目を覚まされる危険は冒したくないのだろう。

グロリアはさかんにこみあげてくる苦いものをのみくだした。震えあがっていた。カーテンの隙間から差しこむ細い月明かりでは、相手の姿はほとんどわからない。長身で細身だが、わかったのはそれだけだ。ニット帽を目深にかぶり、何かで顔を覆っている。ゴーグル？　顔を隠すため？　そんなことはどのニュースにも出ていなかった。そのとき気づいた。あれは血しぶきで目が見えなくなるのを防ぐためだ。私の血で。

男がことさらゆっくりとベッドに歩み寄った。もしグロリアが眠っていたなら、近づいてくる足音はまったく聞こえなかっただろう。男がベッドの脇に立って腰を曲げ、左手を頭があるはずの枕のほうに伸ばした。ナイフを振りかざし、今にも喉を切り裂こうとしている。

遠くでサイレンがけたたましく鳴り響くと同時に、グロリアは息をのんだ。即座に立ちあがって発砲する。何度も何度も撃った。相手を正面から見据えて集中し、教えられたとおりにゆっくりと確実に引き金を引いた。けれども恐怖に目がくらみ、全身を駆け巡るアドレナリンで震えていた。弾を撃ちつくしても引き金を引く手は止まらず、小型の二二口径がカチカチと鳴り続けた。

50

「サンタモニカ市警察のアルトゥーロ・ルーミス刑事だ。昨日、電話で殺人犯に関する警告をして、しばらく街を離れたほうがいいのではと伝えた者だ」アルトゥーロはバッジを見せた。

グロリアは、ぴったりしたジーンズに洗濯のしすぎで色落ちしたロサンゼルス・レイカーズのTシャツを身につけ、大きな足にソックスなしでくたびれたスニーカーを履いた、だらしのない風貌の男性を見あげた。「ええ、覚えてるわ。街を離れることはできなかったけど、電話を受けてすぐに二二口径を買いに行ったの。あなたと銃のおかげで命拾いをしたわ」

アルトゥーロは彼女の声がかすかに震えているのを聞き取った。気持ちをしっかり保とうとしているようだ。

彼はキッチンの椅子にまたがって椅子の背の上で腕を組み、座ったまま椅子を滑らせてグロリアに近づいた。つかの間、彼女の様子を観察する。若くて美人だ。アドレナリンが出すぎてぼうっとし、疲労困憊（こんぱい）して見えるものの、気丈に振る舞おうとしている。アルトゥーロはそこが気に入った。「俺は猫が好きなんだ」赤と白の猫がたくさん描かれたグロリアのパジャマを顎で示した。

グロリアが目をしばたたいて唾をのみこんだ。アルトゥーロは彼女の顔に浮かぶかすかな笑みを認めた。「私もよ。ローラは両親の家に残してこなければならなかったけど」

「俺の家の虎猫はがっしりしていて、ハンクっていうんだ。俺を起こしたいときは胸に飛びのってくる」

グロリアがアルトゥーロを見つめた。「猫の名前がハンク?」

アルトゥーロはにっこりして、彼女のすばらしい顔をしげしげと眺めた。「ハンクと俺はここからほんの四百メートルのところに住んでいる。だからこんなに速く駆けつけられたんだ。君の準備ができたら何が起きたか聞かせてほしい」

役を演じるように、状況を説明するリハーサルをしていたのだろう。グロリアが語る詳細は明快で的確だった。「男はずいぶん長い間、私のベッドに覆いかぶさるように立っていた気がするけど、実際はほんの二、三秒だったはずよ。ひどく奇妙なことに、私は体が凍りついたようになって動けなかった。そこへサイレンが聞こえて、男がはっと顔をあげたの。私の中ですべてがはじけ飛んで、男に向かって弾が切れるまで銃を撃ち続けた。それからすぐに二人の警官が玄関を叩く音がして、大声で叫ぶのが聞こえたの。犯人がまだここにいた場合に、ひるませるためだったと思う。でも男はもう消えていた。窓から飛びおりたんじゃないかと伝えたわ。もしかしたら私の撃った弾が犯人にあたったかもしれない。だけど定かじゃないわ。警官はすぐに男のあとを追ったけど、見つからなかったみたい。そのうちに、あなたが来た」

アルトゥーロはしばらく待ったが、グロリアはそれ以上何も言わなかった。彼女が唾をのみこんで両の拳を握りしめるのを見て、アルトゥーロは穏やかに声をかけた。「今はここにたくさんの警察官がいて、犯人を捜索している。近所に聞きこみをして、ガレージや空き家も確認する。男がまだ付近にいれば見つかるだろう」ジャケットのポケットから弾の切れた二二口径を取りだした。「君の弾があたったとしたら、とんでもなく運がよかったことになる。これはがらくたみたいな銃だからな」

グロリアが焦げ茶色の目をあげてアルトゥーロを見た。彼女の瞳孔はいまだに開いている。「わかってる。でも、これしか手に入らなかったの。射撃の腕はいいほうだと思っていたんだけど。これでも必死に撃ったのよ」

残念そうな声だ。すばらしい。彼女のますますの健闘を祈ろう。アルトゥーロは水をくみにシンクへ向かうグロリアの姿を見守った。脚が長いので、背丈は彼の額あたりまでありそうだ。グロリアが水を注いだグラスに視線を落とし、そのままカウンターに置いた。アルトゥーロは彼女の背中に向かって声をかけた。「俺だってこんなお粗末な銃じゃ、男に馬乗りになっているくらいでなきゃ仕留められなかっただろう。君は怯えていたし、アドレナリンが出て体が震えていたんだ。撃ったとき、男からどれくらい離れていたんだ?」

「私は大きな椅子の後ろにいて、向こうはベッドのそばに立っていたから、たぶん三メートルから五メートルくらいね」グロリアが冷蔵庫に向かい、空に近いシャンパンのボトルを取りだしてコルクを歯で抜き、残りを飲み干した。口元を手でぬぐうのを見て、アルトゥーロは頰が自然に緩んだ。「あの男を捕まえられる確率はどれくらいなの、刑事さん?」

「それは君の弾があたったかどうか、犯人がまだこの近くにいるかどうかによる。シャンパンはほとんど入ってなかったが、残りはどうしたんだ?」

グロリアがシャンパンのボトルをシンクの下のごみ箱に捨て、戻ってくると腰をおろした。満面に笑みを浮かべ、ベル・デウィット刑事の役を勝ち取ったことを打ち明けた。「だからベッドに入ったときには、シャンパンのおかげで酔っ払っていたの。しばらく『ヴァニティ・フェア』をぱらぱら眺めて、それから眠りについた」言葉を切って、唾をのみこむ。

「どうした？」

「あまりにも信じられない話だから、こんなことを言うべきかどうかわからないけど、私に向かって起きてって叫ぶ声が聞こえたの」グロリアが声を落とし、アルトゥーロの表情をうかがった。「おかしな女だと思ってるでしょ」

「聞き覚えのある声だったのか？」

「わかってるの、あれは夢だったって。ほかに説明がつかないから。だけどデボラの声だった。デボラ・コネリーの」頭がどうかしていると言ったらどうなのとばかりに、グロリアが顎をあげる。

アルトゥーロはきいた。「その直後に、別の寝室の窓から誰かが侵入する音がしたんだな？」

アルトゥーロはグロリアが髪を耳にかける様子を見守った。「そうよ。私の頭がどうかしてるとは思わないの？」

「まさか、ちっともどうかしてなんかいない」アルトゥーロは立ちあがった。「実際、君はよくやった。生きてるんだから」

グロリアが悪態をついた。力のこもった悪態だった。「弾があたらなかったと思ってるんでしょ」

アルトゥーロはほれぼれした。女性の口からここまで品のない悪態を聞くのは、妻と別れて以来だ。「どこかに血液が付着していたとか、点々と血痕が続いていたという報告はまだ届いてない。たぶん朝になればもっと運が向いてくるだろう。ところで、デボラ・コネリーと知り合いだったんだな？」

「ええ、それにドクとも。特に親しかったわけじゃないけど、それなりに知っていたわ」グロリアが唇に舌を走らせた。「彼女みたいに死にたくなかった」

アルトゥーロは立ちあがり、グロリアの肩に軽く手を置いた。「ミズ・スワンソン、俺は違法に入手した銃を撃った罪で君を逮捕するつもりはない。君の二二口径の件は報告書に記載しなければならないし、この銃は証拠として扱われるが、地方検事から連絡が入ることはないだろう」

グロリアも立ちあがってアルトゥーロと握手した。「それなら私のことはグロリアと呼んでいいわよ」

アルトゥーロは黒い眉をあげた。「グロリア。グロリア・スワンソンか」

「最新版のね。近いうちに有名になるから、あなたはどんなふうに私と出会ったか、きっと言いふらすようになるわ」

キッチンからカムとダニエルの声がして、アルトゥーロは顔を向けた。「二人とも来てくれ。グロリア・スワンソンを紹介しよう」

カムがグロリアと握手をした。「ミズ・スワンソン、会えて光栄だわ。あなたが元気でぴんぴんしている姿を見られてどれほどうれしいか。ルーミス刑事にすでに話したのはわかっているけど、私たちにも改めて聞かせてほしいの。アルトゥーロ、もしここに残れるなら、ほかにも質問を思いついたときに会話に参加して」

自分の身に起きたことをグロリアが再び話している最中に、アルトゥーロが手をあげた。「はっきりしないことがある。警察に電話をかけたのはいつだ？」

「ごめんなさい、忘れていたわ。部屋に侵入されたら取るべき行動を一つ一つ確認していたんだけど、携帯電話を置き忘れてしまって。ナイトテーブルまで取りに戻って、それから通報したの」グロリアが唾をのみこんだ。「男が寝室のドアを開けるほんの数分前だった」

ダニエルが言った。「もう一度、犯人の様子を話してくれないか」

「ほんとに暗かったんだけど、わかったのは男がそれほど若くないこと。二十代ではなくて、三十代か四十代という感じだった。ゴーグルのせいで顔は見えなかったし、ニット帽を目深にかぶっていたから髪の色も答えられない。帽子も服と同じく暗い色だった。背は高いほうで、少なくとも百八十センチはあったわ。それに細身だった。私が発砲し始めたとたんに逃げたの。すばやかった」

カムが言った。「グロリア、私たちは連続殺人犯が標的に選ぶ女性たちのつながりを探っているの。知ってのとおり、被害者は全員あなたと同年代の女優よ。最近、重要な役のオファーを受けたりした？　あるいは何かオーディションを受けたとか？」

グロリアがアルトゥーロに向かって大きく顔をほころばせた。「ええ、ちょうど今日、大役を勝ち取ったの。ルーミス刑事には話したんだけど」

「それで、シャンパンで祝ったそうだ」アルトゥーロがつけ加える。

グロリアがカムとダニエルに『ハード・ライン』のベル・デウィット刑事役について話し終えると、カムは言った。「おめでとう。グロリア。そうした役を手に入れるには、多くの才能とガッツと運が必要だってわかってる。あなたも同意してくれると思うけど、業界に知り合いがいれば、それが助けになることもよくあるんでしょうね。たとえばあなたのために自分の影響力を使いたいと思ってくれる知り合いがいるとしたら。あなたが『ハード・ライン』で役を射止めるのに、力を貸してくれた人はいる？」

「ええ」グロリアは即答した。「その映画のプロデューサーの一人と知り合いなの」

「その人の名前は？」ダニエルが尋ねる。

「セオドア・マーカム。テレビ界と映画界の大物よ。おかしなことだけど、コニー・モリッシーが殺される前は、セオは彼女を支援していたわ」グロリアが肩をすくめた。「もちろんほかにも助けている女優はいたはずだけど。それに私のあとにもそんな女性が出てくるでしょうね。誰にもわからないわ。今だってほかにもっといるかもしれない。セオは忙しい人だから」

コニーの後任を探すまで、どれくらい待ったのだろう？「マーカムとはどうやって知りあったんだい？」ダニエルが尋ねた。

「私はビバリーヒルズの〈バーガンディーズ〉でウエイトレスをしてるの。もうしないけど。明日、辞めると伝えるつもりよ。ある日、セオがランチに来たとき、彼が何者か知っていたから、確実に自分の担当のテーブルに座るようにしたの。最高のサービスをして、私に気づいてもらえるように」グロリアが肩をすくめる。「二日後に電話がかかってきて、一緒にディナーに出かけたわ」

「それはどれくらい前の話？」

グロリアがダニエルのほうに首を傾けた。「三週間ほど前だったと思う」

「セオドア・マーカムがコニー・モリッシーの話題を持ちだしたことはある？」

「ないわ。正直言って、ほっとした」

カムがなんでもないことのように言った。「彼とは体の関係があるのよね？」

グロリアが笑みを見せた。「セオはその質問には答えてほしくないでしょうね。実際、彼には大きな借りがあるもの。私の人生を変えてくれたんだから」

セックスがハリウッドの通貨というわけだと、ダニエルは思った。

誰もが話は出つくしたと感じたところで、カムがきいた。「ご家族はどこに住んでいるの、グロリア？」

「トリードよ、オハイオ州の。でも、この件は知られたくないわ、今はまだ。両親はこっちに来たがるか、実家に戻って一緒にいてくれと泣きついてくるだろうから」

カムは話を続けた。「今のところマスコミの耳に入るのは、不法侵入と発砲があって、負傷者は出なかったということだけ。自分の口からご両親に話す時間は残っているけど、ごくわずかよ。報道されれば大騒ぎになる。ご両親を訪ねるのも悪くないかもしれない」

グロリアは首を振った。「ほんとに無理。あなたは私の家族を知らないから」

「わかっていると思うけど、あなたの自宅は今や犯罪現場なの。今夜ここでは過ごせないわ」

「泊めてくれる友だちならいるわ」

「だめだ、危険かもしれない」アルトゥーロが言った。「こっちは何もつかんじゃいないんだ。連続殺人犯が何者でどこにいるのかも、今回どうして君を選んだのかも、また襲おうとするのかどうかも。犯人は今までは一度も失敗したことがなかったからな。そうだ、警察署に泊まればいい、待機房にでも」

グロリアがアルトゥーロに視線を投げた。「バスルームがついていないなら、その案はお断りよ、刑事さん。だけど私の二二口径は返してくれてもいいんじゃないかしら」

アルトゥーロが自分の家に泊まるよう申しでる前にカムは言った。「ねえ、まだ話し足りないわ。私はマリブにある友人のミッシー・デベローの家に滞在しているんだけど、コロニーからはそう遠くないし、彼女も女優なの。確認してみるけど、あなたに来てもらっても気にしないと思う。さあ、荷物を詰めてきて。ノートパソコンと携帯電話を持っていくのを忘れないでね。さらに状況がつかめるまで一緒に泊まればいいわ」

「犯人を逮捕するまでと言ってほしかったんだけど」

カムはにっこりした。「今から言うわ。犯人を逮捕するまで、ミッシーと私と一緒に泊まって」

グロリアが笑みを返し、寝室に向かった。「ミッシー・デベロー」グロリアがキッチンに残った三人に向かって声を張りあげた。「たしか彼女にはオーディションで何度か負けたわ」

51

金曜朝
マリブ
ミッシーのコテージ

ミッシーがキッチンの入り口に立った。両手を腰にあて、カットオフデニムに体にぴったりしたオレンジ色のタンクトップ、素足にスニーカーという格好だ。髪は無造作におろしていて、十八歳くらいに見える。ダニエルは息をのんだ。

「グロリアなら、カムのご両親の家にいるわ。二人のことをカムに聞いたとたん、グロリアったら彼らに会えるって舞いあがっちゃって」ミッシーがダニエルにオレンジジュースを注いだ。「疲れているみたいね。これを飲んで。気分がよくなるから」ダニエルがグラスを空にしてカウンターに置くと、ミッシーが言った。「グロリアが経験したことはきっと……」身震いしてから背筋を伸ばし、足を開いて立って強い女を装った。「私だって取り乱したりしなかったと思うわ。たぶんグロリアみたいに銃を手に入れるべきなんでしょうね」

〝絶対にだめだ〟そう思ったが心の声を口にするほどダニエルは愚かではない。「今は家に三人いるし、その中にはFBI捜査官も含まれている。君は安全だ」

ミッシーが言った。「ええ、わかってる。ブリンカーがまた現れたとき、私が撃つんじゃないかと心配してるんでしょ」

それも悪くないと思いつつも、ダニエルは言った。「銃を持たないほうがいい理由はほかにもある」

けれどもミッシーは次の話題に移った。「カムがグロリアを連れてきたけど三人とも眠れなくて、みんなでグロリアのメールを見返したの。カムに私の記録を見せて、グロリアの記録は一緒に目を通した。私の考えを聞きたい？　きっとマーカムとのつながりに何か意味があるのよ。そうした証拠を集めるのが結構うまいんじゃないかと自分でも思えてきたの。集めた事実から結論を導きだして、ホシを突き止める。犯罪者のことをそう言うんでしょ？　ホシって？」

「それはテレビの中の話だよ」ダニエルはミッシーがコーヒーポットを手に取り、残りの量を確かめてから、新たにコーヒーを淹れる準備を始める様子を眺めた。

ミッシーはスイッチを入れて振り向いた。「あなたみたいに刑事になれないのが残念だわ、ダニエル。でも演じることは好きだし、お金持ちの有名なスターになることを思えば悪くないかもしれないけど」

ダニエルがキッチンの天井を仰いで唇を動かした。

「何を言ってるの?」

「天の配剤に感謝しているんだ。すべてがあるべき形におさまっていることに。君が銃を携えて通りを巡回している姿は魅力的だろうし、胸をわしづかみにされる気分だけれど、金持ちっていう響きもいいね」

「私のことを本気で魅力的だと思ってる?」

ダニエルはコーヒーカップをゆっくりとテーブルにおろした。「そりゃあ、まあ、もちろん思ってるよ」

「ふうん。どうして胸をわしづかみにされるの?」

「わが家の男たちはみんなそうだ。銃を持った女性を見るとやられてしまう」ダニエルは恐竜のマグカップでミッシーと乾杯した。リビングルームにいるカムが携帯電話で話す声が聞こえてきた。よかった、カムはここにいるようだ。彼女に伝えたいことがあった。

ダニエルはミッシーのかぐわしいコーヒーの香りを吸いこんだ。

「木曜の朝以降、ブリンカーは近づいてきたりしてないかい？」

「昨日、図書館で見かけたわ。本を読んでいるふりをしてた。ちらっと見たら『高慢と偏見』なんて読んでるのよ」ミッシーが首を振った。「冗談じゃないわよ、あの間抜けがジェイン・オースティンのファンだなんて。私を見て驚いた芝居をしたから、無視してやったわ。私に続いて図書館を出たけど、ブリンカーは距離を保っていた」

「また心を乱すようなことを言ってくれるな、ミッシー。ここにはカムがいるし、グロリアだっているのに」ダニエルはすぐにまずいことを口にしたと気づいた。「僕がブリンカーなら、君に恐れをなしているね」

ミッシーが澄まして言った。「あいつはすでに恐れをなしているわ。ほかにあなたにできることはないの、ダニエル？」

ああ、君がいる場所の百五十キロ圏内に足を踏み入れたら、完膚なきまでぶちのめしてやるとやつに言ってやれる。「何ができるか考えさせてくれ。それから、またあいつを見かけたら教えてほしい」ダニエルがカムのほうを見ると、彼女はキッチンの入り口で顔をしかめて立っていた。

「ロサンゼルス市警察の鑑識班からの電話だったの。弾痕が六箇所に壊れた窓が一枚。でもどこにも血痕はないし、足跡もなし」

ダニエルはマグカップを持ちあげてカムに挨拶した。「しょげるなよ、カム。すべての望みが絶たれたわけじゃない。僕が元気の出る話を聞かせよう。覚えているかい、君の両親が話してくれただろう？　コニー・モリッシーが殺される直前、予定していたオーディションをどれほど楽しみにしていたかを。〈ガッシュ〉でコニーを担当していたエージェントのウィリアム・バーリーに電話をかけてみたら、彼はそのオーディションのことを覚えていた……心の準備はいいかい？　『クラウン・プリンス』のヒロイン役だったんだ」

ミッシーが言い添えた。「そしてプロデューサーは、セオドア・マーカム」

「そのとおり」ダニエルは続けた。「バーリーの話では、マーカムの秘書が電話をかけてきて、オーディションは形式的なものだと言ったらしい。その役はコニーに決まっていたんだ」

「デボラが殺されたときに演じていたのと同じ役ね。偶然ではすまされないわ」ミッシーがダニエルに飛びついて腕をまわし、大きな音をたててキスをした。体を引いて、にっこりする。「やったわね。たいしたものだと思わない、カム？」

カムはダニエルを見つめた。「私たちと話したとき、マーカムはどうしてそんな大事なことを言わなかったのかしら？　なぜ私たちに知られたくなかったの？　つまり、その事実を聞いたことによって、マーカムが連続殺人にかかわっているという私たちの疑いが強まるわけじゃない。自分がプロデュースする映画でわざわざ役を与えたあとにその女優を殺してまわるなんて、そんなのはどう考えてもおかしいもの」

ダニエルは言った。「その役をくれないなら別れるとコニーがマーカムを脅したとしたら？　コニーがなんらかの理由でマーカムを激怒させて、彼がほかの殺人を隠れみのにしてコニーを殺したとか？」

カムがコーヒーを一口飲んで顔をしかめ、電子レンジに入れてあたため時間を三十秒にセットした。

「カム、それはダニエルのコーヒーよ。あなたにも用意してあげるわ。『アナと雪の女王』のエルサのマグカップで」

「なんですって？　あら、ごめんなさい、ダニエル」

「かまわない。僕のためにあたためてくれているんだから」

ミッシーが言った。「セオドア・マーカムがもうほかの女優とベッドをともにしているなんて気分が悪くなるわ。でも、ダニエル、私はマーカムがコニーを殺したとは思わない。彼はコニーにコテージを格安で貸して、ほかのプロデューサーたちに紹介してあげてたのよ。コニーがマーカムについて話す様子を見ていると、本当に彼のことが好きで、マーカムもコニーを大事に思っていたという印象を受けた。たとえ役をもらえなくても、コニーが彼のもとを去ると言って脅すことはなかったんじゃないかしら」ミッシーが言葉を切り、やがて続けた。「二人とも、マーカムがグロリアまで殺そうとしたとは考えてないわよね？　彼が夜中にさまよい歩いて、寝ている女優を次々に殺すところなんて想像できない。それって、完全に常軌を逸してるサイコパスってことでしょ」

ダニエルが言った。「マーカムをリストから除外することはできないんだ、ミッシー。六件の殺人事件のうち四件のアリバイはあるが、その四件も大きな穴がある。モリー・ハービンジャーを殺しにラスベガスへ飛んだという記録が民間機にもプライベートジェットにもないとしても、簡単に車で行ける距離だからね」

「出かける前に聞いてほしいの」ミッシーが言った。「伝え忘れていたけど、ダニエルがここへ来る何分か前にドクから電話があったの。デボラの葬儀の手配の件で話がしたかったそうよ。検視官が彼女を……」唾をのみこんだ。「彼女の遺体を返してくれるのはいつか、私からあなたたちにきいてほしいって」

「月曜だと伝えてくれ。まだ検査が残っているし、検視官はもう一度遺体を調べたいと言っている」

ミッシーが言った。「かわいそうなドク。彼にとっては本当につらいことだわ。ドクはぼろぼろよ」

そのとき、玄関のドアをノックする音がした。ダニエルはとっさにベレッタに手をかけたが、アルトゥーロの声が聞こえて口元を緩めた。「おーい、誰かいるか?」

「入ってきて」ミッシーが返事をした。

リビングルームにふらりと入ってきたアルトゥーロに、ダニエルは声をかけた。「警察署か病院にいると思っていた。どうしてここに?」

「伝えたいことがあるんだ。でもその前に、グロリアはどこだ? ゆうべの件でほかにも覚えていることがないかどうか質問したかったんだが。彼女はいるのか?」アルトゥーロがミッシーを見た。「君がミッシー・デベローか?」

ミッシーが歩みでてアルトゥーロと握手をした。「ええ、そう。それから、言わせてもらえば未来のスターよ。あなたがルーミス刑事?」アルトゥーロがうなずくのを受けて続けた。「グロリアならここにはいないわ。コロニーにあるカムのご両親の家にいるの」

カムが言った。「グロリアが私の両親とあんまり楽しそうにしているから、午前中はそこで過ごせばいいと思って残してきたの。あとで私たちも押しかけて、一緒に昼食をとってもいいかもしれない」

ミッシーが首を振った。「残念。バターミルクのコマーシャルのオーディションがあるの。そろそろ支度をしないと。みんな、がんばって」ミッシーがキッチンから出ていった。

ダニエルは言った。「アルトゥーロ、何か報告があるんだろう?」

「こっちに来て、座って」カムが声をかける。

アルトゥーロが腰をおろして口を開いた。「火曜の夜、つまりデボラが殺された夜のドクター・マーク・リチャーズのアリバイについてだ。やつは一晩じゅう病院にいたと主張した。俺たちはドクが病院にいたかどうかを証明できる全員から聞き取りをしたと思っていたが、一人だけもれていたことが判明した。事件後、日勤に変わっていたからだ。俺は彼女を見つけて話をした。あの夜、彼女は用事ができたのでドクを呼び出そうとしたらしい。しかし応答がなかったので、ドクが当直室で寝ていると聞いて確認しに行ったが、そこにはいなかったそうだ。どこにいるのかと思ったものの、忙しさにまぎれてそのことは忘れてしまい、しばらくしてからナースステーションで、ドクをたしかに見たと言っている。起きたばかりといった様子だったとか。とはいえ、空白の時間がかなりある。それに、ドクはいたと言った場所にいなかったんだ。

覚えているだろう。やつは日頃から走ってる。自宅まで走って帰ってデボラを殺し、また走って戻ることもできたはずだ。ドクなら病院の監視カメラは簡単に避けられるに違いない。夜更けに外を走っている人がいたとして、気づくやつがいるか?」

カムがほかの誰かに向かってというより、独り言のように言った。「まさか私が誰かにそこまで間違った印象を抱くなんて」

ダニエルがカムの腕を軽く叩いた。「君が間違っているわけじゃないかもしれない。ただ、セオドア・マーカムがデボラを殺したのはドクだと、どうしてあれほど確信しているのか不思議でしかたがないんだ。どんな理由があるんだろう?」

カムがゆっくりと言った。「私はコニー・モリッシーと何か関係がある気がするの。でも、どんなこと?」

アルトゥーロが言う。「あるいはドクがデボラを殺して、マーカムがそれを知ったとか」

カムが二人を見た。「もしそうだったら、私を撃って」

ダニエルは言った。「結論に飛びつくのはやめよう、カム。なあ、グロリアが襲われた件は、マーカムともう一度話すいい口実になる。コニーが殺される前に『クラウン・プリンス』の役をコニーに与えるつもりだったこと、そのあとデボラに役をまわしたことをなぜあえて話そうとしなかったのか。やつがニュースで知る前に、こちらから訪ねていってグロリアの件をぶつければ、ほかにももっと聞きだせるかもしれない」

カムがうなずいて立ちあがった。「アルトゥーロ、私たちが出かけている間に、私の両親の家でグロリアと話をしたらどう？　あとで合流するわ」

52

金曜
ワシントンDC
フーバー・ビルディング

サビッチは自分がつむじ曲がりだとわかっていた。アレクサンダー・ラスムッセンを木箱に詰めてアッティカ刑務所に送りたいわけではないのに、放置しておくことを直感が許さないのだ。アレクサンダーはおそらくビーナスの子どもや孫の中で一番の切れ者だ。おまけに非常に狡猾で、自分の都合に合うとなれば倫理さえもないものにしたがる。ちょうど彼がニューヨークの法律事務所で横領したときのように。もしアレクサンダーが祖母と真っ向から対立し、彼女がラスムッセン産業の経営から退きたいと願う前に王座を奪ってやると、祖母を殺すと決めたのなら、すでにやってのけているだろう。サビッチの中で、そこに疑いの余地はない。しかしアレクサンダーがウィリグを雇うとは思えなかった。アレクサンダーは闇に身を潜め、申し分のないタイミングが訪れるのをじっと待つタイプだ。あんな証拠を残したりもしないだろう。犯人はアレクサンダーではない。やつにはさまざまな面があるが、シャーロックが言うとおり、愚か者ではない。やつは祖母を殺そうとはしていない。となると、大きな疑問が残る——アレクサンダーをはめようとしているのは誰だ？

身近な、ごく身近なアレクサンダー以外の家族である可能性がもっとも高い。だが、それは誰なんだ？　グリニスはアレクサンダーと同じく抜け目がなくて冷酷だが、そこまで衝動的ではないのでは？　冷酷さも劣るか？　それに彼女なら単に無心すればおそらく金は手に入るから、祖母の殺害を企てたりはしないだろう。ヒルディ？　夫に金を渡して自分の人生から追い払った母親を憎んでいるのか？　ヒッピーのようなアーティストのヒルディにあんなことができるだろうか？　そして誠実なベロニカは？　強い忠誠心を持ち、十五年間もビーナスを守ろうとしてきた彼女が、アレクサンダーを葬ろうとして証拠をでっちあげたのか？　自身の罪を着せるために？　たしかにベロニカなら機会はいくらでもあった。しかしなぜ？

携帯電話からリトル・ビッグ・タウンの《トルネード》が大音量で流れだした。

カムだ。マリブからかけてきている。サビッチは喜んで頭のギアを切り替えた。

「やあ、カム。女優のグロリア・スワンソンの事件に関する情報をありがとう。何か新しいことがわかったのか？」

「たいしたことではありませんが。私たちは今、ドクが……ドクター・マーク・リチャーズ、デボラ・コネリーの恋人ですけど、彼がデボラを殺していないことを確認しているところなんですが、ロサンゼルス市警察のアルトゥーロ・ルーミス刑事が、デボラの死亡推定時刻の前後四十分間のドクの行動がつかめないことを突き止めたんです。本人は当直室で眠っていたと主張していますが」

「監視カメラの映像は？」

「当直室にカメラはなくて、部屋のそばの階段の吹き抜けに一台あるだけ。しかも目につく場所に設置されているので、避けようと思えば簡単に避けられます。建物内のほかの監視カメラの映像も今、確認しているところです」

「駐車場の監視カメラはどうだ？」

「ドクの車は一度も移動していませんでした。ですが病院から自宅まではほんの一キロほどしか離れていないし、彼は日頃から走りこんでいる。あの地域のことはよく知っていて、だからこそすべてのカメラを避けることもできる。でも注目すべき動機がまだ見つかっていないんです、ディロン。連続殺人犯はまったく接点のない人物かもしれない。私たちのレーダーから完全に外れている誰かかも」

「だが、君はそうは思っておらず、マーカムに着目している」

カムが口をつぐみ、サビッチは待った。

「私たちは被害者全員をつなぐなんらかの接点を、たった一つの動機を探ってきました。もちろん連続殺人犯には、こちらが考えているような動機なんてものはないのかもしれない。とはいえ、よっぽどの幸運でも降ってこない限り、それが一番のアプローチなんです。もう頭がぐちゃぐちゃですよ。ある道は別の方向を示し、それをたどっていくと行き止まりという具合で、波にのまれるのもこれで三度目です、ディロン。この事件の捜査を指揮する別の捜査官を派遣したほうがいいかもしれません。私は完全に無能です」

サビッチは頰を緩めた。「その気持ちはよくわかる」

「クワンティコの講義で話されましたよね。木々の間から森が見えなければ、斧を手に取れと」

サビッチは笑い声をあげた。「ああ、単純化しろということだ。どうやら君の事件はわかりやすくつながっているわけではなさそうだな、カム。われわれの検視官によれば、捜している殺人犯は一人ではない可能性もある。デボラ・コネリー殺害事件に焦点を絞るといい。ほかはすべて頭から追いだすんだ。オーディションのことも、女優たちの明らかな接点も全部。デボラの事件を解決すれば、何がすべての殺人を結びつけているのかが見えてくる。そうすればすべての辻褄が合うだろう」

カムが再び口をつぐんだ。深く息を吸いこむ音が聞こえる。「いい助言ですね、ディロン。これからデボラ・コネリーに集中します。ありがとうございました」

「直感を信じろ、カム。結局のところ、それしかない」

サビッチは電話を切りながら、たった今、カムに言ったことを考えた。単純化する。原点に立ち返る。自分がした助言を自身が受け入れるときだ。ＭＡＸを再びスリープモードから復帰させた。クラウドには頭の切れる者でさえ、存在するとは夢にも思わないほどの履歴が残っている。ＭＡＸはサイバースペース上の執拗な追跡者(ブラッドハウンド)だ。サビッチがＭＡＸでどんなことをデータマイニングしているのか、メートランドは知りたくもないと言ったことがあった。今回もきっと知りたがらないはずだ。

サビッチはベロニカ・レイクに関する予備情報の画面をもう一度スクロールしていった。すべてが予想どおり、実にありきたりなものだ。かなり前にマリファナで逮捕されたことを除いては。興味を引くのはその点だけだった。陸軍少佐との短く苦い結婚生活。子どももはなし。そこでシャーロックがドアから顔をのぞかせたので、サビッチは視線をあげた。

「ディロン、Kストリート付近の店の監視カメラと交通監視カメラの映像を一つ一つ確認する作業が終わったわ。デルシーが道路に向かって突き飛ばされる前に、交差点で彼女の至近距離に立つ男をグリフィンが発見したの。でも男は人ごみの中にいるし、パーカーのフードをかぶってサングラスをかけているから、見えているのは顎の一部だけ。グリフィンがあなたに見てほしいって」

サビッチはうなずいた。「わかった」

「でも私が顔を出したのは……意外なんだけど、ベロニカが来ているからなの。重要な話があるそうよ」

サビッチはMAXの画面を、スミス大学時代のベロニカの成績の概要を見おろした。ほとんどがA評価とB評価で、専攻は心理学だ。サビッチがいくつかキーを叩くと、画面が黒くなった。「どんな話か聞いてみようじゃないか」

53

ベロニカは秘書のシャーリーのデスクの隣に座っていた。シャーリーが愛犬のポメラニアンに猛烈に顔をなめられている写真を見て笑っている。「この子はバーカーっていうの」シャーリーが話している。「往年のトークショー司会者にちなんでね。よく吠えるのよ。特に私がベーコンを食べているのを見ると。つまりしょっちゅうってことなんだけど」シャーリーがサビッチに顔を向けた。「ベーコンのこととなると、バーカーはアストロのいとこみたいだと言ったことがあったわね」

「二匹の違いは、アストロはターキーベーコンのほうが好きということだけだ。来てくれ、ベロニカ。こっちで話そう」サビッチはベロニカの手に触れて、犯罪分析課(CAU)の会議室に向かってうなずいた。シャーロックも二人に加わる。

腰をおろしたベロニカは前置きなしに切りだした。「今朝、ビーナスを説き伏せてドクター・プルーイットに診てもらったんです。ビーナスはウィリグとかいう恐ろしい男に撃たれそうになったところに、アレクサンダーに自宅を出てもらうようあなたに強く勧められて、ゆうべは彼とかなりもめました。それらすべてがビーナスにかなりの悪影響を及ぼしているんです。彼女はそれを隠そうとしているけれど。今朝の血圧はかなり高くて、体調がいいようには見えませんでした。ドクター・プルーイットは、ビーナスが抱えているストレスは二十歳の人でさえ負荷がかかるほどで、若い人なら心臓発作の心配はないけれど、彼女の年では心配しなければならないとおっしゃっていました。もう若くはないんだから、自分がこんなばかげたことには耐えられないという事実に向きあわなければならないと。ビーナスの年だと、心臓発作が命取りになることもあるという話でした。それで今日はここにお邪魔したんです。ビーナスには答えが必要なんです、ディロン。私からビーナスに伝えられることはありませんか？　あるいは彼女と直接話していただけないかしら？」

「ビーナスは自宅で休んでいるのかい？」

「まさか！　そんなことはありえません。ビーナスを知っているでしょう。彼女はラスムッセン産業にいて、広い役員室でいつもどおり会社をまわしています。もし心臓発作を起こしたらそのときはそのときだ、ベッドに横たわって心臓が止まるのをただ待っているつもりはないと言うんです。しなければならない仕事があるからと」

シャーロックが言った。「言い換えると、倒れるまで自分の人生をまっとうするということね」

「そう、まさにそのとおりです」

「アレクサンダーのことはビーナスからどんなふうに聞いているんだ、ベロニカ？」

「この話をするのはつらいんです、ディロン。本当につらいわ。実はビーナスに、私はどう思っているのかときかれたんです。私が即答しなかったらビーナスはうなだれて、それ以上何も言わなかった。ビーナスを安心させてあげるべきだったと、今ならわかるんです。だけど——」

シャーロックが言った。「つまり、あなたはアレクサンダーがやったと信じているわけね？」

「お二人がアレクサンダーに不利な証拠を発見したとビーナスが話してくれました。彼の薬棚から微量の砒素が見つかったこと、ウィリグにかけた電話のことも。正直なところ想像もできないけれど、でも……」ベロニカが肩をすぼめる。

「ベロニカ」サビッチは声をかけた。「今現在、もしくは過去にでも、アレクサンダーと親密な仲になったことはあるか？」

ベロニカが椅子の上で体を引いた。「私がアレクサンダーと？　まさか、もちろんありません。彼が私に対してそんな関心を持ったことは一度もないし、つけ加えるなら私だって同じです」

「どうして?」シャーロックがきいた。「アレクサンダーは見た目がいいし、頭は切れるし、成功もおさめているわ」

「アレクサンダーはいつも私にひどく他人行儀で、それは徹底しています。私がビーナスにつき添うようになってから十五年間ずっとです。だけど私のことをただの使用人として見ていて、自分が思いやりを示すのに値しない、気持ちの浮き沈みが激しい女だと思っていることには気づいています」

「あと一つだけ教えてほしい」サビッチは言った。「ビーナスは毎日オフィスに行っている。何年もそうしてきた。それなのになぜ十五年前に世話係が必要だと確信したのか、不思議に思っていたんだ」

ベロニカがほほえんだ。「私が雇われる一週間前に、ビーナスは本当に怖い思いをしたんです。彼女はインフルエンザにかかっていて、それが心拍に影響したのか気を失ってしまった。その日の朝にイザベルがたまたまビーナスの部屋に入ったからよかったものの、そうでなければ死んでいたかもしれなかった。それで常にそこにいて、自分が朝には確実に足を床におろせるようにしてくれる人がほしいと思ったそうです。

以来、そのときみたいな健康上の問題は特に起きなかったものの、私はビーナスとうまがあって、辞めないでほしいと頼まれました。

正直言うと、最初はもどかしかった。お給料はよかったけど、何をすればいいのかわからなかったんです。仕事に同行することは一度もなかったから、うんざりするほど本を読んで、うんざりするほど歩くくらいしかできなかった。そうしたらビーナスが、日中は自由に過ごしていいのだと言ってくれた。それで自分の能力を試してみようと考えました。一番やりたいことを決めて、実行しようと思った。実際、そうしたんです」

「それはなんだったんだい？」サビッチは尋ねた。

「レディースウェア専門のちょっとした転売のウェブサイトを始めたんです。〈流行に左右されない服(クラシック・スレッズ)〉という」ベロニカがにっこりした。「実はそれが何年にもわたって大金をもたらしてくれているんです。私は儲けのうちのかなりの額をさらに事業に注ぎこんでいる。私が日々の生活の心配しなくてすむよう、ビーナスが取り計らってくれていますから。今では一流の競合他社としのぎを削るほどになったんです。評判は確立されてても値段は抑えてあるから、かなり広く知られています。それに仕入れ先ともいい関係を築けているんです」

シャーロックが言った。「〈クラシック・スレッズ〉、すてきな名前ね。調べてみるわ。ビーナスもきっと誇りに思っているんでしょうね。ベロニカ、ビーナスは今日は夜までオフィスにいるつもりなの？」

「いいえ、午後四時までに帰宅すると約束してくれました。アレクサンダーはどうなるんです？　逮捕されるんですか？　また自宅で暮らせそうなんですか？」

サビッチは座ったまま身を乗りだした。「これが難しい状況なのはわかっている。君にとっても、ビーナスと家族のみんなにとっても。アレクサンダーのことはしばらく様子を見なければならない。当面は君もビーナスから目を離さないで、君にできるやり方で彼女を支えてほしい。近いうちに話をしに行くとビーナスに伝えてくれないか？　今日は訪ねてくれてありがとう」

ベロニカを促して三人で会議室を出ると、シャーロックがきいた。「火曜の夜に家でロブ・ラスムッセンに会ったあと、彼を見かけた？」

「いいえ、どうしてです？」

「ちょっと興味があっただけよ。ロブのことはどう思った？」

「そうですね、正直言って、私にはロブが少年だった頃のいい思い出があります。でも今のあの人のことはよく知らない。ラスムッセン一族特有の見栄えのよさは間違いなく受け継いでいますけど。ビーナスから聞いた話では、ロブは模範的な市民で、立派な実業家になったそうです。でも彼は残りの家族を納得させないといけないでしょうね。火曜の夜は明らかにとても行儀よく振る舞っていた。自分が戻ってきたことをみんなに喜んでほしかったんでしょう」ベロニカがため息をついた。「ロブがアレクサンダーとは全然違っていて、ほっとしました」足を止めてサビッチを見あげた。「あなたがアレクサンダーとそりが合わないのはわかっています。でも本当に彼が自分の祖母を殺そうとしたと思いますか？」

サビッチはほほえむにとどめた。「来てくれてありがとう、ベロニカ」

54

金曜朝
ロサンゼルス
センチュリー・シティ

一時間半後、カムとダニエルがカルバー・ビルディングのエレベーターをおりると、マーカムの秘書が何も言わずに彼のオフィスへ案内してくれた。マーカムがデスクからゆっくりと腰をあげた。デスクの正面に座る男に何やら告げると、男はカムやダニエルとは目も合わせずにそそくさと部屋を出ていった。

「ボビーのことは勘弁してやってくれ。警察が苦手でね。そうじゃない会計士にはほとんどお目にかからないが。あの男の兄が横領で服役中なんだ」マーカムが二人を見つめた。「ところで、どうしてまた来たんだ？　君たちに協力して質問には答えた。必要以上にね。それなのになぜ、私がいまだに容疑者リストに含まれているんだ？」拳をデスクに押しあてる。

カムは答えた。「こちらにお邪魔したのは、グロリア・スワンソンが昨日の夜、サンタモニカの自宅で襲われたことをお伝えするためです」

マーカムがまるで銃で撃たれたかのような顔をした。こちらを見つめて押し黙っている。動揺しているのは明らかだ。

「グロリアなら心配はいりません」ダニエルが言った。「自分で自分の身を守ったんです。警察官の一人が、犯人に標的にされる恐れがある何人かの女優に電話をかけていたんです。それでグロリアは銃を買い、連続殺人犯が来たときに相手に向けて発砲した。とはいえあたらなかったので、残念ながら犯人はまだ逃亡中です」

カムは歩みでた。「ミスター・マーカム、大丈夫ですか？　水でもお持ちしましょうか？」

「いや、平気だ、かまわんでくれ。彼女は本当に無事なのか？」

「ええ、まったく心配ありません」ダニエルが答えた。「ゆうべはどちらに？　午前二時頃ですが」

マーカムはダニエルが外国語をしゃべったかのようにぽかんとした。舌で唇を湿らせる。「君たちはもしや私が……まったく、どうかしてる。私は家で寝ていたよ。妻と一緒に、自分たちのベッドで。自宅を出たのは今朝の八時だ」

カムは言った。「コニー・モリッシーが殺されたとき、彼女が『クラウン・プリンス』のヒロインに決まっていたことをあなたは一度も口にしなかった。そしてその役をデボラ・コネリーに与えた。デボラが殺されたときに演じていた役柄です。その事実に私たちが興味を示すとは思わなかったんですか？　私たちがそれを知ることが重要だとは？」

マーカムがカムを見つめた。「なんだって？　まさか。もちろん君が今言ったコニーの話は事実だが、こっちはデボラの死にショックを受けていて、そんなことは頭に浮かびもしなかった」カムとダニエルを見比べる。二人とも厳しい顔をして、まったく引く気配はない。「本当だ、あのときは思いつきもしなかった。嘘じゃない。それに、伝えていたらどう違ったというんだ？」

「火曜の夜はどこにいたんですか？」

「火曜の夜？」

「デボラが殺された夜です」

「スタジオにいたよ。『クラウン・プリンス』のラッシュを細かくチェックしていた。あの夜は、みんなでかなり遅くまで作業をしてから帰宅した」

「コニーが殺害されたあと、どれくらい経ってから彼女が『クラウン・プリンス』で演じるはずだった役をデボラにオファーしたんです？」

「覚えていない。一週間くらいだと思うが、どうだろう。キャスティング・ディレクターが連絡をよこしたんだ。たしかそうだ。それでデボラ・コネリーに決定した。だからあの頭がどうかした医者が彼女を殺したんだ。ヒロインを演じることについて、やつは猛反対したはずだ。それでデボラがうんざりして、あの男と別れたくなったんだろう。やつと離れてイタリアで撮影していた二週間、デボラがとても浮かれていたのを私は知ってる。それでまたあの男の顔を目にして、質問攻めに遭って、ほかの俳優たちと寝てると責められたりしたら……」

マーカムは歯を食いしばって口を閉じた。

カムはすかさず言った。「あなたは自分がグロリアと男女の仲だから、彼女が『ハード・ライン』の主役を射止められるように手を貸したんですね？」

マーカムが身をこわばらせた。「グロリア・スワンソンは初代のグロリア・スワンソンに引けを取らないくらい有名になる。あの役を契機にね。グロリアはコニーに負けないくらい才能がある。『ハード・ライン』の役にふさわしい、すばらしい演技をするだろう。男女の仲とかそういうこととは関係ない」

「とはいえ、体の関係がマイナスに働くことはなかった。そうですね？　コニー・モリッシーがあなたと関係を持っていたのと同様に。グロリアが賢明だったからよかったものの、今度は彼女がもう少しでコニーのように殺されるところだった。力を貸してください、ミスター・マーカム。私たちが理解できるように説明してください。これはどういうことだと思いますか？」

「わかるわけがない！　いいか、私には今回のことがまったく理解できないんだ。私をしつこく責め立てる代わりに、自分の仕事をしたら……」マーカムが言葉を切り、再び唇を湿らせた。「グロリアが私と寝ていると話したのか？」

「いいえ、違います」カムは言った。「あなたはその質問には答えてほしくないと思っているだろう……私の記憶では彼女はそう答えました。ですが、もちろんあなたはグロリアと関係を持っている。コニーと関係を持っていたように」

「私には家族がいるし、この件にいっさい妻を巻きこみたくない。妻とは暗黙の了解があるが、その中にはマスコミに私生活を干渉されないようにすることも含まれている。このことがもれたら、私にとっては大打撃だ」

カムは拳で殴りつけてやりたかったが、マーカムの最後の言葉を無視して話を進めた。「ほかにも隠していることは？　デボラともベッドをともにしていたとか？　だから『クラウン・プリンス』でコニーが演じるはずだった役をデボラに与えたんですか？」

「違う！」マーカムがデスクの上でペンをいじってから、不機嫌な声で続けた。「オーディションでデボラを見た。あの役を演じるために生まれてきたんだと思った。言っておくが、コニーやグロリアに役を与えるよう関係者に働きかけたことはない。実際『ハード・ライン』の刑事役のオーディションにグロリアを含めたのは、根性があって機転がきくと知っていたからだ。彼女はあの役を自分のものにして、ドラマにさらなる深みと複雑さを与えてくれるとわかっていた。それが私にとって一番の関心事だ。グロリアはオーディションで輝きを放っていた。見こんだとおりにね。あの役は彼女が自力で勝ち取ったんだ」

「では、『クラウン・プリンス』でデボラ・コネリーの代役を務める女優はどうなんです？　次のお相手として待機させているんですか？」

「もちろんそんなことはしていない。失敬な」

カムは身を乗りだした。「あなたにとって特別だった女優は何人いたんですか、ミスター・マーカム？　ほかの被害者の中に誰かいましたか？」

「私は美しくて才能のある女性の価値を認めている。向こうは私の影響力の価値を認めている。私は彼女たちの誰も傷つけたりはしない。君たちが目を向けるべきはあの医者のほうだ」

ダニエルが質問した。「私立探偵のガス・ハンプトンを雇ったのはそのためですか？　ドクター・マーク・リチャーズがデボラ・コネリーを殺した証拠をつかむために？　われわれが彼を徹底的に調べあげるとは思えなかったのでしょうか？　なぜドクター・リチャーズがデボラを殺したと、そこまで確信しているんです？」

マーカムが二人にうんざりした視線を向けた。デスクの引き出しを開けて葉巻を取りだし、カットして指の間でもてあそんでから、ようやく火をつけた。「ハンプトンを雇ったことは秘密でもなんでもない。雇ったのは、君たちが能なしだと結論づけたからだ。私がドクのことを、あいつがどんな人間かをいやというほど話したのに、やつの代わりに私を捕まえようとここに来るとは」

ダニエルが言った。「どうしてそこまで気にするんです？　ドクター・リチャーズが彼の恋人を殺したことを証明するために、なぜあなたが大金を注ぎこんでいるんですか？」

マーカムが宙で手を振り、葉巻の灰をまき散らした。「デボラはやつの恋人だったかもしれんが、私の映画に主演していたんだ。コニーがヒロインを務めるはずだった映画にね。やつがデボラを殺した。私にはわかっている。なぜなら私は二人が一緒のところを見ているが、君たちは見ていないからだ！　コニーとデボラは友人同士だったと話したはずだ。ドクはコニーに我慢がならなかった。やつがデボラをけなしたとき、コニーがデボラの味方をして、やつに盾突いたからだ。ドクはデボラに女優業をやめさせようと躍起になっていた。その様子を私は見ている。コニーも見ていた」マーカムは逆上し、息を切らしていた。「私は彼女たちのどちらも救えなかった。二人が死んだのはあの怪物のせいだ！」

室内にはマーカムの耳障りな息遣いだけが響いていた。彼は背筋を伸ばして立ちあがった。

「リチャーズは怪物だ。やつがデボラを殺したことは露ほども疑ってない。君たちが証明しないのなら、いくら金がかかろうが私が証明してみせる」

マーカムは二人に背を向けた。

55

金曜午後
オリンピック・ドライブ三三三番地
サンタモニカ市警察署

サンタモニカ市警察署はガラスを用いた角張ったモダンな造りになっており、屋外にはプールと噴水まであるが、内部はまぎれもなく警察署で、容疑者と被害者が怒りや苦悩を垂れ流し、刑事は携帯電話やパソコンに向かっていて、話し声が途切れることはない。アルトゥーロはカムとダニエルを署長のジャクリーン・シーブルックスに紹介したあと、自分のデスクに寄ってノートパソコンを手に取り、二人を二階の会議室へ案内した。マジックミラー越しに、取調室の真新しいどっしりとしたテーブルと、光沢のある清潔なリノリウムの床が見えた。椅子も座り心地がよさそうだ。

室内にはドクしかいなかった。テーブルの中央に座って、三人を見つめ返している。そうはいっても、向こうからこちら側が見えないことは百も承知だ。カーキのズボンに半袖のアロハシャツといういでたちで、日焼けした大きな足にはテバのサンダルを履いている。ドクはテーブルを指先でコツコツ叩いているが、明らかに無意識にしている癖だ。自暴自棄になり、打ちのめされ、いまだに深い悲しみで気持ちがふさいでいるらしい。三人は彼が両手で頭を抱える様子を観察した。

ダニエルが口を開いた。「僕の目には、悲しみのどん底にいるように見える。もし演技だとしたら、あれほどうまくこなせるやつには会ったことがない」

カムはドクに対するおなじみの同情の念がわいてくるのを感じた。自ら事情聴取をしたくてうずうずしたが、可能なときは地元警察に主導権を握らせることというサビッチの言葉を思いだした。できるなら彼らに花を持たせよう。それでFBIは生涯の友人を作ることになる。それにドクのアリバイを崩したのはアルトゥーロだ。カムはぐっとこらえた。「アルトゥーロ、私がドクに接したのは被害者の恋人としてだった。今回は厳しく迫る必要があるわ。あなたが事情聴取を担当して。ダニエルと私はこちら側から見ているから」

アルトゥーロが驚いた顔をしてから、ゆっくりとうなずいた。「もしドクがデボラ・コネリーを殺したんなら、ゆうべグロリアを殺そうとしたのもやつかもしれない。グロリアが犯人よりうわてでなかったら、実際に殺されてただろう。俺がちょっと驚かせてやるか。レコーダーのスイッチが入っていることを確認しないとな」指の関節を鳴らし、まるで赤い布に向かって突進する雄牛のごとく荒々しく会議室に入っていった。

アルトゥーロはドクにうなずきかけ、静かに椅子を引いて腰をおろした。一言も口をきかず、ただドクの様子を観察する。ドクがゆっくりと頭を起こしてアルトゥーロを見つめた。顔は青ざめて具合が悪そうで、デボラが亡くなってすぐに自宅で会ったときよりも十歳は老けて見える。周囲にもまったく関心がないらしく、警察署内で座っていることを気にかけている様子もない。ただその空間を埋めてじっと待っている。アルトゥーロの心に一瞬、疑念が浮かんだが、彼はそれを抑えこんだ。いや、この男の解釈を誤っているのかもしれない。今、目にしているのは、デボラを殺したことに対する気分の落ちこみと後悔の念かもしれない。事実は事実だ。こいつは嘘をついた。それははっきりしている。デボラの喉を切り裂いて殺害したのでなければ、嘘をつく理由がない。アルトゥーロはドクを見つめ続けた。

アルトゥーロの沈黙を受けて、ついにドクの顔に恐れがよぎった。そろそろだ。アルトゥーロは準備万端だった。

彼は口元を緩めた。「ドクター・リチャーズ、署まで来てもらって感謝する。今日の会話を録音することは承知してもらえるだろうか。あんたと、そしてわれわれを守るための決まりでね」

ドクが片手を振った。口から出たのは苦悩に満ちた声だった。「ああ、デボラを殺した犯人を見つける助けになるなら、なんでもかまわない。怪物はいまだに野放しなんだから」

「それもあと少しの間だけだ」アルトゥーロはなめらかな落ち着いた声で告げた。

「信用してくれ」身を乗りだすと、ドクの乾いてひび割れた唇が目に入った。「デボラが殺された夜にあんたがどこにいたのかという話から、もう一度始めよう」

ドクが椅子に座ったまま背筋を伸ばす。「すでに話したとおりだ。あの夜は病院で勤務していた。質問してきた人みんなにそう答えてる。あの日、男の子の……フェニックス・テイラーの手術を行って、経過を注視する必要があったんだ。ベッドのそばでつき添っていた両親が動揺してたから、頻繁に声をかけて安心させた。ほかにもするべきことがあったし、様子を見たい別の患者たちもいた」

アルトゥーロはあっさり言った。「あんたが話した内容はわかってる、ドクター。だが、詳細を残らず思いだしてみてくれ。一晩じゅうテイラーにつき添ってたわけじゃないだろ？　トイレ休憩を取ったり、仮眠したりしたんじゃないか？」

「ああ、もちろん。コーヒーで起きていられるのもある程度までで……」ドクが口をつぐみ、顔をしかめた。「床では寝られない。照明もまぶしいし、機械音だってして騒々しい。そうだ、思いだしたよ。当直室に行って、しばらく寝た。くたくただったから、席を外したんだ。不在だったのは一時間以内で、それ以上ではない。たしかだ」

「もちろんわかる。あんただって休憩しなきゃならないし、仮眠をとる必要もある。仕事を抜けていたのが一時間以内だったと、どうしてわかるんだ？」

ドクが肩をすくめた。「当直のときにそれだけ眠れれば運がいいほうだ。だけど火曜の夜は正式には当直じゃなかったから、目覚まし時計をセットした」

「よく眠れたのか、ドクター？」

「ああ。そして寝ている間に……」声が尻すぼみになり、ドクは咳払いをした。「それからほんの数時間後にデボラを見つけた」

アルトゥーロは言った。「話を先に進める前に、あんたに見てほしい映像がある」ノートパソコンのキーを叩くと、画面に看護師のアンナ・シンプソンが現れた。「この女性を知ってるな？」

「ああ、アンナだ。どうして――」

「彼女の証言を聞いてくれ」

アンナ・シンプソンはまっすぐにカメラを見ていた。彼女は四十代くらいのベテラン看護師で、口調は真剣できっぱりとしている。シンプソンは自分の名前と勤続年数を尋ねられ、あの夜の出来事を自分の言葉で述べるよう促された。「火曜は四週続いた夜勤の最終日でした。あと少しで日付が変わるところだったと記憶しています。眠れない患者さんがいると、大変な時間です。午前二時ほどつらくはないのですが……」言葉を切り、首を振った。「とにかく、ドクター・リチャーズの患者さんのジョーン・トマスが鎮静剤をほしがっていました。投与の指示は受けていなかったので、医師の了解を得る必要がありました。ドクター・リチャーズは当直ではありませんでしたが、病院にいるのは知っていました。その日の午後に男の子の、フェニックス・テイラーのオペを行っていたからです。ご両親が取り乱していて……フェニックスが、ではありません。術後の経過は良好でした。それでドクター・リチャーズが病院に残ったんです。ドクター・リチャーズはそんな人です。誠実で、患者さんのご両親が必要としているときは、いつでも彼らのために時間を持とうとするんです。

フロアを確認しましたが、ドクター・リチャーズは見あたらず、呼び出しにも応答がありませんでした。当直室に向かうのを見たという看護師がいたので、のぞいてみましたが、インターンが一人いただけでした。ドクター・ライオンズです。雄牛みたいないびきをかいていました。ドクター・リチャーズがいなかったことはたしかです。携帯電話を鳴らしてみたものの留守番電話に切り替わったので、やむなく伝言を残しました。再び電話をかけることはありませんでした。ドクター・ライオンズが来て、鎮静剤の投与を許可してくれたので。

ナースステーションであくびをしているドクター・リチャーズを見かけたのは、十二時半過ぎのことです。どこにいたのか尋ねようとしましたが、救急救命室から急患受け入れの連絡があって、現場は大忙しになったんです。あなたからの電話できかれるまで、そのことについて深くは考えていませんでした。もちろんどこにいたのか、ドクター・リチャーズは説明できるでしょう。なんの問題もなかったんですから」

アルトゥーロは動画を止め、椅子に寄りかかって腕組みした。「あの四十分間、どこにいたんだ、ドクター・リチャーズ？」

ドクがアルトゥーロに向かって目をしばたたき、首をかしげた。「今、思いだした。アンナが言っていたキースの……ドクター・ライオンズの件はそのとおりだ。いびきが大きすぎたんで、二階上にある医師の休憩室に行って、そこで眠ったんだよ」

「六階の休憩室か？」

「そうだ」

「妙だな、ドクター。六階の休憩室を出てすぐのところに監視カメラがあるんだ。午後十一時半から午前一時までの映像を入手したが、あんたは映ってない。部屋に入るところも、出るところも」アルトゥーロは身を乗りだした。「そろそろ本当のことを話したらどうだ。嘘はたくさんだ」

　ドクがアルトゥーロを正面から見据え、不気味なほど穏やかに言った。「やっとこれがなんなのかわかったよ。君は僕がデボラを傷つけたと思ってる。そんなことありえない。自分の命よりも大事に思っていたのに」

　アルトゥーロはその言葉をはねつけた。「あんたの言い分は聞いた、ドクター・リチャーズ。しかし、あんたが病院にいなかったという事実が残っている。空白の時間にどこにいたか、話す準備はできたのか？」

「ああ、わかったよ。これから話すのが真実だ。嘘じゃない。ちょっと空気を吸いに外へ出たんだ……一人になって考える時間が必要だった。あの夜、自分がデボラと一緒に引っ越しをしようとしている、つまり結婚から一歩遠ざかったのだと気づいたんだ。誤解しないでほしいんだが、僕はデボラと結婚したかった。彼女の女優としての成功などどうでもよかった。僕はただ、デボラに幸せでいてほしかった。それなのに、僕は自分自身に疑念を抱き始めた。『クラウン・プリンス』でデボラが演じる役が大あたりしたら、それでも彼女が僕を必要としてくれるかどうか、僕と家庭を持ちたいと思うかどうか、考えずにはいられなかった。デボラが一緒に仕事をする自信たっぷりの俳優たちと、どうしたら肩を並べられるのというのか。彼女の名声にどう対処すればいいのか。

僕はビーチまでジョギングをして、砂浜に腰をおろした。外は美しくて穏やかで、頭上には満月に近い月が出ていた。そこですべてがはっきりした。デボラの僕に対する愛情が冷める心配するのはやめようと決めた。とりあえずは一緒にいられるんだから、それで充分だと。デボラが女優の仕事を続けたいなら、そのことで口やかましく言うのはやめよう。彼女を全力で支えて、業界の悪口は二度と言うまいと。僕はデボラと一緒にいたかった。デボラを愛していた。僕の妻になってほしかった」涙がドクの頬を伝う。アルトゥーロは黙っていた。

ドクが手で顔をぬぐった。

「すまない。それから病院までジョギングをして戻った。どれくらい外にいたのか、正確にはわからないが、一時間もいなかったと思う。

刑事さん。最初に質問されたときは、病院から抜けだしたことを本当に忘れてたんだ。あとになって、僕が病院の外に出ていた時間帯にデボラが殺されたんだと気づいて、怖くなった。僕が殺したと疑われていることは知ってたから、黙っていた。病院にいなかったことに気づいた人がいるとは思いもしなかった。

翌日の早朝に看護師に起こされた。結局、ナースステーションで眠ってしまったんだ。早く帰らないと、今日は僕とデボラにとって忙しい一日になるんだからと言われて、うれしかった。それで病院を出て自宅に戻って、彼女を見つけた」ドクが言葉を切った。ぼんやりとアルトゥーロの背後を見ている。自分のことを見ているのだとカムは思った。カムがマジックミラーの裏にいて、ドクを観察し、供述に耳をそばだてて一言一句を吟味していることを知っているかのように。

「なかなかうまい話だな、ドクター。俺の経験では通常無実の人は、警察に疑念を抱かせないようにしようと気をまわして嘘をついたりしないものだ。別の話を聞かせてやろう。今の話より、よっぽど陪審員が信じそうな話だ」アルトゥーロは両手を組みあわせ、身を乗りだした。「あんたとデボラは大喧嘩をした。『クラウン・プリンス』で演じてる役柄に関してかもしれないし、撮影でイタリアに行っていた二週間の行動に関してかもしれない。誰と会って、誰とデートして、もしかすると誰と寝たかとか。あるいはプロデューサーのセオドア・マーカムのことで口論したのかもしれない。半年前にパーティで会った大物だ。あんたが蔑み、女たらしだと思っていた男が、ここにきてヒロイン役を与えてデボラを雇った。デボラはマーカムと数えきれないほどの時間を一緒に過ごすだろう。ここで、イタリアで、あんたの見えないところで」

「違う！　何もかも嘘だ。でたらめだ！」

「知ってるか、ドクター。『クラウン・プリンス』のプロデューサーで、デボラのプロデューサーでもあるセオドア・マーカムが、コニー・モリッシーと体の関係があったことを。殺害される前には『クラウン・プリンス』のその役をコニーに与えようとしていたことを。そしてデボラはまさにその役のオファーを受けた。当然あんたはデボラが自分を裏切ったんじゃないか、あの堕落した放蕩者と寝て役を手に入れたんじゃないかと思ったはずだ。

それともデボラのほうが怒りを爆発させて、ついにあんたをほかの人たちと同じ目で見るようになったのか？　いつもデボラをけなし、彼女のキャリアを取るに足りない不道徳なもののようにさえ感じさせ、ことあるごとに女優の仕事をやめさせようとしている男だと。人はそうした虐待にどれくらいの期間、耐えられると思う？」

ドクが椅子からはじかれたように立ちあがった。「違う、そうじゃない！　聞いてくれ、たしかに疑いは持った。それは認める。だが、デボラは僕を愛してた。いつだって愛してくれていた！」

「じゃあ、デボラを殺したのはあんただと、マーカムが確信しているのは知ってるか？　私立探偵まで雇って、それを証明しようとしてるってことは？　あんたは相当嫌われてるみたいだな。なぜだ？　あんたにとって、マーカムはどういう存在だ？　またマーカムにとってのあんたは？」

ドクは困惑している様子だ。とうてい演技には見えない。「マーカム？　あの男には一度会ったきりだ。僕にとってはなんの意味もない男だ」

「だったらどうしてマーカムはあんたがデボラを殺したと信じてる？」

ドクが首を振った。「わからない。でも、それで僕を探ってるんだな？　そのマーカムという男が言ったことのせいで」

「デボラの隣人のミセス・バフェットを知ってるか？」

「なんだって？　ミセス・バフェット？　近所じゅうが知ってるよ。自宅の窓からいつもみんなを監視してるからな。それがどうした？」

「彼女は殺人犯がデボラの家から立ち去るところを目撃してる。真夜中過ぎに。長身で細身で、野球帽をかぶっていたが、ミセス・バフェットいわく、犯人はそれを脱いで禿げ頭から血をぬぐったそうだ」

ドクが身震いして自分の髪に触れた。「僕は禿げてない」

「たしかにな。だからスカルキャップのようなものをかぶって髪を覆い、血しぶきがかからないようにしたんだろう。あんたは自分の身を守るすべを知っていたはずだ、ドクター・リチャーズ。なんといっても外科医だから、血には慣れてる。そうだろ？」

ドクが頭をゆっくりと前後に振り、ひび割れた唇をなめた。「なぜそんなことを言うんだ？　まったく、くだらない」

アルトゥーロは今度は声音を和らげて、再び身を乗りだした。「デボラはすでにあんたを見限ってたんじゃないか？　あるいは見限ろうとしていた。あんたはそれを知って頭に血がのぼり、彼女に対する思いがすべて壊れた。デボラのせいで自分が価値のない、まったく無意味な人間に思えた。それでもあんたは耐えた。いつもどおりに出勤したが、デボラの仕打ちがあんたを苦しめた。人生の二年を捧げ、デボラの仕事に嫌悪感を抱きつつも彼女を支えてきたんだから、デボラにもっと多くを望んで何が悪い。あんたは自分に正直だっただけ、そうだよな？　デボラにお払い箱にされるいわれはない。その考えに心の奥底までむしばまれた。そこでふと、ラスベガスでちょうどまた犯行に及んだあの連続殺人犯のことを、デボラが襲われたらと心配していたことを思いだした。そして、ある考えが頭に浮かんだ……これ以上の隠れみのがあるか？　犯人が被害者の喉をかききったことは知っている。自分ならそんなのは、ちょろいもんだ。

自分の車を使わなかったのはわかってる。駐車場には複数の監視カメラがあるが、あんたの車は停まったままだった。つまり、走って自宅に戻ったわけだ。あんたにとっては苦でもない。体を鍛えていて、サーフィンもするし、走ることもできる。あんたは必要なものをすべて集め、当直室で仮眠をとってくるとみんなに伝える機会を待った。しかし実際はそうする代わりに家まで走って帰り、いかにも強盗がやるように、あの連続殺人犯のように自宅に侵入した。デボラは予想どおり眠っていた。横たわっている姿はさぞ美しかったはずだ。だが、あんたにはもうどうでもよかったんだろう。不誠実なあばずれの図太さを憎々しく思っていたんだから」アルトゥーロは顔を突きだし、声を落としてささやいた。「教えてくれ、ドクター。彼女の喉を切り裂くのはどんな感じだった？」

ドクがひきつけを起こしたかのように震え、むせび泣いて頭を前後に揺すった。

「あんたが彼女の目を閉じる前、そこに困惑を認めたのか？　嫌悪を？　恐怖を？」

ドクは震えるのも、むせび泣くのもやめた。身をこわばらせたまま押し黙って座り、目に涙を浮かべてまた頭を前後に揺すり始めた。「どうしてそんなことを言うんだ？　デボラには何も危害を加えたりしていない……デボラを愛してたんだ。彼女も僕を愛してた。たしかにデボラの目は閉じたよ。あの捜査官にもそう言った。目を見ているのが耐えられなかったんだ。デボラの役に立たなかったと、そこにいて守ってやれなかったと思い知らされるのが耐えられなかった。僕は殺していない。信じてもらえないなら、ほかに何が言えるのか、何ができるのかわからない」

「あんたに何ができるかは知っている。ポリグラフ検査を受けるんだ」

ドクの目から痛みが消え、代わりに現れたのは——なんだ？　恐れか？　ドクが言った。「ポリグラフをいまだに使ってるとは思わなかった。信憑性に欠けるのに」

「おそらく法廷では証拠として認められないだろうが、われわれが判断するには充分だ。今、照準を定めているのはあんただ、ドクター。有力な容疑者だ。あんたが検査を受けて嘘をついてないとわかれば、あんたもわれわれも大いに面倒が省ける」

ドクが言った。「わかった、いいだろう。検査を受けよう。僕はデボラを殺してない。それが嘘じゃないことを証明してやる」

「賢明な選択だな、ドクター。俺は数分で戻る。コーヒーでも飲むか？」

56

カムはアルトゥーロと握手をした。「ポリグラフ検査を受けることを了承させるなんて、やったわね」

アルトゥーロが唇の端を持ちあげた。

「やつなら検査をごまかせるかもしれない。医者だからな。仕組みを知っているし、生理機能も理解してる。とはいえ、もし何か隠してるのなら、それだけではごまかしきれないかもしれない」

「検査を行う適任者はいるのか？」ダニエルがきいた。

「ああ、いる。バズ・キグリーだ。しかもこの建物内にな。連れてきて、機材を取調室にセットしてもらおう。だが、二、三分時間をくれ。必要な質問事項を書きだす」

カムはアルトゥーロの背後から叫んだ。「ドクにコーヒーを出して、軽く話してみるわ」

「そうしてくれ」アルトゥーロが叫び返した。「レコーダーのスイッチは入ったままだ」

カムとダニエルは揃って部屋に入り、普通でないことなど何も起きていないかのように声をかけた。カムはドクの前に紙のカップに入ったブラックコーヒーを置いた。

「ブラックが好みだったわよね？」

「ああ、そうだ」ドクは疲労困憊している様子だった。コーヒーにそろそろと口をつけ、自らにうなずきかけてから、さらに口に運ぶ。気持ちを落ち着けるようにいったん手を止め、また飲んだ。

ダニエルが言った。「ここサンタモニカ市警察では〈ピーツ〉のコーヒーが飲める。警察署でおなじみの苦くて煮つまったものじゃなくてね。味わってくれ」

「ありがとう」ドクが二人を見比べた。「これからポリグラフ検査を受けるんだ。もちろんすでに知ってるんだろうな。あの鏡の裏に立って、観察しながら話を聞いていたんだろう？　それが君たちのやり方だ」

「そうよ」カムは椅子を引いて腰かけた。「ドク、あなたにとってとてもつらい時間だというのはわかってる。それなのにこんな質問をしなければならないのは心苦しいんだけど、殺人犯はまだ野放しで、あなたには私たちに伏せていた情報があった。だから、こちらとしても追及せざるをえないの。わかってもらえるわね？」

「ああ、もちろんだ」

「教えて、ドク。グロリア・スワンソンのことはどれくらい知っていたの？」

ドクの口元がかすかにほころんだが、それも一瞬でかき消えた。「デボラが彼女と知り合いだった。デボラはグロリアが精力的で頭が切れて、自分と同じくらい真剣に仕事に取り組んでると思っている……思っていた。というのも、あの名前をずっと使っていたからね。大女優の名前を利用しようとしていたんだ」

「君自身は知り合いじゃなかったのか？」ダニエルがきいた。

ドクはさらにコーヒーを口に運んだ。「もちろん、知り合いと言えるだろうな。とにかく、いい子だった。デボラとはたくさんの役を巡って張りあったんだろうが、僕自身はさほど彼女を知らない」

「ニュースは見たか？　彼女は七番目の殺人事件の被害者になりかけたんだ」

ドクが呆然と二人を見つめた。「グロリアが？　いつだ？　無事なのか？」

「昨日の夜よ」カムが答えた。「それから、ええ、彼女は無事よ」

「ということは、逃げ延びたんだな？　よかった」

「知らなかったのか？」ダニエルがきいた。

「ああ、最近あまりニュースは見てないんだ。デボラが亡くなって以来、病院から休みをもらって、ほとんどの時間は昔住んでいたアパートメントにいる。世間で起きてることにたいして注意を払ってこなかった。遺体が月曜に引き渡される件で、今朝デボラのご両親と話したんだ、ウィッティア捜査官。葬儀の手配をしてるそうだ」ドクが首を振った。「奇妙じゃないか。自分の世界は完全に止まっているのに、外の世界は自分のまわりを回転し続けているなんて。しかしグロリアが助かって何よりだ」

カムは言った。「グロリアがどこに住んでいるかは知ってる？」

ドクが眉根を寄せ、視線を落としてカップを見つめた。「近所に住んでいるとデボラが言っていたのは覚えてる。両親が娘の安全を願っていたとかで」ドクが笑って首を振った。「立地がよくて安全な地域。でも、その配慮も役に立たなかったな。誰がグロリアを救ったんだ？」

カムは答えた。「自分で自分の身を守ったの。グロリアは銃を持っていた。デボラはグロリアに好意を抱いていたの？」

「ああ、おそらく。僕がグロリアに会ったのはほんの何回かだ。彼女が話題にのぼることはそれほどなかった。実際、グロリアは僕たちの生活の一部ではなかった。わかるだろう？　グロリアとデボラはここにいるたくさんの若い女性たちと同じで、どんなことをしてでも映画やテレビの世界に入りこもうと必死だったんだ」

「〝どんなことをしてでも〟とは、具体的にはどういう意味？」カムは尋ねた。

ドクが肩をすくめる。「ショービジネスの世界で成功するためなら、中には自分の母親でも轢き殺しかねない者もいるだろうということだ。彼女は違ったのかな？　すまない、グロリアのことは本当によく知らないんだ」

ドクが言葉を切り、動きを止めた。

「デボラに対してもそう思っていたということか？」ダニエルが指で軽くテーブルを叩いた。「つまるところ、デボラは女優として成功してやると心に固く決めていて、邪魔だと思った相手は誰であろうが傷つけると信じていたのか？　君でさえも？」

「もちろん違う！　デボラは当然、成功を強く願っていた。彼女は完璧じゃなかった。誰だってそうだろう？　それでも……」ドクが口をつぐんだ。目に涙を浮かべている。彼は唾をのみこんだ。「僕にはデボラが輝いて見えた。特別な光にあふれていて、愛する人たちみんなを、僕も含めてその光で照らしてくれた」

アルトゥーロが部屋に入ってきた。ラインバッカーのように胸筋が盛りあがった男性を伴っている。身長は二メートル近くあり、ポリグラフも彼の大きな手の中ではおもちゃに見えた。

「彼がバズ・キグリー。われわれの検査官だ。バズ、こちらがドクター・リチャーズ」

バズがみんなに挨拶し、プラグを差しこむコンセントを見つけて機器のセットを始めた。全員に、ドクが不当な強制をされておらず、自発的に検査を受けるのに同意したことの証人になってもらい、そのあと部屋を出てマジックミラー越しに見るよう伝えた。当事者以外の全員が室内の様子を観察できるようになったところで、バズが紙を何枚か取りだした。アルトゥーロが用意した質問も含まれていることは間違いない。バズは電極をつなぎ、機器がどのように作動するかをドクに淡々と説明した。

説明が終わると、バズがテーブル越しに穏やかな低い声で尋ねた。「あなたの名前はマクスウェル・マーク・リチャーズですか？」

「ああ」

「あなたは三十三歳ですか？」

「そうだ」

「ここサンタモニカにある小児病院の外科医ですか？」

「ああ、そうだ。まだフェローだが」

「フェローになって六年目ですか？」

「いや、今年で四年目だ」

カムは波形を観察した。安定している。

バズが事実と作り事を織り交ぜて、自明の質問を続けた。波形は安定したままだ。

それからバズが同じ落ち着いた声で言った。「あなたはデボラ・コネリーを殺しましたか?」

ドクが椅子の上で背筋を伸ばした。波形が一瞬激しく乱れ、ゆっくりとベースラインに戻る。

「あなたはデボラ・コネリーを殺しましたか?」バズがもう一度きいた。

「いいや、殺してない」波形に揺らぎはまったく見られなかった。

カムはダニエルとアルトゥーロをちらりと見た。ドクは本当のことを言っている。

「誰が殺したか知っていますか?」

「いや、知らない」

「デボラが殺された夜、外を歩きましたか?」

「ああ、歩いた」

「サンタモニカ・ピア近くのビーチですか?」

「ああ、そうだ」針が跳ねあがった。

　本人に針の動きは見えないものの、ドクが咳払いをした。

「ビーチにおりて座って考え事をしたいと思ったんだが、よくよく考えてみるとビーチまでは行ってない気がする。すまない、デボラが亡くなってから、頭の中がぼんやりしてるみたいだ」

　波形はベースラインに戻った。

「セオドア・マーカムを知っていますか？」

「会ったことはある。だけど、いいや、個人的には知らない」

　針が急上昇し、それから下降してもとに戻った。

「あなたがデボラを殺したとマーカムが信じる理由を知っていますか？」

「いや、もちろん知らない」針が跳ねた。

　嘘だ。でもどうして？

　バズが続ける。「デボラの女優仲間の誰かと体の関係を持ったことがありますか？」

「いいや。彼女たちに興味はまったくない。僕はデボラに誠実だった」

　波形は安定している。

「デボラの女優仲間を高く評価していましたか？」

「そうだな、何人かは。だが、ほとんどは……ノーだ」安定している。真実だ。

「誰かを殺したことがありますか、ドクター・リチャーズ？」

「まさか、あるわけがない！」機械が計測不能になった。ドクがケーブルをむしり取って叫びながら立ちあがり、手のひらをデスクに叩きつけた。「ああ、ある。僕は……外科医だ。もちろん患者の命を失ったことはある。当然ながら僕に責任があって、僕の監督のもとで亡くなった。もちろん僕が殺したんだ」

バズが振り向き、マジックミラー越しにカムたちに部屋へ戻るよう、うなずきかけた。検査は終了だ。

彼らが列をなして戻ると、ドクは真っ青な顔をしていた。自分の体に腕をまわし、見るからに衰弱している。「やめてくれ、こんな話はもうできない。これは……これはつらすぎる。家に帰らせてくれ」

カムたちはドクを解放した。とどめておく根拠がなかった。

57

金曜夜
ジョージタウン
サビッチの自宅

サビッチはノートパソコンの画面を見おろした。シャーロックにとって、状況は思わしくないようだ。「こう言っちゃなんだが、スイートハート、俺はあと一歩でキャプテン・イズバッドを倒せたぞ。指摘するのはつらいが、君は安物のスーツケースみたいに使いものにならない。まともな戦いを挑むつもりもないのかい？」

シャーロックが顔をあげてにやりとした。「キャプテン・イズバッドはずる賢いのよ、ディロン。それに無慈悲だわ。彼の言うことは何一つ信用できない」

「安物のスーツケース」ショーンが繰り返した。「ふうん、わかった気がする。へこたれちゃだめだよ、ママ。ところで〝むじひ〟ってなあに？」

「勝つためならなんだってするという意味よ」シャーロックが答えた。「ショーン、この先の水辺に枝が垂れさがっているけど、あれに私が頭をぶつけてひっくり返ればいいと思っているんでしょう？　ちゃんと見てなさいよ、今からだって復活できるんだから」

ニッティー・グリッティー・ダート・バンドの《フィッシン・イン・ザ・ダーク》が大音量で流れた。サビッチは携帯電話のボタンを押した。「サビッチだ」

ベロニカの声が聞こえてきた。感情を抑えているものの、不安は隠しきれていない。「ディロン、ビーナスについての私の考えがあたっていたようです。胸の痛みを訴えて、ひどく具合が悪いのに、彼女は病院には行かないと言い張るんです。ドクター・プルーイット呼んで、ビーナスは今、彼といます。ビーナスからどうしても家族全員を、ロブとマーシャも含めて集めてほしいと頼まれました。おまけに財産を管理している弁護士のミスター・ギルバート・サリバンにも電話をかけて、家へ来てもらうようにと。あなたとシャーロックもです。ディロン、ビーナスは自分の死期が迫っているのだと不安になって、みんなにここへ集まってもらいたがっているんだと思うんです」

「シャーロックと一緒にできるだけ早くそっちへ行く」サビッチは携帯電話を切ってショーンを引き寄せ、抱きしめてキスをした。「キャプテン・イズバッドがママを倒すのはまた今度になりそうだ。見たところ、ママをダウン寸前まで追いこんでいるみたいだが、出かけなければならないんだ」

ショーンが父の腕の中で体を離し、顔を見つめた。「パパ、気をつけて。ママの面倒をちゃんと見てね」

「そういうお出かけじゃないよ、ショーン。でも大丈夫だ。ママとパパはお互いにちゃんと面倒を見てるから。行けるか、シャーロック？」

「ええ、時が来たわね。ガブリエラに出かけると伝えるわ」

イザベルが二人を邸内に招き入れた。「ご家族の皆さんは二階にいます。ミズ・ビーナスの寝室から廊下を隔てたところにあるリビングルームに。当然ながら、言い争っています。今しがた、ロブと彼の恋人が到着しました」驚くことではない。サビッチとシャーロックはイザベルに続いて広い階段をのぼっていった。イザベルが肩越しに振り返った。「ミスター・サリバンもお着きです。ミズ・ビーナスが、彼には一階のリビングルームで待ってもらうようにとおっしゃいました。まずはあなたとお話しされたがっています、サビッチ捜査官」

ガスリーとアレクサンダーとロブがビーナスの寝室の向かいに固まり、マーシャが脇にあるソファに座っているのが見えた。聞き取れないほど低い声で言葉が交わされていたが、ガスリーがいきなり声をあげた。「もうたくさんだ。母さんに会わせてもらう」閉ざされた寝室のドアへと踏みだしたところで、ビーナスのボディガードに行く手を遮られた。

イザベルが割って入った。「ミズ・ビーナスはどなたにもそばにいてほしくないと、はっきり言ったんです、ミスター・ラスムッセン。お医者様とサビッチ捜査官以外は」

ガスリーがサビッチに向き直って眉をひそめた。

ベロニカが言った。「ディロン、こちらです。急いでください。ドクター・プルーイットが心配するくらい、ビーナスはあなたに会いたがっていて、すぐに連れてくるよう言われているんです。ビーナスにあなたが来たことを伝えてきますね」

「いや、ベロニカ、家族のみんなとここにいてくれ」サビッチは一人一人の顔を見た。ロブとマーシャ・ゲイからは、疲れた笑みが返ってきた。サビッチはシャーロックにうなずきかけた。

「祖母は君と話したがっていると言ってドクター・プルーイットは譲らないが、おかしな話じゃないか。僕にはなぜ君がここにいるのかもわからない」サビッチが振り向くと、アレクサンダーが詰め寄った。「祖母が僕たちに言えなくて、君に言わなければならないこととはなんだ？　いったいなんの話だ？　君は血縁者ですらない。そうであればいいのにと思っているんだろうが……負け犬の捜査官じゃなくてね」

サビッチはアレクサンダーがさらに激高するのを承知のうえでほほえんだ。シャーロックがアレクサンダーの背後から声をかけた。「ディロンの母親にそれを言ってはだめよ、アレクサンダー。彼女に撃たれるかもしれないから」

「まあ、それも当然だろうな。銃と暴力、君たちはそういうことにかかわっている人間だ。ここにいる弟と同じでね」

サビッチは兄の言葉を聞いても冷静さを保っているロブを見てうれしくなった。

「俺たちがここにいるのは、おばあ様に頼まれたからだ、アレクサンダー。兄貴と同じくらい、俺にもここにいる権利がある。兄貴にはその事実が腹立たしくてしかたがないのかもしれないが」

「二人ともそれくらいにしておけ」ガスリーがアレクサンダーの肩に手を置いた。最後にもう一度ボディガードとサビッチを見る。「母さんの望むとおりにしよう。さあ、来るんだ。一緒に下へ行くぞ」

アレクサンダーが父親の手を払いのけた。「それで、どうするんだ、父さん？　一杯やるのか？」

　ガスリーが首を振り、長男をしばらく見つめてから立ち去った。

　サビッチはロブに呼びかけられたが、これ以上誰かに何かを言う隙を与えず、シャーロックにうなずきかけてからビーナスの寝室に入り、すばやくドアを閉めた。鍵をかけるとき、階段を駆けあがって息を切らしているグリニスの甲高い声と、そのあとから軽く息を弾ませてもっとゆっくりのぼるよう娘に懇願するヒルディの声が聞こえた。

　サビッチの耳にグリニスの言葉が届いた。「これで役者が揃ったみたいね。ハンサムなロブも。恋人も。名前はなんだったかしら？」グリニスがマーシャに目を向けたが、彼女に答える間を与えず続けた。「どうしてみんな興奮してるの？　この中の誰かがまたおばあ様を殺そうとしたの？」

　怒りに満ちたくぐもった声がいくつかあがり、そのざわめきにかぶせるようにシャーロックの落ち着いた声が響き渡る。サビッチはビーナスに向き直った。ベッドに上体を起こして座り、真っ青な顔をしている。ドクター・プルーイットは窓辺に立って、病院の誰かと携帯電話で話していた。視線をあげた医師がサビッチにゆっくりとうなずきかけて会話に戻る。

「ビーナス、全員揃いました。寝室の外でシャーロックがみんなをとどめています。ご気分はどうです?」

ビーナスが手をひらひらさせた。「あの子たちの言い争う声はここにいても全部筒抜けだったわ。もちろん、おもにアレクサンダーがロブを責めている声だけど。私を殺すためだけに戻ってきて、マーシャはその共犯だと。いったいどう考えたらそういう結論に至るのか、これっぽっちもわからない。アレクサンダーの辛辣な言葉が尽きないのがいつも不思議でならないわ」ため息をついた。「当然、あなたが黙って姿を消せば、アレクサンダーは大満足でしょうけどね、ディロン」ビーナスがにやりとした。「シャーロックの言うとおりだわ。あなたの母親はアレクサンダーを撃つでしょうね。バックを、あなたのお父さんを思いだすわ。まったく彼ときたら、常にジョークを口にする準備ができていながら、すばやく切り替えて真剣になれるの。目から表情を消して、まさにどこから見てもFBI捜査官という感じだった。懐かしいわ」力を蓄えるように、いっとき口をつぐんだ。「こちらへ来て、そばに座ってちょうだい、ディロン。ドアの向こうでは激しい感情の嵐が吹き荒れているけれど。不安定な嵐ね。私が今にも死ぬんじゃないかと、みんな不安なの。自分に何を遺してもらえるか心配で、私を殺そうとしたと非難されたくないのよ。シャーロックがあの子たちを近づけないようにしてくれているといいんだけれど」

サビッチはベッドのビーナスの隣にそっと腰をおろし、彼女の手を取った。手には年齢が表れていた。羊皮紙のような肌に太い血管が浮きでている。けれども爪はきれいに淡いピンクのマニキュアが施されていた。「あなたが悲観的になったことなんて一度もなかったでしょう、ビーナス。今さら悲観的にならないでください。彼らはあなたを心配しています。自分たちにいくら金が遺されるかということよりもね。みんながあなたを愛しています。アレクサンダーだって騒ぎ立ててはいますが、あなたを愛しているんですよ」

「ときどき疑ってしまうの、ディロン。本当にそうなのかと」

「疑う必要はありませんよ。それが事実なんですから。ガスリーが下に行くと言ったのが聞こえたかと思いますが、おそらくみんなが集まったせいで生じた不快な雰囲気を避けて、バーボンのボトルに慰めを求めたのでしょう」

「かわいそうなガスリー」ビーナスが言った。「あの子は人生に、あらゆる不快なことに立ち向かえないの。これまでもそうだった。そんなガスリーをアンジーが守ってきたけれど、彼女が亡くなったあと、ガスリーはお酒に飛びついてしまった。地上から足を踏み外してしまったのよ。この二十年、状況は悪化する一方だった。ラスムッセンのために働いても、進む方向は変わらなかった」

「ロブが戻ったじゃないですか。ガスリーが末息子にどう向きあうのか見守りましょう。これで変わるかもしれない。ミスター・サリバンは下のリビングルームにいます。あがってきてもらう準備はできていますか?」

ビーナスが息をついた。

「もうちょっと待って。少なくともアレクサンダーが犯人ではないとあなたが信じているみたいでうれしいわ。あの子のことがひどく心配なの。アレクサンダーには一緒に働く人のよさを理解し、相手の創造力を評価して育てていく方法を教えられなかったようね。それを学ばないと、成功はできないわ。これまでのところ、私は役立たずで……あら、いやだ、口をつぐんだほうがよさそうね」サビッチが握っているビーナスの手は震えていた。「たぶん私は死んだほうがいいのよ。あるいは引退してどこかへ行って、アレクサンダーの好きにさせるの。自分が多大な問題を引き起こしているただの老女にすぎないという事実を受け入れるべきなのかもしれない」

サビッチは親指でビーナスの手をさすって落ち着かせ、ミッキーマウスの腕時計を確認した。

「そんなわけがないでしょう、ビーナス。おまけに背を向けて逃げだすなんてことは、あなたの遺伝子には含まれていない。起きてしまったことは誰にも変えられません。われわれにできるのはそれを正すことだけです。もうしばらくがんばらないと」

彼は身を乗りだしてビーナスの額にキスをし、ラスムッセン一族特有の鋭い緑の目をのぞきこんだ。知性のみなぎる力強い目が、今は涙で光っている。彼女の苦悩を見るのはつらい。

サビッチは静かに言った。「私の人生の一部でいてくれてありがとうございます、ビーナス。祖母はあなたをすばらしい人だと思っていました。私もそうです。シャーロックも」うなずいてビーナスの手を放し、立ちあがった。「ショーンがもう少し大きくなったら、同じように思うでしょう」わずかに間を置いてから、ドクター・プルーイットに会釈した。医師はカーテンにもたれ、腕組みをして待っていた。「イザベルに知らせて、ミスター・サリバンを連れてきてもらいます」

ビーナスがうなずき、頭を枕に預けて目を閉じた。「そうね、そろそろ時間だわ。家族を下のリビングルームに集めて、ミスター・サリバンにはあがってくるよう伝えてちょうだい。時が来たわ。この件を終わらせたいの」

58

ドクター・プルーイットがリビングルームで家族と向きあった。「ミセス・ラスムッセンはミスター・サリバンと話している最中です。それから体を休めてもらわなければなりません。皆さんとはあとで一人ずつ面会されます」

「でも〝あと〟なんて、ないかもしれないでしょう」ヒルディが声を張りあげた。「あなたはなぜ母のそばにいないの？　どうして救急車を呼ばないのよ？」

ガスリーが立ちあがり、一撃に備えるかのように肩をいからせた。「母は死にそうなのか？」

「お母様のことはよくご存じでしょう、ミスター・ラスムッセン。私は病院で診たいと思っていますが、当人が行くのを拒んでいます。私は彼女のそばに戻ります」ドクター・プルーイットは一人一人にうなずきかけてから、リビングルームをあとにした。

サビッチは閉ざされたドアの脇に残り、シャーロックは窓辺から、全員の顔を観察した。

アレクサンダーはお気に入りの場所である暖炉のそばに立ち、ポケットに両手を突っこんでいる。衝撃がゆっくりと怒りに変わっているようだ。アレクサンダーがサビッチのほうに一歩踏みだした。「君は祖母と一緒にいた。祖母の子どもでも孫でもないのに……君はよそ者だ。ここに属したことは一度もない。祖母から何を聞いたんだ？　祖母が僕に反感を抱くよう仕向けたんじゃないのか？」

サビッチは尋ねた。「どうしてそんなことをすると思うんだ？」

「僕が祖母を殺そうとしたと信じこんでるからだ。祖母にもそう思いこませようと——」

「静かにして、アレクサンダー」ヒルディが遮った。「お願いだから黙ってて。お母さんはもうすぐ亡くなるかもしれない。それなのに、あなたはここでディロンを怒鳴りつけている。言っておくけど、ディロンはお母さんの命の恩人よ」

「おばあ様が遺言を変更していることに気づいてないのか？」アレクサンダーはヒルディの言葉を無視した。「サリバンがこの瞬間もおばあ様と一緒に二階にいるんだぞ」

ガスリーは疲れ果てた顔をして、両手を脇に垂らしている。「それが妥当だろう。ロブが戻ってきたんだ。当然、多少は遺言を修正する必要がある」

ガスリーを見たサビッチは一抹の不安を覚えた。

「多少は？」アレクサンダーが言った。「そこまで鈍感じゃないだろう、父さん。それにおまえもだ、ロブ。なんだ？　自分を責任ある立場に置くよう、サビッチがおばあ様を説得してくれたことを願ってるのか？　おばあ様の株を手に入れて、ラスムッセン産業を経営するつもりか？」

ロブは感情を抑えていた。「自分の心配はやめたらどうだ、アレクサンダー。おばあ様は俺を後継者に指名しようなんて考えたりしてない。俺がラスムッセン産業ほどの規模の企業を経営したことがないのは、おばあ様も承知してる。俺がどうすればいいか見当もつかないことくらい、ちゃんとわかってる」

マーシャが立ちあがってロブのそばに行き、彼の手を両手で包みこんだ。「そういう事態になれば学べるわ、ロブ。お兄さんにあなたののみこみの早さを知ってもらいましょう」アレクサンダーに冷ややかな嫌悪の視線を向けた。

アレクサンダーはマーシャには取りあわず、サビッチに向かって言った。「祖母が何をしているか知ってるんだろう？　知っていると認めたらどうだ」

サビッチは肩をすくめた。「知っているのは、弁護士のミスター・サリバンがビーナスと一緒にいることだけだ。そのうちすべてがわかるだろう」

サビッチはしゃべりながらロブの顔を観察した。青ざめていて苦しげだ。その手をマーシャがきつく握りしめたまま、彼に寄りかかっている。ロブが立っていられるように支えているかのようだ。

アレクサンダーがロブに言った。「今、すべてがわかったぞ。おまえはおばあ様に取り入ろうとして、おばあ様の人生に舞い戻ってきた。おまえの望んでいるのは大きな会社、あらゆる権力なんだろう」

ロブが疑わしげな顔をした。「本気でそう信じてるのか、アレクサンダー？　俺がそんなものを求めてると？　たとえそれがおばあ様の望みだとしても、こんなふうに実現すべきじゃない。あまりにも展開が速い、速すぎる。充分な時間がかけられていない」ロブが首を振った。「こんなことが何一つ起きてなけりゃいいのに」

アレクサンダーがマーシャを顎で示した。「その女は間違いなく、おまえのためにそれを望んでいるようだがな」

マーシャが口を開いた。「弟を責めるのではなく、ご自身に目を向けたらどうですか、ミスター・ラスムッセン。ロブは自分の祖母との絆(きずな)を取り戻しただけです」ロブがマーシャから体を離して自力で立った。兄を見ようとはせず、自分の靴に目を落としている。体からみじめさがにじみだしていた。

サビッチはほかの人たちの表情を観察した。彼らはアレクサンダーと同様に、ビーナスが遺言を書き換えている可能性と、それが自分に及ぼす影響を懸念しているだろうか。ベロニカは家族から離れて椅子に座り、何も言わずに膝の上で両手を絡ませ、目に涙を光らせている。グリニスは母親の手を握り、ロブとアレクサンダーを見比べている。グリニスと知りあってから一度として、表情や目から何を考えているのか読み取れたことがない。サビッチにとってはいまだ不可解な人物だ。

ロブがささやいた。「おばあ様には死んでほしくない。もう一度おばあ様を理解するために、もっと時間が必要だ」

「死んだりはしない、ロブ。母さんは死んだりしない」ガスリーが息子に歩み寄り、肩に手を置いた。「おまえには父親としてたいしたことはしてやれなかった。だが、もしおまえさえよければ、今からでも力になりたい。ロブ、私はビジネスの表と裏を知りつくしている。ここ何年かは意思決定にかかわってこなかったとしてもだ。もしそんなときが来たなら、私はおまえの支えになれる。そのときは私たちと一緒にいるべきだ、ロブ。おまえにはまっとうな権利がある。いるべき場所がある」

アレクサンダーが弟と父の顔を交互に見やった。その声からは奇妙なほど感情が消えていた。「つまり僕に敵対するということか、父さん？　いつもそばにいて、家族のために全人生を捧げて働いてきた息子に。涙で声がざらついている。「そんなことはまったく関係ないわ。わからないの？　私がビーナスを守るはずだった、彼女に気を配っているはずだった。それなのに役に立てなかった。これは私のせいよ。ビーナスはこうしたストレスに対処できなかった。できるはずがないわ、もう高齢なんだから。

ベロニカが割って入った。「それに――」

ビーナスは遺言のことを私には話そうともしなかった。彼女の信頼を裏切るとでも思っていたのかしら？　この十五年間、私は一度もそんなことはしていない。もちろんビーナスだって知っているはずなのに。彼女は私にとって母親みたいな存在だった。私のよき師で、一番の支援者だった」アレクサンダーにすばやく向き直った。「アレクサンダー、あなたはどうしてビーナスに残りの人生を思うように過ごさせてあげなかったの？　そうよ、あなたはどういうわけかロブとビーナスが連絡を取っていたのを知って、終わりが近づいていることを悟ったから行動に出たんだわ。なんてことをしたの。あなたがした行為を考えると、ビーナスがあなたの名前を遺言から完全に抹消することを願うわ」

アレクサンダーが激しい怒りをほとばしらせながらベロニカに詰め寄り、足を止めた。「なんて女だ！　僕が祖母を殺そうとしていると非難するとは。よく聞け、ここにいる全員だ。僕はおばあ様を殺そうとなどしていない！」

ベロニカが拳を握った。「ロブに対するひどい態度、あてこすり、ロブが信頼できないかのように見せかけようとする痛ましいほどの努力。あなたはかつて弟を追いだしている。そして会社でのあなたの地位を脅かそうとしている彼を、もう一度受け入れるつもりはなかった。でも、あなたは失敗した。ディロンに阻まれたから。あなたはウィリグも殺した。自分が雇ったことをビーナスにばらされる前に口封じをしたのね」

「とんでもないでたらめだ！」アレクサンダーが間合いを詰めたが、またしてもそこで止まった。首を振って家族を見まわす。「僕が自分の寝室に砒素を残して鑑識に見つかるようなへまをしでかすと信じてるやつはいるのか？　僕があの前科持ちのウィリグに電話をかけて、おばあ様を殺すよう依頼して金を渡したと本気で信じてるやつは？」首を巡らせ、誰もが冷ややかな表情でいるのを目にした。「そうか、みんな僕を敵視してるんだな」

アレクサンダーがリビングルームの奥にいるサビッチと目を合わせた。

「もう一度言っておく。これが最後だ。祖母を殺そうとしたことなど一度もない。僕は祖母を愛している。ときには首を絞めたくなることがあったにしても……ここにいるみんなも経験があると思うが、それは自分の人生に干渉されるからだ。もしおばあ様が死んでも、ラスムッセン産業の取締役会がおまえに実権を握らせるのは許さないぞ、ロブ。ラスムッセン産業がおまえと父さんの舵取りで急激に低迷するのをただ見ているつもりはない。力の限り闘うからな」

ベロニカが叫んだ。「もし正義があるなら、あなたは残りのみじめな人生を刑務所で過ごすのよ！」

そろそろ介入するときだ。サビッチは口を開いた。「ロブ、ビーナスが人の人生に干渉しがちなことはみんなが知っている。だが、いつもいい意味でだ。俺は彼女が君の人生にもう一度干渉してくることに賭けたい」

「どういう意味だ？　どんなふうに俺の人生に干渉してくるんだ？」

「ビーナスがまた元気になったときに、この目で見た君とデルシー・フリーストーンとの間に起きたことをビーナスに話すつもりだ。火曜にデルシーがどんなふうにフーバー・ビルディングのエレベーターをおりてきて、君たち二人が目を合わせたとたんにほかに誰も存在しなくなったかを。二人の間を行き交ったものに気づいたのは、俺がシャーロックと初めて出会ったときに同じ経験をしたからだ。もうわかっただろうが、デルシーはいきいきとしたすばらしい女性で、おまけにＦＢＩ捜査官の妹だ。加えて非常に才能豊かな音楽家でもある。

デルシーに会えば、ビーナスも心を奪われると思う。もちろんほかのみんなはまだデルシーと顔を合わせてはいないが、きっと会うことになるだろう。興味深いのは、火曜に君とデルシーが出会い、水曜をともに過ごし、木曜に何者かが彼女を殺そうとしたことだ」

59

マーシャがゆっくりと立ちあがり、まわりを見てから笑った。「サビッチ捜査官……ディロン、お互いを知る時間をもっと持てなかったのが残念だわ。ミセス・ラスムッセンには私を正しく評価して、家族のように愛してもらえればと思っているの。あなたがロブにそのデルシーという女性を大げさに褒めそやして売りこんでいる理由がわからない。ロブが水曜の夜に夕食に立ち寄ってくれたとき、その女性と食事をしたとだけ話してくれたわ。ロブは現場で緊急事態が起こったから行かなければならなかったけど、そうでなければ彼女の話をもっとしていたでしょうね。話ができていればよかったのにと思ってる。水曜にあなたとシャーロック捜査官が私のスタジオに来たとき、ロブとは特に将来の約束を交わしているわけではないことは伝えたでしょう」深く息を吸ってサビッチに笑みを見せ、声を和らげる。「でもロブは私に愛されているとわかっている。それに私には何カ月も一緒に過ごしてきた時間がある。突然私たちの生活に割りこんできたその女性のことはともかく、ロブが私たちの築いてきた関係を続けてくれたらと願ってるわ。

ロブとはお互いになんの隠し事もしてこなかった。これまで長い間ずっと。もしその女性を本気で愛しているのなら、ロブはそう話してくれたはずだわ。そうでしょう、ロブ？」

「そうだな」ロブが言った。「話しただろうな」

マーシャが首を振った。「いやだわ、今はお互いに対する思いを話しあうときでもないし、そんな場所でもない。ディロン、私たちの相手を思いあう気持ちがどれほど深いか伝わっていればいいんだけど」

サビッチが言った。「デルシーのことを持ちだしたのは、火曜に彼女とロブの間に何が起きたかをみんなに理解してもらうためだ。そして木曜に誰かがKストリートで、走ってくる車の前にデルシーを突き飛ばして殺そうとしたことを指摘したかった。彼女の命を救ったのはロブだ」

アレクサンダーが言った。「僕たちが会ったこともないその女が、祖母の命を狙った犯行とつながっていると言いたいのか？」ロブのほうを向いて口元を緩める。「もしそうだとしたら、おまえはまたこの件の渦中に逆戻りというわけだな」

「ロブはまさに渦中にいるんだよ、アレクサンダー。だが本人はまだそのことを知らない」サビッチが言った。

ベロニカが口を挟んだ。「こんなのはばかげてるわ。中心にいるのはアレクサンダーよ、ずっとそうだった」今やわれを忘れて息を乱し、アレクサンダーを見据えている。「アレクサンダー、ビーナスを殺すのに失敗したからといって、殺そうとした事実が消えてなくなるわけじゃない。よかったわ、ビーナスがようやくそのことに気づいてくれて。あなたときたら、これまで受けてきた恩を彼女の死を願うことで返すなんて。血を分けた自分の祖母なのよ?」

アレクサンダーは身じろぎもしなかった。家族の顔を見たが、擁護の声をあげる者は一人もいない。死者の体を覆う埋葬布のように、大きな重しが彼にのしかかった。アレクサンダーが口を開いた。「ベロニカ、君の話を聞いていると、僕がおばあ様を殺そうとしたのは疑いの余地がないらしいな。それなら何を待っているんだ、サビッチ? さっさと僕を逮捕したらどうだ」

サビッチは両手をパンパンと叩いた。部屋にいる全員が振り向いて見つめた。「なんだ、アレクサンダー。負けを認めるのか? 自らいけにえの炎に飛びこむつもりだと? 尊大な領主から、火あぶりの刑に臨む勇敢でストイックな殉職者に早変わりか？ その間はないのか？ まったく、全面降伏だなんて君らしくもない」

アレクサンダーが寄りかかっていた炉棚から離れた。「黙れ、ろくでなしが！ よくも笑い物にしてくれたな！ 自分が何を言ってるか、わかってもいないくせに」

サビッチはうなずいた。「そうやって頭に血をのぼらせてるほうがまだいい。座ってくれ、アレクサンダー。そして口を閉じているんだ」リビングルームを見渡しながら片手を振る。「皆さん、芝居がかった振る舞いはここまでです」ロブに向き直った。「デルシー・フリーストーンをリムジンが走ってくる道路に突き飛ばしたのが誰なのか、ずっと考えてきたんだろう。君があの場にいてデルシーを引き戻さなければ、彼女は死んでいたかもしれない」

ロブが端的に言った。「心臓が止まるかと思ったよ」マーシャのほうは見なかった。

サビッチはうなずいた。「そして当然、すぐに気づいた。デルシー・フリーストーンに消えてほしいと願ってるのは、世界じゅうでマーシャをおいてほかにないと」

ロブがみじめな顔でマーシャに視線を投げた。「違う、それは誤解だ、サビッチ。すまない、マーシャ。デルシーのことは全部、この週末に話すつもりだった。君にわかってもらえるように、説明する時間が充分あるときに」サビッチに言った。「水曜の夜に俺がマーシャに言ったのは……たいしたことじゃなかった、本当だ。マーシャは深刻にとらえなかったはずだ。信じてくれ、マーシャがデルシーを殺したくなる理由なんてなかった」

サビッチは言った。「君がマーシャになんと言おうが、どれほどさらりと触れただけだろうが、どれほど否定しようが、どれほどデルシーに関する真実を遠まわしに表現しようが、マーシャは君を、金の卵を産む鵞鳥を失うことがはっきりわかった。ロブ、君はポーカーの名手じゃない。自分の意図に反して、君はデルシーへの思いを抑えきれなかったんじゃないだろうか。マーシャにとっては頬を張られたほどの衝撃だった。君としては、デルシーのことはなんとも思っていないふりをしたつもりだったかもしれないが。火曜にフーバー・ビルディングにいた者はみんな、デルシーがエレベーターから颯爽とおりてきたときに、君たち二人がクリスマスツリーみたいに輝いたのを目にしている。そして君たちは水曜をともに過ごした。実際、マーシャはすべてを正確に理解したんだ。

マーシャ、シャーロック捜査官と俺が水曜の午後に君に会ったとき、君が一つのことに集中できる、知的で非常に才能のある人だとわかった。われわれは二人とも君に好意を抱いたし、君の仕事ぶりにも感嘆した。デルシーが命を落としかけるまで、君が激しい嫉妬に駆られるような人物だとは思えなかった」

マーシャが体の前で両手を振った。「ディロン、これだけは言わせて。ロブにも、ほかの皆さんにも。ロブがふと、その音楽家と会っているとと話してくれたとき、それが重要なことだとは少しも思わなかった。スパゲティを食べながら、言葉どおりに受けとめただけ。彼女についてそれ以上、考えもしなかった。

たとえロブとそのデルシーという人との関係を誤解したとしても、私は犯罪者じゃないし、殺人鬼でもない。指摘させてもらうなら、昨日の午後はワシントンDCにさえいなかった。ミズ・フリーストーンの事故があった時間には、多産や繁殖力を表現した彫刻作品をボルティモアにある不妊治療センターに運んでいたわ」

サビッチが言った。「君がどこにいたかは正確に把握してる」集まった人々に向き直った。「見知らぬ人物の殺人未遂事件がビーナスとなんのつながりがあるのかと、いぶかっているでしょうね。ご辛抱ください、すぐにわかりますから。シャーロック?」

シャーロックが歩いてきてサビッチの隣に立った。「FBIには高機能の顔認証プログラムがあります。犯罪にかかわっている未確認の人物の身元を割りだす助けとなるものです。別の捜査官のニコラス・ドラモンドとディロンがプログラムを改良して、顔の一部分からでも、粒子の粗い画像でも犯罪者を認識できるようにしました。このプログラムは骨格、顔のパーツの相対距離、顎の形を分析します。だいたいどのようなものか、おわかりになるでしょう。

昨日、デルシー・フリーストーンを走ってくるリムジンの前に突き飛ばした人物は、パーカーのフードをかぶり、サングラスをかけて、だぶだぶの服を着ていました。一般的にはすばらしい変装です。ある交通監視カメラからは、顎の一部の映像を入手しました。われわれはそれが男だろうと考えていました。さらに別のカメラから、鼻が確認できました。その人物が誰なのか確証を得るには不充分でしたが、われわれはある疑念を抱きました。そこで比較のため、本件にかかわる全員の写真をプログラムにインプットしました。

プログラムがわれわれの疑念を立証してくれました。それはあなたではなかったわ、マーシャ。あなただったのよ、ベロニカ」

ベロニカが体を引いて背筋を伸ばし、口を開きかけたが、サビッチは遮った。

「マーシャが君に電話をかけてきて、ロブが別の女性と恋に落ち、彼女に夢中になっていると告げた。男がみんなそうであるように、ロブの感情は見え見えだった。当然、マーシャはそれに気づいた。ロブに別れを切りだされて、すべてを失うことを恐れた。けれども気持ちを強く持ったのだろう。マーシャには自信を持つ理由があった。魅力的な女性だし、ロブとは何カ月も一緒にいて彼の気持ちをつかみ、気まぐれにもつきあってきた。ロブのことがよくわかっていたから、そのデルシーとかいう女性と別れるよう説得できるかもしれないと考えた。マーシャはロブを喜ばせるいっそうの努力をし、おそらくは妊娠してでも彼をつなぎ止めるつもりでいたのだろう。ロブがデルシーと関係を持ったとしても、自分のところに戻ってきてくれさえすればマーシャは気にしないと君にはわかっていた。もちろん、マーシャはロブを許すに違いない。どういう結果になるか自分たちはただ待つしかないと、マーシャは気づいたんだろう。だが君と話すことでマーシャは気持ちが落ち着いた一方、君には逆に働いたんだ、ベロニカ。君は自分のまわりであらゆる計画が崩れていくのを見た。すべては部外者のせいで。そして君はパニックになった。デルシー・フリーストーンに計画を台なしにされるわけにはいかなかった」

「そんな話、ばかげてるわ！」ベロニカが叫んだ。声に恥辱が色濃くにじむ。「計画ってなんなの？　計画なんて何もない！　ロブが金の卵を産む鵞鳥ですって？　まったく、どうかしてるわ。ロブとマーシャは愛しあってるのよ。それだけのことでしょう？」

サビッチはベロニカとマーシャを順に見た。「君たち二人が思いついた計画とは、マーシャがロブ・ラスムッセンと結婚して、君たち二人が信じられないほど裕福になるというものだった。ベロニカ、君は金の指輪がほしかった。すべてを手に入れたかった。君にとってデルシー・フリーストーンは明らかな脅威だ。だから行動に移した。デルシーの兄のコンドミニアムから彼女のあとをつけ、機会をうかがった。デルシーは君に目も向けなかった。デルシーにとって君は、サングラスをかけてフードをかぶった見知らぬ人の一人で、彼女は歌でも口ずさんでいたんだろうな。

デルシーの背後にまわりこむのは簡単だった。君は強く一突きして、人ごみにまぎれた。頭部はフードで隠れていた。悲鳴とタイヤの軋る音と衝突音を聞いて、デルシーを殺せたと思ったに違いない。

サングラスは上出来だったな。それで判別が難しくなった。だがカメラとわれわれの顔認証プログラムが君だと突き止めたんだ、ベロニカ」

ベロニカは首を振っていた。「どうしてこんなことをしているの、ディロン？　私のことはわかっているでしょう。ビーナスに対する忠誠心は。それはこれまでずっと変わっていない。私がその人物とちょっと似ているからといって、そんなのはなんの証拠にもならない。誰であってもおかしくないわ」

「君は昨日の午後、ほとんど家にいなかった。君は新型のアウディを運転しているね。

GPSつきの。すでに捜索令状を手配しているが、君がKストリート付近にいたことをそのGPSから証明できると確信している」

ロブはベロニカとマーシャを交互に見つめた。マーシャは永遠の関係を誓えるほど愛しているかもしれないと思っていた女性だった……デルシーに会うまでは。それなのに、自分のせいでデルシーが死んでいたかもしれないなんて。うまく頭がまわらない。ロブはゆっくりと、つらい言葉を口にした。「マーシャ、ベロニカ……君たちがデルシーを殺そうとしたのは、俺が彼女と恋に落ちたからなのか？」

ベロニカがロブを見た。軽蔑の念がありありと顔に表れている。「全部ディロンの作り話だとわからないの？」

マーシャが冷ややかな落ち着いた声で言った。「サビッチ捜査官……あなたの話に出た顔認証プログラムだけど、それが間違っているということはないの？　法廷では証拠として認められないんでしょう？」

「法廷ではおそらく無理だろうな。だが今、私は確信を持って言える……あれはベロニカだ。われわれは証明できるだろう。期待してもらってかまわない。君がロブと知りあう前からベロニカと頻繁に会っていたことも証明できる。クレジットカードのレシート、携帯電話の記録、メール、君のスタジオの近隣に住む人たち……隠し通すことはできないんだ、マーシャ。わからないのは、いつから君たち二人がこのすべてを計画するようになったのかだ」

マーシャが手を振ってはねつけた。「計画なんてないわ。そんなものは一度たりとも存在しなかった。まったく、くだらない。ええ、ベロニカのことは知ってるわ。以前、チェビー・チェイスのコーヒーショップで偶然何度か顔を合わせる機会があって、互いに好感を抱いた。ミセス・ラスムッセンの話は興味深かったわ。なんといっても大物だから。彼女のために働くとはどういうことか聞かせてくれたの。そしてそのうち、ロブのことが話に出た」ロブにほほえみかけ、片手を伸ばして彼の脚に軽くのせた。「キッチンのリフォームが必要になったとき、いろいろとあたって、ロブならいい仕事をするから信用できると聞いた。当然、名前には聞き覚えがあって、頼んでみようと思った。それがロブと出会ったいきさつよ。後ろ暗い物騒な秘密なんてここにはない。二人の大人が互いを見つけて一緒になっただけ」ロブに笑顔を向けた。「私には何も隠すことはない。ベロニカだってそうよ。顔認証プログラムが単に間違えただけだと思うわ。それはなんとかしてもらわないと」

サビッチは言った。「フォギー・ボトムにある〈フライング・カウ〉で木曜の朝にベロニカと朝食をとったのも偶然だと？」

「どうやってそれを知ったのかはわからないけど、最近ワシントンDCではどこに行っても人の目があることを考えれば……まあ、そんなことはいいわ。そう、私たちは木曜の朝はできれば一緒に朝食をとることにしているの。何も特別な意味はない。たしかにベロニカには、ロブが出会ったばかりのその人のことを話したわ。でも私は、一時的なことだからと笑い飛ばした記憶がある。結局のところロブは男で、そういうものだからしかたがないと。ベロニカも笑って、ロブは父親とよく似ているみたいだと言った。その話はそれで終わった。

人を守ろうとするのはベロニカの性分なの。ミセス・ラスムッセン、ベロニカの友人たち、そして私のこともそうだと思う。彼女は正直な人だわ、本当よ。向かってくる車の前に女性を突き飛ばすなんてことは絶対にしない。木曜に二人で何を話したのか？　繰り返しになるけど、その女性についてはほんの少し触れただけよ。それ以上は何もない」

「まだまだたくさんある」サビッチは言った。「実際、ここにいる誰もが想像できないほど多くのことが」

60

みんながいっせいにしゃべりだした。ほかを制したのはグリニスの声だった。

「ディロン、あなたはベロニカ・レイクが、十五年間も祖母についていたベロニカが、火曜にロブが出会った子を殺そうとしたと言ってるの？　私には信じられない話だわ。そんなことが可能だなんて」

サビッチはほほえんだ。「私も同意見だ。ベロニカのしたことは、ばかげているとも言える。彼女はパニックになった。そういうときはたいていうまくいかないものだ」

サビッチは片手をあげて全員を黙らせた。

ロブがサビッチを一心に見つめている。マーシャに目を向けるのは耐えられないとばかりに。「どういう意味だ？　誰もが想像できないほど多くのことがあるって」

サビッチはロブの目に強い恐れを認めた。おそらくマーシャとの関係で何かがしっくりこないとずっと感じていたのだろう。そして二人の関係のすべてがきわめて才能のある女性によって作りあげられた幻想だったと気づき始めている。

　サビッチは言った。

「まず初めに、マーシャとベロニカは、君がマーシャと出会う前から親しかったということだ、ロブ。おそらくベロニカが君のことを話題にしたときは、冗談のつもりだったんだろう。ラスムッセン家には長らく音信不通の問題児で結婚可能な男がいる。その男がビーナスに再び受け入れてもらえたら、彼は莫大な価値を持つことになるという話を。だが、マーシャにとっては冗談ではすまなかったのだろう。そういうなりゆきで二人の間で手はずを整え、マーシャが君と出会い、君を誘惑することになったんだ、ロブ。そして君と結婚するためにあらゆることをするという話になった。

問題はビーナス・ラスムッセンだ。彼女を慎重に誘導して君をもう一度喜んで迎え入れ、一族の財産のうち、君の取り分の全額を戻してもらう必要があった」

　驚きと衝撃の声が広がった。サビッチはまたもや片手をあげて一同を黙らせ、先を続けた。

「知っているか、ベロニカ。最初にロブの話題を持ちだしたのが君だったことを、ビーナスはほとんど覚えてすらいなかった。ロブがどれほど聡明だったか、彼が家を出なければならなかったのがどれほど残念だったかを、君はビーナスに思いださせた。今はどんな男性になったのか、変わったのだろうかと口にした。君はビーナスのことをよくわかっているから、それとなく話しておいて考える時間を与え、ビーナスが孫とまたつながりを持ちたいと願ったときには彼女を支持した。ビーナスはなんといっても八十六歳だ。会うのを先延ばしにする理由はない。そしてメールのやりとりを経て、二人は再会した。

ベロニカ、もちろん君はビーナスとロブの関係修復を支援した。アレクサンダーをさりげなく批判し、ガスリーの飲酒と女性問題をやんわりとからかい、ヒルディとグリニスについて話すたびに悲しげに首を振った。要するに、君は悔悟した放蕩者が女王のもとに帰る舞台を整えた。ビーナスとロブがすぐに結びつきを深めたことは喜ばしかったが、それに関しては君はほとんど何もしていない。見守り、ただじっと待っただけだ。

マーシャは自らの役割を果たした。ロブを慕い、引きこみ、励まして、ビーナスとの関係を修復させようとした」サビッチはマーシャに向き直った。「君とベロニカのどちらが先に相手に連絡を取るか考えたのか？　君はロブと結婚すれば充分だったんだろう。それもうまくいっていたかもしれない、デルシーさえ現れなければ。

ロブはきっと、ビーナスが遺言を書き換えて、ラスムッセン産業の株の持ち分を全部戻してくれたと君に話したんだろう。ビーナスを殺す計画を立てたのは君に違いない。君が大金を……信じられないほどの富を手に入れる妨げとして残っているのは彼女だけだ。君は待ちたくなかった。ビーナスの良好な健康状態を考えると、ロブ・ラスムッセンとその妻が財産を相続するのは、何年も先になるかもしれないから」

アレクサンダーがどうにも信じられないという顔でベロニカとマーシャを交互に見やった。「待ってくれ、ベロニカが祖母に砒素を盛ったと本気で言っているのか？ このベロニカが？」

「あたり前だ。家にいる人物でほかの誰にそんなことができる？ もちろん君やガスリー以外でという意味だが。砒素中毒の症状はすぐには表れない。ベロニカとマーシャはその事実をあてにした。金属加工についてちょっと調べてみたら、さまざまな種類のブロンズを作るときに、銅や錫（すず）やその他の金属に砒素をまぜることがわかった。そうすると鋳造が容易になり、金属の表面に銀色の光沢を与えられる。われわれが君のスタジオで見たいくつかの彫像のようにだ、マーシャ。君が誰から入手したのか調べあげるのに、そう時間はかからないだろう」

アレクサンダーが言った。「ベロニカが僕のバスルームに砒素を置いたというのか?」

「そうだ。だが、当初の計画は違った。二人はひそかにビーナスを砒素で殺害したかった。毒を盛られていたのではないかと誰にも疑われずに。ビーナスが死んでもそれは自然死であって意外には思われないだろうし、砒素が検出される恐れがある司法解剖も行われないだろうと考えた。けれどもビーナスは二人の思いどおりにはならなかった。生き延びて、不審に思い始めた。それで二人は警戒した。ベロニカとマーシャが誰かを巻きこむことにしたのはそのときではないかと考えている。ビーナスが砒素を盛られていると気づいたときのために。アレクサンダー、その〝誰か〟に君ほどの適任はいない。君はラスムッセン産業を継承する立場にあって、二人がさらなる力を手に入れる道に立ちふさがっているんだから」

アレクサンダーが言う。「だがビンセント・ウィリグはどうなんだ? なぜやつがどこからともなく現れて、祖母を撃とうとしたんだ?」

「ベロニカとマーシャは、単に砒素をこっそり置くくらいでは自分たちの疑いを晴らせないのではないかと心配になったんだ。それにビーナスはまだ生きていた。二人は早急に行動を起こす必要があった。捜査が入る前にビーナスが撃たれて死んだとしても、彼女たちが金を手にできることに変わりはない。ビーナスがFBIのわれわれに電話をかけるより先に、二人はウィリグに射殺させる手配をした。幸運にもビーナスは危ういところを逃れたわけだが、本当にぎりぎりのタイミングだった……誰も私たちがビーナスの近くにいるとは思っていなかった。アレクサンダー、ウィリグの番号を君の携帯電話に入力したのは、さらに君に追い打ちをかけるためだ」

ヒルディが口を挟んだ。「でもその男は、ウィリグというのは誰だったの？　この人たちのどちらかがどうして犯罪者を、前科者を知ってたの？」

サビッチは笑みを見せた。

「ＭＡＸをノートパソコンに設定してマーシャ・ゲイの経歴を調べたときには、疑わしい点は何も見つからなかった。とはいえウィリグはどこかでヒットするはずだったから、ＭＡＸに家系を徹底的に探らせた。するとマーシャの母親であるエレノア・メッツアーの遠縁の女性が見つかった。その女性は夫と別れて再婚し、息子をもうけていた……それでふいにすべてのピースがきれいにはまった。息子の名前はビンセント・ウィリグだった。

ウィリグとマーシャは同じ町で育った。互いを知っていたに違いない。私が思うに、ウィリグが出所したとき、彼女に連絡したんだろう。タイミングは完璧だった。ウィリグをつなぎ止めておくために、マーシャがやつを誘惑したとしても不思議はない。

チャンスに飛びつかない理由はなかった。ウィリグにとって魅力的な約束でもしたんだろう。殺人を持ちかけることに問題はなかった。ウィリグはサイコパスで、手先としては最適だ。さほど頭がよくないのも、深く物事を考えないということでプラス要素だった。

結局ウィリグに破滅をもたらしたのは、あの男が愚かだったからではなく、単に運が悪かったからだ。ウィリグがシャーロックと私が去ったと考えたときに、実はまだその場を離れていなかった。おかげでウィリグを逮捕できた。感心するよ、マーシャ。これだけ言われても、まだ君は冷静で、パニックを起こしていない。

ベロニカはウィリグがあの病院のベッドで寝ている姿を見た。やつが刑務所に逆戻りして残りの人生を過ごしたくないであろうことはわかっていた。君は最大の危機に直面した。もしウィリグが君の名を口にしたら、それで終わりだ。あの日の午後、雇い主の名前を言えば十万ドル払うとビーナスは申しでた。実際、生きていたらウィリグは自白していただろう」

ベロニカが口を開いたが、サビッチは手で制した。

「いや、わざわざ否定する必要はない。ウィリグを殺したのは君以外ではありえないんだから。GPSつきの自分の車を使わないくらいの頭はあったんだな？　君はスミス大学で心理学士の学位を取得する際、何年か看護助手として働いていた。病院がどう機能しているか、看護師の職務内容は何か、薬品はどこに保管されているのかを学ぶには充分すぎる時間があった」

マーシャは美しいアンティークの安楽椅子に座って脚を組み、器用な手を膝の上で重ね、無表情のままでいた。身じろぎ一つしていない。一方のベロニカは両手をもみあわせ、取り乱した顔をしている。どうすればいいのかわかっていないのは明らかだ。

とどめを刺すときだ。サビッチはベロニカに言った。

「マーシャからロブがデルシーと会っていると聞いたとき、君は美しい夢が消えていくのを見た。みすみす放置しておくつもりはなかった。自分が何をしているのかじっくり考えることもなく、ただ行動した。デルシーにとっては幸運にも、君は失敗した。知っているかい？　デルシーはロブがマーシャとの関係を隠していたことで、彼を決して許さなかったかもしれないって。要するに君はその必要もないのに、危なっかしい計画を自らぶち壊したんだ」

ベロニカがロブを見た。顔にありありと嫌悪の色が浮かんでいる。「もしロブが少しでもアレクサンダーに、あるいは父親に似ていたら、デルシーを説き伏せたはずだわ。私はただ――」

マーシャが静かに言った。「黙って、ベロニカ。お願いだから黙ってて」

サビッチはベロニカに向かって続けた。「君はとても大切な友人になったとビーナスは話してくれた。君が何をしたか私が伝えたとき、ビーナスは信じたくないと言った。君を心底大事に思っていたからだ。君はビーナスの心を打ち砕いた」言葉を切った。「つまり、君の心は別の人のものだということだ……君はマーシャに心を寄せている」

61

サビッチはロブがついにマーシャに顔を向けるのを見た。打ちひしがれ、混乱している様子だ。「君は……君は同性愛者なのか、マーシャ？　全部が芝居だったのか？」

「おかしなことを言わないで」マーシャが言った。「まったく、ロブったら。私たちの相性はぴったりでしょう。気持ちの面だけでなく、体の面でも。これまでそんな質問なんてしたことがなかったのに、どうして今さらそんなことをきくの？」

グリニスが笑った。「すばらしいはぐらかし方ね、マーシャ。まったく見事だわ。まあ、そうでなきゃね。ロブ、世間知らずなことを言わないで。彼女ならそのくらい、難なく演じられるわよ。とんだ茶番だわ」

マーシャが顎をあげて愛想よく言った。「私は同性愛者じゃない。ぞっとするわ」

ベロニカが息をのみ、マーシャの顔に鋭い視線を投げた。疑念と非難がこぼれんばかりに浮かんでいる。そして痛みも。

「わからないのか、ベロニカ」サビッチは言った。「マーシャは最初から君を利用しようと決めていたんだ。誘惑して操るつもりだった。ロブとウィリグを利用したように。危ない橋を渡るのはいつも君だった。ビーナスに砒素を盛ったのも、危険を冒してウィリグを殺したのも、デルシーをリムジンの前に突き飛ばしたのも、マーシャじゃなく君だ。それなのに得るものは彼女よりもずっと少ない。もしかすると何も得られないかもしれない。マーシャが君を愛したことなど一度もなかった。そもそも彼女が誰かを愛したことがあるのかは疑問だな」

ベロニカの声はささやきになっていた。「この人の言うとおりなの、マーシャ？私を愛してくれたことはなかったの？」

「勘弁してよ、ベロニカ。おかしなことを言わないで。黙っていればいいの」マーシャがサビッチに向き直った。「すばらしい想像力を披露してくれたけど、この作り話もそろそろ終わりにする頃合いね。弁護士と話がしたいわ。ベロニカ、私があなたなら、同じようにするでしょうね」

「私ならその人の言うことは聞かないわよ、ベロニカ。マーシャはわが身を守っているだけ、あなたを守っているわけじゃない。なぜこんなことをしたのか、そろそろ話を聞かせてちょうだい」

室内が静まり返った。人々はゆっくりと首を巡らせ、開け放したドアのところに立つビーナス・ラスムッセンに視線を向けた。上品なアルマーニの灰色のスーツに身を包み、完璧な姿でシャーロックにつき添われている。サビッチのもとまでビーナスのトレードマークとも言えるシャネルの香水のほのかな香りが届いた。シャーロックが部屋からひそかに抜けだしたことに気づいていたのはサビッチだけだった。

ビーナスはベロニカから決して目をそらさなかった。ベロニカの顔は今や真っ青で、瞳孔が開いて目が血走っている。「この家で私の飲み物に砒素を入れたのはあなただとディロンに言われたときは信じたくなかった。もちろん筋が通っているけれど、単純に受け入れられなかったの。十五年間、私の愛情と支援を受けてきたというのに。あなたが自分のビジネスを始めて、確実に成功するよう手を貸したのも私だった。どうしてそんな……邪悪なことができたのか理解できなかった。あの女に、マーシャに心を奪われたからなのね？」

ベロニカがビーナスに一歩近づいたところで、グリニスに腕をつかまれた。

ベロニカはその手を振りほどいた。「今さらそんなことが本当に重要なの、ビーナス？　聞いて、私はこんなことは何一つしたくなかった。私の考えじゃなかった。でも言うとおりにしなければ、私のことをあなたにばらすと言われたの」

「ベロニカ、あなたが同性愛者であることはずっと知っていたわ。あなたのちょっとした言葉や、携帯電話で女性と話しているときに顔がぱっと明るくなることがあったから。当然ながら、何年にもわたるあなたの恋愛遍歴も知っていた。ひそやかな恋愛だったけれど、それでも私は承知していたわ。そのことを口にしたいと思うなら、あなた次第でそうしてもよかった。それで何かが違ってくるということは私にはなかったから。でも、あなたはずっと孤独だったんでしょうね。

そしてあなたはマーシャを見つけた。マーシャがあなたを見つけたのかもしれないけれど。そして彼女があなたをつかまえると、すべての孤独が消え去った」ビーナスはマーシャに顔を向けた。「まったく残念だったわね。私が死なずに、こうしてここで八十六歳の健康そのものの体であなたと向きあっているなんて。あなたの過去が不幸なものだったことはディロンから聞いたわ。あなたの不運はディロンとシャーロックが私の親しい友人で、あなたが私を殺そうと計画していたまさにその日に二人があのドアから入ってきたことよ。あなたと血のつながりがあるビンセント・ウィリグはサイコパスだった。明らかにそういう血筋なのね」

マーシャはビーナスを頭のてっぺんからつま先まで眺め渡した。「あんたは口うるさくてみじめな年寄りよ。あんたが堂々を入ってきても驚かないのはなぜかしらね。

八十六年もヒルみたいにしぶとく人生にしがみついてきたくせに、この期に及んで都合よく瀕死の状態になるだなんて、偶然にもほどがあると思ったわ」マーシャが笑った。「なるほどね、新しい遺言なんかないってわけ。ばかばかしい。あのとんでもない弁護士だけど、あいつも当然ぐるなんでしょ。どこにいるの？　クローゼットに隠れてるの？」

「いいえ」ビーナスが答えた。「ミスター・サリバンならイザベルが裏階段から下にお連れしたわ。ミスター・ポールも交えてキッチンでケーキと紅茶を楽しんでいるでしょうね」家族一人一人にほほえみかけた。「みんなを動揺させて本当に申し訳なかったわ。ちょっと芝居じみたことをすれば全員が真実に到達する助けになるかもしれないと、ディロンが考えたのよ」

　サビッチがマーシャに言った。「アレクサンダーに不利な証拠が出揃ったときから、遅かれ早かれ君を調べなければならなくなった。ひいき目に見てもやり方が稚拙で、あまりにもあからさまだったからな。あれはベロニカのアイディアだったんじゃないのか？　君はあんなふうにやりすぎることはない」

　マーシャがアレクサンダーに蔑みの視線を向けた。「ああ、あそこにいる愚か者のこと？　あいつが砒素の痕跡を残すほど間抜けじゃないと言える？　すべてあの男とベロニカ二人の仕業じゃないの？　早く弁護士を呼んでよ」

サビッチは言った。「外に捜査官を待機させていて、君とベロニカを首都警察（デイリー・ビルディング）まで連行する手はずになっている。弁護士はそこから呼ぶといい」携帯電話のボタンを押して、捜査官に入ってくるよう告げた。

ビーナスは女性二人が揃って出ていくのを見送り、正面玄関のドアが閉まるのを待った。サビッチにほほえんでうなずきかけると、移動して椅子の背後に立ち、家族に向き直った。「アレクサンダー、私を殺そうとしているのがあなただなんて一度たりとも思わなかったわ。ディロンも同じよ。私があなたを愛していることを今なら受け入れてもらえるといいんだけれど。あなたをずっと愛してきた。ラスムッセン産業ではこれからも私の右腕でいてちょうだい。私が死んだら、経営権はあなたのものよ」

ビーナスが一番若い孫に顔を向ける。

「それからロブ、私のかわいい孫。私の人生に戻ってきてくれて、私は本当に幸せだわ。あなたがいなくてずっと寂しかった。あなたのために祈ってきた。いつも家に戻ってくれたらと願ってきた。立派な男性になって、本来あるべき姿に変わってくれて、心底うれしいわ」

ロブが叫びながら立ちあがった。「立派な男だと信じてくれてるのか？　俺のせいで命を落としていたかもしれないんだぞ？　俺はマーシャを愛してると思ってた。それか、自分が信じていたマーシャの虚像を愛してた。おかげでこのざまだ……俺があの女をおばあ様の人生に連れてきたんだ」

ビーナスがけだるげに片手を振った。「感傷的な場面はもうたくさんよ、ロブ。勘弁してちょうだい。ここ一週間、この家を取り巻く一連の騒ぎで疲れてしまったわ。ロブ、あなたはここにとどまるために戻ってきたんでしょう。もう私の人生から出ていくような真似はさせないわよ。もしラスムッセン産業で働きたいのなら歓迎するわ。自身の道をこのまま歩んでいきたいとしても、それはあなたが選択することよ。自分の人生ですもの、思いどおりに生きればいい。私の干渉なしにね」にやりとしてみせる。「デルシー・フリーストーンという女性のことをディロンが褒めていたけど、彼女と一緒になるために口添えをしてほしい？」

ロブが満面に笑みを浮かべてビーナスを見た。「おばあ様、干渉はなしだと言ったばかりじゃないか」

「わかったわ。でも、もし私の助けが必要なら……」ビーナスは銘々にほほえみかけた。「家族がまた一つになって本当にほっとしたし、うれしいわ。疑念も、つきまとう不安も、これからはなし。ラスムッセン家の勝利よ。みんな愛しているわ。少なくとも何人かは夕食に残ってちょうだい」

イザベルが少しの間ドアの外でうろうろしていたが、急いでキッチンに戻り、大きな笑みを浮かべた。「ミスター・ポール、終わったわ。家族は安全で、一つになった。あなたの出番よ」

ミスター・ポールが椅子から腰をあげ、手を叩いた。「鴨のローストはまだ早いが、エスプレッソと絶品のエクレアから始めよう。この家族には甘いものが必要だ」

62

金曜夜
マリブ

九時をまわった頃、カムはダニエルの前を運転しながらミッシーのコテージに向かっていた。ようやくいくらか眠れると思うと、たまらなく待ち遠しい。トヨタのハンドルを切ってマリブ・コロニー・ロードに入ったところで人影が見えた。目を凝らすとブリンカーだった。カムの車が近づいてくるのを見て、ミッシーのコテージから四軒隣の茂みの裏に身を隠した。

疲れていらだっていたカムは感情を爆発させた。あの男を捕まえて、足首をつかんで逆さにして揺さぶり、ミッシーに迷惑をかけていることを今度こそなんとしても頭に叩きこんでやりたい。カムは急ブレーキをかけ、車から飛びおりた。ダニエルもすぐあとに続く。そしてブリンカーを追いつめた。飛びかかり、全体重をかけて地面にうつぶせに倒し、背中に馬乗りになって後頭部をはたいた。

「このばか！　またここに戻ってきたなんて信じられない。あなたがしてきたことを『グッド・モーニング・アメリカ』で公表してやるわ。カラー写真つきでね。あなたの母親にも連絡する。母親はどこに住んでるの？」

「僕が答えると思うのか？」

カムはブリンカーの頭をもう一度はたいた。

ダニエルが二人のそばにしゃがみこんだ。「大丈夫だ、カム。こいつに関するファイルがここにある。母親はキャリー・ベイリー。クリーブランドにベーカリーショップを所有している。朝になったら母親に電話をかけて、大事な息子が何をしてきたか、そっくり話してやればいい。たぶん母親はおまえを引きずってでも実家に連れ戻すだろうな、ブリンカー。そうだ、こうしたほうがいいかもしれない。母親の手間が省けるように、おまえを沖合二キロくらいまで運んで、その情けない体をボートから海に放りこむんだ」ダニエルが立ちあがり、ブリンカーの背中にのっていたカムを立たせた。カムは真っ赤な顔で、いまだに荒い呼吸を繰り返している。ダニエルがブリンカーの腕をつかんで仰向けにした。その横で腕組みして見おろす。「僕のボートはこの先の自宅にある。すぐそこだ」

「ボートは大嫌いだ、船酔いするんだよ！　なあ、僕はミッシーの家から百メートル以上離れてる！　悪いことは何もしてない。ただ無心に散歩をしていただけだ」

ダニエルは通りに目を向け、頭の中で計算した。ブリンカーの言うとおり、百メートルは離れている。かろうじてだが。「嘘をつくな。またミッシーの家に忍びこもうと思っていたんだろう。ウィッティア捜査官が留守で、また叩きのめされないことを願いながら。今後いっさいおまえをミッシーの人生にかかわらせないようにするためには、どうすればいい？」

ブリンカーは月明かりにかすかに照らされたダニエルの顔を見あげた。そこには背筋が凍るような何かがあった。ブリンカーは乾いた唇をなめた。「眠れなかったんだ。嘘じゃない、ほんとに寝つけなかった。これ以上近づくつもりはなかった。誓うよ。ミッシーが暮らす場所の近くにいたかっただけだ。運がよければ彼女の姿が拝めるかもしれないって。わかるだろう？」

カムの怒りは消えた。この男は取りつかれている。なんらかの理由でミッシーに執着している。ただのちっぽけで憐れな男だが、それでも愚か者には違いない。カムはきっぱり言った。「ブリンカー、もしあなたをもう一度マリブで見かけたら、私が撃ち殺して、死体をトパンガ・キャニオンに埋めてやるから」

カムの月のように青白い顔とその目に浮かぶ激しい怒りを見て、ブリンカーがささやいた。「いや、そんなことはしないね。僕を殺したら刑務所入りだ」

カムは言い返した。「いいえ、人けのない真っ暗な夜に、あなたの死体を峡谷まで引きずっていって地中深くに埋めるから、誰にも発見されないわ。それからミッシーとシャンパンで祝うの」

「僕ならビールだな」ダニエルがつけ加えた。

ブリンカーがひどく不安そうな顔をした。上体を起こし、二人に向かって両手をひらひらさせた。「なあ、僕を女優殺しの犯人みたいに扱うべきじゃない。僕は誰かを傷つけるつもりはない。ミッシーのまわりをうろうろしているのは僕だけじゃない。ウィッティア捜査官、僕はミッシーを崇拝してるんだ。彼女の笑顔を見ると幸せな気持ちになる。僕は絶対にミッシーを傷つけたりしない。それに、ほかの人だって」

ダニエルはいらだちを覚え、ブリンカーを立たせてシャツをつかんで揺さぶった。「こう言ったらわかるか、ブリンカー。ミッシーはおまえを幸せになんかしたくないし、二度とおまえの顔なんて見たくない。なぜだかわかるか？　僕とつきあってるからだ。僕たちの人生から消えてくれ」もう一度ブリンカーを揺さぶる。「わかったか？」

「ミッシーとほんとにつきあっているのか？」

「そうだ」さらに揺さぶった。「答えろ。わかったか？」

「まあ、それなら消えるしかないのかな」

ブリンカーが泣きだしそうな顔をした。

「よし」ダニエルがブリンカーのシャツを撫でつけ、彼をおろした。「クリーブランドに戻って母親とクッキーを焼いて、債券でも買ってもらえ。行け、ブリンカー」二人は立ったまま、頭を垂れて小石を蹴りながら車に戻るブリンカーを見送った。

ブリンカーの車のエンジンが回転速度をあげるのを聞くと、カムは口を開いた。

「やれやれ、これで元気が出たわ。ブリンカーは本当に戻ってこないかもしれない」

カムとダニエルが車でミッシーのコテージの私道に入っていくと、ミッシーが玄関のドアのところで背後から光を浴びて立っているのが見えた。ショートパンツに大きめのシャツという格好で、顔を取り巻くように豊かな髪をおろしている。二人を見てほっとしている様子だ。

ミッシーのあとからキッチンに向かいながら、ダニエルはブリンカーについて話し始めた。

「さあ、座って。二人とも疲れきってるみたい。紅茶を淹れるわね。コーヒーを入れるには時間が遅すぎるから。ブリンカーについてもっと聞かせて」

二人は腰をおろした。カムは鮮やかな赤と白のチェックのテーブルクロスを眺めながら、アレクサンドリアの自宅のキッチンテーブルにぴったりだと考えていた。その考えを脇に置き、頭の中でその日の出来事の整理を始める。夜ベッドに入る前にいつも行う日課だ。そのとき、あることに思いあたり、はじかれたように立ちあがった。

「ダニエル！ ブリンカーが言ってたことだけど……」ジャケットのポケットから携帯電話を取りだして番号を押した。呼び出し音が三回鳴ったところでブリンカーが出た。「ブリンカー、ウィッティア捜査官よ。もう家に着いた？」

「ああ、スーパーマンみたいに空を飛べるからな。まだ運転中だよ。家に着いたら荷造りを始める。誓うよ。上司に電話をかけて休暇を取るつもりだ。それでいいだろう？」

「ええ、そうするのがいいわ。あなたもそれでよかったんだと今にわかる。ねえ、よく聞いて、ブリンカー。ミッシーのまわりをうろうろしているのは自分だけじゃないと言っていたわよね。ほかに誰かを見たの？ 彼女の家の前の通りにいる男？ 別のストーカー？」

「あいつは間抜けだ。まるで用心してなかった。すぐに気づいたよ」

「なるほど、わかったわ。そいつを見たのはいつ？」

「最初にミッシーの家のあたりで見かけたのは二週間ほど前で、そのあと彼女がラスベガスに出発する前日にもう一度見かけた。ミッシーがこっちに戻ってきてからは見てないな。だからといって、やつがうろついてるはずがないと言ってるわけじゃない。僕も午前中はたいてい仕事をしてるから」

「どんな男なの？」

「三十代なのは確実だ。背が高くて痩せていて、いつも下はジーンズ、上はパーカーで顔を隠している。ミッシーがやつに気づいたことがないなんて驚きだよ。あんな格好なのに」

「ブリンカー、これからモントーヤ刑事と一緒にそっちへ向かうわ。見てほしい写真があるの」カムは電話を切った。「ダニエル、行かないと」

ミッシーがカムの腕をつかんだ。「急いで着替えるから私も連れていって」

「だめだ、絶対に」ダニエルはしばしミッシーを見つめてから、カムに向き直った。

「行こう」

63

金曜夜
サンタモニカ、ハイ・ストリート
ブリンカーのアパートメント

ブリンカーはヤシの木と、ブーゲンビリアと、きれいに刈りこまれた芝生のある高級アパートメント・コンプレックスに住んでいた。静かで落ち着いた場所だ。ダニエルのクラウン・ビクトリアをおりながらカムは言った。「彼は3Cにいるわ。そこの窓がたくさんある角部屋よ。私たち、金を掘りあてたのよ、ダニエル。私にはわかる」

ブリンカーが二人を招き入れたとき、まぎれもない羨望がつかの間カムの心をよぎった。

「すてきな家じゃない、ブリンカー。どうやったらこんなところに住めるの？」

「債券トレーダーだからな」ダニエルが言った。

ブリンカーが二人を見た。「ええと、リビングルームに入ってもらったほうがいいんだろうな。それで夜遅くにここへ写真を見せに来て、最初にするのは僕をさらにいたぶることなのか？　でまかせは言っていない。僕はここを離れる。寝室を見ればいいさ。ベッドに開いたスーツケースがあって、すでにシャツが詰めてある」

カムは言った。「あなたのために荷造りをしに来たんじゃないの、ブリンカー」携帯電話に写真を表示してブリンカーに差しだした。「これよ、ここにある写真を見て。この男に見覚えはない？」

ブリンカーが携帯電話を受け取り、リビングルームの電気スタンドの下に手を置いた。彼が首を振ると、カムは画面を切り替えて別の写真を表示した。ブリンカーがまた首を振る。三枚目の写真を目にしたとき、彼は一瞬見入ってからうなずいた。「ああ、この男には見覚えがある。でも、これは違って見えるな。生気がない。運転免許証の写真かい？　さっきも言ったとおり、僕が見たときは二度ともパーカーを着てたんだ。だけど、この男だよ」

ダニエルが言った。「これは重要なことなんだ、ブリンカー。ミッシーのコテージのあたりをうろうろしていたのはこの男で間違いないか？」

ブリンカーがうなずく。「最初のときに失せろと言いかけたんだ。でもこの男にはどこかぞっとするところがあったから、怖じ気づいちゃって。あとになって考えたら、注意しなくてよかったんだ。しばらく姿を見なかったから。ほかの誰かを見つけたんだと思ってた」

ダニエルが言った。「その男がただ散歩していて、たまたまミッシーの家のほうに向かっていたわけじゃないとどうしてわかるんだ？　その男が実際に家までミッシーのあとをつけているのを見たのか？」

「ああ、最初のときは自宅まで彼女をつけてた。立ち去る前にまわりを見たりしてたよ。二度目のときはミッシーは近くにいなかったけど、この男が窓から中をのぞいているのを見た。すぐに前に見た男だとわかったよ。やり方が全然洗練されてなかったからね。僕と違って」

「あなたはミッシーにも、私たちにも見つかった。だからあなただってそれほど洗練されているとは言えないわ」カムが正した。

ブリンカーが手を振って否定した。「僕は運が悪かった。ただそれだけさ。君たちが今夜、あんなに遅くまで外出していたなんてわかるはずがないだろう？　それに最初のときは、ミッシーがＦＢＩ捜査官を予備の寝室に泊めてるなんて知らなかったし」

ダニエルが言った。「ラスベガスでミッシーに追いかけられたことをもう忘れたのか?」

ブリンカーが誇らしげな父親のように胸を張った。「そう、追いかけられた。ミッシーはすごいよ。僕はわざと捕まったんだ」

カムは言った。「さあ、集中して。この男について思いだせることを全部話して、ブリンカー。細かいことまで全部よ」

「ああ。最初に見たのは、パシフィック・コースト・ハイウェイの二十四時間営業のスーパーマーケットでチートスを買ったときだ。ミッシーが店内で買い物をしていたから、僕はぶらぶらして彼女のすることを見ていた。ミッシーが店を出たとき、僕は通りで男に気づいた。こいつも彼女のことを見ていた。距離は保っていたけどミッシーのあとをつけているのがわかったから、背後からこっそりやつを観察した。こいつはコテージのすぐ近くまでつけて、二、三分待っていた。ほら、周囲を見まわしたりとかして、それから立ち去った。

もう一度見かけたのは、ミッシーがラスベガスに出発する前日の夜だ。そのときは彼女が街を離れるとは知らなかったけど。男は同じパーカーとジーンズとランニングシューズという格好だった。だからやつだとわかったんだ。僕は何をしようとしているのか見てやろうと思って様子をうかがった。話したとおり、あいつはミッシーのコテージの室内をのぞいてた。たぶん彼女の姿をちらりとでも見ようとしていたんだろう。やつがいなくなってから、僕も帰った。それからは見かけていない。

この男について覚えているのはこれで全部だ」ブリンカーが二人を見つめた。「なあ、こいつが若い女優ばかりを殺してる異常者だと思ってるのか？」ブリンカーは今にも失神しそうに見えた。「こいつがミッシーも殺そうとしていたと？」

「その可能性が高いわ」カムは答えた。

ブリンカーがふらついた。カムは彼の腕をつかんで体を支えた。ブリンカーが消え入りそうな声で言った。「もしミッシーがラスベガスに行ってなかったら、やつは彼女を殺していたかもしれないのか？　ほかの女優みたいに？　ミッシーがラスベガスにいたときに、ほかの誰かが殺されたんじゃなかったか？　やつはミッシーを殺す機会を逃したから、別の人を殺したのか？　それって僕がミッシーを救ったってことじゃないか？」カムから体を引いて背筋を伸ばし、胸を張った。「信じられない。僕が、ジョン・ベイリーが、温厚な債券トレーダーがだよ。写真での面通しでこの男だと言いあてたのが僕だってこと、忘れないでもらえるよな？」

「ああ、忘れない」ダニエルが言った。「よくやった、ブリンカー」

ブリンカーがソファにどっかりと腰をおろした。「ぞっとするよ。ミッシーを守ってくれるだろう？　この男を逮捕してくれるんだろう？　僕がどれほど役に立ったかミッシーに話しておいてくれないか？　もしかしたら彼女は感激して――」

ダニエルが身をかがめてブリンカーの頬を軽く叩いた。「よい旅（ボン・ボヤージュ）を、ブリンカー。元気で暮らせよ」

64

金曜午後十一時
サンタモニカ
ラシター・アベニュー四十二番地

ドクとデボラが新たに借りた家を見つけるには相当時間がかかった。というのも、カムとダニエルの資料にはその住所が載っていなかったからだ。二人は病院から半ブロックのところにあるドクが以前住んでいたアパートメントに行ってみたが、もぬけの殻だった。病院の責任者から言葉巧みに住所を聞きだし、ようやくカムとダニエルは新たな賃貸物件から一ブロック離れた場所に車を停めた。アルトゥーロがすぐ後ろに続く。家は七〇年代に建てられたランチハウススタイル（西部の牧場主が好んだ家の様式）の平屋の一つで、手入れが行き届き、前庭にはオークとヤシの木が青々と茂っている。多くの家には明かりがついていて、開け放たれた窓からテレビのコメディの効果音の笑いが聞こえてくる。ドクの家の中は暗かった。

アルトゥーロが口を開いた。「運がよければ、やつはもうベッドで寝ているかもしれない」

カムが言った。「そうだったらいいんだけど、ここにいない可能性も充分あるわ。ドクは愚か者じゃない。今日は自分の思ったとおりに事が運ばなくて、私たちが考えをまとめあげつつあるのがわかっているはずよ。ブリンカーに見られていたことには気づいていないにしても。いつかは逃亡しなければならないと考えて、待たずにそうしたのかもしれない」

ダニエルが言った。「エルマンとチームとは連絡がつかない。僕たちでやつを逮捕するぞ」

アルトゥーロがカムの袖をつかんだ。「見ろ、側面の窓を……炎だ！　ドクはあそこにいるかもしれない。カム、通報を頼む」

ダニエルとアルトゥーロが正面玄関へと走っていく。カムはあとに続きながら携帯電話を耳にあてた。ドアには鍵がかかっていた。ダニエルが後退してドアノブを蹴りつけた。ドアは揺れたが、持ちこたえた。もう一度蹴ると、今度は勢いよく開いた。アルトゥーロが家の中に駆けこみながら、後ろに向かって叫んだ。「ここにいてくれ。寝室を見てくる！」

「冗談じゃない」ダニエルが言った。「カム、こっちは任せろ。ドクが出てこないか監視しててくれ」アルトゥーロを追いかけていった。

　永遠にも思えたが、実際にはわずかな時間だった。カムも中に入りたかったものの、自制した。入ったところで助けにはならない。火は急速に広がっていき、熱と煙がカムに向かって吹きだしてきた。遠くでサイレンが聞こえ、カムは祈った。アルトゥーロの叫ぶ声がした。カムはもはやその場にただ立っていることはできなかった。家に入ろうとしたとき、ダニエルがアルトゥーロを肩に担ぎ、意識のない男を引きずりながら、よろよろと出てきた。アルトゥーロのジャケットは燃えていて、背中から炎があがっている。カムが手で炎を叩くと同時にダニエルが意識不明の男から手を離し、アルトゥーロを仰向けに芝生におろして残りの火を消した。

「アルトゥーロはかなり煙を吸いこんでる」ダニエルがアルトゥーロの頬を叩いた。「おい、しっかりしろ。息をするんだ。別れた妻におまえの年金を渡したくはないだろう。アルトゥーロ！」

　アルトゥーロが息をもらしてむせ返ったので、ダニエルはすぐさま彼の上体を起こして背中を叩いた。アルトゥーロは咳(せ)きこみながらも、ようやく苦しげに声を絞りだした。「なんだ、モントーヤ、俺にディープキスでもするつもりだったのか？」

ダニエルがアルトゥーロの頬を軽く叩いた。「そうしてほしかったのか、アルトゥーロ。息はちゃんと吸えるか？」

「まあ、そこそこな。だが、背中が燃えてるみたいだ」

カムはいまだにくすぶっているジャケットを脱がせ、一部が焼けたシャツをはいで、街灯のもとでアルトゥーロの背中に目を凝らした。真っ赤になっている。カムは触れるのを躊躇（ちゅうちょ）した。

「まずは二人を炎からもっと遠ざけよう」ダニエルが言った。「アルトゥーロが先だ。だめだ、アルトゥーロ、自分で動こうなんて考えるな」ダニエルとカムはアルトゥーロを歩道のそばのアカシアの下に引っ張っていった。アルトゥーロはされるがままで、頭を垂れて浅い呼吸を繰り返している。

「やけどはどれくらいひどいんだ？」

「たいしたことはないわ。ちょっと赤くなってるだけ」カムは答えた。アルトゥーロはカムが白々しい嘘をついていないことを祈ったが、それにしては相当痛むので、おそらく嘘なのだろう。彼はじっと動かずにいた。

「俺は大丈夫だ。引きずりだしてきたあの男を見てくれ。状態は俺よりかなりひどい」

ダニエルがもう一人の男を引きずって家から遠ざけ、すぐそばにひざまずいた。「生きてる、息をしてる。重度のやけどを負っていて、頭の傷からはまだ出血してるが」アルトゥーロの脱がしたシャツをつかみ、男の傷口に押しあてた。鳴り響くサイレンの音が近づいてきたので安堵する。

カムは言った。「火は燃え始めたばかりだった。ドクがここを出てから私たちが到着するまで、ほんの数分しかなかったはず。捜索指令を出しておいたわ。陸運局は、ドクがフォルクスワーゲン・ビートルを運転していることを突き止めてる。問題はどこに向かったかよ」

ダニエルが顔をあげてカムを見た。「それから、ドクの家にいた男は誰なのか」

カムが答える前に、あらゆることがいちどきに起こった。エルマン管理官とコリーン・ヒル、モーリー・ジャガーを乗せたパトカーが回転灯で近隣を赤く染めながら通りの向かい側に停まり、同時に消防車が二台、その後ろに救急車二台がブレーキを軋ませて急停止した。近所の家から人がどっと出てきた。燃えている家から立ちのぼる炎を凝視したあと、延焼を防ぐため、水まき用のホースをつかんで自分たちの家を濡らしだした。エルマンはヒルとジャガーを後ろにさがった状態で待機させた。

救急救命士が意識不明の男性にすばやく酸素マスクを装着し、頭の傷を調べている間に、カムは男性のポケットを確認した。丸めたティッシュペーパーと残りが半分になったシュガーレスガムが入っているだけだ。「身分証は持ってないわ」肩越しにダニエルに伝えた。

ダニエルがカムのそばにしゃがみこみ、救急救命士の名札を見た。「ジョシュ、助かりそうか？」

「わかりません」ジョシュが答えた。「ピート、ストレッチャーをここへ。サンタモニカ病院の救急救命室に連絡して、重度の頭蓋骨損傷、煙の吸引、熱傷の患者を搬送すると伝えてくれ」

別の救急救命士はアルトゥーロの背中の状態を診ていた。「刑事さんの熱傷はII度、命に別状はなし」アルトゥーロの腕をぽんと叩いた。「しばらくはあまり快適ではないと思うけど、回復するわ。皮膚の移植は必要ないでしょう。幸いだったわね。あれはつらいから」ストレッチャーに乗せられる意識不明の男性を頭で示す。「あなたがあの人の命を救ったの？」

エルマンが二人のほうに歩いてきた。「いったいここで何があったんだ、アルトゥーロ？」

カムは代わりに答えた。「アルトゥーロとダニエルが家に入って、あの男性を助けだしたんです。身分証は所持していませんでした。頭部の損傷がひどくて、気を失ったんでしょう。男性はマーク・リチャーズ……ドクと背丈も体型もほぼ同じです。ドクは逃走を決めたものの、私たちに追跡されたくなかったので、体つきが自分に似た男性を見つけて気絶させ、そのまま放置して自宅ともども燃やそうとしたのだろうと考えています。今夜私たちが話をしたブリンカーという男性がいなければ、少なくとも朝まではドクの家が全焼したことに気づかなかったに違いありません。それに焼死体がドクだと思ったはず。ＤＮＡ鑑定でそれが間違いだと証明されるまでには数日かかったでしょうから、それまでにドクはどこかへ、おそらくはメキシコのビーチにでも逃亡していたはずです」

ダニエルが言った。「カムと同意見です。今日のポリグラフ検査のあと、われわれが全貌を突き止めるのも時間の問題だと悟ったんでしょう」

「そのブリンカーという人物について聞かせてほしい」エルマンが言った。

「実は、管理官がお聞きになりたくない話かもしれません」ダニエルが答えた。

エルマンが振り向いて、いまだに炎が噴きだしている家を見つめた。土台まで焼きつくしそうな勢いだ。エルマンがダニエルに視線を戻した。「おい、モントーヤ刑事、ジャケットが焦げてるぞ。背中まで焼けたのか？」

ダニエルはそれまで何も感じていなかったが、今になって痛みを感じ始め、それが気に入らなかった。

エルマンが声をあげた。「ああ、そうみたいです」

ジョシュが小走りで駆けつけ、ダニエルの背後にまわった。「おーい、こっちだ。ここにもやけどを負った者がいる」

「ジャケットがどんなふうかは言わないでくれ。知りたくない。なあ、僕は平気だから、カムの手を診てやってくれ。アルトゥーロのジャケットの火を叩いて消したんだから」

「いいえ、私は大丈夫。水ぶくれが二、三個できただけ。全然たいしたことはないわ」

ジョシュがダニエルに手を貸してジャケットを脱がせ、シャツをそっとはいだ。

「これは言っておきますが、ジャケットを着ていて正解でした。熱を相当防いでくれている。それでも病院に来たほうがいいですね。医師の診察を――」

「ありがとう、ジョシュ。たぶんあとで行く」

カムはジーンズについた土を払い、グロックをすばやくベルトに戻した。アルトゥーロを見ると、荒い呼吸をして目を閉じている。カムは祈りの言葉を口にしてから、エルマンとダニエルのほうを向いた。「ドクにはせいぜい一時間しか遅れを取っていません。彼はどこへでも向かえたはずですが……おそらく国境でしょう」

「まだ逃亡していなければ、話は変わってくる」ダニエルは言った。ゆっくりと体を起こし、背筋を伸ばせたことに安堵した。「やつはここでするべきことを終えていない気がするんです。われわれの目を自分に向けさせた人物のところに戻ったんじゃないでしょうか」

「ドクにとって終わりの始まりだった場所へ」カムは言った。「たしかにね。マーカムに電話をかけて注意を促すわ。あなたは本当に行けるの?」カムはダニエルが無理だと答えるとは思っていなかった。実際、彼はそう言わなかった。

アルトゥーロがはじかれたように目を開け、咳きこみながら痛々しい声をあげた。

「待てよ! おまえたち、どこに行くんだ?」救急救命士たちはアルトゥーロの叫びに取りあわず、彼を救急車に乗せて勢いよくドアを閉めた。

「返事は必要ないわね。行くわよ、ダニエル。急がないと」

コリーン・ヒルが駆けつけた。「ねえ、待って、二人とも……ドクが連続殺人犯なの?」

ダニエルは答えた。「その件はあとで話す」

エルマンが言った。「応援を要請すべきだ、ウィッティア捜査官。モントーヤ刑事と二人でその男を追うなんて冗談じゃない。おい、どこへ行く？」

二人はすでにクラウン・ビクトリアに向かって駆けだしていた。ダニエルが肩をすぼめるようにしてもう一度ジャケットを着た。カムは肩越しに叫んだ。「この先のパシフィック・パリセーズにあるセオドア・マーカムの自宅まで応援をよこしてください。サイレンは鳴らさずに来るようにと。私たちより先に着いたら、待機するよう伝えてください」

65

金曜、真夜中近く
パシフィック・パリセーズ

回転灯をまわして九分走ったのちに、ダニエルがマーカムの自宅から半ブロック離れたミノーカ・ドライブにクラウン・ビクトリアを停めた。奥まったマーカムの家に到着する直前に、道路脇の茂みからわずかに顔を出している紺色のフォルクスワーゲン・ビートルが目に入ったのだ。

「ドクの車だわ」カムは確認した。「彼はここにいる。ダニエル、急ぐわよ」

門が閉まっているのが見えたので、二人は二メートルほどの壁をよじのぼった。目の前にはモダンなガラスと鉄骨梁でできた二階建ての邸宅が広がっていた。明るい色の漆喰が塗られ、正面には輝く支柱がいくつも並んでいる。三面をオークの木立が囲んで人目を遮り、邸宅のかたわらには巨大なプールが設置されている。名高いゴルフコースと海も望めて、まさに壮観だった。

「たいした家だな」ダニエルが言った。「手は大丈夫かい？」

カムは手を振って彼の不安を払拭した。「あなたの背中は？」

「心配ない。あとでなんとかする」

あら、そう。男らしいこと。「明かりが消えているわ、ダニエル。中で何を目にすることになるのかしら」

「ドクがマーカムの死体を見おろしているところとか？」

「もしかすると奥さんの死体も」カムは言った。

「ドクはすでに殺人を犯している。それに、あいつの自宅で見つけた男性のことも忘れてはならない。ドクにとってあの男性は目的を達成するための手段だった。つまりドクはサイコパスということだ。おまけに捨て身になっている」

「応援はまだ来てないけど、待っている余裕はないわ。行くわよ」

二人は腰をかがめ、闇にまぎれてガレージに向かった。三枚あるシャッターの一つが開いている。中に入ると、区画の一つにメルセデスの新車が、別の区画にはＢＭＷが停まっていた。三つ目の区画は空いている。自宅へと続くドアは施錠されていた。

二人は邸宅の壁伝いに正面玄関までまわった。プールに反射するかすかな月明かりだけではほとんど何も見えない。玄関のドアの横に大きなガラス張りの窓があった。のぞいてみたが、中は真っ暗だ。

ダニエルが玄関のドアについたライオンの頭の形をしたノブをまわしてみた。鍵はかかっていなかった。「まずいわね」カムはささやいた。「ドクが開けたままにしていったのよ」彼があとに何を残しているのか考えたくもなかった。銃を構え、一人は姿勢を高く、もう一人は姿勢を低くして侵入した。けれどもまったく見えない。二人は正面階段の下でいったん足を止めた。「ダニエル、二階から何か聞こえたわ」

二人は耳を澄ましてできるだけ音をたてずに階段をのぼり、上階の広い廊下で左右に分かれて壁伝いに進んだ。歩きながらそっとドアを開けて室内をのぞいていく。使われていない二つの寝室は、おそらくＵＣＬＡに入学した二人の息子の部屋だろう。けれどもティーンエイジャーの息子が残していった荷物はいっさいなく、雑誌に出てきそうな完璧に設えられた寝室に変わっていた。まるでハリウッドのセットだ。ダニエルが廊下の突きあたりの大きな両開きのドアを開いて耳をそばだてると、女性のうめき声が聞こえた。

ダニエルが照明のスイッチを入れたとたん、椅子に縛りつけられたままこちらを見つめ返す女性の姿が目に飛びこんできた。女性のこめかみの傷口からは血が流れ落ち、目は必死に訴えかけている。彼女は痛々しいほどきつくネクタイで猿ぐつわをはめられ、手足も何本ものネクタイで椅子に縛りつけられていた。ネクタイをぴんと張って激しくもがき、猿ぐつわ越しに声をあげようとしている。

カムが女性に駆け寄って膝をつき、手足を自由にするのと同時に、ダニエルが猿ぐつわを外した。

女性はしばらくしゃべることができず、口の中を湿らせようとした。「来てくれたのね」彼女はささやいた。「二人とも殺されるかと思ったけど、あの男はそうはしなかった。セオがどこかに連れていかれたの」

「どれくらい前に？」

「十五分くらいかしら」

ダニエルが女性を抱きあげ、レースのついた枕が並ぶアールデコ調の脚が伸ばせる寝椅子に座らせて、かたわらにひざまずいた。「ミスター・マーカムが連れ去られたとおっしゃいましたね。つまり、われわれにはあまり時間がない。ご主人は怪我をしていましたか？　まだ生きていたんですね？」

「ええ、そう、生きていたはずよ。でも男はセオを傷つけたわ。殴って気絶させて、引きずっていった。どこに連れていったかはわからない。わからないの」

カムは言った。「私たちが見つけだします、ミセス・マーカム。何があったか話してください」

階下から声がした。

「私たちの応援部隊です」カムは広い寝室を急いで横切り、階段を駆けおりながら身分証明書を掲げた。二人の若い巡査が銃に手を添えて脚を広げて立ち、彼女を見あげている。「FBIのカム・ウィッティア捜査官よ。二階に負傷した女性がいるから救急車の手配を。それから一階の部屋と外の敷地を確認して。三十代の長身で痩せ型の白人の男を捜索するのよ。充分注意して。相手は殺人犯で、ミスター・マーカムを人質に取っている」

カムが寝室に戻ると、ミセス・マーカムのかすれた声が聞こえてきた。「二人とも眠っていなかった。セオは夜型で、日付が変わる前に眠ったことがないの。あの人はまだデボラ・コネリーが殺されたショックから立ち直っていなかった。ひどい状態だったわ。半分正気を失ってるみたいだった。私は懸命に力になろうとしたけれど、セオは私には何も望んでいなかった。慰めさえも。服を着たまま、ここで、私の隣で横になって、無言で暗い天井を見あげていた」息遣いが乱れた。「照明がついて、私は一瞬、目がくらんだの。そのあと男がドアのところに立って、私たちに銃を向けているのが見えた。

私は悲鳴をあげた気がするけれど、定かじゃない。でもセオはベッドから飛びだして、怒鳴りだしたの。男は異常者みたいだった……セオに怒鳴り返して、二人で罵りあって。私には信じられなかった。男が笑って、ベッドに戻っておとなしく座らないと今すぐ撃つとセオに言った。

セオは見たことがないくらい激怒していた。怒りで体が震えるほど。でも同時に恐れてもいた。男が近づいてきて、顔がはっきり見えたけど、見覚えはなかったわ」

カムは即座にドクの写真を携帯電話の画面に表示した。「この男でしたか？」

「ええ、そう、この男よ。いったい誰なの？」

「あとで話します、ミセス・マーカム。男が近づいてきて、どうなったんです？」

「ネクタイを何本か持ってきて、私を椅子に縛りつけるようセオに言った。きつく縛らなければ、私を撃つと」ミセス・マーカムは発作的に何度も唾をのみこんでいる。

ダニエルが彼女の両手をさすって落ち着かせながら、穏やかな声で続けた。「恐ろしかったでしょう、ミセス・マーカム。そのあと何が起きたんですか？」

ミセス・マーカムがしばし目を閉じた。「セオが私を縛りつけている間、男は無言だった。それからセオにひざまずくよう命じた。

セオは悪態をついたけれど、私には彼が怖がってるのがわかった。私の目の前で殺されるんだと思ったわ。男はセオの頭に銃を突きつけて、一生忘れられないようなぞっとするほど落ち着いた声で言った。〝どうやってデボラ・コネリーを殺したか、おまえの妻に話せ〟と。

意味がわからなかった。どう考えてもおかしいもの。セオはデボラ・コネリーを自分の次の映画のヒロインに選んだ。それなのにどうして殺したりするの？　そうしたらセオが〝俺は人殺しじゃない。人殺しはおまえだ！〟と怒鳴り返したの」涙がミセス・マーカムの頬を伝って流れ落ちた。彼女は再び唾をのみこんだ。「男はセオに駆け寄って銃で頭を殴った。セオが倒れても殴り続けて蹴りつけた。それから体を引いて、セオを見おろしながら怒鳴った。〝妻にデボラ・コネリーを殺したと言うんだ。今すぐ言わなければ、妻も殺す。ひざまずけ、妻の顔を見ろ！〟と。

セオはどうにか膝をついた。男は何度も〝妻に顔を向けろ。わからないのか。顔を向ける勇気もないのか！〟と叫んでいた。

セオは顔をあげて、私にはっきり言った。〝私はデボラ・コネリーを殺した〟と。私は猿ぐつわをされたまましゃべろうとしたけれど、私の言葉はセオには伝わらなかった。男がかがみこんで、またセオを殴った。今度は頭を強く。セオは倒れて起きあがらなかった。それから男がそばに来て身をかがめて、私の喉にナイフを押しあてた。死ぬんだと悟ったわ」言葉に詰まり、震えだした。

ダニエルがミセス・マーカムの腕をそっと叩いた。「申し訳ないが、急がなければならない。われわれを助けられるのはあなただけです。どうか先を続けてください」カムは寝室とひと続きになった大理石のバスルームへと走っていき、水を入れたグラスを手に戻った。「大丈夫、もう心配ありません。これを飲んでください」

ミセス・マーカムはゆっくりと水を口に含むと、落ち着きを取り戻した。「ごめんなさい。あまりにもひどい出来事だったから」そう言ってカムを見あげた。「男はそれ以上、口をきかなかった。私がちゃんと縛られているかどうか確認しただけ。それから私の顎をつかんで動けなくさせた。そのあとよ、口を開いたのは。あのときの言葉は一生忘れない。絶対に。〝おまえもかつては亭主が寝ている女たちと同じくらいきれいだったんだろう。おまえは僕を怪物だと思ってるだろうが、今では自分の夫も同じく怪物だと知っている。こいつはおまえの前で、僕が愛した女性を殺したことを認めた。自分のしたことの代償を払うところを見届けてやる〟そう言って、私の頭を殴った。皮膚が切れたのを感じたわ」

ミセス・マーカムが傷口に触れた。

「でも意識は失わなかった。男がセオを見おろして、また蹴りつけた。それから私を振り返って笑った。うれしそうで、楽しげな声だった。〝おまえはこのろくでなしがいないほうがずっと幸せに暮らせる。これは僕からのプレゼントだと思ってくれ。これとおまえの命は〟

それだけ言うと、セオをドアまで引っ張っていって、明かりを消した。セオを引きずって廊下を進み、階段にぶつけながらおりていくドンドンという音が聞こえた。正面玄関が開いて、それから勢いよく閉まったの」

「三台目の車をお持ちですか？　メルセデスとBMWのほかに」

「なんですって？　ええ、持ってるわ。レクサスのSUVを」

「どんな車か教えてください」

「白の、去年発売されたLX750よ」

カムはきいた。「ナンバープレートの番号はどこかに控えてありますか？」

「私の車だし、自分で番号や文字を選んだプレート（バニティ・プレート）だからわかるわ。HOLLY7よ」

カムはそれを携帯電話で報告した。

ダニエルが尋ねた。「ミセス・マーカム、男はご主人をどこに連れていくつもりか言いませんでしたか？」

ミセス・マーカムが首を振りかけた。「待って……頭を殴られたあとは朦朧[もうろう]としていたけれど、あの男がセオに何かささやいていたのは覚えている。セオに聞き取れたとは思えないけど。自分が苦しんだ場所で苦しめて、それから片をつけてやるとかそんなことを言っていた」その言葉を頭から消し去ろうとするように、きつく目を閉じた。

カムの耳に救急車のサイレンが届いた。もうあまり時間がない。ミセス・マーカムを動揺させたくはなかったが、尋ねないわけにはいかなかった。「ご主人が若い女優と関係を持っていることは、男から聞かされる前からご存じでしたか？」

ミセス・マーカムが肩を張って顎をあげ、カムを正面から見据えた。「もちろん知っていたわ。私が最初の妻からどうやってセオを奪ったと思ってるの？ 彼がどんな人かわかっているから、まったく気にしなかった。どの女のことも心配してなかった。今年になって、コニー・モリッシーが現れるまでは」

「なぜ彼女のことは心配になったんです？」

「なぜって、セオがあの女をマリブのコロニーにある家に住まわせたことを知ったからよ。ときどき名前を口にするときの様子から、セオがコニー・モリッシーを愛しているとわかった。かつてはそんなふうに私を愛してくれたから。あの女が殺されてから、セオは変わった。昔の彼に戻ることはなかったわ。セオがあんなに好きだったコロニーの家を売ったのも、あの女が死んだ家を所有していることに耐えられなかったからよ」ミセス・マーカムが二人を見た。涙を流している。「あの人は本当にデボラ・コネリーを殺したの？　それともそう言わされただけ？」

「これから明らかにしますよ、ミセス・マーカム」ダニエルが言った。「男はセオをコニーが住んでいたコロニーの家に連れていったと思いますか？」

「いいえ、思わないわ。セオはもう鍵すら持っていないもの。どうしてあの男がセオをそこへ連れていくの？」

カムがゆっくりと言った。「ダニエル、ドクは自分が苦しんだ場所でセオを苦しめたがっている。つまりデボラが亡くなった場所に連れていったということよ」

ミセス・マーカムが唇を湿らせた。「セオがデボラ・コネリーを殺したと思っているの？」

ああ、もちろん殺しただろう。ダニエルは心の中で思ったが、ミセス・マーカムにはこう言った。「これから明らかにしていきます」

66

ダニエルは自分たちの前にあるものをすべて追い越し、サンタモニカに向かってパシフィック・コースト・ハイウェイを南に引き返した。そうはいっても、夜のこの時間に渋滞はほとんどない。ダニエルのクラウン・ビクトリアが小刻みに震えながら時速百六十キロでごつごつとした最後の岸壁を通過すると、海原がカムの右側を飛ぶように過ぎ去った。あたたかくて実に申し分のない夜だったが、カムは気持ちが高ぶって注意を払っている余裕がなかった。ダニエルに速度を落とすようにとは言わなかった。自分が運転したとしても同じ速度で走っていただろう。

一台のSUVが一般道から幹線道路に入ってくるのが見えた。カムが危ないと叫ぶ声をのみこむと同時に、ダニエルがクラウン・ビクトリアのハンドルを鋭く右に切り、タイヤが砂利道へと横滑りをして、危うく車が宙に浮いて何メートルも下の海岸まで落下しそうになった。ダニエルはどうにかスピードを落として車を停め、道路に引き返してセンターライン沿いを走りだした。カムが振り向くと、先ほどのＳＵＶはパシフィック・コースト・ハイウェイの真ん中で停止したままだった。おそらくあまりの恐怖で動けないのだろう。「見事だったわ、スーパーマリオ」

ダニエルがうなずいた。ハンドルを強く握りしめるあまり、両手が白くなっている。彼はスピードをあげた。さすがに時速百六十キロには届かないものの、それに迫る速さだ。

「マーカムがデボラを殺したと思う、ダニエル？」

「ドクに銃口を頭に突きつけられていたら、母親殺しだって自白しただろうな。だが、答えはイエスだ。やつがデボラを殺したのなら、辻褄が合う。気になる点でもあるのか？」

「いいえ、そういうわけじゃないわ」カムは言った。「何が一番頭にくるかって、ドクが私たちを利用したことよ。手助けをするふりをしたのは、私たちが何を知っていて、誰を調べているのか探るため。マーカムと彼が雇った私立探偵のことを私たちがドクに話したから、そこから残りを解き明かした。マーカムはデボラのノートパソコンと携帯電話を持ち去った。連続殺人犯がそうすることをどうしてマーカムが知っていたの？　その情報は公表されていないのに。ドクはデボラを殺したのは被害者の誰かと親しい人物だとわかっていた。そこから、マーカムにコニーを殺したことを知られているのだと気づくまでに時間はかからなかった。だからデボラを殺したのはマーカムに違いないと気づいた。すべてがドクの復讐だったのよ。

デボラを殺したのは模倣犯の仕業かもしれないと検視官が指摘していた。私は殺人犯が二人もいるなんて信じたくなかった。でもドクがマーカムを追いつめたことが、その見解が正しいと証明している」カムはダッシュボードに拳を打ちつけた。「ドクのために心を痛めたのに。気の毒に思ったのよ。それなのに二人とも私たちを手玉に取っていたなんて」

ダニエルがカムを見やった。「だがある一点に関しては、君は正しかった。ドクはデボラを殺していない」

「少しは慰められるわ」

ダニエルは黙っている。

「何を考えてるの？」

ダニエルがなめらかにカーブを曲がってから口を開いた。「本音を言っていいなら、マーカムがドクに殺されたとしても僕はさほど気にしない。二人ともとんでもない怪物だからな」息を深く吸いこんだ。「僕が捕まえたいのはドクだ、カム。やつには償いをさせたい。みじめな残りの人生をかけて」

カムはゆっくりと切りだした。「ドクがミッシーを殺すところだったからね」

「もしブリンカーがミッシーにつきまとってなかったら、彼女を怖がらせ、ここを離れてラスベガスに行こうと思わせてなかったら――」

「ミッシーは家にいて、ドクは簡単に近づけた。ラスベガスではそれができなかった。カジノ客が四六時中行き交うホテルでは」

ダニエルがうなずく。「だから代わりにモリー・ハービンジャーを殺した。やつはそこまで車で行ったんだ。それを僕たちが証明する」

「もし私がミッシーとスーパーマーケットでばったり出会っていなければ、ドクはまた彼女を狙ったかしら？　グロリア・スワンソンではなくて」

「やつはサイコパスだ。もう一度狙ったに違いないことは君だってわかってるだろう。おっと、近くまで来たぞ」ダニエルが右に折れ、人けのないブロックをすばやく進み、左にハンドルを切ってデボラの家の裏手にある路地で速度を落とした。ミセス・マーカムのSUVが裏手のポーチ脇に停まっている。あたりは静かだった。なんといっても午前一時だ。

こぢんまりとした家は近隣の住宅と同じく暗かった。裏口の立ち入り禁止テープがはがされている。ダニエルがヘッドライトを消し、減速して車を停めたところで、カムは彼の腕に手を置いた。「あそこ、デボラの寝室で明かりが見えたわ。もう消えたけど」ダニエルの答えを承知のうえで、カムはささやいた。「応援を待つ？」

ダニエルが首を振った。「マーカムがやつにとらわれているなら、待ってはいられない。何が起ころうとも、主導権を握るのは僕たちだ。エルマンでも、ほかの誰でもない。僕たちだけ。君と僕だ」グローブボックスから小型の懐中電灯を取りだした。

「裏口を試してみよう。ドクが警報装置のスイッチを入れ直したとは思えない。そもそも最初にセットしてあったとすればの話だが」

車をおりた二人は音をたてないように慎重にドアを閉め、小道に沿ってキッチンのドアに忍び寄った。ダニエルがドアノブをまわしてみたが、施錠されていた。

カムはポケットから小銭入れよりも小さいピッキングセットを取りだした。数秒でドアの鍵が開いた。ダニエルが驚き、カムに首を振ってみせる。カムはそろそろとノブをまわして中に滑りこんだ。ダニエルがあとに続く。二人は闇に包まれた小ぶりなキッチンに立って耳をそばだてた。ダイニングルームから話し声が聞こえてくる。

ドクの声は怒りに満ちていた。「黙れ、この人殺しが。さもないと猿ぐつわを戻して、首をかききってやる」

カムは携帯電話を取りだし、録音ボタンを押した。

マーカムは低い声で懇願していた。「なんと言えば信じてもらえるんだ。私はデボラを殺してなどいない。実際、君が殺したんだと思っていた。だから私立探偵を雇ったんだ。あのパーティを覚えてないのか？　君はデボラにわれわれといっさいかかわってほしくないと思っていた。彼女が女優であることがいやでしかたがなかった。それでついにお払い箱にされた君が殺したと思っていたんだ」

平手打ちの音がして、ドクの硬い声が聞こえた。「さっき白状したじゃないか！」

「そう言わなければ、私も妻も殺されていただろう。だが、私はデボラを殺してない。彼女は私の映画のヒロイン役だった。殺す理由がない」

「デボラを殺しておきながらその罪を僕に着せるおまえを放っておくと、本気で思っていたのか？　黙って逃がしてやるとでも？」

「話を聞いてなかったのか？　君は私がデボラを殺した証拠を持ってない。なぜなら証拠なんてないからだ！」

ドクが声をあげて笑った。「僕がわかってるだけで充分なんだよ、マーカム。おまえはやりすぎた。私立探偵を雇って、機会があるごとにＦＢＩに僕を逮捕させようとした。ああ、そうだとも。おまえが何をしたか、何を言ったか、どんなふうに僕をやつらの前に突きだしたか知っている。僕は内輪の人間だった。被害者だったんだよ。FBIのやつらは僕を憐れんだ。全員がそうだ。それであっさり話してくれた」

「こんなことはやめるんだ。デボラを殺してはいない。私には動機がない。どうして信じようとしないんだ」

「おまえを信じる？　嘘さえまともにつけないじゃないか。僕はおまえを殺す、マーカム。おまえがなんと言おうとも。卑怯者として死ぬか、自分の罪を認めて男らしく死ぬかはおまえ次第だ。おまえは僕の愛する女性を殺した」ドクの息があがっていた。彼はわれを忘れている。

マーカムは黙っていた。

「おまえの妻が心を痛めることはないだろう。結婚して十八年、ずっとおまえが不倫していたのを知ってるからな。おまえの妻はおまえがコロニーの小さな家に隠してきた若い女優の数を数えていると思うか？　おまえがコニーからわずかばかりの賃料を受け取っていたことはデボラから聞いた。体裁を繕うためだ。そしておまえとコニーは二人とも体の関係を否定した。冗談もたいがいにしてくれ。コニーの前に何人の女優をあそこに置いてたんだ？　そいつらはおまえと寝て、おまえに体を売って、それで役を手に入れたんだろう？　おまえの大事な妻はいまだに縛られたままだ。あそこに戻って、あの女のためにすべてを終わらせてもいい。実際、そうするつもりだ。おまえ次第でな。僕は今すぐ真実が知りたい」

マーカムがついに口を開いた。低くて抑揚のない声だった。打ちひしがれた、痛みのにじむ声だ。ここに到着するまでに何度殴られ、痛めつけられたのだろう。「私は誰よりもコニーを愛していた。それなのにおまえは彼女を殺し、喉を切り裂いた。おまえは怪物だ。私じゃない。コニーはスターの素質を持っていた。私の助けがあろうがなかろうが関係ない。コニーを愛していた。聞こえるか、このろくでなしが。おまえが彼女を殺したんだ！」

ドクが小さな含み笑いをもらした。「殺すのは実に楽しかったよ。教えてやろうか。コニーは眠っていた。おそらく若くてハンサムな男の夢でも見てたんだろう。何かのくだらない映画でキャリアのスタートを切るために、いやいや寝ている中年男の夢ではなく。知ってるか？　ベッドのそばには開いた台本が置かれていた。『クラウン・プリンス』の台本だ……デボラはその役を演じたがっていた。デボラにふさわしい役だった。僕が首を切ると同時にコニーは目を開けて、大きな美しい緑の目で僕を見あげた。あの女は一言も発しなかった。僕はコニーが息絶えるのを眺めていた。おまえがデボラが息絶える様子を眺めていたように。おまえの喉を切ってふしだらな女と地獄で再会させてやる前に、一つ知りたいことがある。僕がやったとどうしてわかった?」

「おまえを見たからだ」

「いいや、ありえない。僕は確認した。あの夜、おまえは自宅で開いたあの派手なパーティの場にいた」

「たった十五分の差だった。私はコロニーの中まで車で入ったことはなかった。いつもコロニーの外に駐車して、柵の下をくぐって入っていた。私はおまえが家から出てくるのを見た。そのあと家に入ると、コニーが死んでいた」

「僕が何者か、なぜ知っていた?」そうきいてから、ドクは自分の額をぴしゃりと叩いた。「半年前に行われたパーティを忘れていた。プロデューサーの自宅で開いたんだったな。ウィラード・ランベスとかいったか。僕を覚えていたというのか? あれから半年も経ってるのに?」

「もちろん覚えていた。おまえの振る舞い、この業界のわれわれ全員を明らかに軽蔑した態度、デボラへの接し方は忘れられない」

「それならなぜ捜査官に言わなかった?」

マーカムは声に出して笑った。「おまえは頭がいい。やつらが容疑者リストのトップに載せたのは誰だと思う？　私だよ。当然だ。私のことをコニーに捨てられた男と見ていたからな。私にはおまえがあの場にいたことを示す証拠がなかった。それじゃあ勝ち目はない。私は有罪にならなくてもおしまいだ。私のキャリアも、結婚生活も終わる」

「おまえは復讐のためにデボラを殺した、そうだろう？　デボラが喉から手が出るほどほしがっていたくだらない映画の役を与えて、外国に送りだした。おまえはどんなふうに実行するか、ずっと計画を練っていた」

「デボラは身を滅ぼして当然だ、おまえもな。おまえがコニーの身を滅ぼしたように」

拳で殴る音に続き、マーカムが苦痛にうめく声がした。カムは踏みだしかけたが、ダニエルに腕をつかまれた。

マーカムが息を切らし、怒鳴り返した。「もうどうでもいいことだ。おまえは頭がどうかしてる！　無力で罪のない若い女たちを殺した。私がおまえを止めねばならなかった。おまえはあれほどのことをしておきながら、さらにグロリア・スワンソンを殺そうとした。私がグロリアと寝てたからか？　完全に精神を病んでいる」

静寂が訪れ、やがてドクがうっとりした声で語りだした。「コニーは僕が手をかけた三人目だ。その中でも最悪の女だった。まったく、おまえと寝てたんだからな。その死の責任はほかでもない、おまえにある。知ってるか？　回数を重ねていくうちに、どんどんよくなっていくんだ。バレエを思い浮かべてたね。すべての動きがなめらかで正確になっていく。女たちはみんな、それは美しく死んでいった。罪を悔いるようささやきかけたが、女たちに懺悔はできなかった。喉を裂かれていたからな」

再び拳で殴る音がして、またもや苦痛にうめく声がした。

カムは細い廊下に沿ってすばやく進み、膝をついて予備の寝室をのぞきこんだ。マーカムはダクトテープで腕と脚を椅子に固定されていた。デボラのデスクチェアだ。ほかはすべて水曜の午前中に目にしたときと変わりなく見える。椅子は部屋の中央に置かれ、ドクがマーカムに覆いかぶさるように身をかがめていた。何度も殴りつけたせいで、指の関節が血だらけになっている。マーカムの顔は腫れあがって変色し、片方の目の上に深い切り傷があった。バックパックに立てかけられた小型の懐中電灯が、マーカムの血まみれの顔を照らしている。

マーカムの言葉は口の中に血があふれているせいで不明瞭だった。「女優なら何百人、何千人といる。コニーが最悪だったのは、私と寝ていたからだと言ったな。誰もが誰かと寝ているじゃないか。たかがセックスだ。どうして、どうして私のコニーを？　なぜ彼女たちだったんだ？」

ドクがナイフを振りあげ、カムとダニエルはグロックの狙いを定めた。確実に仕留められる場所に。ドクはゆっくりとナイフをおろして話しだした。感情のない、羊皮紙と同じくらい薄っぺらな声だ。

「真実が知りたいのか？　いいだろう。最初は、この業界がどれほど堕落して薄汚れているのかを知る前は、デボラの成功を願っていた。彼女は何よりもそれを求めていた。おそらく僕を求めるよりも。もちろん、おまえはデボラが役をもらえなかった理由を知っている。このくずめ。デボラが僕に誠実だったからだ。成功するためにおまえたちみたいな女たらしと寝なかったからだ。だから僕はデボラを助けることにした。われながら、かなりの腕前だとわかったよ」

何かを打ち明けるようにドクは声を落とした。

「手術ほどの正確さはないが、僕は優秀な外科医だ。一流の殺人者になるのにさほど練習は必要なかった」かなり長い沈黙が流れた。もしドクの顔が見えたなら、満面に笑みを浮かべているに違いないとカムは思った。彼は気持ちを高揚させている。ドクが宣言するのが聞こえた。今や声がうわずっている。「そうやって、僕はついに有名になった。そろそろ姿を消す頃合いだ。マーカム、おまえが死ぬときが来た。若くてかわいいお嬢さんたち（セニョリータス）が僕を待っている」

マーカムは恐怖を感じる域を超えていた。彼の声は不気味なほど落ち着いていた。

「やつらはおまえを捕まえる。それはわかっているだろう。おまえがどこに行こうが、やつらは見つけだす。絶対に追跡をやめない」

「僕がそんなこともわからないと思ってるのか？　この段階は終わった。何事にも終着点はあるものだ。だからおまえのところに行ったんだよ、マーカム。僕がおまえを残して去るとでも思ったのか？　やつらは明日にはもっと多くの質問とポリグラフを持ってくるだろう。そこで見つかるのは、瓦礫（がれき）と焼け焦げた死体だ。やつらは僕がデボラの死を悼むあまり、自殺したと考えるだろう。詳しいことがわかったときには、僕は姿を消している。へんぴな村の医者をしていて、決して見つかることはない」ドクがいきなり声を詰まらせ、むせび泣いた。「わかっているのか、マーカム。おまえがデボラを殺さなければ、こんなことは何一つ起こらなかったんだ」

マーカムが押し殺した半笑いをもらした。「起こったに決まってる。おまえは連続殺人鬼なんだから」

ドクの影が伸び、ナイフを振りかざした。

67

「ナイフをおろしなさい、ドク。今すぐ！」カムはグロックを手にすばやく立ちあがった。

振り向いたドクの顔にはまぎれもない驚きが浮かんでいた。ドクが叫んだ。「まさか、ありえない！　おまえがここにいるわけがない！」カムに向かってマーカムの椅子を押しやり、開け放してある窓に飛びこんだ。

ダニエルがドクを追って窓から飛びおり、地面に転がってドクに飛びかかると、全体重をかけて仰向けに押さえつけた。ドクがナイフを落とすまで手首をひねり、腕を引いて手錠をかけようとする。ドクが蹴りあげるように体を起こして膝をつき、身をよじって腕を振りほどくと、小型拳銃を取りだした。

「やめなさい！」カムは叫び、ドクと同時に発砲した。ドクは後方に吹っ飛び、ダニエルはドクから手を離して仰向けに倒れた。

ダニエルのそばに駆けつけたカムは、胸に広がる血を目にした。傷口を両手で圧迫する。ダニエルが呼吸をしようともがいている。カムはポケットから携帯電話を取りだして911にかけ、自分を落ち着かせながら、通信指令係に救急車の手配を依頼し、刑事が撃たれたことを伝えた。ドクをちらりと見ると、身じろぎもせず無言で横たわっている。死んだのだろうか。そうであってほしい。

カムはダニエルの傷口をさらに強く押さえなければならなかった。「しっかりして。でないと、ミッシーに頼んであなたの人生を確実にみじめなものにしてやるから。ダニエル、息を吸って！」ダニエルが呼吸をするたび、ぼこぼこと音がした。空気を取りこもうと、血を吐きだしている。肺の中に血が流れこんでいるのだ。

呼吸が和らぐと、ダニエルがささやいた。「やつはどこで銃を手に入れたんだ？」

「そんなことはいいから、黙ってじっとしてて。呼吸を続けて、ダニエル。救急車がこっちに向かってるわ」

「カム、銃は……どうやって……」

カムは身をかがめてささやきかけた。「その話はあとでね。ダニエル、この件は一緒に始めたんだから、一緒に終わらせるのよ」ダニエルの目がぼんやりと曇っている。カムはさらに顔を近づけた。「ミッシーとの間にもうけるたくさんの子どものことを考えて。ダニエル、意識をしっかり持って!」

「ミッシー」ダニエルがささやいた。その声によどみはなかった。間違いなく目が輝いた。サイレンが聞こえた。カムはダニエルの胸部を押さえ続けた。やけどを負った手のひらに、彼の血があたたかく感じられる。

「がんばるのよ、ダニエル。救助はすぐそこまで来ているわ」直後に救急救命士たちが庭へなだれこんできた。ダニエルは目を閉じて、頭を横に傾けている。カムは彼の首に指をあてた。脈は弱く、かろうじて感じられる程度だ。カムが手首の付け根で傷口の圧迫を続けていると、救急救命士が場所を譲るよう指示した。「胸部に被弾した傷があるの。できるだけ強く押さえていたけど」

「賢明だったわね。さあ、離れて」救急救命士が圧迫包帯をすばやく巻きつけた。

「一、二の三で持ちあげるわよ」背後にいる仲間に声をかけ、呼吸を合わせてダニエルをストレッチャーに乗せた。

「助かる?」

「そう願うわ」救急車のドアを閉める前に、救急救命士が大声で言った。「だって彼を見て。非の打ちどころがないじゃない」いつの間にかカムは警察官たちに囲まれていた。それでもまだ次々にパトカーが到着している。そのときになって、カムはようやくドクに顔を向けた。彼女はドクが死んだと思っていたが、救急救命士が取り囲み、懸命に生かそうとしていた。

ドクのまつげが小刻みに震えた。カムはそばにひざまずき、体を近づけた。

ドクがまぶたを開け、うつろな目でぼんやりとカムを見あげた。

「死ぬ前に一つだけ教えて。デボラが殺された夜、病院を抜けだした四十分間でどこに行ってたの？」

彼はかすかに笑みを浮かべた。「グロリア・スワンソンを訪ねた。留守だった。だからゆうべ、もう一度……うまくいかなかったが……これから何度でも……」

ドクが引きつった笑いを浮かべて息絶えた。カムは救急救命士たちがドクの胸を押し、肺に空気を送りこむさまを見つめた。ドクはストレッチャーに乗せられ、救急車へと運ばれていった。今の様子から、自分が彼の最期の言葉を聞いたのだとわかった。カムがその場にたたずんでいると、マーカムが家の中から叫ぶ声が聞こえた。いまだダクトテープで椅子に固定されたままだった。

エピローグ

日曜午後
サンタモニカ・コミュニティ病院

ミッシーとカムは高度治療室のダニエルのベッド脇に立っていた。まつげが小刻みに震えたので彼が目を覚ましているのはわかっていたが、何も言わずに休ませておいた。二人はダニエルの胸に挿入されているチューブにつながれた、看護師が創傷排水システムと呼ぶ吸引機のごぼごぼという音を聞いていた。

「こんなにたくさんチューブとコードがあるわ」ミッシーが声を潜めた。「彼に触れるのが怖い」そう言いつつも、手首に点滴の針を刺されたダニエルの腕をそっと撫でた。

ダニエルのまつげがまた震えた。ミッシーがかがみこむと、あたたかい吐息が彼の顔にかかった。

「ダニエル、そのきれいな目を開けて、ウインクしてみせて」

ダニエルは目をこじ開けてミッシーを安心させることはできそうになかった。胸に大きな石がのっているかのようだ。今はさほど痛くないが、動こうとすると痛むだろう。

ミッシーの声が聞こえる。「ダニエルの顔が真っ白だわ、カム。この世の人じゃないみたい」泣きそうな声がダニエルには耐えがたかった。どうにか目を開けたものの、自分でもぼんやりとした顔をしているのがわかった。

「こんにちは、ダニエル」カムはかがみこんだ。「何も心配しなくていいのよ。元気になるから。お医者様が言ってたわ、あなたは見事に手術を乗り越えたって。今は時間が必要なだけ。傷を癒やす時間がね」カムはダニエルが死んでしまうのではないかと怯えながら、待合室で何時間も過ごしたことを話すつもりはなかった。

ミッシーがモルヒネの注入ポンプをダニエルの手に握らせた。「もし痛かったら、この魔法のボタンを押すのよ」

ダニエルはほほえんで何か言おうとした。髪をふわりとおろした姿がすてきだといいうようなことを言いたかった。だがどうしても考えがまとまらず、言葉が頭に浮かばなかった。カムがほほえみながら見おろしている。つまり彼女は無事だということで、それにほっとした。ダニエルはささやいた。「ドクは?」

「死んだわ」カムが答えた。それ以上は言わなかった。

「マーカムは？」

「勾留されてるけど、それほど長くはとどめておけないと思う。マーカムは無実だと彼の弁護士たちが公言しているの。あちこちのマスコミに触れまわっているわ。ミセス・マーカムを利用して、ヒーロー扱いしている。頭に銃を突きつけられて罪を認めることで妻の命を救ったと。今のところ、ミセス・マーカムは夫を支持している。私たちには物的証拠が必要なの。令状を取って、マーカムが抜けだしたパーティの参加者に聞きこみを始めたところよ。でも、あなたが心配することじゃない。あなたの任務は体を休めること、わかった？」

ダニエルは左耳にミッシーのあたたかい吐息を感じた。「カムに聞いたわ。あの場であなたががんばれるように、私のことを、私たちのことを考えさせたって。ちょっと気が早いんじゃないかってカムに言わなきゃならなかったのよ。だってまだ二人で映画にも行ってないし、私のお気に入りのイタリア料理の店にも行ってない。キスもしてもらってないわ。まあ、その半分は私がなんとかしてあげる」ミッシーが身をかがめ、ダニエルの唇に軽くキスをした。「お返しは一週間後にね」ダニエルに笑みを見せたが、そのあと声を詰まらせた。「二度とこんなことはしないで、ダニエル・モントーヤ。聞いてる？」

ダニエルは小声で言った。「カットオフデニムにオレンジ色のタンクトップを着て、髪をおろした君を見たら、とたんに元気になった」

ミッシーが声を出して笑った。小さかったが、笑いには違いない。「ねえ、アルトゥーロが来てるのよ。さんざん不平不満を並べ立てて、とうとう退院させてもらったの。あなたが手を引いて、自分一人にマーカムの弁護士たちの相手をさせるつもりじゃないことを確かめるために、ここへ立ち寄るって言っていたわ」

アルトゥーロの野太い声が聞こえてきた。「おい、どうやら俺はあんたをここから追いだそうとしてるみたいだな。元気になって、一緒にマーカムを叩きのめしてやろう。あんたのところのマレーも賛成してくれてる。あんたが必要なんだ」

アルトゥーロのあまりに心にしみる声が小さくなった。ダニエルは何か口にしたかったが、痛みが体を貫いた。叫びたくても声が出ず、痛みに圧倒された。するとモルヒネのボタンに添えていた自分の指を、ミッシーが軽く押すのを感じた。痛みがこんなにも即座に引くとは驚きだ。だがモルヒネは痛みとともに思考力をも奪っていった。ダニエルにできるのはアルトゥーロにかすかな笑みを向けることだけだった。

カムが言った。「私の家族も来てたのよ、ダニエル。母は手作りのとびきりおいしいチキンスープを置いていったわ。看護師さんの話では、明日には飲めるだろうということよ。父はあなたが退院したらパーティを開くから伝えておいてほしいって」

チキンスープと聞いて、ダニエルは唾をのみこんだ。女性の声がして、それが胸から弾丸を摘出してくれた外科医だと頭のどこかで認識した。礼を言いたかったが、言葉はふわふわと流されていった。

ドクター・ソフレットはダニエルの生命兆候（バイタル）を確認し、胸の包帯を見て、チューブからさほど体液が排出されていないことに安堵した。眼鏡を鼻の上に押しあげてから、アルトゥーロに目を向けた。「あなたとモントーヤ刑事は昨日の夜のヒーローだったそうですね。おめでとうございます。さて、皆さん、安心してください。モントーヤ刑事はよくなります。胸腔（きょうこう）チューブもほどなく抜くつもりです。彼にとっては楽しいことではないでしょうけど。さあ、患者さんをやすませてあげないと」ふと足を止めてミッシーを見た。「お名前は？」

「ミッシー・デベローです」

ドクター・ソフレットはほほえみかけた。「手術の前に、彼があなたの名前を何度もつぶやいていましたよ。皆さんはあとで戻ってきてもかまいませんから」ドアのところで立ち止まった。「あらかじめ伝えておきますけど、一階にはリポーターがうようよしています。よかったら、看護師のホプキンズが裏の階段へ案内しますよ」

カムは最後にもう一度ダニエルを見た。ダニエルは持ちこたえる。けれども五人の若い女性は亡くなった。常軌を逸した男に命を奪われた。デボラを含めると六人だ。名乗りでることもできない卑怯者に、復讐に目がくらんだ男に殺されて。耐えがたいことだ。

アルトゥーロは果敢にリポーターに立ち向かい、カムとミッシーは病院の裏口からカリフォルニアのまばゆくあたたかい日差しのもとに出た。ミッシーが言った。

「スーパーマーケットであなたにばったり会ってから五日しか経っていないなんて信じられない。何が起きたか考えてもみてよ」

カムは振り向いてミッシーを抱きしめた。「あなたはスターになるわ、ミッシー。あなたの出番よ」

エピローグ

日曜午後
ワシントンDC
ラスムッセン邸

デルシーがロブの腕にパンチを食らわせ、ビーナスにこぼれんばかりの笑みを向けた。「ええ、ロブのことを許そうかと思っているところです、ミセス・ラスムッセン。でも彼に約束させたんです。もしまた何か隠し事をしたときには、頭を垂れて私に髪を剃らせるって」

ロブが黒髪に指で触れた。「たいていの男は頭を丸めないためならなんでもすると、デルシーは思ってるんだ」

デルシーが笑った。「もともとは母の考えなんです。父が道を踏み外さないようにって」ロブの豊かな髪をくしゃくしゃに乱す。「こんなにすてきな髪をしているんだもの、この脅しはロブにも効くかもしれないと思って」

シャーロックはサビッチのほうを向いた。「いい案だわ。私たちも試したほうがいいかしら、ディロン。あなたが道を踏み外さないように」

サビッチがシャーロックの美しい髪に指を通す。「君にもそうしていいのなら」

シャーロックは啞然とした。「まあ」

「僕の頭も剃るの？」ショーンが両親の顔を見比べた。

「あなたの髪には手を触れさせないようにするわ、ショーン」ビーナスがそう言って、ショーンにクッキーの皿を手渡し、デルシーに言った。「ロブが話しているといいんだけれど、ロブは祖父のいいところをたくさん受け継いでいるの」

「ロブのおじい様の話をぜひ聞かせてください」デルシーが言った。「なんと言っても知識は力なりですから」

「あの人には創造力があった。ロブと同じでね」ビーナスが言った。「夫は会社を作り、それを育てて、起きている時間のすべてを注ぎこんで国際的な力を持つまでに成長させた。あの人のビジネスは、私たちのビジネスは繁栄を続けている。これはあなたが受け継ぐ財産よ、ロブ。ガスリーやアレクサンダーが受け継ぐように。あなたが経営に加わってくれるのが私の一番の望みなの。ラスムッセン産業で試しに働いてくれることが」ビーナスが目を輝かせた。「デルシー、あなたにもこの子の背中を押してもらえないかしら。まずはここワシントンDCの本社にある開発チームから始めるのがいいと思っているの。新しい施設のデザインと建設、既存の施設の修復を行うチームよ。あなたの父親はその分野での仕事を楽しんでいるわ、ロブ。きっと仕事のこつを教えてもらえるでしょう。ガスリーはアルコール依存症を克服するための自助グループにも参加するようになったのよ。あなたがそばにいてくれたら助けになるわ。それにアレクサンダーが権力を振りかざそうとしたときには、反対にあなたがあの子に恥をかかせないですむよう取り計らってくれるでしょう。どうかしら?」

「ああ」ロブが言った。「ぜひ挑戦してみたいな、おばあ様。君はどう思う、サビッチ?」

「君にぴったりの仕事だ。一年間、非常勤で働いてみたらどうだ、ロブ。そうすればどういう会社かよくわかるだろう」

ロブが祖母に向かって黒い眉を片方あげた。「この件について、アレクサンダーはどう言ってるんだ?」

「目をぐるりとまわしただけで、意見は口にしなかったわ。先週の騒動があって、アレクサンダーも自分にとって何が大事か見つめ直してくれたのならいいけれど」ビーナスがにっこりした。「もしそうでないなら、これから学ぶでしょう」

ロブが立ちあがり、隣に腰をおろして祖母を抱きしめた。「ありがとう、おばあ様。話は決まりだ」

「よかった。ところでディロン、あなたのアドバイスに従って、マクファーソンをもう一度雇うことにしたの。今日から仕事を再開して、ガスリーと私を教会まで送ってくれたわ。息子さんの白血病の治療がどれほど高額かわかった時点で、私に言ってくれればよかったのに。だけどヒルが血を吸うみたいに私からお金を吸いあげたくなかったと言って、『ナショナル・エンクワイラー』に情報を売ったことを詫びてくれたわ。息子さんの病気の見通しは良好だから、マクファーソンの世界はすべてもとどおりということね」

それならマクファーソンの息子が最高の治療が受けられるよう、ビーナスが気を配るに違いないとシャーロックは思った。無意識にショーンを見やり、いっとき目を閉じる。人生は最高のときでさえ本当に不確かで、おまけに子どもは繊細だ。「よかった」シャーロックは口にした。「すてきなことですね」

ビーナスが顔をあげた。「ああ、イザベル、昼食の支度はできている？　お肉が大好きなお客様のために、ミスター・ポールがプルドポーク・スライダーを用意したのよね？　ディロンにはほうれん草のキッシュだったかしら」

「サビッチ捜査官にはキッシュだけで足りるかどうか心配なので、ミスター・ポールが豆腐料理も加えたらどうかと。神の食べ物と呼んでいましたけど」

神が豆腐を食べるにしても、自分は手をつけるつもりはなかった。サビッチは笑みを見せた。「キッシュで充分だよ、イザベル。ありがとう」

ビーナスが言い添えた。「マクファーソンはミスター・ポールのポーク・スライダーが好物なの。彼も自分の昼食にいただくでしょう」

アレクサンダーのよどみない皮肉が部屋に流れこんできた。「おや、役者が揃ったみたいだな。祖母が君たちに何か食べさせなければならないという気持ちになるとは知らなかった。コーヒー一杯で充分なのに」

サビッチが顔をあげると、ポケットに両手を入れたアレクサンダーが戸枠にもたれてけだるげに立っていた。

シャーロックがほがらかな笑みを向けた。「あなたのおばあ様がご親切に昼食に招待してくださったの。もちろんキッチンで食べるのよ」

サビッチはアレクサンダーの目が一瞬楽しげに輝くのをたしかに見た。

高さ三十センチはあるシェフの帽子をかぶって華麗に登場したミスター・ポールが、アレクサンダーの脇を抜けてショーンを見おろした。「この若い紳士は私のクッキーを褒めてくれたので、昼食のあとにロックランド・パークにお連れして、フットボールの……あなた方アメリカ人はサッカーと呼びますが、細かな点をお教えすることにしました。野蛮なアメリカンフットボールの試合よりもはるかにすぐれていることを理解してもらえるでしょう」

ショーンの顔が輝いたが、すぐに曇った。「ミスター・ポール、僕、レッドスキンズのトレーナーを着ているけど大丈夫？」

「まあ、いいでしょう。私の苦悩は気にとめないようにしましょう」

ショーンがにこにこしてサビッチのほうを向いた。「ミスター・ポールと一緒に行ってもいい、パパ？　細かな点を教わるの」

「みんなで行くのはどうかな、ショーン。ミスター・ポール、私と妻も今から細かな点を教われるだろうか？」

ミスター・ポールが指を鳴らした。「ミセス・ラスムッセンがお二人は聡明だと請けあっていらっしゃいます。やってみましょう」

ショーンがアレクサンダーに向き直った。「おじさんも来る？　それともおじさんはまだ〝やっかいもの〟なの？」

アレクサンダーが父親そっくりの少年を見つめた。「つまり誰かが僕のことをそう言っていたんだね、ショーン？　そうだ、僕は厄介者だ。誰にでもきいてみるといい」

ショーンがうなずいた。「わかった。でも〝やっかいもの〟ってなあに？」

訳者あとがき

サビッチ＆シャーロックのＦＢＩシリーズの第十七弾『背信』（原題：*Insidious*）の邦訳をお届けします。今回はＦＢＩ本部のあるワシントンＤＣと、カリフォルニア州ロサンゼルスを舞台に物語が展開します。

カリフォルニア州ロサンゼルスで、駆け出しの女優ばかり狙われる殺人事件が相次いで起こります。マスコミから〝若手女優を狙う切り裂き魔（スターレット・スラッシャー）〟と呼ばれる犯人は真夜中に被害者宅に侵入し、就寝中を襲って喉を切り裂いて殺害するという残忍な手口で犯行を繰り返しています。五人目の被害者が出たのを受けて、ついにＦＢＩが捜査に乗りだします。サビッチは、ロサンゼルス出身で両親がともに俳優をしているカム・ウィッティア特別捜査官を現地に送りこみます。女性のＦＢＩ捜査官ということで、地元のロサンゼルス市警察や保安官事務所の刑事たちから皮肉を言われたりもしますが、有能なカムはうまく立ちまわり、ロサンゼルス郡保安局ロストヒルズ支局のダニエル・モントーヤ刑事と協力して捜査を進めます。三人目の被害者コンスタンス・モリッシーと愛人関係にあったプロデューサーのセオドア・マーカムが容疑者に浮上したとき、またしても若手の女優が殺害される事件が発生して……。

一方、ワシントンDCにいるサビッチの身近でも事件が起きます。亡き祖母の親友で、ラスムッセン産業の最高経営責任者（CEO）、御年八十六歳のビーナス・ラスムッセンから、何者かに毒を盛られているかもしれないという電話を受けたのです。シャーロックとともにラスムッセン邸を訪ねてビーナスから詳しい話を聞き、家をあとにした直後、銃声を耳にします。運転手のとっさの判断でことなきを得たものの、やはりビーナスは何者かに命を狙われていたのです。そしてその裏づけとなる鑑識の検査によってビーナスの血液や毛髪から砒素（ひそ）が検出されると、サビッチとシャーロックは本格的な捜査に乗りだします。財産目当ての身内による犯行なのか？　ビーナスの具合が悪くなったときに、三回とも一緒にいた息子のガスリーと孫息子のアレクサンダー、長らく音信不通だった孫のロブ、疑わしいのは誰なのか？　前作の『誘発』では、初めて別々に捜査にあたったサビッチとシャーロックですが、今作ではまた一緒に捜査を進めていきます。

ロサンゼルスとワシントンDC、離れたところで起きた事件は、それぞれ独立した作品にできるのではないかと思うほど、しっかりした内容のミステリー作品に仕上がっています。

また、シリーズを通して読んでくださっている読者の皆さんの中には、サビッチとシャーロックの息子ショーンのファンだという方もいらっしゃるのではないでしょうか。ほんの少しですが、今作でもショーンが登場するのでお楽しみに。さらにシリーズ第六弾『追憶』で活躍したコロンビア特別区首都警察のベン・レイバン刑事と新聞記者のキャリー、第十四弾『錯綜（さくそう）』のグリフィン・ハマースミス捜査官と妹のデルシー・フリーストーンも登場するので、シリーズものならではのおもしろさも味わっていただけると思います。

さて、次回作*Enigma*についても簡単に紹介しておきましょう。*Enigma*には〝謎の人物〟〝正体のつかめないもの〟という意味があります。サビッチはある男に人質にされた妊娠中の女性カーラを救助します。カーラは搬送された病院で出産するものの、生まれたばかりの男の子を何者かに連れ去られてしまいます。さらに、昏睡（こんすい）状態に陥った犯人の血液から未知の薬物が検出され、ＤＮＡ鑑定により驚くべき事実が判明——まさしく*Enigma*なのです。そしてある科学者の存在が浮かびあがります。また、次作でもカム・ウィッティア捜査官が活躍します。ケンタッキー州に送りこまれたカムは、ジャック・カボット捜査官とともに、刑務所へ移送中に逃走した犯人を追ってダニエル・ブーン国立森林公園に入ります。次回もスリリングな展開をどうぞお楽しみに。

最後に、本書が形になるまでにはたくさんの方々のお力を頂戴しました。この場を借りて厚くお礼申しあげます。

二〇二〇年十二月

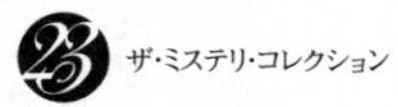

ザ・ミステリ・コレクション

背信（はいしん）

2021年 1月15日　初版発行

著者　キャサリン・コールター

訳者　守口弥生（もりぐちやよい）

発行所　株式会社 二見書房
東京都千代田区神田三崎町2-18-11
電話 03(3515)2311［営業］
03(3515)2313［編集］
振替 00170-4-2639

印刷　株式会社 堀内印刷所
製本　株式会社 村上製本所

ISBN978-4-576-20198-6
https://www.futami.co.jp/

袋小路
キャサリン・コールター
林 啓恵［訳］

全米震撼の連続誘拐殺人を解決した直後、サビッチのもとに妹の自殺未遂の報せが入る…。『迷路』の名コンビが夫婦となって大活躍！ 絶賛FBIシリーズ第二弾!!

死角
キャサリン・コールター
林 啓恵［訳］

あどけない少年に執拗に忍び寄る魔手！ 事件の裏に隠された驚くべき真相とは？ 謎めく誘拐事件に夫婦FBI捜査官S&Sコンビも真相究明に乗りだすが……

追憶
キャサリン・コールター
林 啓恵［訳］

首都ワシントンを震撼させた最高裁判所判事の殺害事件。殺人者の魔手はサビッチたちの身辺にも！ 夫婦FBI捜査官サビッチ&シャーロックが難事件に挑む！

失踪
キャサリン・コールター
林 啓恵［訳］

FBI女性捜査官ルースは休暇中に洞窟で突然倒れ記憶を失ってしまう。一方、サビッチ行きつけの店の芸人が何者かに誘拐され、サビッチを名指しした脅迫電話が…！

幻影
キャサリン・コールター
林 啓恵［訳］

有名霊媒師の夫を殺されたジュリア。何者かに命を狙われFBI捜査官チェイニーに救われる。犯人捜しに協力する同僚のサビッチは驚愕の情報を入手していた…！

眩暈
キャサリン・コールター
林 啓恵［訳］

操縦していた航空機が爆発、山中で不時着したFBI捜査官ジャック。レイチェルという女性に介抱され命を取り留めるが、彼女はある秘密を抱え、何者かに命を狙われる身で…

残響
キャサリン・コールター
林 啓恵［訳］

ジョアンナはカルト教団を運営する亡夫の親族と距離を置き、娘と静かに暮らしていた。が、娘の〝能力〟に気づいた教団は娘の誘拐を目論む。母娘は逃げ出すが……

幻惑
キャサリン・コールター
林 啓恵［訳］

大手製薬会社の陰謀をつかんだ女性探偵エリンはFBI捜査官のボウイと出会い、サビッチ夫妻とも協力して真相に迫る。次第にボウイと惹かれあうエリンだが……

閃光
キャサリン・コールター
林 啓恵［訳］

若い女性を狙った連続絞殺事件が発生し、ルーシーとクープの若手捜査官が事件解決に奔走する。DNA鑑定の結果犯人は連続殺人鬼テッド・バンディの子供だと判明し⁉

代償
キャサリン・コールター
林 啓恵［訳］

サビッチに謎のメッセージが届き、友人の連邦判事ラムジーが狙撃された。連邦保安官助手イブはFBI捜査官ハリーと組んで捜査にあたり、互いに好意を抱いていくが…

錯綜
キャサリン・コールター
林 啓恵［訳］

捜査官の妹が何者かに襲われ、バスルームには大量の血が⁉ 一方、リンカーン記念堂で全裸の凍死体が発見された。早速サビッチとシャーロックが捜査に乗り出すが…

謀略
キャサリン・コールター
林 啓恵［訳］

婚約者の死で一時帰国を余儀なくされた駐英大使のナタリーは何者かに命を狙われ、若きFBI捜査官デイビスに助けを求める。一方あのサイコパスが施設から脱走し…

誘発
キャサリン・コールター
林 啓恵［訳］

空港で自爆テロをしようとした男をシャーロックが取り押さえたころ、サビッチはある殺人事件の捜査に取りかかるが、なぜか犯人には犯行時の記憶がなく…。報復の連鎖！

旅路
キャサリン・コールター
林 啓恵［訳］

伯母の住む町に来たサリーと彼女を追ってきたFBIのクインラン。町で起こった殺人事件をサビッチらと捜査するうちに…。美しく整然とした町に隠された秘密とは？

＊の作品は電子書籍もあります。

略奪
キャサリン・コールター＆J・T・エリソン
水川玲［訳］〔新FBIシリーズ〕

元スパイのロンドン警視庁警部とFBIの女性捜査官。謎の殺人事件と〝呪われた宝石〟がふたりの運命を結びつけて——夫婦捜査官S＆Sも活躍する新シリーズ第一弾！

激情
キャサリン・コールター＆J・T・エリソン
水川玲［訳］〔新FBIシリーズ〕

平凡な古書店店主が殺害され、彼がある秘密結社のメンバーだと発覚する。その陰にうごめく世にも恐ろしい企みに英国貴族の捜査官が挑む新FBIシリーズ第二弾！

迷走
キャサリン・コールター＆J・T・エリソン
水川玲［訳］〔新FBIシリーズ〕

テロ組織による爆破事件が起こり、大統領も命を狙われる。人を殺さないのがモットーの組織に何が？英国貴族のFBI捜査官が伝説の暗殺者に挑む！第三弾！

鼓動
キャサリン・コールター＆J・T・エリソン
水川玲［訳］〔新FBIシリーズ〕

「聖櫃」に執着する一族の双子と、強力な破壊装置を操るその祖父——邪悪な一族の陰謀に対抗するため、FBIと天才的泥棒がタッグを組んで立ち向かう！

いつわりは華やかに＊
J・T・エリソン
水川玲［訳］

失踪した夫そっくりの男性と出会ったオーブリー。いったい彼は何者なのか？RITA賞ノミネート作家が描くハラハラドキドキのジェットコースター・サスペンス！

カリブより愛をこめて
キャサリン・コールター
林啓恵［訳］

灼熱のカリブ海に浮かぶ特権階級のリゾート。美しき事件記者ラファエラは、ある復讐を胸に秘め、甘く危険な世界へと潜入する…！ラブサスペンスの最高峰！

エデンの彼方に
キャサリン・コールター
林啓恵［訳］

過去の傷を抱えながら、NYでエデンという名で人気モデルになったリンジー。私立探偵のテイラーと恋に落ちるが素直になれない。そんなとき彼女の身に再び災難が…

そして彼女は消えた
リサ・ジュエル
氷川由子［訳］

15歳の娘エリーが図書館に向かったまま失踪した。10年後、エリーの骨が見つかり…。平凡で幸せな人生の裏でじわじわ起きていた恐怖を描く戦慄のサイコスリラー！

過去からの口づけ
トリシャ・ウルフ
林 亜弥［訳］

殺人未遂事件の被害者で作家のレイキンは、事件前後の記憶も失っていた。しかし新たな事件をFBI捜査官のリースと調べるうち、自分の事件との類似に気づき…

秘めた情事が終わるとき
コリーン・フーヴァー
相山夏奏［訳］

無名作家ローウェンのもとに、ベストセラー作家ヴェリティの共著者として執筆してほしいとの依頼が舞い込むが…。愛と憎しみが交錯するジェットコースター・ロマンス！

世界の終わり、愛のはじまり
コリーン・フーヴァー
相山夏奏［訳］

リリーはセックスから始まる情熱的な恋に落ち結婚するが彼は実は心に闇を抱えていて…。NYタイムズベストラー作家が贈る、ホットでドラマチックな愛と再生の物語

時のかなたの恋人
ジュード・デヴロー
久賀美緒［訳］

イギリス旅行中、十六世紀から来た騎士ニコラスと恋に落ちたダグラス。時を超えて愛し合う恋人たちを描く、タイムトラベル・ロマンス永遠の名作、待望の新訳！！

霧の町から来た恋人
ジェイン・アン・クレンツ
久賀美緒［訳］

ともに探偵事務所を経営する友人のオリヴィアが何者かに連れ去られ、カタリーナはちょうどある殺人事件で彼女の力を借りにきたスレーターとともに行方を捜すが…

あなたとめぐり逢う予感
ジュリー・ジェームズ
村岡 栞［訳］

殺人事件の容疑者を目撃したことから、FBI捜査官のジャックと再会したキャメロン。因縁ある相手だが、ボディガードとして彼がキャメロンの自宅に寝泊まりすることに…

＊の作品は電子書籍もあります。

愛は闇のかなたに ＊
L・J・シェン
水野涼子［訳］

父の恩人の遺言で政略結婚をしたスパロウ。十も年上で裏社会にさえ顔がきくという男との結婚など青天の霹靂だったが、いつしか夫を愛してしまい…。全米ベストセラー！

口づけは復讐の香り
L・J・シェン
藤堂知春［訳］

シカゴ・マフィアの一人娘フランチェスカは社交界デビューの仮面舞踏会で初めて会った男ウルフにキスを奪われ、婚約することになる。彼にはある企みがあり…

悲しみにさよならを
シャロン・サラ
氷川由子［訳］

10年前に兄を殺した犯人を探そうと決心したとたんローガンは命を狙われる。彼女に恋するウエイドと捜索を進めると、驚く事実が明らかになり…。本格サスペンス！

愛という名の罪
ジョージア・ケイツ
風早柊佐［訳］

母の復讐を誓ったブルー。敵とのベッドインは予期していたが、想像もしなかったのは彼に夢中になってしまうこと……愛と憎しみの交錯するエロティック・ロマンス

かつて愛した人
ロビン・ペリーニ
水野涼子［訳］

故郷へ戻ったセインの姉が何者かに誘拐された。彼はかつての恋人でFBIのプロファイラー、ライリーに捜査を依頼する。捜査を進めるなか、二人の恋は再燃し……

危険な夜と煌めく朝 ＊
テス・ダイヤモンド
出雲さち［訳］

元FBIの交渉人マギーは、元上司の要請である事件を担当する。ジェイクという男性と知り合い、緊迫した状況のなか惹かれあうが、トラウマのある彼女は……

ダイヤモンドは復讐の涙 ＊
テス・ダイヤモンド
向宝丸緒［訳］

FBIプロファイラー、グレイスの新たな担当事件は彼女自身への挑戦と思われた。かつて夜をともにしたギャビンとともに捜査を始めるがやがて恐ろしい事実が……

許されざる情事
ロレス・アン・ホワイト
向宝丸緒［訳］

連続性犯罪を追う刑事のアンジー。男性との情事中、呼ばれて現場に駆けつけると、新任担当刑事はその情事の相手だったが……。ベストセラー作家の官能サスペンス！

禁断のキスを重ねて
ジル・ソレンソン
幡美紀子［訳］

警官のノアは偶然知り合ったアプリルと恋に落ちる。だが、彼女はギャングの一員の元妻だった。様々な運命に翻弄される恋人たちの姿をホットに描く話題作！

夜の果ての恋人
アリー・マルティネス
氷川由子［訳］

テレビ電話で会話中、電話の向こうで妻を殺害されたペン。コーラと出会い、心も癒えていくが、再び事件に巻き込まれ…。真実の愛を問う、全米騒然の衝撃作！

危険な愛に煽られて
テッサ・ベイリー
高里ひろ［訳］

兄の仇をとるためマフィアの首領のクラブに潜入したNY市警のセラ。彼女を守る役目を押しつけられたのは最凶のアルファ・メール＝マフィアの二代目だった！

なにかが起こる夜に ＊
テッサ・ベイリー
高里ひろ［訳］

『危険な愛に煽られて』に登場した市警警部補デレクと一見奔放で実は奥手のジンジャーの熱いロマンス！ダーティトーカー・ヒーローの女王の新シリーズ第一弾！

甘い悦びの罠におぼれて ＊
ジェニファー・L・アーマントラウト
阿尾正子［訳］

静かな町で起きた連続殺人事件の生き残りサーシャ。失った人生を取り戻すべく10年ぶりに町に戻ると酷似した事件が…。ＲＩＴＡ賞受賞作家が描く愛と憎しみの物語！

ミッシング・ガール ＊
ミーガン・ミランダ
出雲さち［訳］

10年前、親友の失踪をきっかけに故郷を離れたニック。久々に家に戻るとまた失踪事件が起き……。〝時間が巻き戻る〟斬新なミステリー、全米ベストセラー！

＊の作品は電子書籍もあります。

恋の予感に身を焦がして ＊

クリスティン・アシュリー

高里ひろ［訳］〔ドリームマン シリーズ〕

グエンが出会った〝運命の男〟は謎に満ちていて…。読み出したら止まらないジェットコースターロマンス！ 超人気作家による〈ドリームマン〉シリーズ第1弾

愛の夜明けを二人で ＊

クリスティン・アシュリー

高里ひろ［訳］〔ドリームマン シリーズ〕

マーラは隣人のローソン刑事に片思いしている。でもマーラの自己評価が2.5なのに対して、彼は10点満点で…。〝アルファメールの女王〟によるシリーズ第2弾

ふたりの愛をたしかめて

クリスティン・アシュリー

高里ひろ［訳］〔ドリームマン シリーズ〕

心に傷を持つテスを優しく包む「元・麻取り官」のブロック。ストーカー、銃撃事件……二人の周りにはあまりにも問題が山積みで…。超人気〈ドリームマン〉第3弾

失われた愛の記憶を ＊

クリスティーナ・ドット

出雲さち［訳］〔ヴァーチュー・フォールズシリーズ〕

四歳のエリザベスの目の前で父が母を殺し、彼女はショックで記憶をなくす。二十数年後、母への愛を語る父を見て疑念を持ち始め、FBI捜査官の元夫と調査を……

愛は暗闇のかなたに

クリスティーナ・ドット

水野涼子［訳］〔ヴァーチュー・フォールズシリーズ〕

子供の誘拐を目撃し、犯人に仕立て上げられてしまったテイラー。別名を名乗り、誘拐された子供の伯父であるケネディと真犯人探しを始めるが…。シリーズ第2弾！

ひびわれた心を抱いて

シェリー・コレール

藤井喜美枝［訳］

女性リポーターを狙った連続殺人事件が発生。連邦捜査官ヘイデンは唯一の生存者ケイトに接触するが…？ 若き才能が贈る衝撃のデビュー作〈使徒〉シリーズ降臨！

秘められた恋をもう一度

シェリー・コレール

水川玲［訳］

検事のグレイスは生き埋めにされた女性からの電話を受ける。FBI捜査官の元夫とともに真相を探ることになるが…。愛と憎しみの交差する〈使徒〉シリーズ第2弾！